U0866593

千寻文化
Qianxun－Culture
—图书·影视—

我的程序法则规定
我将会保护你
远离危险和悲伤
希望我你能相处愉快

春风榴火 著

海峡出版发行集团
THE STRAITS PUBLISHING & DISTRIBUTING GROUP
鹭江出版社

图书在版编目（CIP）数据

护短 / 春风榴火著 . — 厦门 : 鹭江出版社 ,
2023.3
ISBN 978-7-5459-2129-8

Ⅰ . ①护… Ⅱ . ①春… Ⅲ . ①长篇小说 – 中国 – 当代
Ⅳ . ① I247.5

中国版本图书馆 CIP 数据核字 (2023) 第 018693 号

HU DUAN
护短
春风榴火 著

出版发行：鹭江出版社
地　　址：厦门市湖明路 22 号　　邮政编码：361004
印　　刷：长沙鸿发印务实业有限公司
地　　址：湖南省长沙市长沙县黄花工业园 3 号　　联系电话：0731-82757101
开　　本：880 毫米 ×1230 毫米　1/32
印　　张：11.5
字　　数：299 千字
版　　次：2023 年 3 月第 1 版　2023 年 3 月第 1 次印刷
书　　号：ISBN 978-7-5459-2129-8
定　　价：45.80 元

如发现印装质量问题，请寄承印厂调换。

目 / 录

Contents

H U D U A N

HUDUAN

第一章
小白花

屋外下着淅淅沥沥的小雨，几滴雨星子不时飘进屋内。奈奈关好了窗户，将白色行李箱扣上，走出了房间。

客厅里，父母正为姐姐的事吵得不可开交，似乎忘了今天是她大学入校报到的日子。所有的争吵在奈奈耳中都像开启了屏蔽模式，她提着行李，跌跌撞撞地走下楼梯。

母亲舒宁一拍桌板，怒声道："我辛勤培养了雪柔这么多年，现在她好不容易有了名气，可不是为了陪你出席什么商务晚宴，给你装点门面的！"

父亲林童睿坐在沙发上，不满地说："你懂什么，这不是普通的商务宴会，据说风娱集团的顾聿宁会出席，只要那位爷动动手指头，咱女儿未来要拿什么影后都不成问题！"

母亲态度很强硬："我告诉你林童睿，你可别动歪心思，雪柔是我捧在手心里的宝贝，我花了那么多的心思培养她，不是让她去做这些事情的。"

林童睿失望地连连摇头，指着舒宁道："妇人之见！雪柔早晚让你耽误了。"

林雪柔是奈奈的姐姐，两人是异卵双胞胎。雪柔生下来的时候体重是奈奈的两倍，而奈奈一出生便住进了重症监护室。医生说，因为姐姐在娘胎里吸收了太多营养，导致妹妹营养供应不足，身体孱弱，也许养不大。

的确，林奈奈自小抵抗力差，伤风感冒时常发生；最严重的是她的心脏呈现衰竭的趋势，从小她就是个药罐子。

两姐妹要说像，确有几分相似；可若说不像，差异也是挺大的。林雪柔体态丰腴，青春岁月里所有的光芒都让她占尽了，瘦瘦小小的奈奈总是没什么存在感。

父母的争执还在继续，奈奈拎着行李走到门边，作壁上观。

“雪柔的梦想不就是拿影后吗？要是没有作品，靠什么拿影后？我告诉你，那位顾三爷是娱乐圈手眼通天的人物，只要让他看上了，以后道路可就宽广了！”

母亲气得不行，捂着胸口喊道：“雪柔是你的亲生女儿啊，你怎么能带她做这样肮脏的交易！”

“什么肮脏！我好不容易争取到的机会，想带雪柔见见世面罢了！我能害我女儿吗？”

林雪柔从小走童星的路子，舒宁是她的经纪人，全心全意都扑在她的身上。

她拍了几部家喻户晓的电视剧，虽然都只是配角，但也算是小有名气了。舒宁把她当宝贝般捧在手心里，生怕磕着碰着。

这时候，奈奈身旁的房门打开了，林雪柔走出房间，义正词严地对父母说道：“我是不会去的！”

林童睿赶紧说：“雪柔，你想好了？”

“嗯！我想好了，拿下影后是我的梦想，我不能让梦想蒙尘，我要靠自己的实力拿下它，而且我相信，我可以。”她嗓音清脆爽朗，眼底盛着自信的光芒。

奈奈嘴角勾了勾，自小备受宠爱，未曾经历过任何挫折的小公主，说出这样的话毫不令人意外。舒宁眼眶都红了，走过来安慰林雪柔："柔柔，妈不会让你参与那些脏污的交易，放心，啊。"

"嗯！我知道妈妈是最疼我的了。"

舒宁怨怼地望向林童睿，嗔怪道："你说的什么顾三爷，只要看到我们家雪柔的模样，还能忍得住不动歪心思？"

听到这话，奈奈身边几位家政阿姨倒是没忍住先笑了。整个北城，谁不知道顾三爷的名号，他把控着娱乐圈最优质的资源，什么帅哥美女没见过。但这位三爷从没有绯闻，他的名声，可比娱乐圈最洁身自好的明星还要清白。

林雪柔的确有几分姿色，但想让那位顾三爷看一眼便为之倾倒……做什么白日梦呢。舒宁一贯以自己的大女儿为荣，觉得她天姿国色，谁都比不上。她们也只能背后笑笑罢了。

奈奈趁着他们俩吵架的间隙，出言打断了他们："爸妈，我要去学校报到了。"

终于，父母注意到了站在墙边的林奈奈，才想起来今天是她和林雪柔去北城传媒大学报到的日子。小姑娘长发细碎，柔顺地垂在单薄的肩上，长睫毛细密地覆着乌黑的眼眸，瘦瘦小小的一只，如小鹿般静默，不争不抢，毫无威胁感。

"爸开车送你去。"

舒宁拿眼神横了横他，不满地说："你的车不是要送雪柔吗？"

林童睿挽起袖口，从包里摸出了钥匙："两姐妹念同一所学校，一起送过去呗。"

舒宁看了看林奈奈身上的衣服，犹豫了一下，说道："这丫头……你让她和雪柔一起去学校，是诚心想让同学们看雪柔的笑话吗？"

奈奈知道母亲会这么说，从她小时候开始，母亲的屁股就坐歪了，满心满眼都是林雪柔，好像自己不是她亲生的。林雪柔懂事地说："爸妈，没关系，我可以和妹妹一起去学校。"

舒宁反对道：“你这孩子，就是太善良了，就算爱护妹妹，也要多顾念顾念你自己啊。你现在可是明星！必须注意影响。”

奈奈就没打算让父亲送自己，作为被忽视的那一个，她很早就掌握了在这个家里的生存技能——装乖，懂事，她才能够从姐姐手里争取到残存的那一点点生存资源。

“我自己去学校就行了，爸妈，你们送姐姐吧。”

林雪柔本来也不是真心想和奈奈一起去学校，立刻道：“那也成，不过你这身衣服……干脆来我房间里挑一套好看的换上，再去学校报到吧。”

林奈奈低头看了看自己的穿着，破洞牛仔裤配一件没有图案的宽松卫衣。比起姐姐时髦的打扮，她这一身着装好像的确不怎么样。只有在她乖乖让步的时候，姐姐才会像对待宠物猫狗一样给予她一点“施舍”。

林雪柔的房间宽敞明亮，足有奈奈房间的三倍大，中间是两米大床，地上铺着粉红色毛茸茸的地毯，架子上摆放着林雪柔这些年获得的各种荣誉奖杯、皇冠，墙上也挂着她风情万种的艺术照。独立衣帽间里，四季衣裳分门别类地挂放着；鞋柜足有五层，琳琅满目。

林奈奈想想自己的房间，可能都不足她的衣帽间大，衣服也少得可怜。这些年不是没有不甘和委屈，不过所有的委屈，比起她日益糟糕的身体状况而言都不算什么，她要在这个家里生存下去，高昂的医药费用，都要靠父母的“慈悲”。她必须活下去！比起这个，其他的都不重要。

“奈奈，你看这件衣服怎么样？”林雪柔拿出一件粉红色泡泡裙，递到她眼前。林奈奈认得这件裙子，林雪柔高中的时候穿过一次，嫌丑，觉得颜色看上去有些俗气，就再也没穿过了。

“我可能不太适合这件。”奈奈婉言拒绝。

林雪柔大方表示：“那你自己选吧。”

奈奈挑了一件比较正常的荷叶边白色连衣裙："姐姐，这件可以吗？"

林雪柔微微蹙眉，面露为难之色："这件裙子……可能不是你的风格。"

奈奈心思剔透，一眼便看出了她心有不舍，于是放下了裙子，又挑了好几件，但姐姐都以各种理由拒绝了，而林雪柔为她选出的裙子，都是很多年没有穿过的幼稚款。最后，林奈奈说道："还是算了吧，咱们身材不一样，我也穿不了你的裙子。"

林雪柔欣然同意："那行吧，今天时间不早了，有机会我带你去买几件衣服。"

"嗯，谢谢姐姐。"奈奈微笑着答应，但是她知道林雪柔也就是随口一说，所以不抱期待。

奈奈要出门的时候，林雪柔忽然拉住她，皱着眉说："奈奈，姐姐能不能请求你一件事呢？"

"你说。"

"到了学校，可不可以请你隐瞒是我妹妹的身份？"林雪柔摆摆手，"是这样的啦，因为我是公众人物嘛，你身边的同学肯定有很多是我的粉丝，你也不希望他们拿你当明星妹妹看待吧。还有哦，如果他们知道我们的关系，每天都让你问我要签名，那可不烦死了。"

林奈奈知道，明星永远都希望和普通人保持距离，林雪柔也不希望别人知道，她有这么普通的妹妹。奈奈嘴角扬了扬，微笑着说："可以呀。"

父亲的黑色大奔已经停在了院子里，后备箱被林雪柔的行李塞得满满当当，后排的座位还放了两个箱子。林雪柔无奈地说："妹妹，不是我们不想送你去学校，只是我的行李实在太多，装不下你的东西了。"

奈奈拎着自己唯一的白色行李箱，表示理解："没关系，我自己打车过去，反正不远的。”

母亲站在车边，对林雪柔招招手：“雪儿，快上车吧，咱们开着你爸的车，在你的学校里转悠一圈。”

林雪柔对妹妹挤挤眼，无可奈何道：“真拿他们没办法，那我就先走了。”

奈奈点点头：“你先去吧。”

“你自己小心。”

黑色大奔一声轰鸣，转出了巷子口。奈奈脸上的“职业假笑”终于垮了下去。心累，不过上大学以后，应该就自由了吧。她可以自己挣零花钱，也可以做很多想做的事情了。

阿姨们很是心疼林奈奈，帮她提着沉甸甸的行李，来到大门外面。

“小姐，我们帮您叫一辆车吧。”

“是啊，这么重的箱子，你也提不动。”

“谢谢你们，我没问题啦。”阿姨们看着女孩阳光般的微笑，心里越发难受。这丫头从小被父母忽视，一个人单打独斗努力长大，还能有这样爽朗的性格，要是换别的女孩，指不定多抑郁呢。

林奈奈正要过马路，忽然，一辆黑色迈巴赫驶过来，停在了林奈奈的面前。车上下来几个穿黑色西装的男人，接过了林奈奈的行李箱和书包，放进了后备箱，其中一人恭敬地对林奈奈说：“林小姐，请上车吧，我们送您去学校。”

林奈奈看看手机上的打车软件，又看看豪车，诧异地问：“是……滴滴？”

“嗯，林小姐，目的地是北城传媒大学，对吧？”

“地址是这里没错，可是……”

西装革履的男人恭敬地为她打开了车门：“请上车吧。”

林奈奈看着面前的豪车都傻眼了，这叫车软件配置都这么高端了吗？居然能叫来一辆迈巴赫？

林雪柔坐在父亲的大奔上，身边座位上两个箱子，略嫌拥挤。等红绿灯的时候，她看到旁边停了一辆无比拉风的黑色迈巴赫，不由得多看了几眼。

“爸妈，咱们什么时候也换辆车啊，这破车开了好多年了。”

父母都没有言语，装作没有听到她的话。公司的经济状况，林雪柔不知道，但他们知道……并不乐观。

就在这时，林雪柔恍然间通过那辆迈巴赫半开的窗户看到，里面坐的人居然有点像林奈奈！

风娱传媒总部大楼的顶层办公室，三面落地窗，整个城市尽览无余。顾聿宁身着高定西装，慵懒地靠在椅背上，带着某种不容接近的威严。阳光透过落地窗，照在了他的脸上，睫毛闪着光，左边眼瞳颜色比右边眼瞳略浅，似乎笼着一层阴翳。身旁的周助理看了眼手机，对顾聿宁道：“已经将林小姐安全送到北城传媒大学。”

顾聿宁闭上了眼睛。他的左眼多年前失明，药石无医，这些年也都习惯了，可是最近，左眼似乎出现了一些问题，他能通过它“看”到一个女孩的生活。

这女孩体质柔弱，普通的感冒就能要她半条命，家里待她也不好，在女孩最美好的花季，她还像个小灰鸭似的落魄，一件好看的衣裳都没有。她性格早熟，胞姐还在父母怀里闹脾气的年纪里她已经学会了生存之道，忍耐又坚强。

女孩的小身体里装了大梦想，渴望走上那一条璀璨的星光之路。为此她努力学习唱歌，偷偷去影视城跑过龙套，全家人都睡着了还在挑灯夜战努力学习。终于，她以卓越的文化课成绩和艺术等级，考上了北城传媒大学，她希冀着，念大学之后她艰难的生存境遇能得以改变。但是混过这个圈子的人都知道，如果没有庞大财力和家庭背景的支撑，一个小女孩想要独闯娱乐圈会经历怎么样的磋磨。

一开始顾聿宁也没有在意，他的左眼是因为神经因素导致失明，所以时常会头疼，出现幻觉也是正常的事情。可是最近头疼发作越来越厉害，看到那个女孩受委屈的画面，他似乎也能共情，满心委屈，胸口疼，左眼血丝满布，甚至溢出眼泪。这一切的征兆，似乎都在促使他向那个女孩施以援手。

但顾聿宁绝非受人挟制的性格，因此他没有理会这些异常。

直到上个月，一场倾盆大雨，小丫头被困于影视城的城墙下，没有伞，周围也叫不到车，眼看着就要蹲在墙根下过夜了，顾聿宁实在看不过眼，此生头一遭发善心，雪中送炭地给小丫头遣了一辆车。依旧是伪装成叫车软件派来的车，把她送回了家。

那件事之后，顾聿宁发现，自己的左眼隐隐约约竟然能够感受到光线了。这让顾聿宁开始尝试着去满足这女孩的需求，左眼模模糊糊地居然真的能看见一些东西。

顾聿宁摸到了规律：只要让她开心，视力就会改善；一旦那女孩不开心，他的左眼视力就会倒退。但偏偏那女孩的处境实在糟糕，爹不疼娘不爱的，身子骨又不好，经常半夜里偷偷抹眼泪，白天还装得若无其事，对谁都是笑嘻嘻的。

林奈奈坐在迈巴赫里，感觉跟做梦似的，车里的装备就像特工电影里出现的顶级豪车那样，有电视和游戏设备、精致的点心水果，还有三百六十度环绕立体声音响。周围坐着几个西装革履戴墨镜的男人，和善地盯着她，嘴角挂着类似空乘人员的职业微笑，看着有点瘆人。

林奈奈摸出手机，随时准备按下“110”的一键呼叫。她正对面的西装男说：“林小姐，你放心，坏人不可能开迈巴赫来绑架你。”

林奈奈也知道，自己还没那样的身价，即便被绑架了，父母也不会拿钱来赎她的。

“不好意思哦，那上次我被困在影视城，也是你们来接我的吗？”

“软件每天会给我派很多单，影视城拉过几单，不太记得有没有接过林小姐。”

林奈奈：“……”这面不改色的演技……当司机可惜了。更何况有穿西装来给她开专车的滴滴司机吗？当她傻吗？

半小时后，这四位“滴滴司机”特别贴心地将迈巴赫停在了距离学校不远的巷子里，避免给新入学的奈奈造成麻烦。他们将林奈奈的行李取下来，递给她，说道：“林小姐，慢走。”

林奈奈冲他们甜甜一笑：“谢谢叔叔。”

林奈奈提着行李走进北城传媒大学的校门，回过头，那辆迈巴赫已经消失在道路尽头，就像灰姑娘的梦幻南瓜马车。

她低头看看自己的大箱子和脚上朴素的运动鞋，十二点的钟声已过，她又变回了灰姑娘。不过她相信，姐姐所拥有的，她也一定能靠自己的努力挣来！

林奈奈信心满满地走进了校园。开学季的校园非常热闹，有学生拿着录取通知书匆匆赶去报到，也有家长提着盆子凉席等日用品，带孩子去宿舍区。“滴”的一声刺耳的鸣笛，林奈奈看到了家里的黑色大奔车，缓缓驶入校园。

林雪柔正站在天窗边眺望大学校园的景色。

“哇，那个同学……是明星吗？好眼熟哦！”

“正常啦，咱们学校新入学的……听说不少明星呢。”

“是林雪柔啊！演过《微甜青春》的女二号。”

林雪柔远远地望见了奈奈一个人拖着行李的身影，抬了抬下颌，心里郁结的一口气，骤然消散了。果然刚刚是看错了，怎么可能有迈巴赫载她来学校？

奈奈去学院报到之后，拖着大箱子径直去了自己的宿舍，下午室友们也都陆陆续续地来了。北城传媒大学号称是整个娱乐圈的摇篮，能进入这所学校的学生，除却自己的拿手才艺之外，颜值只是最低的标准。林奈奈的几位室友都是一等一的大美女，而且美得各有特色。

对面铺的景遥，高挑纤瘦细藤腰，性格也很直爽，一见到林奈奈，便拉着她的手自来熟地聊了起来："这位室友，你看着真的很眼熟啊！"

奈奈："哇，你也眼熟哎。"

"真的吗？"

"嗯嗯！"

另一位室友："都是素人，谁都不认识谁，就别假客套了好吧。"

几个女孩笑得前俯后仰，关系一下子被拉近了许多。景遥凑近了仔细地打量着林奈奈，她戴着黑色口罩，只露出了一双漂亮的丹凤眼，睫毛细密卷翘，扑扇扑扇的，很有几分古典美人的味道。

"说真的，你是不是以前演过什么电视剧？"

邻铺的梁晚夏连忙道："想起来了，演过《微甜青春》里那个超级讨人厌的女配洛西然，对不对？就是你！"

景遥抱着手肘，露出了高深莫测的眼神："原来你就是我们系传说中的明星女神同学，林雪柔。"

宿舍几个女孩盯着她，越看越像。忽然，气氛好像被注入了尴尬剂，刚刚的愉快一扫而空。奈奈摸出自己的校园卡给她们看，认真地解释："我叫林奈奈，不是你们说的那个人。"

"你早说啦。"景遥松了一口气，"我不想和已经出道的明星同学当室友，压力太大了。而且也不希望宿舍门槛被那些追星女孩踏破。"

梁晚夏打量着林奈奈，说道："话说，奈奈，你和那个明星林雪柔长得好像哦，说不定将来能成为雪柔二号。"

林奈奈笑了笑，不置可否。她并不想成为林雪柔二号。她要变成独一无二、闪闪发亮的那一个。

“你们听说了吗？今天晚上，我们学校有一场内部的交谊舞会。”景遥神秘兮兮地说，“好像顾平生也会来哦。”

“顾平生！”林奈奈惊愣了，“他怎么会……”

顾平生是风娱传媒顾氏的次子，传说顾氏两子，兄长顾聿宁执掌集团企业，而次子顾平生混迹娱乐圈，愣是被他亲哥给捧成了超级男神。顾平生的盛世美颜堪称人间绝色，传闻他的兄长——三爷顾聿宁，容颜更是有过之而无不及。

梁晚夏本来在认认真真拖地，听到顾平生三个字，和所有追星女孩一样，直接跳起来：“我‘爱豆’要来！疯了吧！”

景遥睨她一眼，嫌弃道：“高兴什么，这场交谊舞会，跟咱们可没半点关系，是学生会举办的，收到邀请函的人，都是咱学校里有一定名气的同学，像顾平生，就是咱们大二的学长嘛……”

梁晚夏抱紧了她的拖把，说：“我真的好想去！”

景遥：“你不如上天。”

连林奈奈都忍不住心向往之：“我也有点想上天。”

会议室里，顾聿宁面对一众扑克牌脸的董事会，扬了扬手，示意他们停止汇报，董事会疑惑不解地看着他。他起身走到落地窗边，拿出手机拨了一个号码，很快，电话那端传来一道清亮嗓音：“哥，好难得啊，你主动给我打电话……”

“今晚有什么安排？”

“今晚啊。”顾平生想了想，“学校好像有个什么交谊舞会，我这边有局，懒得去啦。”

良久，顾聿宁说：“今晚，务必出席。”

顾平生愣了愣：“不是，哥，你干吗管我这些鸡毛蒜皮的小事……”

他话还没说完，便被打断了。

“另外，你手里的那个舞会的邀请函……”顾聿宁揉了揉眼角，很无奈地说。“想办法再多弄几张。”

下楼充值校园一卡通的时候，林奈奈听到走廊上也有不少女生在讨论今晚舞会的事情：“真的好想去啊，听说全是咱们学校的明星。”

“普通同学就不能去了吗？”

“能去啦，就是票很少，我室友就有一张，她是学生会的，能拿到福利票。你们要是有认识的门路，也可以拿到啊。”

奈奈刚把卡插上去，便接到了林雪柔打来的电话：“奈奈，东西都收拾好了吗？”

“嗯，收拾好了。”

“你安顿下来之后，不要在学校乱逛哦。”

“为什么？”

林雪柔笑了笑，解释道：“早上我进校引起了不小的轰动，如果有人认错咱俩就很尴尬了。”

奈奈有点无语，她更不想被误认为是林雪柔好吗！奈奈随口问了一句：“听说今晚有一场舞会，你会参加吗？”

林雪柔立刻敏感地说：“你问这个做什么？”

“身边的同学都在讨论这件事。”

“奈奈，怎么说呢，这个票是给学校里有名气的学生准备的，不太适合你们这些普通同学去。”

“可是我听说也有……”

“奈奈，你身体不好，安顿好以后乖乖在宿舍休息，不要东想西想了。之前我就跟妈妈说，不要让你报传媒大学了，你语文成绩这么好，不念文科多可惜啊，将来当老师，稳定又体面。”

奈奈默然，听着姐姐在电话里唠叨：“你啊，非得任性，跟我一起进了传媒大学。咱们长得这么像，很容易被认错的。我的名气也不是大风刮来的，到时候出了丑，网络可是个大染缸，真的说不清楚啦。所以听姐姐的话，少抛头露面。”

林奈奈挂掉了电话，也没有多失望，她已经习惯了。在不触及任何自身利益的情况下，林雪柔才会对她像对小猫小狗一样，投喂食物，聊表善心。一旦触及利益，林雪柔会立刻变脸。

很久以前，林雪柔在微博上发了一张姐妹俩吃冰淇淋的自拍合照，评论里有蛮多粉丝留言，夸妹妹皮肤白、很好看，丹凤眼也颇有韵味。凌晨，林雪柔默默删掉了那条微博，此后她再发任何秀姐妹情深的微博的时候，都会把奈奈的脸打上马赛克。美其名曰不希望别人打扰她妹妹的生活，而事实上不过是不想让奈奈抢了她的风头罢了。

这些，奈奈心知肚明，对姐姐也不再抱有任何幻想。

奈奈从机器上抽了卡，准备离开，就在这时，一卡通的电脑屏幕上忽然跳出了抽奖环节。

还能抽奖？强迫症奈奈看到屏幕中间的抽奖盘，手犯痒痒，戳了上去。抽奖盘开始旋转，慢慢地停下来。屏幕中间跳出一个大礼盒，爆出了“特等奖”三个字，配合着五毛钱特效的彩弹礼花，满屏幕飞。奈奈盯着电脑屏幕，想看看特等奖到底是什么，可是抽奖转盘已经消失了。一切就像什么都没发生似的。

奈奈：“……”没啦？说好的特等奖呢？

就在这时，一位模样颇为帅气、打扮相当时尚的男同学走过来，对奈奈说：“同学，我是学生会干事，恭喜你刚刚抽中了特等奖。”

奈奈愣愣地“嗯”了一声。男同学从包里摸出三张舞会邀请函，递给了林奈奈：“今晚八点，不见不散哦！”

不等奈奈询问，他便又如风一般离开了。奈奈看着手里的卡片，不明所以。怎么着……全校女生都求而不得的邀请函，就这样抽个奖，还能中了？她最近的运气，好像不是一般的好啊！

那位号称“学生会干事”的男同学，鬼鬼祟祟来到树下，摸出手机，给顾平生打了一个电话：“搞定了生哥，冒充学生会，她没有怀疑。”

“嗯，谢了。”

男同学扶了扶时尚的金丝眼镜，笑着问：“生哥，怎么着又换口味啦？”

顾平生很不客气地说：“你觉得这种送东西的方式，是我的风格吗？”

“呃，还真不是。”顾平生那位纨绔少爷要送东西，哪能绕这么大的弯子，想送什么都是直接塞女生手里。

“所以你干吗要用这种……匪夷所思的方式，送邀请函啊。”

顾平生不耐烦地说：“你问我，我问……”问他哥去啊？也真是奇了，他兄长顾聿宁的玲珑心思，可从来不会用在女人身上。就算是旗下最婀娜曼妙的流量女星，他也从来没多问候过一句，为什么会如此花心思在这么一棵小白菜身上？

寝室里，梁晚夏和景遥看到这三张邀请函，下巴都要掉下来了。

“这是真的假的？不是说现在已经一票难求了吗？”

“别是被诈骗了吧，傻丫头！”

奈奈还真是实心眼，连忙摸出手机检查校园一卡通绑定的银行卡，看有没有被骗钱。不过给校园卡充值之后，她的银行账户里好像也没剩多少钱了，谁要来诈骗她呀。

不管是真是假，景遥和梁晚夏是兴奋起来了，拉开衣柜给自己挑选出席舞会的漂亮裙子。奈奈知道，这种交谊舞会应该要穿晚礼服才可以，她拉开了衣柜，扫了一眼寥寥无几的裙子，都是日常款的，而且也不太好看。

景遥和梁晚夏换好了裙子，又站在镜子前开始梳妆打扮，注意到奈奈似乎没有换衣裳，景遥问道：“你还在磨蹭什么呀，别是想穿牛仔裤去舞会吧。”

奈奈眼眸微垂，抿抿嘴，脸上浮现为难之色，被景遥一览无余：“没衣服穿啊？”

奈奈诚实地点头。

梁晚夏和奈奈身材一致，都属于个子小小的萝莉型，她拉着奈奈来到自己的衣柜前，大方地说：“挑我的吧。”

有底气走上这条路的女孩子，家境都不会太差，梁晚夏这满满一柜子的漂亮衣裙，让奈奈眼花缭乱。一开始因为有姐姐的教训，她并没有主动挑选，怕选到人家的心爱之物，她礼貌地对梁晚夏说：“你帮我选一件吧。”

梁晚夏看出了奈奈的心思，爽朗地笑了声：“哎哟，喜欢什么就拿，我还不至于为了一条裙子就不高兴吧。”

既然她如此说，奈奈也就选了一条浅色系的短款连衣裙，束腰，背后有一扇蝴蝶结修饰着腰身，看上去少女感十足。景遥又拿着化妆盘在她脸上捣鼓了一阵子，连声夸赞道：“你的皮肤真的太白了，我都不用给你上粉底液了。”

“是因为没有血色吧，我身体不太好。”奈奈的皮肤属于那种不太正常的冷白，给人一种病美人的感觉。

化好妆以后，景遥将奈奈推到镜子前照了照，镜中的女孩穿着浅粉色的连衣裙，身段玲珑可人，颈边有旗袍扣，将她白皙修长的颈子锁住，腰身纤细，眸光清澈，五官因为妆容更显立体，唇上涂了一层莹润的粉嫩。梁晚夏都惊呆了，一开始看奈奈除了皮肤白，在美女如云的传媒大学好像没有什么存在感，但是现在一打扮……美得令人窒息啊！

会议室里，周助理叫了顾聿宁好几声，顾聿宁才缓缓睁开左眼，望了望对面正在作汇报的项目经理。他的左眼蒙着一层白色的阴翳，平时是近乎失明的状态，可是通过它，却能够清晰地看到那个女孩的一颦一笑、一举一动。刚刚看见镜子前的她，有一瞬间的失神，这小丫头究竟有什么魔力，能让他失明这么多年的左眼，重见光明……

周助理看见顾聿宁紧紧攥着拳头，立刻给项目经理递了眼色，让他离开办公室。

自从退出娱乐圈之后，顾聿宁的精神状态一直不太好，当年那场可怕的暴力事件中，他满身鲜血，抓着那人的衣领往死里揍，眼神狠绝，一拳一拳地宣泄着无边的恨意。这段视频后来被传到了网上，又被媒体大肆报道，谁都没能想到，以谦谦君子、阳光少年人设出道的青春偶像，竟然会有这般狠辣的一面。视频闹得沸沸扬扬，铺天盖地的谩骂声袭来，顾聿宁一夜之间声名狼藉，同时他对这件事没有任何回应，直接在娱乐圈中销声匿迹。

巨大的精神压力令他左眼失明。失明原因与神经性因素有关，这些年情绪稳定了些，不再那么阴郁，但也还是经常整夜失眠，所以当他情绪暴躁的时候，周围人都习惯了远离他。

周助理看着他这隐忍压制的模样，不知道他又想到了什么。忽然对一个素未谋面的小女孩施舍善心，也是因为神经创伤的缘故吧。

晚上八点，女孩们来到了学校的星光舞堂。这场交谊舞会的场面虽然比不上群星荟萃的红毯颁奖礼，但是格调也不低，不少经常在屏幕上看到的熟悉面孔，都出现在了舞会上。

一开始，奈奈她们并没有抱任何希望能进去，推推搡搡来到门边，可是当她们递交邀请函的时候，礼宾却非常客气地对她们做出了“请进”的手势，女孩们瞬间兴奋了起来。舞会不全是明星和网红，也有不少过来凑热闹的普通同学，拿着签名本挨个要签名。不过这些普通同学能拿到邀请函，多半是由于家里有一定背景，或者认识的艺人不想来，把邀请函让给了他们。

梁晚夏也准备了签名本，不过怕丢人所以没拿出来，现在见大家都在要签名，也屁颠儿屁颠儿跑去凑热闹。

奈奈回头看到了盛装出席的林雪柔，她穿着深蓝色的连衣裙，裙身流光溢彩，宛若拖着银河，颇为引人注目。林雪柔身边也萦绕了不少有名气的明星网红，在相互夸赞着对方的装扮。林雪柔在她们当中很显眼，她真的漂亮，身材也很好，一举一动都风情万种。

在奈奈还是根豆芽菜的时候，姐姐就已经是成熟绽放的牡丹蓓蕾了。这些年，不管是亲戚还是学校的朋友，眼里似乎都只看到姐姐，角落里的豆芽菜，其实也很努力地汲取营养，想要变得更美、更出众，努力学才艺，努力在学校的文娱演出上赢得喝彩。不过她好像永远没有自己的名字，不管哪一次演出，主持人介绍她，说的都是林雪柔的妹妹，没有人知道她叫林奈奈。

林奈奈最迷茫失落的那几年经常哭，直到那一天，她含着眼泪遇到了一个男孩，他叫顾长生。访谈节目里，他英俊无双，微笑的模样，宛如和煦的春风。他很机智，每句话都有梗，逗得奈奈又哭又笑。

奈奈开始搜集关于他的全部信息，电影、海报、演唱会、访谈节目……了解他，倾慕他。那时候的奈奈太迷茫了，需要有这样一位阳光偶像作为自己的精神寄托。

可是后来他却以一种声名狼藉的姿态退圈，销声匿迹，成了娱乐圈不可言说之痛。除了奈奈，没有人相信他、喜欢他，他成了奈奈一个人的宝贝。

舞会还在继续，林雪柔身边，聚集了不少的女孩。

“雪柔，你演《微甜青春》的女配洛西然，真的演得太自然了，都丝毫看不出表演痕迹呢。”

“没有啦，这个角色比较单薄，我其实更愿意尝试走心的复杂角色。”

和林雪柔聊天的女孩是一个十八线网红，言辞间不无奉承之语：“听说《时光遇见你》的导演也在和你接洽，女一号肯定非你莫属，真是羡慕你呀。”

“我还在犹豫要不要接这部戏呢，主要是希望走出青春题材，尝试更多别的……”林雪柔话音未落，转头便看见了窗边东张西望的林奈奈，一瞬间她脸上的笑容僵住了。

林雪柔看到奈奈的那一刻差点以为自己花眼了，她印象中的林奈奈，永远是过去那个脸色苍白、嘴唇干燥、瘦弱的小猴子，丢在人群中一准儿石沉大海。从来没有见过她打扮之后的模样。清雅恬淡的妆容配了一条还算得体的小裙子，谈不上盛装，但已经足以让在场绝大多数女孩黯然失色。林雪柔心头升起一阵强烈的不悦，但又不想这样过去和她讲话，只能摸出手机。

林奈奈看到手机屏幕上的“姐姐”两个字，望了不远处的林雪柔一眼，林雪柔站在不起眼的墙角，手指头叩叩手机，示意她赶紧接听。

“姐。”

“你到底在做什么？”林雪柔劈头盖脸就是一通质问，“说了让你不要来，还要过来，想故意让我难堪吗？”

“不是，朋友们都想来看看，我也……”

“奈奈，我知道你一直都想出道，但没想到你居然这样急功近利！”林雪柔失望地望着她，“你以为，靠攀关系、结识人脉你就可以大红大紫吗?!”

“我没有这样想过。”

“你太让我失望了。”林雪柔给她下了最后通牒，“如果你还把我当你姐姐的话，现在就赶快离开。”

奈奈压低了声音：“如果我说不呢？”

“那我就把这件事跟妈妈说。”林雪柔沉声威胁，“你这个月，不要想拿生活费了。”

景遥看着奈奈紧攥的拳头，走过来问道：“怎么，你姐不高兴了？”

“嗯，让我回去。”几秒之后，奈奈诧异地望向景遥，“你怎么……知道？”

景遥抬起下颌，指了指角落边搁下手机的林雪柔：“你俩长得这么像，刚刚又都拿着手机，多半是在通电话，用脚趾头想也知道是姐妹啦。”

奈奈轻叹了声：“你们继续玩吧，我可能真的要回去了。”

“她让你回你就回，这么听话啊。”

奈奈轻轻舔了舔下唇，解释道：“我们家有经济制裁，不回去的话可能这个月就没生活费了。”

“哎哟，小可怜，睁开你的大眼睛看看清楚，这里是大学，全国帅哥美女云集、狗仔排队偷拍的传媒大学！”景遥捏捏她白皙的脸颊，说道，“害怕挣不了钱吗？走在路上随便几张街拍卖给杂志，你一个月生活费就有了！”

“真的？”

景遥揽住她细瘦单薄的肩膀：“相信姐，年满十八岁，社会人了，无所畏惧。”

林雪柔见奈奈似乎没有离开的意思，心脏像被放在锡箔纸上用小火添油加醋炙烤着……很不爽。偏又有几个网红走到林雪柔身边，对她说：“那边有个女孩跟你好像哦！”

“是啊，差点认成你了。”

林雪柔皮笑肉不笑地说：“现在是有些女孩要故意整成明星的样子，不知道她们在想什么。”

“原来是这样啊。”网红们笑得颇有深意。

林雪柔心里越发难受，总之，不能再让奈奈继续待下去了，她找到了主办方学生会的学姐。学姐名叫赵初曼，一个十八线的小演员，在娱乐圈混得可能还不如她在学生会，借着这次舞会，她也想结识其他艺人，拓展人脉。林雪柔主动搭话，赵初曼受宠若惊，对她的吩咐言听计从，无有不应。

奈奈正在倾听一个很有经验的文艺片女演员分享自己拍戏时候的经历。赵初曼走到她面前，冷冷睨了她一眼，问道：“你的邀请函呢？”

奈奈知道她是学生会主办方的干事，于是拿出邀请函给她检查，邀请函自然是真的。

赵初曼继续质问：“这是你从哪里拿到的？”

“是给校园一卡通充值的时候，抽到了特等奖。”

奈奈如实说完，赵初曼扑哧一声，笑了起来：“你在开什么玩笑啊，给校园一卡通充值抽奖，还特等奖？”

周围人也被她的笑声吸引了注意力，朝她们投来好奇的目光。赵初曼笑得前俯后仰，而林奈奈表情却很认真，丝毫没有开玩笑的意思。她笑了半晌，停下来，对奈奈说：“你知不知道在场的都是什么人，你在拿我们当傻瓜吗?!”

奈奈表情坦然：“没有啊。”

“这次舞会受邀人员的名单，都是过了我的眼的，我可不记得有你，这邀请函到底是怎么来的？”

“确实是抽奖来的。”

“如果你说不出邀请函的来历，不好意思，我可能要请你离开了。”

景遥是个火暴脾气，见赵初曼咄咄逼人，于是挡在奈奈身前，说道：“既然邀请函是真的，你有什么资格请我们离开？”

赵初曼冷笑着打量了她们一眼：“我们邀请的都是有名气的艺人，你们算什么东西，也好意思来这里凑热闹！”

景遥被她彻底惹火了：“你有多大的名气啊，敢在这里大放厥词，不好意思，‘赵初曼’三个字在我这儿还真是查无此人！”

赵初曼气急了，叫道：“那是你孤陋寡闻，几个素人，好意思待在这儿吗？”

一直没吭声的林奈奈忽然开口：“现在是素人，不代表永远都是……”

“你说什么！”

她望着赵初曼：“比你红，应该不难。”

赵初曼气疯了，这女孩身材小小，目光澄澈，不染半点杂质。分明就是夸海口的话，被她这样认真地说出来，仿佛每一个字都是发自肺腑，充满了确信的力量。比赵初曼红，的确好像并不难。

林雪柔见全场关注的焦点都落到了林奈奈身上，心里越发不适，对赵初曼使了个眼色。赵初曼会意，义正词严地说：“既然说不出邀请函的来历，我就默认是你们偷来的，作为学生会主席和这次舞会的主办方，我要求你们离开这里，否则，保安会请你们离开，到时候丢脸的是你们自己。”

景遥不爽极了，把晕晕乎乎的追星女孩梁晚夏叫回来，牵起奈奈的手说道：“走就走，我还不想玩了呢！”

就在这时，星光舞堂门口，却又一阵骚动：“顾平生来了！”

“天呐，男神来了！”

所有人的焦点，都聚集到了正门大厅，一个穿着时尚卫衣的青年大步流星走了进来。休闲卫衣襟前几笔油彩泼墨，大帽衫，黑色的窄脚裤，是他最近刚刚代言的潮流名品。短发是染白了的烟灰色，高挺的鼻梁上戴着一副时尚的粉色窄墨镜。走路仿佛都带着风。正是顾家纨绔二公子，顾平生。

众人的目光追着他，来到了林奈奈跟前，他看着林奈奈，嗓音上挑，音调里仿佛都带着笑：“原来，就是你。”

林奈奈左看右看，又望望顾平生，指了指自己：“我？”

顾平生做事从来无所顾忌，一双大掌直接扣在了林奈奈的头上，轻声在她耳边说道：“个子小小，本事不小。”

“你……干什么，放手，我晕啦！”她平衡感不好，很容易头晕。

“说说，你是怎么让我哥对你这么上心……”

“你哥？”

忽然想起某个人威胁的言辞，于是顾平生改口道：“反正，怕了你了。”

林奈奈被他晃悠得晕晕乎乎，又被他一把搂住了肩膀，按在身边，只听顾平生对全场宣布道：“这丫头，我邀请来的，谁有问题，找我。”

顾平生说出这句话，在场所有人都惊呆了，每个人肚子里都装了问题，但是没有人找他，没这个胆子。顾平生什么人啊，风娱传媒的二世祖，娱乐圈横着走，百无禁忌，没人敢跟他过不去。

赵初曼呼吸都要停滞了，她从来没有和顾平生这么近地接触过！她本来想说点什么，和他搭搭话，顾平生却没把她放在眼里，连余光都没扫过她，拉着林奈奈来到舞池中央，交谊舞会本来就是成对参加，看他这意思，是要让林奈奈当他的舞伴了。

在场的女孩子，无论出道或没有出道的，都纷纷投来了极度羡慕的目光。多少人挤破了头都想蹭顾平生的热度啊，奈何没有这个机会。顾平生这人虽然绯闻多，但绝大多数都是女星单方面制造的，顾平生主动的还真是少之又少。她们能不羡慕林奈奈吗？尤其她现在还只是素人，以顾平生的流量，邀她跳舞，这摆明了是要捧她啊！

“跳舞吗？”

小丫头本能的反应就是摇头拒绝。

“不会跳，还是不跳？”

“不跳。”交谊舞是最基础的舞种，她学过，但她跟他一点都不熟，干吗要跟他跳舞呀。

顾平生显然没料到她会拒绝，脸上浮现一丝错愕。顾平生微微挑了挑下颌，似乎觉得有点意思：“你不喜欢我？”

“我干吗要喜欢你啊？”除了她的长生哥哥以外，她不追任何明星。

顾平生倒也不是对林奈奈多感兴趣，他就想知道，他家那位三爷如此费尽心思想要成全的女孩，究竟有什么独特之处。

“真不跟我跳啊？”

“嗯。”

顾平生耸耸肩，拉长了调子说：“刚刚不是讲，想要出名，被人看得起，现在让你跟我跳个舞都不敢，拿什么……比这些看见热度就往上蹭的花蝴蝶们更出名？”

奈奈望向他，解释道：“我不是不敢。”只是不想蹭他的热度。

“该不会你真的以为，娱乐圈这地方，是你靠实力、靠拼命……就能火的吧。”

奈奈那洁白的贝齿轻轻抵住了下唇，认真地说：“我信啊。”

顾平生愣了愣，看着小丫头清澈的眼睛：“你凭什么相信？”

凭什么相信？凭她过去无数个日夜的练习，凭她顶着病体去影视城跑龙套，凭她喜欢的那个人也一直很努力。

顾平生看着她倔强的眼神，心里忽然有点明白了，他那位性情阴沉的兄长为什么格外关注这丫头。就算所有人都不信、所有人都不去做的事，她会去做。顾平生嘴角挂起了微笑，调侃道：“你不想蹭我的热度，不过你有没有想过，拒绝我，你这波热度才是蹭死了。”

奈奈不是傻子，他一提醒，她便反应了过来。是啊，跟顾平生跳过舞的女明星多了去了，但是拒绝和顾平生跳舞的女生……她可不想首当其冲做这第一人。

顾平生已经拉起了她的手，这一次她没有甩开。顾平生半蹙眉看着她：这不情不愿的表情，我让你蹭热度，你还不高兴了？过去多少女明星想贴都贴不上来。

随着优美的音乐旋律响起，两个人瞬间进入状态，奈奈像是变了一个人，身上的每一个细胞都仿佛被激活了似的，动作纯熟而流畅。顾平生是男团出道，跳舞是他最擅长的事，可是林奈奈作为没有接受过正统训练的人，竟然也能跟得上他的舞步，与他在舞池里周旋。她身上是揣了真本事的。

林雪柔全程震惊，不敢相信林奈奈会跳舞！还跳得这么好！过去她不声不响的，装得人畜无害……居然这么有心机。而最让她受不了的是，搂着她跳舞的人，是顾平生！

顾平生揽着奈奈的腰，垂眸望着她，灯光打在她的脸上，仿佛铺了一层蜜粉，她的体力似乎不太好，跳了不到一刻钟，额间便渗了汗珠。顾平生笑了笑："想出道，身体可不能太糟糕。"

"我……会锻炼的。"她呼吸微微有些急促。

顾平生停下了舞步，非常绅士地放开了她。林奈奈回到了伙伴们身边，舞会也再度恢复了正常，男女们纷纷步入舞池，衣香鬓影，觥筹交错。

景遥问奈奈："跟顶流大明星跳舞，感觉怎么样啊？"

奈奈深呼吸，很公允地说："他真的……帅啊！"虽然刚刚故作镇定，但是奈奈面对一个迷倒了万千少女的顶流，不晕头转向，太难了。

林奈奈一来学校，就在舞会上玩了一波大的——和娱乐圈顶流顾平生跳了一场交谊舞。现在她成了全校女生乃至全网迷妹最羡慕的人，次日的热搜榜首也被她预订了。

#顾平生的舞伴#

#顾平生邀请素人女孩跳舞#

这些话题轮番屠榜，热度持续不下，奈奈真的很不愿意以这种形式走进公众视野，但是没有办法，顾平生的人气实在是太高了！那几天，林奈奈那个无人问津的微博号涨粉几十万，势头不小。对于这件事的评论，网络上粉丝们说法不一，但总的来说还算友善，关注的目光也都聚焦在顾平生身上。

"哥哥都邀请素人女孩跳舞了，什么时候轮到我呜呜呜。"

"真的，请哥哥不要再到处释放魅力了。"

"没人觉得，这个奈奈小姐姐和@雪柔Sharon，有点像吗？"

没过两天，评论的风向忽然掉头，某个扒皮娱乐圈营销号写了一篇文章，论证顾平生暗恋林雪柔，又害怕给她带来麻烦，因此选择和她长得极其相似的素人接触。这个营销号博主在圈子里靠扒明星私生活走红，所发的内容往往真假参半，博人眼球，写的这篇文章乍看起来还挺有那么几分意思。而那些热搜的评论区里，被赞得最多的和置顶前排的，也都和林雪柔有关。

“我就说嘛，那个素人和雪柔长得那么像，哥哥干吗不直接邀请雪柔跳舞，雪柔和他是门当户对呢。”

“哥哥肯定是为了保护雪柔才这么做的。”

“心疼我们家雪宝，和哥哥两情相悦却不能在一起。”

“前面发言迷惑，你们家雪宝多大脸，这都能攀扯。”

这几天刚开学，奈奈没什么课的时候，一直在舞蹈室练舞，网上这件事吵得沸沸扬扬，却丝毫没有影响到她。景遥和梁晚夏倒是一直在关注网络风向，尤其是梁晚夏，作为顾平生的超级粉丝，痛斥林雪柔买热搜蹭热度的做法，太恶心了！

“看看！前面这几条热搜，什么 # 顾平生暗恋林雪柔 #、# 平生雪柔 CP#……这些，明显就是花钱买的！林雪柔太会营销了吧！”食堂里，梁晚夏骂道。

景遥接过手机看了看，说道：“林雪柔不是一直号称不营销、单打独斗、走励志路线吗？怎么也学会这一套了？”

奈奈很清楚，父亲的公司其实早就成立了工作室，请了专业团队，全程包装林雪柔，所以这一次的顾平生热搜，很可能父母都知道，而且他们是幕后推手，全程操纵，从奈奈身上帮林雪柔抢热度，兴许是吃定了奈奈不会发言出声。

顾平生就更加不可能出面澄清了，他的千万粉丝微博号一旦发文澄清这件事，都是在帮林雪柔赚热度。最好的方式就是缄口不言，只要他坐视不理，热度自然会散。所以不管怎么应对，林雪柔都是双赢，顶多挨点骂。

然而，这件事只发酵了几个小时，关于＃顾平生林雪柔＃捆绑的话题，齐刷刷被撤下了热搜，而且应该是属于花了大价钱的业务，连撤带删，几个小时就被删得一干二净。

这干净决绝的手腕太熟悉了。当初有女星凭借一张聊天吃饭的照片就想碰瓷顾平生，这个新闻只在网络上存在了不到两个小时，几分钟之内被撤得干干净净。而后那位女星的名字再也没在公众视野里出现过了，甚至包括那个女星演过的电影电视剧也全部下架。一夜之间，如露水般蒸发，仿佛从没来过这个世界。

顾平生的那位兄长——顾三爷，可不是轻易好招惹的主啊！

顾家餐厅。

顾聿宁坐在红木长桌尽头，襟前贴着餐巾，白皙细长的指尖拿着刀叉，有条不紊地切割着餐盘里的七分熟牛排，他吃饭的模样优雅，神情专注。

以前顾聿宁也曾出道，影视歌三栖，后来他身上发生了可怕的事情，背负着无数粉丝失望的眼泪与谩骂，狼狈退圈，从失望透顶的老爷子手里接下了摇摇欲坠的风娱传媒，开始经营艺人的工作。原本已经快要倒闭的风娱传媒，在他这些年的操持之下重现生机，慢慢地竟然走向了行业巅峰，同时，他还一手将他的宝贝弟弟捧成了超级顶流。

繁华与热闹背后，顾长生这三个字慢慢被人遗忘了，饶是照顾了他饮食起居这么多年的秦管家有时候都拿捏不准这位顾三爷的心思。照理说，他年纪也只比顾平生大五岁罢了，可是兄弟俩的心性却截然不同。顾平生开朗、活泼，从小到大都是在无比健康的环境下成长。可顾聿宁却不是，他性格阴冷、坚忍而又狠辣，笑起来都让人感觉骨头冷。就连他最宠爱的亲弟弟有时候都怵他。

秦管家抬头望向庭院，顾平生躲在窗边，想要绕过顾聿宁，偷偷溜到后门去，奈何他那一头白毛实在太过显眼，在黑夜里跳来跳去，像个神经病似的，偏他还浑然不觉，连秦管家都看不过眼了。

“二少爷，您请进屋吧。”秦管家拉开窗，对庭院里的顾平生说，“不要玩捉迷藏了，三爷早就看见你了。”

顾平生拧着眉头，低声抱怨了一句：“少说话会死啊。”

秦管家恭敬地笑了笑。他垂头丧气走进屋，面对正在看手机的顾聿宁，立刻换了一张笑嘻嘻的面孔：“哥，晚上好啊。”

秦管家给他端来了晚餐，顾平生坐在客位上，拿起刀叉，边吃边问道：“哥，你在看什么？”

“热搜。”顾聿宁淡淡道。顾平生莫名心虚，低头吃不答话。

“公司那边发来的数据报告，三个月的热搜，你平均每四天上一次，每一次都和女人有关？”

顾聿宁尾音上扬，不怒自威，吓得顾平生连忙放下刀叉，辩解道：“这不怪我啊！真的，长得太帅没办法，那些女人自己贴上来……”

话音未落，顾聿宁拉着他的衣领，将他拉近了自己。顾平生心怦怦跳，像个被驯服的野兔似的，一动不敢动弹。顾平生盯着他的脸看了十秒钟，眼神闪躲，有种自惭形秽的感觉。

“哎，好了好了，哥，我没你帅，这话我再也不说了！行了吧！”

顾聿宁放开了他，冷冷道：“这件事，我不希望再发生第二次。”

“哥，你是说热搜的事，还是……”顾平生那双漂亮的桃花眼微微勾了起来，开玩笑道，“还是我跟那丫头跳舞的事啊。”

话音未落，顾聿宁一脚踹过来，正中顾平生的屁股。顾平生跳了起来，指着顾聿宁，不服气地叫道：“你怎么还搞突然袭击啊！”

顾聿宁抬起大长腿又要踹他，顾平生连忙躲到了管家秦叔后面，秦管家笑着说：“二少爷不是小孩子了。”

顾聿宁指着他，一字一句，冷冷道：“不准再碰她。”

“我就是……看你这么宝贝她，她又想出道，我举手之劳，帮她带点人气嘛。”顾平生委屈地说，“我都是好心，你还踹我……”

“不准再自作主张。”顾聿宁警告道，“她只能我来安排。”

顾平生脸上又挂了笑，问身边的秦管家：“秦叔，你说我是不是快有嫂子了？”

秦管家笑了笑，也没说话。家里的兄弟这般和睦，看着也让人暖心啊，因为有过曾经那些可怕的岁月，这样平静的日子才更让人珍惜。

这几天林雪柔和奈奈陷入了冷战，两人都在同一个学院，虽然不是一个班的，但抬头不见低头见。林雪柔心里堵着气，压根不搭理她。

奈奈知道林雪柔在气什么，自小到大都是如此，她已经习惯了成为人们目光的焦点，只允许奈奈当她的陪衬。这么多年，两姐妹的关系还算融洽，因为奈奈没有存在感，就像她身边安安静静的宠物猫。一旦奈奈有所长处，哪怕是某一次期末考试考得比她好了，林雪柔都会冷嘲热讽，说奈奈只是运气好罢了。

这一次，奈奈出了这么大的风头，林雪柔自然受不了，出奇招捆绑顾平生炒作，说顾平生暗恋她。她平白在网上被顾平生的粉丝一顿痛骂，本来以为可以蹭一波热度，却没想到事发不过几个小时，话题通通被撤，连评论都被删得干干净净。然而骂声却没有停止，她经营了这么长时间的清纯励志女神人设，一下子垮了大半。

最后林雪柔只能发微博解释，说这件事自己从头到尾不知情，希望粉丝们理性对待明星之间的关系，不要粉丝行为让明星买单，闹剧这才平息下去。可她心里这口气却堵着下不去。

那天下午，父亲林童睿给奈奈打了个电话：“这几天，雪柔经常给我们打电话哭诉，她就是这个性子，你多让让她。”

奈奈没有说话。

“你妈没给你打生活费？”

“嗯。”

林童睿叹息了一声："我等会儿给你转一千块钱过来，需要什么就买。"

"谢谢爸。"

"哦对了，上次我和你妈争执的那件事，说让雪柔跟我一起出席下个月的慈善拍卖晚宴，你妈不同意让雪柔跟我一起去。咱们公司不大，能参与这种规格的晚宴，也是我好不容易争取来的机会，雪柔不愿意去……奈奈，你去吗？"

"我？"

"是啊，这场晚宴少不了明星参加，还有很多投资人和导演，多认识一些人，总归是一个机会嘛。听说连风娱传媒的老板都会参加。"

"我考虑一下吧。"

"好好，你好好考虑。"

奈奈正要挂电话，那端忽然传来了母亲舒宁的声音："你在和林奈奈打电话吗？"

"我……"父亲支支吾吾地说，"你……你别骂她……"

母亲一把夺过电话，劈头盖脸一顿责骂："你为什么要这样做，你姐姐有什么对不起你的！啊？我们一家人有什么亏待你的地方，是没给你治病，还是没给你饭吃？你要这样怨恨你姐姐！"

舒宁生气极了，喘着粗气说："好啊，觉得自己长大了，有本事了。信不信，只要我一个月不给你打生活费和药费，你还得哭着回来求我！"

奈奈平静地说："我不知道自己做了什么对不起姐姐的事情。"

"那场舞会，明明就是雪柔的主场，你去瞎凑什么热闹，要是没有你，顾平生的舞伴就是你姐姐！"

"妈，你不是总说，姐姐出道清清白白，从不用蹭热度这种歪门邪道的伎俩，怎么现在却怪我抢了姐姐的热度？"

舒宁被奈奈堵得说不出话来，只能胡搅蛮缠道："好啊，有顾平生给你撑腰，就变得伶牙俐齿起来，还敢跟我顶嘴。”

“没有，我和顾平生不熟。”她只是不需要再忍她了。

舒宁威胁道：“立刻给你姐姐道歉，请求她原谅你！如果你还把她当姐姐，顾平生那边，你应该知道怎么做。”

“我不知道。”

舒宁耐着性子说：“如果你还想要生活费的话，就把你姐姐介绍给顾平生认识。”

“我说了，我和顾平生不熟，以后也不会很熟，姐姐想蹭他的热度，自己去蹭，与我无关。”

“你……你是要气死我啊！”

“妈妈，我和姐姐都是你的女儿。”奈奈心寒地问，“你就一点机会都不给我？”

舒宁顿了几秒，忽然笑了：“机会？你先看看你的身体吧，三天一小病，五天一大病。就算我给你机会，你拿得住吗?!”

奈奈抿抿唇，无言以对。舒宁见硬的不行，立刻又来软的，好言好语地劝道：“姐姐是咱们全家人的希望，你的药费可不是小数目，只有你姐姐好了，你才会好，听妈妈的话，帮你姐姐和顾平生牵个线……”

林奈奈挂掉了电话，寝室里景遥靠在椅子上敷着面膜，梁晚夏正跟她的网友们疯狂打游戏。

“这么晚了，奈奈你去哪儿啊？”景遥拍着面膜，望向门口穿鞋的奈奈。

“我去舞蹈室。”

高级休闲会所里，男人慵懒地靠在沙发上，握着牌，修长的手指骨节分明，气质高贵清冷，只是眼神略有些涣散，似乎心不在焉。

在场的几个男人都是顾聿宁的好友，今晚的局也是放松休闲的游戏局。过去打牌没人能赢得过顾聿宁，但是今天晚上他都没赢几次。连服务生都看得出来，他想着别的事。忽然，顾聿宁的左眼一酸，有眼泪泛了上来，酸涩感布满眼眶。

“哎？三爷，就算输了牌，也不至于哭吧！”

“说什么呢。”身边的好友杨逢意递了一张纸给顾聿宁，“老三左眼一直没好，现在更严重了。”

顾聿宁灰蒙蒙的左眼，看到那个女孩在舞蹈室一遍又一遍跳爵士舞的身姿，几次摔倒在地上，艰难地爬起来。那种绝望和无力感……

终于，他散掉了手里的牌，起身说：“你们玩，我还有事。”

他拿起自己的西服外套，转身走出了高级会所。

第二章

喊哥哥

舞蹈室距离女生宿舍不远，方便同学们晚上通宵排练。走上这条路，看似风光，其实聚光灯的背后是无数个日夜的辛苦练习。网络时代红起来似乎很容易，但没有扎实的功底不可能一直红下去。

舞蹈室开了一盏明亮的白炽灯，女孩穿着黑色的舞蹈服，在镜子前跳动着。爵士舞需要柔美的身体，也需要有力度的肌肉，奈奈的每一个动作都用尽了全力，胸膛起伏着，脸颊挂着不健康的潮红。很快，她便体力不支，倒在了地上，体力是她最大的弱势。她没有健康的体魄，哪怕近几年通过锻炼和药物，身体已经好多了，但还是远逊于正常人。

奈奈仰躺在地上，白炽灯照在她的头顶，她听见胸腔里那颗柔弱的心脏在疯狂抗议。她的拳头重重敲击在地面："该死，为什么不行！"

你为什么这么弱！奈奈抱着膝盖，眼泪很不争气地顺着脸颊流淌。她死死咬着下唇，不让自己哭出声。是啊，不怪母亲偏心，是她本来就不争气，就算把机会送到她的面前，她能抓得住吗？她根本没有力量啊。这样弱小的她，还想成为像顾长生一样的人，他是不是都已经……离开这个世界了啊。

奈奈一直哭一直伤心，顾聿宁的左眼便一直在迎风流泪，整个左边胸襟都湿透了，顾聿宁这辈子从来没这么狼狈过。

黑漆漆的走廊里，忽然传来动静，像是打火机点燃的声音。奈奈连忙坐起身，防备地问："谁在那里？"

因为走廊没有灯光，只有舞蹈室是明亮的，所以奈奈只能看见走廊站了人，却看不清楚他的模样。

"你……很吵。"是非常有磁性的低音炮。

奈奈用袖子擦了把眼泪，吸吸鼻子，说道："这里是练舞室，你不站在走廊，我就不会吵到你。"

"吵到了。"他坚持。

奈奈有点无语。顾聿宁伸手晾了晾左胸口湿漉漉的衬衣，他刚刚一路走过来，不少女孩回头看他，还以为他失恋了多伤心呢，戴着墨镜还哭得泪流满面的。

奈奈抿抿嘴，瓮声瓮气地说："那……对不起哦。"

顾聿宁摸出打火机，给自己点了烟，黑暗的走廊里，她能看见忽闪的烟头光点。

"学校不让抽烟。"奈奈提醒。

顾聿宁从来无拘无束，问道："跳个舞，你哭什么？"

奈奈搅着袖子闷闷地说："跳得不好。"

"是难看。"顾聿宁手底下有太多能歌会跳的女星，随便揪一个出来都比这豆芽菜跳得好。

奈奈吸吸鼻子，手背捂着嘴，又要抹眼泪。顾聿宁左眼一酸，又哭！

"但也不是无药可救。"他立刻补救，"跳不好，就多练，总会好起来。"

安慰女孩子，他并不擅长，教训手下艺人倒是很会："你的身体还算柔软，动作也熟练，就是缺了点自然，而且体能也跟不上。"

女孩哭唧唧地说："不会好了……我可能就不适合这条路。"

顾聿宁也不知道自己大晚上抽什么风，不睡觉不娱乐，居然跑到这地方来指导这么个自信心受挫的可怜女学生。

"呵。"

"你……你笑什么？"奈奈听见他发出的轻嗤声。

"这么容易就放弃。"他冷笑，"也没见得多喜欢吧。"

"才不是，你懂什么！"

顾聿宁当然懂，被迫终结毕生所爱之路的痛苦和绝望……他当然懂。

"叔叔，你是大楼管理员吗？"奈奈好奇地问。

"我不是叔叔。"他也只比她大几岁而已。

"不是叔叔，你是……来这里偷偷抽烟的男同学？"

"我不是……别哭了你。"

她瘪着嘴说："我哭关你什么事，抽你的烟吧。"她哭她的，这同学管得还真多。

顾聿宁心情明朗了几分，说道："我不是叔叔也不是同学，比你大几岁，喊哥哥。"

"哥哥。"

"让你喊就喊，没脑子吗？"

奈奈被他这一呛，反而不哭了，就是有点气。顾聿宁掐灭了手里的烟头，望着廊外长明的月色，淡淡道："真正的喜欢，是值得付出更多的努力、孤独，但绝不是眼泪。"

奈奈思忖着这话，好像很鸡汤、很有道理的样子，她追出门去，那人已经离开了，就像从未出现过，有点瘆人。

"你是不是鬼啊！神出鬼没的。你是一直在帮我的那个人吗？哥哥是神仙吗？"

顾聿宁大步流星走出大楼，身后丫头又是神仙又是鬼地喊着他，他坐上了车，启动引擎，离开了。

身后，小丫头也追了出来，他看着后视镜里渐渐消失在夜色里的单薄身影，想到她那句“哥哥是神仙吗”，顾聿宁嘴角微微上扬，心情甜丝丝的。已经好久没有听到女孩子叫他一声“哥哥”。就连顾平生那个不成器的，规矩的时候喊他一声“三哥”，没规矩的时候就是一声“三儿”，哥哥两个字，连在一起叫出来，那种真心真意地被喜欢的感觉真的很好。

今年，传媒大学的新生军训和以往不太一样，同学们被送到了郊外的文工团营地，由文工团的教官们对他们进行集训。文工团营地位于北山脚下的一处环境优美的广袤林区，这里依山傍湖，桃红柳绿，空气比城市里要清新很多。

在大巴车上，远远地就能望见营区的几栋楼房，还有操场和训练场地，不少其他学校的新生也被安排在这边军训，不过是在不同的营区。梁晚夏看着风景，兴奋地说：“感觉就像是出来郊游似的。”

景遥笑笑：“等你背着沙包满山跑的时候，就不会这样说了，对吧，奈奈？”

奈奈戴着耳机听着歌，阳光照着她明媚的脸蛋，皮肤白如初雪。她嘴里轻轻哼着小调子，沉醉地沐浴在阳光里，美得像只丛林精灵。

景遥回头望了望林雪柔，她摆着一张嫌弃脸，正抱怨大巴车座位不干净。分明是一样的五官，可偏偏，两个人有如此截然不同的气质。有朝一日，如果奈奈真的出道了，景遥想，她的未来，一定比星辰大海更加辽阔吧。

很快，大巴车进入了营地，同学们各自拿着行李，按照分配的楼层，安顿下来。新生中的确有不少是已出道的熟面孔。刚进营区，门口便发生了一场不小的热闹。

“怎么着不让进啊，黄助理是来帮我铺床叠被的，你不会让我自己铺床吧，她得照顾我的生活啊。”

“同学，我们营区有规定，除了学员以外，闲杂人等不能进来。”

说话的是一位穿制服的女教官，姓李。

“什么闲杂人等，我说了，她是我的助理！”

不依不饶的女同学，是这届新生里名气颇高的一位，奈奈认得她，她叫叶思茗。这个名字可以说是家喻户晓了，叶思茗从小开始演戏，多部家庭剧的女一号都是她，可以说是老一辈家长心目中的小闺女。因为成名早，叶思茗也是出了名的耍大牌、难伺候，走哪儿都带着助理。

“同学，请配合一下，这是军训，不能带助理。”

“你知道我是谁吗？”叶思茗很不客气地说，“敢这样跟我说话！”

“不管你是谁，规定就是规定。”

就在这时，人群中，一道清冽的女声传来：“就算自己过去有一些成就，也不能骄傲。”

奈奈回头，看到林雪柔从人群中走出来，义正词严地说：“在这里，我们每个人的起点都一样，没有谁比谁高贵！”

景遥和梁晚夏立刻摆好了吃瓜群众的姿势，等着看好戏了。奈奈了解林雪柔，她是最喜欢出风头的，尤其是这种场面，“正义使者”非她莫属。

叶思茗挑起下颌，轻蔑地扫了林雪柔一眼：“你谁啊？”

林雪柔脸上挂着得体的微笑：“我是谁不重要，重要的是，我们现在每个人都是平等的！别人能做到的，你为什么不能？”

此言一出，她身边几个闺密连连鼓掌：“雪柔说得真好！”

“雪柔真的很正直了。”

不过，也只有这些素人女生没头脑地叫好，稍稍有点名气的都保持缄默，没有盲目跟风。他们深知在圈子里的某些“规则”。每个人都是平等的？这莫不是小学生说的话吧。林雪柔在圈子里的人设一贯是清冷孤傲的励志女神，说出这样的话也不足为奇。以叶思茗的咖位，林雪柔根本连给她提鞋都不配，现在居然敢当众出面指责她，也不知道是真蠢还是假正直。

叶思茗的助理见自家艺人已经很下不来台了，赶紧说道："我想起来了，这几天我家里也有些事，要先回去一趟，就没办法照顾你了，你自己保重啊。"说完，她匆匆离开。

"喂，回来，谁让你走了，你走了谁给我铺床啊？"

助理扬扬手："让同学帮帮你啦，我相信，有很多同学愿意和你当朋友的！拜拜！"开玩笑，叶思茗哎！她的咖位就这一届新生来说，应该能排到前三了！

林雪柔见叶思茗一脸失望，冷笑着说："自己的事情自己做，这才是这次训练的意义。我妈妈从小教育我，就算出了名，也绝不可以耍大牌，这样才能给粉丝们树立好榜样。"

这话说出来，同学中有点头的，也有默默翻白眼的，更多是吃瓜看好戏的。教官满意地点头，说道："希望你们都能向这位同学学习！同学，你叫什么？"

"林雪柔。"

教官拍了拍她的肩膀："林雪柔，我记住你了。"

叶思茗白眼都快翻到天上去了，她混迹娱乐圈这么久，这样清丽出尘的白莲花还真是第一次见到。

看完热闹，同学们提着行李箱去了各自分配的宿舍，叶思茗跟奈奈她们仨分到了一起。奈奈看她铺个被子简直像要了半条老命似的，被芯套在被子里堆成了一座小山。她实在看不过眼，走过来，好心地拿起了她的被子："我帮你吧。"

叶思茗连忙说："好哎！麻烦你了！这几天好好照顾我，大腿给你抱！"

奈奈睨她一眼，将被子的一角递给她："一起啊，跟着学。"

叶思茗撇撇嘴："学就学，有什么难的。"

同学们没有想到的是，早上誓师大会开始前，一辆无比拉风的悍马车驶入营地。顾平生居然也来了！教官将他带到了宿舍楼前，他还是一脸不情愿加没睡醒的样子，一看就是被强迫着过来的。这个世界上，能强迫他的人除了他家里的那位三爷，恐怕也没别人了。

顾平生安顿好以后，军训誓师大会也开始了，文工团的教官们先声夺人，开始表演节目。不愧是文工团的，男教官英俊帅气，女教官漂亮飒爽，开嗓就是纯正的美声唱腔，中气十足。听得这些小家伙们一愣一愣的，都是硬货啊。

誓师大会之后，军训便正式开始了。仅仅过了一天，许多同学便已经受不了如此高强度的体能训练了。黄昏时分，操场上横七竖八地躺着一堆绿色“尸体”，这些平日里十分活跃的小家伙们现在全泄了气。李教官走过来喊立正，同学们懒洋洋地站起来，纷纷哀求道：“教官，我们真的不行了，太累了吧。”

奈奈嘴唇苍白，靠在景遥身边一句话都不想说。这些普通人身体能接受的训练对于她来说，已经是极限了。李教官笑着说：“这就喊累了，还早着呢。”

叶思茗说：“教官，我知道这是军训，但咱们这强度也太大了，你是真拿我们当新兵呢！”

“行了，知道你们撑不住，原地坐下来休息一下。”

同学们欢呼一声，纷纷坐在了草地上。李教官看着他们一张张青涩稚嫩的脸蛋，如拉家常一般问道：“都来说一说，为什么选择走上演艺这条路？”

文艺班的同学们非常活跃，纷纷说道：“为了成名啊。”

“不知道，从小就做演员，好像这就是我的使命吧。”

“为了见‘爱豆’！”

人群中发出一阵爆笑，气氛一下子轻松起来，直到林雪柔站起来朗声说道：“我知道，现在很多人对娱乐圈有误解，觉得这个圈子水很深，艺人们都很肮脏。我进入这个圈子，就是为了改变人们对这个圈子的看法，做一个清清白白的偶像！”

她字正腔圆地说完这番话，周围有几个崇拜者连连鼓掌，不过，绝大多数人还是不屑一顾。这些话，她说给粉丝听，或许还有单纯的小朋友会为她呐喊叫好，但是在座的都是吃这碗饭的，不是摆明了得罪人吗？就连一直很佛系的宅妹梁晚夏都有些受不了了，不咸不淡地说了句："你这话说的……好像就你清白，别人就肮脏了似的。"

声音不大，但是足以让所有人都听见。林雪柔丝毫没有觉得不妥，继续说："我知道，这些话说出来，会戳到很多人的痛处，但是我不怕。为了这个梦想，我不惧艰险，不怕小人，只想为粉丝们树立好榜样！我也呼吁大家跟我一起，做优质偶像！"

现场更加安静了。李教官嘴角咧了咧，一时无言以对，只能说道："林同学，好了好了，大家都知道你出淤泥而不染，不过我们只是随便聊聊而已，你也没必要一棍子把所有人都打死了吧。"

林雪柔本来是想给教官留个好印象，军训成绩拿高分的，以为教官会夸奖她，没想到，被怼了一道。出淤泥而不染，怎么听怎么像是在挖苦她。

"还有同学愿意聊一聊为什么会走上这条路吗？"

叶思茗举手道："我进圈子，没某些人那么崇高的理想，我就想挣钱，名利双收。"

李教官笑了笑："也是很实际的想法。"

林雪柔翻了个白眼："俗。"

轮到林奈奈了，她认真地思考了一下，似乎想要说得恰当一点。

林雪柔对身边的女孩说："她啊，还不是嫉妒我，想靠那张跟我一样的脸博眼球呗。"

"林雪柔同学。"李教官终于受不了了，"别的同学讲话的时候，能不能请你安静一些，我知道你很有表达欲，但是基本的尊重还是要有的吧。"

被教官训斥，林雪柔终于感觉到丢脸了，不再说话。

奈奈想好了，说道："我走上这条路，其实是因为一个人。"

此言一出，同学们纷纷来了兴趣："谁啊？"

"很久以前的艺人了，当年他也超火的，很多人喜欢他，只是后来退圈，就再也没有消息了。"

"他叫什么名字啊？"

"艺名是顾长生，真名我不知道。"

同学们议论道："居然是顾长生！"

"你认识吗？"

"谁不认识顾长生啊，七八年前吧，他真的火，要是没隐退的话，现在绝对是顶级影帝。"

娱乐圈更新换代速度那么快，就算是曾经红过火过的明星现在不被人所知也很正常。顾平生原本在打瞌睡，猛然听到"顾长生"这个名字，激灵了一下，睡意全无。就连他都快忘了他哥过去的名字——长生。顾平生诧异地望向奈奈："你……你认识顾长生？"

奈奈笑笑，说道："我哪能认识他啊，只是……因为他，我想要变成更好的人。"

李教官感动地说："这就是偶像的力量，我希望你们将来都可以成为这样的偶像。"

同学们对于李教官的鸡汤没兴趣，反而对奈奈口中的这个男人更感兴趣，议论纷纷。

"后来他退圈了。"

"好像是因为暴力事件，差点把那个人打死。"

"暴力狂啊？"

"他不是！"奈奈连忙说，"肯定有苦衷。"

那件事的背后似乎有力量操控，并没有给媒体小报太多深究挖掘的机会，就连他揍的那个人是谁都没有人敢挖，这件事就这样不了了之了。奈奈不知内情，但是她相信，拥有那般纯净微笑的少年不会是什么暴力狂。那些曾经没有落到他身上的星光，奈奈想帮他拾起来。

李教官又望向了一脸呆滞的顾平生，问道：“顾平生同学，你有什么说的吗？”

顾平生还在发呆，直到身边朋友戳了戳他才如梦初醒般回过神来。他怔怔地说：“我啊……我进圈理由很简单，完成一个人的梦想。”

同学们好奇地望向顾平生：“谁啊？”

“关你们什么事儿啊。”这是他一直藏在心里的秘密，没想到今天因为奈奈的话，逼他把老底都掀了出来，“反正，我也要证明一件事……就算没有风娱传媒的支持，我也能凭自己的本事混出头！”

此言一出，梁晚夏以及几个追星女孩连忙喊道：“哥哥一定可以！”

后面又有好些同学讲述了自己的心底话，大家回想着选择这条路的初心，忽然觉得比起那个闪闪发光的梦想而言，这些艰难险阻又算得了什么啊！李教官看着同学们精神状态重新变好，笑了笑，叫了立正：“接下来一千米慢跑，跑完就去吃饭。”

同学们围着操场开始跑步，奈奈落了后，她心脏不好，不能做太激烈的运动。顾平生轻松地跑到她身边，笑着说：“就你这样的体力怎么当艺人啊，你看看现在出道的女团，台上唱跳两小时不带喘气是基本功。”

奈奈擦了把额间的汗：“我……也能做到。”

“你那个偶像都已经过气了，没几个人知道他的名字，你干吗喜欢他啊？”

奈奈本来没力气了，听到他这样说，飞起一脚踹过去：“他演技比你好多了！长得也比你帅！”没人可以贬低她的顾长生哥哥！

顾平生连忙朝着边上躲了躲，也不否认她的说法：“他叫顾长生，我叫顾平生，你说我们像不像？”

她嫌弃地看他一眼："完全不像！一点都不像！他比你帅多了！"

"这话是你说的，你可别后悔。"

"我干吗后悔。"

顾平生也不再说下去。当初大哥退圈的事涉及家族的丑闻，因此后来一系列的事情爷爷都是有意瞒了下来。现在没有任何人知道，顾聿宁就是顾长生。

有些女孩看着顾平生总跟着林奈奈龟速慢跑，议论纷纷："顾平生一直在后面和林奈奈说话啊。他都大二了，还过来参加军训，不会是为了她吧。"

身边女孩八卦的话语传入了林雪柔的耳朵里，她回头望了望林奈奈，攥紧了拳头。

军训结业之后会有一场文艺会演，每位同学都要准备节目，可以团队合作也可以单人表演。

叶思茗一直在帮奈奈她们做演技培训，准备文艺会演的时候上去表演一段话剧。叶思茗虽然生活能力差，但是演技是真的好，而且她的技巧都是自己这么多年的经验总结，一定程度上来说比戏剧老师教的东西都还管用。所以在军训期间，奈奈照顾她的日常生活，她则教奈奈和几个素人女孩演戏。

后来顾平生也加入了进来，时不时拜托奈奈给他跑腿，去一公里外的便利店买罐可乐，当然也不白跑，他空闲下来会指导奈奈跳舞。顾平生虽说纨绔又懒，演技也不行，但是舞是跳得真好。

奈奈就像一团海绵，在认真训练的同时，顾平生和叶思茗教给她的干货，她照单全收，全部消化了，并且能够迅速地用于实战。奈奈过去有跑龙套的经历，在话剧表演上比景遥和梁晚夏她们几个初学者要好很多了。

下午的太阳实在是太烈了，最高达到四十摄氏度，军训是训不成了，同学们自由活动，躲在树荫底下乘凉。

“林奈奈，去给你生哥买瓶汽水！”顾平生靠着树干打他的游戏。

奈奈坐在乒乓球台上看书，闻言冲他伸手：“给钱。”

“现在没空，晚上给你。”顾平生游戏打得正热闹，看都没看她。

“晚上你就忘了！”

“你怎么那么小气，我还会赖你一瓶汽水钱吗？”

奈奈翻出自己空空如也的迷彩裤兜：“我也没带钱。”

“你不会扫码啊？”

“没带手机！”

顾平生终于放下了游戏机，看着奈奈这副守财奴的小气劲儿，无奈将自己的手机递给她：“哎呀，我服了你了，把我的手机拿去扫，开屏和支付密码都是手势‘Z’。”

奈奈接过手机，心说这些有钱人家的少爷，真是走哪儿都要人伺候，懒得没谁了。她按低了鸭舌帽，顶着烈日，沿着空荡荡的柏油公路，朝一公里外的便利超市走去。

顾平生的手机响了起来，有人打来了视频通话，屏幕显示是他哥的来电。奈奈回头望望来时路，她都走一半了，这会儿也不能折返回去让顾平生接电话啊。奈奈想了想，按下了挂断按钮。不承想，挂断视频不过一分钟，他哥直接打电话进来了。不会是有什么急事吧，奈奈犹豫片刻，还是接听了电话。

电话里，极有磁性的声音传来：“最好给我一个挂电话的理由。”

奈奈知道顾平生的兄长就是传说中的那位杀伐决断的顾三爷，听这声音她都有点腿软犯怂，结结巴巴地说：“对、对不起。”

听到是女人的声音，顾聿宁声调越发沉了沉：“顾平生在哪里？”

奈奈深呼吸，解释道：“我是他的同学，他让我拿手机去买汽水，现在已经走很远了，不方便返回，待会儿您再拨过来，好吗？”

“让你去买汽水，他没长腿？”

“呃……”奈奈一时间不知道如何作答。三爷您弟弟是什么德行，还用问我吗？

顾聿宁闭上左眼，看到了烈日底下孤零零站在荒无人烟公路边的奈奈。小姑娘脸颊挂着潮红，额前几缕刘海也让汗水润湿了，迷彩T恤背后颜色也深了一大片。他让顾平生去文工团营地集训，一来锻炼他，二来让他教那丫头跳舞，没想到顾平生居然支使人家去跑腿。

“我就挂了哦，顾先生您等会儿再打过来吧。”

奈奈说完，准备挂电话，顾聿宁叫住她：“等等。”

奈奈很乖地“嗯”了声，只听顾聿宁说：“以后，不要帮他做任何事。”

奈奈以前听顾平生说过，这位兄长对他管束相当严苛，多半听到这件事不高兴了。万一他责骂了顾平生，顾平生这一生气不教自己跳舞了……林奈奈你是猪呀，干吗实话实说，像在跟人家哥哥告状似的。

顾聿宁的左眼看见奈奈站在太阳底下，又是跺脚又是拍脑袋的，一脸懊悔的样子。小丫头心思又多又复杂。

“我不会怪他。”顾聿宁说，“你不用担心。”

奈奈愣了愣，惊愕于他居然能立刻明白自己的心思。外面传言顾三爷心思机敏，与他打交道如涉龙潭虎穴，需步步小心。顾聿宁继续说：“你买两瓶汽水。”

“啊？”

“哥哥请你喝。”

挂掉电话，奈奈站在阳光下感动得眼睛都红了。顾平生的哥哥真的好好哦。

顾聿宁看着小丫头边走边抹眼泪的样子，心想就这么点儿好事，能让她感动成这样？他感觉胸口有点闷。

来到便利店，奈奈用顾平生的手机刷了一罐冰汽水。虽然顾平生的哥哥说要请她喝，不过还是算了吧，好意她心领就行了，因为方圆十公里就这一家便利店，囤货居奇，一罐汽水要卖到十块钱，奈奈觉得不划算。

便利店里，她遇到了一个男同学，名叫何明明。他手里拎着好几个口袋，里面装了几盒关东煮，还有热狗烤肠方便面一类的食品。何明明不是那种英俊帅气的明星脸，恰恰相反，他身形微胖，皮肤略黄，脸上还有雀斑。演艺圈也不能全都是好看的人，电视剧和电影里总有一些贴近现实生活的角色形象，何明明就是走这一类风格的艺人。

回去的路上，奈奈和他聊天，得知他手里这么多的零食都是给室友带的，顿时两人都有了一种同是天涯沦落人的默契。

回到营地，奈奈将冰冰凉的汽水给了顾平生，顾平生早就渴得不行了，扭开瓶盖还没来得及喝，奈奈道："你哥刚刚给你打电话了，最好回一个哦。"

顾平生的手微微一顿，咽了口唾沫，接过手机，躲树下给他哥拨了过去，怂得像个小鸡仔似的。叶思茗一边看美妆视频，一边对奈奈说："这世界上，除了顾聿宁，没人能制得住这位二世祖。"

奈奈问道："他哥很凶吗？"

"那可不，我经纪人刘姐，圈子里也算是数一数二的老牌经纪人了吧，脾气出了名的暴躁，可是见了顾聿宁，也怕得跟小白兔似的。"

奈奈觉得有点夸张，刚刚听顾聿宁的声音，好像也没那么吓人的嘛。几分钟后，顾平生垂头丧气地走回来，将汽水递给了奈奈，说："给你喝。"

"啊？"

"啊什么啊，你不喝我不教你跳舞了。"

"为什么啊？"

"你十万个为什么吗？让你喝就喝，哪来那么多废话？"顾平生好气哦。

奈奈接过冰镇汽水，在顾平生的虎目逼视下，连忙嘬了一小口。

不远处的树下，何明明拎着食物被李教官逮了个正着：“营地规定军训期间不能溜出去买零食，何明明同学，这是怎么回事？”

何明明抬头望了望自己的室友沈迎嘉他们，哭丧着脸，想说又不敢说。李教官也不是傻的，看他拎这么多食物进来，肯定不是一个人吃，她对何明明说：“是谁让你去买的，说出来，我可以不惩罚你。”

沈迎嘉伸手比画了一个抹脖子的动作威胁他，意思是敢说你就死定了。

何明明低着头，红着脸踟蹰了半晌，说道：“是……是我自己买的，我自己一个人吃。”

李教官显然不信，问道：“你一个人吃这么多？”

“嗯。”

沈迎嘉几人也笑了起来：“教官，人家都承认了，你就不要再逼问了吧，看他身上的肥肉，吃得多也很正常啊。”

李教官没理会这些插科打诨的男生，严肃地望向何明明：“何同学，违反营地规定可不是闹着玩的，我们会将你遣送回学校，具体处分由学校决定。”

奈奈惊讶地望了眼顾平生，他显然也愣住了，没想到溜出去买东西处罚这么重。

“看我干吗，汽水还不快藏起来！”

奈奈赶紧把汽水藏进了迷彩挎包里。李教官继续对何明明说：“你要是说出是谁让你去买，或者是谁逼你去买的，就没事了。”

何明明哭丧着脸望了望沈迎嘉，沈迎嘉威胁地瞪了他一眼：“别乱攀扯啊。”

奈奈低声说：“就是他的那几个室友使唤他去买的。”

叶思茗笑了笑，说道：“教官知道，同学们也都知道，但是何明明不会说的。”

“为什么？”奈奈不解。

“沈迎嘉是什么人。”她努努嘴，“这次军训没有顾平生，沈迎嘉就是最大的流量，粤华公司最赚钱的掌上明珠。何明明也是粤华的，只是因为颜值的缘故他只能接一些路人配角戏，可以说是粤华公司金字塔最下面的那一类艺人了，你说他敢得罪沈迎嘉吗？”

奈奈抿抿嘴，或许也正是因为如此，沈迎嘉才敢肆无忌惮地使唤他，让他做这做那，随便欺负人吧。

“是……是我自己饿了想吃东西。”何明明哭丧着脸说。

李教官失望地摇了摇头，说道：“那你回去收拾东西吧，等会儿就离开营地，我会向学校如实上报。”

何明明迈着沉重的步子朝宿舍楼走去，身后沈迎嘉几人的嘲笑声传来：“死肥猪。”

“猪当然吃得多啦。”

他们太欺负人了。何明明猛地顿住，紧紧攥着拳头。

“这件事，是沈迎嘉逼我做的。”他回过头，愤愤地将食物全扔在地上，对教官说，“我才吃不了这么多呢！”

沈迎嘉没想到何明明会忽然改口，措手不及：“胡说！”

“就是你们！”

“你是怕被惩罚，胡乱攀扯，诬陷我们！”

沈迎嘉身边几个男孩连忙对教官说：“教官，没有证据的事，不能相信吧！”

教官其实早看出来沈迎嘉几个有猫腻，但是正如他们所说，如果何明明没有证据的话，这件事还真有些难办了。毕竟人赃并获被逮住的是何明明。

“你有证据吗？”李教官问何明明。

何明明紧紧皱着眉，忽然想到了什么，望向了奈奈。奈奈知道他是在向她求助，毫不犹豫站了出来，说道：“沈迎嘉他们逼何明明去买的关东煮，回来的路上沈迎嘉给何明明打了一个电话，催他快点，我都听见了。”

奈奈说完这话，沈迎嘉脸色变了。李教官让何明明站回来，再一次严肃地问他：“到底是不是这样？”

沈迎嘉：“你敢说……”

“闭嘴！”李教官一声怒喝，将沈迎嘉的话吓了回去。“在这里，首先你们是学生，然后才是艺人！”李教官愤怒地说，“学生，本来应该是我们国家最干净、最青春的一群人，是国家未来的希望！可是你们看看，现在你们变成什么样子了！我希望，你们别忘了自己当初是为了什么而走上这条路。”

她说完这话，整个训练场安静如真空。何明明哭着说道：“是沈迎嘉他们逼我这么做的，说如果我不肯乖乖听话，就在公司给我穿小鞋。”

沈迎嘉摇着头后退了几步，忽然他怨毒的眼睛望向了林奈奈：“你知道我给他打电话了，所以买东西的时候，你也在？”

奈奈买汽水的事情瞒不住了，不过她还算够义气，没把顾平生招出来。顾平生自己举手坦白：“教官，是我让林奈奈帮我跑腿，而且不止一次。”

李教官用脚趾头也能猜到，营地里绝大多数同学都很乖，就这几个不省心的。

“沈迎嘉，还有顾平生，你们几个滚回去收拾东西！”

“好嘞！”顾平生一跃而起，蹦跶着朝男生宿舍跑去。

“回来！”李教官见他这么开心，料想他是早就不想在这儿待了，至于学校的惩罚，对于新生或许是威慑，但是对顾平生这种人肯定没效果。

“顾平生不用回去了，留下来罚跑操场二十圈。”

“凭什么！”

顾平生和沈迎嘉同时问出这三个字，不过语气完全不同，沈迎嘉是觉得不公平，而顾平生则完全是失望。他真的好想收拾东西回去啊。

李教官说道：“你们两个性质不同，沈迎嘉是用卑劣的手段逼迫同学帮买零食，而顾平生情节不算严重，顶多就是个收买。”

奈奈也连忙点头：“没错没错，顾同学他教我跳舞，我是自愿帮他买水的。”

顾平生横了奈奈一眼：“少说两句能憋死你啊！”

最后，沈迎嘉几人收拾了东西，垂头丧气地离开了营地。而顾平生则被罚跑操场二十圈，奈奈也被牵连罚跑五圈。

她身体不好，刚两圈就累得气喘吁吁，从包里摸出一颗白色药丸吃了下去。顾平生跑到她身边好奇地问道：“吃什么啊你？”

“治心脏病的药，我心跳不能太快。”

顾平生翻了个白眼：“该，让你乱出风头，害我跟你一起落水。”

奈奈望了望不远处的何明明，问道：“在娱乐圈，如果不火的话真的走哪儿都会受欺负吗？”

顾平生抱着手肘悠悠地说：“仗势欺人的家伙可不只娱乐圈才有，这个世界上到处都是，像你这样满脸都写着‘快来欺负我’的，进了圈子不吃亏才怪。”

奈奈默不作声。

“怎么，怕了？”顾平生看她一脸沮丧，“想退出了？”

“才不是。”她从小被欺负到大，最不怕的就是这个。

“还有一个办法。”顾平生嘴角漫起了坏笑，“自己保护不了自己，那就找一个有力量的人，保护你。”

奈奈撇撇嘴：“世界上没有白吃的午餐，找人保护我，那我会付出更多东西吧。”

顾平生拍了拍她的后脑勺：“你也没我想的那么单纯嘛，连这都知道。”

“当然知道啦。”她姐姐就是这个圈子里的，平时听父母聊天也会知道很多圈子里的事情。

奈奈跑完了最后一圈，坐在跑道边休息，顾平生说：“一个人很寂寞啊，陪我接着跑。”

“你想得美咧。”

“哥哥我们来陪你！”梁晚夏带着三个追星少女，也加入了跑步的阵营。

“喂喂喂，你们离我远点。”顾平生是怕了她们了，加快了脚底的步伐，“别过来啊，跟偶像保持距离懂不懂！”

奈奈看着操场上狂奔的顾平生，还有追在他身后的年轻女孩们，刚刚沉重的话题带给她的沮丧一扫而空。

是啊，就算这个圈子里有那么多不好的事情，可是粉丝对偶像的那份热忱和爱却是这个世界上最干净纯粹的东西，就像她对长生的喜欢一样。

军训半个月，奈奈感觉自己的体能明显要好一些了，教官也很关心她，酌情免除部分高强度运动。接下来就是结业大会的文艺会演，这场演出是同学们抽空余时间准备的节目，全体教官以及学校的领导都会参加。

奈奈她们准备的话剧节目，是红色剧目。奈奈饰演的是一位乡村女孩，她在迎接红军进村后，运用聪明才智，帮助红军顺利击溃敌人。

其实有叶思茗和顾平生他们在组里，女一号轮不到奈奈，不过因为奈奈平时一副“放着我来”的热心肠，让她在小组里圈了不少好感，在选女一号投票的时候，同学们纷纷把票投给了林奈奈。

奈奈挺不好意思，平时跳舞还能跟着视频自学，演戏真是……要是没有师傅带入门，看多少遍电影电视剧都很难学得会。叶思茗天天抓着奈奈对戏，一句台词一句台词地教她：“时刻记住你的身份，你是个十五六岁的小丫头。”

“没错，就是这样笑，再纯真一点，无邪一点。”

“对了！就是这种感觉！”

叶思茗可不是网上那些只有颜值没有演技的花瓶演员，她是实打实的演技派，很小的时候就拿过新人奖了。虽然有时候脾气不好，但她绝对有傲气的资格，毕竟实力在那儿摆着。

这种演员才是真正的长盛不衰型，因为演技在线，什么角色拿到她手上都能活。这几天，她集中培训林奈奈，把自己的所感所学毫无保留地教给了她。

顾平生在这出短剧里饰演了一位少年英雄小红军，跟奈奈是对手戏。他的演技其实也挺一言难尽的，不过比奈奈稍微好一点，所以也开始好为人师地教训奈奈：“你演的什么呀，重来重来！晚上可就上场了，你这样可不行。”

叶思茗拿着剧本敲他脑袋：“还说别人，看看你自己吧，人家奈奈才学几天啊，你可都出道两年了！还演成这样。”

“我演怎样啊！”顾平生穿着农民的道具服，脑袋上捆了一根白头巾，穿着泥靴，裤脚扎到小腿根，“我已经很努力了好吧。”

叶思茗摇头说：“真心疼三爷啊，白花花的银子砸你身上，泡儿都不会鼓一下吧。”

“胡扯！我每季度给风娱挣多少钱！你知道什么！”

就在这时远处传来一声鸣笛，一辆黑色的迈巴赫停在树荫底下的乒乓球台边。顾平生看到那辆黑色轿车脸色一变，手里的道具枪都掉了。

“我哥来了。”他胆战心惊地理了理头发，跟大家伙儿告辞之后，朝着那辆黑色轿车走去。

叶思茗笑了起来：“你看看他，刚刚还嚣张跋扈，这会儿顾三爷一来，秒变小老鼠。”

奈奈回头看着那辆迈巴赫，觉得很眼熟，很像是之前接她去学校报到的那辆车。

她没有记车牌号，有些不确定。

顾平生坐进车里，扑面而来的冷气让他长长地呼了一声：“啊，凉快。”这炎炎夏日，他都好久没吹空调了。

车后座上，顾聿宁穿着黑西装，领带扎得一丝不苟，他慵懒地靠在车椅背，修长的指尖衔着一份文件专注地看着。他漫不经心地问：“才热了这几天，受不了了？”

顾平生像狗子一样趴在他面前：“你这是‘何不食肉糜’啊，你成天待在冷气室里穿得西装笔挺的，跟我在外面风吹日晒，能一样吗？”

顾聿宁终于抬起眸子，淡淡睨了他一眼：“你觉得我没晒过？”

“呃……”顾平生回想了一下，当初哥哥成名也才十多岁吧，那会儿对演员的要求可不像现在，能唱唱跳跳，再加一张漂亮脸蛋就可以圈粉了。那会儿的艺人个个都是唱跳演俱佳的实力派，他哥尤甚，什么戏都可以拿下来，甚至还拍过功夫戏。后来家中发生变故，爷爷去世，父亲罹难，母亲被觊觎家产的二叔折磨……

很多事情，顾平生都记不太清楚了，只知道那晚兄长没有回来，网上的消息传得沸沸扬扬，一夜之间，他从一个万众瞩目的偶像变成涉嫌杀人的罪犯。

幸好二叔没有死，被医院抢救之后活了过来，兄长也在失踪几个月后回了家，隐忍蛰伏多年，从那个恶魔二叔手里夺回了顾氏集团，二叔狼狈逃往海外。总之，在顾平生眼中，他哥比任何漫威英雄都更加厉害！是超级大英雄！

“嘿，哥，咱不说这个，我跟你讲哦，你要我去找的那个小丫头，她居然跟我说，她进圈子是为了一个人！你知道那人是谁吗？”

顾聿宁放下了手里的文件，抬起眸子，望向了不远处树荫底下彩排的奈奈。她穿得花花绿绿的，脸上化了一点妆，不浓不淡，恰到好处，表情不用刻意，自然发挥就是最纯净的笑颜，出乎意料的好看。他淡淡念出一个名字：“长生。”

“哎？你知道啊！”

顾平生诧异地看着顾聿宁：“我没想到啊，这么多年过去了，居然还有人记得你啊！你说说，你的粉丝也太死忠了吧！”

不远处，小丫头似乎朝这边投来了清透的一瞥，不过视线没有停驻太久便移开了。也许，苦难中的人，就是天然地渴望阳光、渴望温暖。出道那几年，是顾长生这一生最快乐的时光，那样的日子再也不会有了，现在他的眼神里只有浓得化不开的郁愤。

“哥，那小丫头铆足了劲儿想往娱乐圈钻，就是为了见你一面，要不你就以顾长生的身份见见她呗。”

顾聿宁重新拾起了手里的文件，淡淡道：“见了，然后？”

“然后？”顾平生没有想过。

“过去那样喜欢崇拜的人，现在变得籍籍无名而又平庸。”他伸手落在了左边的单眼墨镜上，“而且，还是个瞎子。”

顾平生连忙反驳：“哥，你才不是籍籍无名，更不平庸好吧！而且……”他声音渐弱，“也只瞎了一只嘛。”

上场前，奈奈的心脏病犯了，换了戏服之后她的救心药没有随身携带，又因为即将登台的紧张，她的心跳开始不正常地加速。奈奈病了这么多年，也能够预感到情况不妙，于是赶紧折回宿舍取药。

勉强来到宿舍门口的时候她已经快坚持不住了，所有人都聚集在礼堂里看表演，宿舍楼道空空荡荡，一个人都没有。奈奈双手颤抖着，摸出钥匙哆哆嗦嗦打开了宿舍门。开门的那一刻，她眼前一黑，随即天旋地转，倒在了地上……

黑色轿车已经驶出了营地，顾聿宁正在和公司的经纪人通电话，商议手下艺人的安排。忽然，他像是感应到什么似的，胸口一阵刺痛。脑子里有声音告诉他，小丫头可能有危险了！

“折回去！”顾聿宁伸手捂着胸口，对司机呵道，“返回营地！”

奈奈的心脏从小就很脆弱，其实不仅仅是心脏，她打从一出生开始，身体各个器官都濒临衰竭。新生儿病房里，姐姐哭得嗷嗷的，声音洪亮如钟，她却连哭都哭不出来，后来奈奈被转入了重症监护室。医生说因为姐姐的吸收能力太强，娘胎里的营养几乎都被她吸走了，进而导致妹妹各方面发育都不太完善，虽不至于夭折，但是以后养育起来也颇为艰难。

奈奈应该感谢父母的不杀之恩，至少那个时候父母还没有将她和姐姐区别对待，把人性中仅存的那一丝怜悯留给了她。后来姐妹俩一天天地长大了，姐姐白白胖胖，憨态可掬，而奈奈的体重还不足姐姐的一半，从小到大什么病都找上门过，身子骨弱不禁风。父母对她的关心，也在照顾她病情的过程中一点点地消磨殆尽了。

奈奈印象很深刻，那是一个冬雪的夜里，父母坐在客厅里商量女儿应该怎么办的问题，再这样下去，他们的生活就全被毁了，母亲甚至有些后悔当初留下了她。父亲说：“既然都已经养到这么大了，总不能把她扔了吧。”

乖巧懂事的林雪柔走过来，抓起了母亲的手，用甜美的嗓音对她说：“妈妈，就算没有妹妹，你还有我呢，以后我会好好孝敬你的。”

那一刻，母亲终于绷不住了，抱着林雪柔，愧疚地哭了起来：“这些年，妈妈为了照顾妹妹忽略你了，从今以后妈妈一定把全部精力放在你身上，你真的是上天赐给妈妈最珍贵的礼物。”

林雪柔趴在妈妈的肩头，遥遥地望着站在门边的瘦弱的奈奈，漆黑的瞳子放着光彩。是啊，比起无论怎么照料身子骨都无法恢复健康的奈奈来说，胖嘟嘟又会撒娇的雪柔不是更加招人疼爱吗？后来，正如母亲所承诺的那样，她把所有的精力都抽了回来，只为自己的大女儿的未来盘算，不再去管患病的奈奈怎么样。就当家里养了一只猫儿狗儿，给吃给穿，给点药钱，就算是尽到了为人父母的责任。

从那年开始，奈奈便学会了自己照顾自己。就像当初在娘胎里，她几乎是用尽了全力跟姐姐争夺营养，保证自己不会胎死腹中一样，生存的本能让她很早就懂得了独立。十二岁的时候，她已经能够独自去医院做各项检查，配合医生的治疗。经常看着同龄的小孩都由父母带着来医院，哪怕是一个普通的小感冒，父母都大惊小怪无比心疼，而她的父母在哪儿呢，应该正带着林雪柔四处跑片场，拍戏上综艺，无暇顾及她。从那个时候开始，奈奈就知道，自己是被放弃的那一个。

也是在那时，她偶然在电视里看到了那个名叫顾长生的演员，他唱跳演三栖，那时候也算是娱乐圈最炙手可热的男星，奈奈看见他的第一眼，就被他深深吸引了。

在综艺访谈里，他和主持人风趣幽默地聊着天，每句话都有梗，把奈奈逗得乐不可支，一个人站在电视机前傻笑。后来他轻轻哼唱了新专辑的一首歌，清亮的嗓音、优美的旋律，以及他那微微含笑的如阳春白雪般的英俊面庞，都是那么的美好。他含笑的眸子里有一股坚定而深沉的力量，奈奈被这股力量吸引了，难以自拔。

那时候她疯狂搜集大哥哥的贴纸和海报，她想了解和他有关的一切，那样乐观幽默的一个人，她真希望全世界所有的美好都属于他。

他爆出丑闻那天，奈奈一个人在大雨中哭到没有力气。网上很多传言，说他坐牢了、坠楼了……无论哪一种结局，都是奈奈不能承受的。她终于明白，原来没有人可以陪她，最后终究只剩自己一个人。

奈奈迷迷糊糊地挣扎着爬进屋，伸手想要够到衣架上挂着的衣服，兜里有她救命的药。她不想死，真的不想死……已经坚持了这么多年，她真的想好好活下去。可是无论怎样努力，她心脏的频率似乎越来越慢，眼中那一星半点的微光也在慢慢消失……终于走到尽头了吗？

就在奈奈的手再也支撑不住，落下去的那一瞬，一双坚实的手臂忽然将她抱了起来，一个模模糊糊的人影出现在眼前。奈奈看着他进屋，从衣兜里取出了两颗药丸，就着水喂进了她的嘴里。

怦、怦、怦……怦怦怦。伴随着液体缓缓沁入她的喉中，心跳也正在一点点复苏，她能够感觉到身边男人紧实的怀抱，嗅到他身上雅致而清淡的薰香，甚至摸到他西服挺括的面料。她努力想要睁开眼，却感觉如坠梦中，只能看见一个模模糊糊的轮廓。

是顾长生吗？奈奈看不清他的模样，但就是能感觉到……是他。如果这不是梦，该有多好啊。

顾聿宁给她喂了药，将她抱起来放在床上。小丫头昏迷的时候，还死死地抓着他的衣服，就像绝境中紧紧抓住的一根救命稻草。无奈，他只能坐在床边，将她抱在怀里。小丫头真的太瘦了，在他怀中柔弱似无骨，顾聿宁甚至都不敢抱得太紧。

她浑浑噩噩，手很不听话地伸向他，似乎想摸摸他的脸。顾聿宁怎么可能让她摸到，撇开了她的手，有些无奈地说："你安分点吧。"

她似梦呓一般，唤了声："哥哥……"

"谁是你哥哥？"

"哥哥。"她又轻轻地唤了声，"是你吗？"

被这小女孩一声一声地唤着哥哥，饶是顾聿宁铁石心肠，此刻也化成了水。他这辈子唯一宠爱的弟弟，都没有双声叠字唤过他一声哥哥。

"是你吗？"她又问。

顾聿宁不耐烦地说："是我，想干吗？"

小丫头一把抱住了他，将脸蛋埋进他的胸膛，哭着说："哥哥，我真的好喜欢你啊，呜呜呜，这么多年你去哪儿了？"

顾聿宁："……"

半个小时后，何明明匆匆忙忙闯进女生宿舍，叫醒了奈奈："林奈奈，你没事吧？"

奈奈醒过来，看到眼前何明明那张憨厚老实的脸，有些诧异："何明明？"

"是我，你怎么了？怎么在床上睡觉啊？"

"我……"奈奈眼角还残留着泪痕，转头看见了桌上摆放的药盒，瓶盖已经被拧好了，"我是回来吃药的，吃了药就…… 睡着了？"

不是，她隐约记得她一进门就晕了，是有人把她抱进了屋里，还给她灌了药。晕晕乎乎的时候，她还梦到顾长生了。奈奈指着桌上的药盒问："何明明同学，是你救了我吗？"

何明明眨眨眼睛，看着迷迷糊糊的她，忽然脸颊有些发烫，他抿着干燥的唇，用力点了点头："嗯！我刚刚看你身体好像不舒服，就一路跟过来了。"

"谢谢你啊！"奈奈感激地说，"太幸运了，没你我就死定了。"

何明明羞涩地挠挠头："举、举手之劳，你上次也帮了我啊。"

奈奈虚弱地笑了笑："对了，演出开始了吗？"

"已经开始了，不过你们的短剧顺序靠后，现在过去应该还来得及，你的身体没问题吗？"

"没问题。"奈奈收拾了一下，穿好了鞋，就跟何明明一起去了大礼堂。

叶思茗和顾平生见到奈奈，长舒了一口气："差点以为你临时落跑了，还不知道怎么办呢！"

"怎么会……"这是奈奈第一次登台演出，她才不会跑。

"刚刚身体有些不舒服，回去吃了药，现在好多了。"奈奈解释道。

顾平生望了望她身边的何明明，问道："你怎么跟她在一起？"

"我……刚刚去宿舍楼找奈奈啊。"

"你找她干吗？你们很熟吗？"

何明明脸颊愈发滚烫。

奈奈见顾平生咄咄逼人，于是说道：“是何明明同学帮我拿了药，没他我今天估计就挂了。”

顾平生怀疑地望了何明明一眼：“真的假的？”

“嗯，是这样。”何明明心虚地点了点头。

顾平生皱了皱眉，刚才他去找林奈奈，明明看到他哥的迈巴赫轿车停在女生宿舍楼下。

晚上的演出非常成功，评委给出的分数比原本稳拿第一的林雪柔组的歌舞表演还要高几分，周围同学掌声如雷，林雪柔看着台上的奈奈，紧紧咬着下唇，一句话都说不出来。究竟是从什么时候开始，身边那个毫无存在感的柔弱小妹慢慢地被大家发现，变得光彩照人？

从妹妹一生下来，父母便把整颗心都记挂在她身上，结果她还是不争气，身体孱弱，怎么样都治不好，而自己明明这么健康又可爱，难道不应该拥有更多父母的关心和爱？于是在成长的过程中，林雪柔渐渐学会了怎么样讨父母的喜欢，她要让父母知道，在她身上的投资是一定有回报的。这样的做法卓有成效，很快，母亲全部的爱都转移到了她身上。

林雪柔看着舞台上的女孩，手紧紧握成了拳头，让她不爽的不是没有拿第一，而是第一居然让奈奈抢去了！一只小病猫罢了，有什么资格与自己比肩！

军训结束，同学们收拾东西返回学校。奈奈和景遥上了大巴车，前排的何明明立刻站起来，对奈奈说道：“我给你占了前排的位置，怕你回去的路上晕车。”

“呃……”其实奈奈还是更愿意和景遥她们坐在一起，路上还能打会游戏，不过想到昨天何明明救过自己，她也就勉强同意坐在了何明明身边，景遥和梁晚夏她们坐到了后排。没多久，顾平生和同伴说说笑笑也上车了，看到坐在同排的何明明和奈奈，嘴角的笑容敛了敛。他很不爽地坐到了他们身后，倒要看看这个何明明到底想干什么。

路上，何明明剥了一个橙子递给奈奈，奈奈婉拒：“不用，我现在不想吃东西。”

“吃吧，真的很好吃，对于晕车也有效果的。”

“我不晕车，谢谢了。”主要是……奈奈低头看了看他的手，好像并不太干净的样子。

“好吧。”何明明扔了一瓣橙肉进嘴里，“昨天晚上你不省人事的样子，真是吓死我了，幸好我够机灵，将桌上的药给你吃了，不然啊……真的要出大事。”

“唔，再次感谢。”奈奈不知道他为什么又提起了昨晚的事，似乎有点像故意提醒她，别忘了他是她的救命恩人。

“橙子真的很好吃，你吃一瓣吧。”

奈奈：“对不起，我真的不想吃。”

“吃一瓣又不会死，不吃就是不给我面子哦。”

终于，后排的顾平生实在听不下去了，扬着嗓子说：“人家说了不吃，你听不懂人话还是怎么的啊，非得逼人家吃，怎么着，偏执狂啊你？”

声音不大不小，周围邻座都听见了，朝何明明投来目光，何明明憋红了脸，手都开始颤抖了。恰好这时候，车到达了服务区，停下来休息十分钟，同学们纷纷下车活动，景遥叫了奈奈也一起去。

顾平生顺势坐到了何明明身边，伸手揽着他的肩膀，很不客气地问：“小子，你想干吗？”

“我……不干吗。”

“你不干吗你就老实点，别小青蛙想吃天鹅肉。”

何明明袖下的手蓦然紧了紧，望向顾平生：“你们这种级别的明星，应该是不能谈恋爱的吧，毕竟……你也只能靠脸吃饭，粉丝可、可不会愿意自己的‘爱豆’谈恋爱。”

顾平生听出了他的讽刺之意，也不生气，笑了笑，说道：“我是不能谈恋爱，那小丫头也不是我的菜，不过……”他指了指自己的眼睛，“我得盯着她，所以你……最好自重。”

最后四个字，他说得掷地有声，何明明望了他一眼，看出了他的威胁之意。

“我是青蛙没错，”在他走后，何明明自顾自地低声说，“但她也不是白天鹅。”

何明明从奈奈的吃穿用度和平时打扮猜测，她家境其实很“一般”，只有林雪柔那种才叫白天鹅呢，奈奈还是素人，身体又孱弱多病，以后谁知道能不能出道。何明明至少也是出道的男艺人，他觉得自己是能够配得上奈奈的。当然，奈奈是长得好看，但这不是他喜欢她的原因，他喜欢的是她善良又正直的品格。

奈奈上车之后，重新坐回了何明明身边，因为有顾平生在后面盯着，何明明不敢再说什么做什么了。他猜测，顾平生也就是图一时新鲜，他可是娱乐圈顶流，平时本来就很忙，他身边的女人还少吗？过几天就把这丫头抛之脑后了。何明明觉得，自己单身了这么久，这一次终于遇到了命中注定的人。

顾平生看出了何明明不老实的心思，所以自己无论如何也得帮他哥把这道防线守住了！

早些年，顾平生还很小的时候，不怎么合群，周围的小孩都不爱和他玩，他经常看巷子口的小男孩吃冰糖葫芦，馋得直流口水。那帮小破孩就喜欢看他馋嘴的模样，总是故意在他面前吃。顾聿宁回来之后，看到顾平生委屈得抹眼泪，二话没说，上前就把剩下的糖葫芦都买了过来，全部塞给他。

无论顾平生喜欢什么，只要是顾聿宁有的，他都会直接送到顾平生手上。后来他成功复仇，夺回了顾氏名下产业，有了风娱集团，无论顾平生想要什么角色、什么综艺，顾聿宁都帮他拿下来。整个娱乐圈都知道顾三爷有多偏爱这位弟弟，所以顾平生在娱乐圈过得十分潇洒，没人制得住他。现在，顾平生也不会让任何人夺走他哥在意的人。

“奈奈，咱们加一个微信吧。”何明明提议，“咱们先从朋友当起……”

顾平生一脚踹他椅背上：“从朋友当起？你这话说的，你还想当什么啊？”

何明明皱着眉，愤怨地回头看他一眼：“顾平生，你不要太欺负人了！”

“怎么着，搁沈迎嘉面前就跟小老鼠似的，在我面前就可以大呼小叫？他能制得住你，我就……”

话音未落，身后的几个女生忽然大声地唱起歌来，盖住了顾平生的声音。这话摆明了是在欺负人，传到网上去肯定给哥哥招黑，她们扬着调子欢唱，不让顾平生再继续说下去。就在这时，顾平生的电话响了起来，是他哥打过来的。

顾平生重新坐下来，捂着手机接听：“喂，哥……”

“把电话给她。”

“啊？”

“我说，把电话给她。”那边的顾聿宁嗓音低沉有力。

顾平生愣愣地将手机递给奈奈：“我哥找你。”

“找我？”奈奈指了指自己，“确定？”顾聿宁怎么会找她？没理由啊。

“嗯，找你。”顾平生将手机塞到奈奈手中，不服气地瞪了何明明一眼。

奈奈拿起电话，有点紧张，之前她听叶思茗说过不少顾聿宁的事，在叶思茗的描述中，这位顾三爷就是娱乐圈的大 boss（老板），令人闻风丧胆，走到哪里都是花草凋零的魔王形象。她忐忑地问：

“顾先生，您好，请问您找我有……有事吗？”

电话那端，大魔王的声音听起来很平和：“昨天晚上我有一枚领带夹遗失了，应该是落在了你这里，有捡到吗？”

奈奈连忙翻了翻自己的书包夹层，确实有一枚银质领带夹，是她早上在枕边捡到的。这枚夹子无论是质感还是样式都不似常物，上面的镶钻也很闪耀，看着就价格不菲的样子。

“顾先生，您能说说您丢失的领带夹是什么样式的吗？”

顾聿宁道：“是私人定制，很好分辨，领夹背后刻了‘CS’两个字母，是母亲给我取的小名。”

奈奈将领带夹翻过来，果然，夹子底端有哥特式风格的‘CS’字样。

奈奈将手机还给了顾平生，顾平生刚刚一直竖着耳朵偷听，从她嗯嗯啊啊的回应中，也听不出他哥跟她说了什么。小丫头喜怒不形于色，就是个闷葫芦，也不可能主动坦白。

“哎，我哥跟你说什么啊？”顾平生敲敲她的肩膀，开口问她。

“哦，他的领带夹昨天晚上遗落在了我的宿舍，让我找个机会把夹子给他。”奈奈扬了扬手里的银色领夹。

“这真是我哥的哎，他一直用这枚，好多年了。我昨天看到我哥的车停在女生宿舍楼下，”顾平生说，“昨晚你们果然在一起啊。”

奈奈意味深长地望了何明明一眼，点点头，说道：“刚刚顾先生跟我说，昨天晚上见我晕倒了，他从我衣兜里拿了药，喂给我吃了。”

何明明听到这话，耳朵立刻烧红了，低下头，恨不能刨个坑把自己埋了。顾平生脸上立刻挂了笑意，轻哼了一声：“难怪呢，我哥从不丢三落四，这枚领夹是意大利私人设计师的独家定制款，这都能落下，说明当时情况紧急啊。”

奈奈想起来是有些后怕，如果不是顾平生的哥哥及时赶到，她可能就真的一命呜呼了。顾平生瞥了眼何明明那张羞红的脸，心说果然，替人做嫁衣这种事，他哥永远不可能做。

何明明不敢直视奈奈的眼睛，羞愧不已，奈奈对他笑了笑，似乎并没有在意他刚刚的谎言和欺骗。

办公室里，顾聿宁睁开了左眼，他的左眼能“看”到发生在那个小丫头身上的所有事情。她看着单纯，眸子干净澄澈，但她的情商也着实不低。不拆穿何明明是给他留一个面子，何明明自己心虚理亏，也就不会再纠缠她了。既不树敌，又能解决麻烦，能有这样成熟的处理手法……说明她过去生存的环境，很不简单。

富庶而温润的水土，多半养出来的就是顾平生这样的傻瓜二世祖；苦难的环境才能磨练人的心性，懂分寸、知进退。过去顾聿宁还有些不理解，为什么父母都已经偏心到那种程度了她还能忍下去，要是换了他这傻瓜弟弟，估摸着都要放火烧宅了。现在他似乎有一些懂了，她不是性子软能忍，而是她清楚怎样在逆境中给自己争取机会。他对这小姑娘，忽然有些兴趣了。

稍后，奈奈和一个晕车的女同学调换了位置，坐回到了景遥她们身边。没一会儿，顾平生给她发了一条消息：“我哥让你加他微信。”

奈奈抬头，见他冲她扬了扬手机，便回复道：“哦，好，你发给我吧。”

顾平生给她发了一串电话号码，奈奈复制之后，发送了信息，很快那边通过了验证。顾聿宁的微信头像竟然和顾平生是一模一样的——一对男孩搭着肩的童年半身照，照片有着泛黄岁月的陈旧质感，看得出来，年长的那一个比年幼的那一个高出了一个头，很显然，这是兄弟俩的合照。高个儿的顾聿宁看上去眉宇间多了几分英武之气，嘴角上扬；矮个的顾长生手里抓着糖葫芦，严肃而郑重。

虽然顾平生总控诉他哥压迫他，但是两兄弟都用这张照片当头像，显然关系好得很呢。奈奈一开始以为，像顾聿宁这样高高在上的大老板，手底下又要管理那么多的人和事，肯定是个超级严肃、难以接近的人，现在看到他的头像，觉得他还挺有人情味的。奈奈编辑短信，主动跟他打招呼："顾先生您好，那天晚上真的很谢谢您！"

顾聿宁："举手之劳，不必客气，领带夹什么时候还给我？"

奈奈："我刚刚已经把它给顾平生了，让他回家的时候带给您。"

顾聿宁："……"

顾聿宁发来一个微笑的表情。奈奈看着这个回应，莫名有点瘆。很快，顾平生"噔噔噔"跑过来，将领带夹给了奈奈："那什么，我想了又想……觉得这东西还是你亲自交给我哥比较合适！"

奈奈大惊："为什么！"

"明天我要去巴黎走秀，这两天不会跟我哥见面了。"顾平生微笑道，"再说，人家救了你一命，你当面感谢都不乐意啊。"

"不是……我有点慌。"他可是顾聿宁啊，岂是她这种小人物能轻易见面的。

"怕什么，我哥又不是怪兽。"顾平生把领夹递给了奈奈，"好了说定了，你自己约他见面。"说完，他重新回了自己的位置。

奈奈看着银色领夹，有些凌乱。照理说，她的确应该亲自跟人家道谢，但是顾聿宁这么忙，她真的要去见他吗？压力好大啊！奈奈硬着头皮编辑短信："顾先生，我明天把领夹给您送到公司吧。如果您有空，我就亲手交给您，再当面向您道谢；如果您没空，我就放在前台？"

顾聿宁没有回应，良久，发来一句："我只比顾平生大五岁。"

奈奈："噢……"

顾聿宁："能不能……不要把我当中老年对待？"

奈奈扑哧一声笑了出来，想想她还真是下意识地就把他当成了长辈，连尊称都用上了。其实没必要，他只比顾平生大五岁，顾平生今年顶多二十，那顾聿宁其实也还是个小哥哥呀。

奈奈的心情一下子放松许多，也不再那么害怕跟他见面了："那顾先生你有空跟我见面吗？我想请你吃个饭，感谢你。"

顾聿宁："明天晚上我没有安排。"

奈奈："好啊，那到时候约！"

顾聿宁："嗯。"

和顾聿宁见面吃饭的事情定了下来，接下来让奈奈犯愁的问题就来了——顾聿宁那种级别的人物，请他去什么餐厅吃饭才算合适呢？奈奈求助了景遥和梁晚夏，两个女孩一致认为，这顿饭，绝对不能寒碜。

景遥说："开玩笑呢，顾氏集团的掌门人，风娱传媒的大老板，就算是普通公司的老总，想要见他一面都难，更别说请他吃饭了。你好意思带他去学校外面的小吃摊用餐吗？"

奈奈蹙眉："我也没想带他去小吃摊呀。"

"那你计划带他去哪里？"

"呃，学校外面的火锅店。"

景遥和梁晚夏互撞了撞脑袋："拜托，学校外面的火锅店和学校外面的小吃摊，有什么区别吗?!"

奈奈："不是一个在室外，一个在室内吗？"

景遥走过去使劲儿摇了摇奈奈的肩膀："拜托你清醒一点！你居然想带顾三爷去吃火锅！你是不是疯啦！你觉得他会穿着高定西装，跟你去熏一身火锅味儿？"

奈奈："呃……"

梁晚夏从网上搜索了几家西餐厅，发给奈奈："这几家环境都不错，档次也够。"

"真的吗？"奈奈打开了电脑，接收了梁晚夏发给自己的网站链接。

"我们这些没见过世面的觉得这几家店很不错了，不过顾三爷跟咱们可不是同一个级别的，你要真请他吃饭，就选里面最好的一家吧。”

奈奈知道，梁晚夏家里已经很有钱了，她跟顾聿宁都不是一个级别，那他……奈奈真不敢细想。奈奈看到这些店标注出来的人均消费价格，直接瘫软了，开玩笑吧，是什么皇帝餐吗？要八百八十八元一个人？最贵的一家店，居然人均消费两千元！

景遥见她脸色都被吓得惨白惨白的，说道：“行不行啊你，你看你姐姐拎那包，奢侈品牌，还是当季新货限量版，你家不至于两千块零花钱都不给你吧。”

“他们不希望我念传媒大学。”奈奈解释道，“想让我念文科，将来去中学当个语文老师什么的，是我自己坚持要报考传媒大学，所以说生活费每个月只有……”

女孩们同时望向她：“多少？”

奈奈伸出一根手指头：“一千。”

景遥：“……”

顾聿宁从跑步机上下来，用白毛巾擦了擦脸上的汗珠，一整个下午，他都在一边跑步一边看奈奈挑选餐厅。要考虑性价比，又要考虑餐厅档次，挑来捡去……她选了一个日料自助餐，人均五百。对于奈奈来说，已经很高档了。

顾聿宁只是想跟她吃个饭，弄清楚自己的左眼跟她究竟有什么关系，并没想给她造成经济上的困扰，因此他给奈奈发了一条短信：“吃饭的地方我已经订好了，明天下午我开车来接你。”

秦管家站在大宅门口，看着顾聿宁大步流星走回来。

“三爷，今天怎么这么早？”他看看时间，这才下午三点啊！

“换衣服。”顾聿宁径直走进了自己的房间，拉开旋转衣柜，开始挑选衣服和配饰。秦管家眼睁睁看着他已经换了三套西服，可还是觉得不满意，皱着眉头脱下来。

“三爷……您这是？”

“有约。”

“可您过去跟客户有约，也没见这般郑重啊，您刚刚身上那件就很好，还特意跑回来换衣服。”

顾聿宁瞥了秦管家一眼，秦管家立刻会意，脸上挂起了微笑：“我知道了，知道了，嘿嘿嘿。”

见他一脸意味深长的笑意，顾聿宁皱眉：“你知道什么了？”

“那闺女……多大啊？”

“跟平生差不多大。”

秦管家想了想，打开了顾平生的衣帽间大门，说道：“三爷，来试试少爷的衣服吧。”

顾聿宁缓步踱到顾平生的衣帽间，看着他那一柜子五花八门的所谓潮牌衣裤和一溜五颜六色的运动鞋，嘴角抽了抽。

顾聿宁换了一身还算正常的休闲装，走出房间的时候望了落地镜一眼，忽然止住脚步。他凑近镜子，看了看自己那颗颜色稍浅的左眼眼球。那是他心底最深的隐痛，过去无论走到哪儿，都是要戴墨镜的。秦管家走过来：“三爷，我把您的墨镜取来吧。”

“不用。”和人家小姑娘去吃饭，全程戴墨镜像个傻子。

“这个，有没有办法遮一下？”他问管家。秦管家笑了笑，知道三爷是“男为悦己者容”，他想了半晌，灵机一动，去顾平生的房间里取来了他的美瞳眼镜盒。

“纯黑美瞳，保证能遮住！三爷您试试。”

顾聿宁：“……”

奈奈在学校门口见到顾聿宁的时候，都惊呆了！这是顾聿宁，还是顾平生二号？那个据说常年穿西装的大总裁，居然穿着一件休闲款的灰色卫衣配牛仔裤，踏着运动鞋，宛若玩滑板的少年。

“你好，顾聿宁。”他对她笑了笑，嘴角抿出一枚小酒窝。奈奈整个人都灵魂出窍了，太嫩了吧！校园学长都不敢这么青春！

“我……我叫奈奈。”

“上车吧，奈同学。”

“我姓林。”

“我知道，奈同学。”

“我姓林。”

“你还要重复几遍，奈同学？”

林奈奈：“……”奈同学就奈同学吧，老板开心就好。

顾聿宁这次开的是一辆相对较为低调的卡宴，没有带司机。奈奈上车后一直在打量他，他身形修长而清瘦，手搁在方向盘上，皮肤显出冷白色，骨节分明，手背隐约可见淡青色的血管脉络。他的五官，正如别人传言的那样，比顾平生更加英俊几分。最漂亮的是他的眼睛，睫毛黑而浓密，桃花眼与顾平生如出一辙。

他的模样……和顾长生……奈奈紧紧盯着他的脸，目不转睛。他们真的……好像。只是她最后一次见到顾长生已经是很多年前了，早已经无法分辨现在的顾聿宁和他究竟有多像，只是那种感觉……

“奈同学，需要我帮你系安全带吗？”

奈奈回过神来：“啊，不用……”话音未落，顾聿宁已经侧身过来。咫尺的距离，奈奈甚至可以嗅到他身上那股淡淡的薰香，正如她那天晚上嗅到的一样，有点像雪松木和甜柑混合的味道。

“咔哒”一声，安全带系好了，顾聿宁抽身回来的时候意味深长地望了她一眼。

奈奈心慌意乱，连忙低下头，从包里摸出那枚领带夹还给顾聿宁：“那天真是谢谢你啊，顾先生。”

顾聿宁见她将领带夹装在一个丝绒小盒子里，盒子应该是装项链首饰的，她很有心。他用眼神指了指车台前方，示意她放在那里即可。

“顾先生，我……我想问问你认不认识一个名叫顾长生的艺人。”奈奈试探地问他。

顾聿宁启动了引擎，说道：“应该不是我风娱传媒旗下艺人。”

“不是不是。”奈奈连忙摆手，“他很早就退圈了。”

“那我不太清楚了。”

奈奈观察着顾聿宁，他神情自然，似乎真的不认识他。奈奈紧绷的情绪松了松，是啊，怎么可能是他呢，当年狼狈退圈的顾长生，如今娱乐圈翻手为云覆手为雨的顾聿宁，怎么都不像是同一人。

顾聿宁带奈奈去了一家名叫“陵南小筑”的私厨餐厅。餐厅坐落于环境清幽雅致的白绿公园，外围是灰瓦白墙的徽派建筑；走进红木的店门，曲径通幽，回环曲折；抵达内院之后，才看到屋檐廊下摆放的木桌木椅。

奈奈也不是土包子，一看这店的格调，就知道价格绝对不会便宜。她默默为自己捏了一把汗。第一个月的生活费保不住了是肯定的，只是千万别超出预算啊，她今天总共也就带了两千块，还是自己辛苦攒下来的。要是超出预算，没钱结账可就丢人了。

服务生将菜单递了上来，奈奈接过菜单一看，原本至少三位数到四位数一盘菜的价格，全部被划掉，改成了两位数。她有些诧异，望向服务生：“这是？”

服务生是一个年轻的女孩，她解释道：“本店前段时间因为高价被工商局申斥了，现在价格一律改为亲民路线。”

奈奈欣喜至极：“真的啊！”

“嗯。”

“顾先生您看喜欢吃什么，随便点。”奈奈这下子可有底气了，刚刚的沮丧一扫而空。

顾聿宁眼底含笑，点了四盘主菜，奈奈又点了两份甜品。服务生拿着菜单退回主厨区，低声对主厨兼老板道：“老板，三爷这是又玩哪出呢？还工商局申斥，亏他想得出来啊！”

年轻的老板傅陵南看了看自己的菜单，原本两千九百元一盘的鹅肝饭，生生被这家伙抹去两个零，他当是炒猪肝呢！

服务生还咕哝着：“三爷还说，以后如果这姑娘带朋友过来吃饭，都用这套菜单。”

傅陵南无奈笑笑：“随他，反正记他账上。”

奈奈吃到第一口芝士虾，惊呆了，这也太好吃了吧。她望了望顾聿宁，他端着木碗和筷子，吃得专心致志。她小声对顾聿宁说：“顾先生，真的好好吃哦！”

顾聿宁也压低了声音：“那你就多吃一点，待会儿再打包带一些走。”

“好哎，可是我们为什么要像做贼一样小声说话呢？”

“不知道。”

林奈奈笑了起来，弯弯的丹凤眼眯起来，宛如春水一般荡漾。顾聿宁看了她一眼，居然有点紧张，便立刻抽回目光，不敢再看第二眼。

吃完饭，奈奈拿着钱包去结账，才一百二十八，就这样，服务生还强行送了她三张价值两千的代金券。奈奈和顾聿宁走出陵南小筑，不禁感叹，这店这样子做生意，怕是开不长久啊。

晚上，寝室里，几个女生围坐在一起，吃奈奈打包带回来的甜品。

“好好吃啊。”

“真的，呜呜呜，桂花豆腐这口感，太绝了吧！”

室友们纷纷向奈奈询问店名，奈奈回答道：“好像……叫陵南小筑。”

景遥上网查找这家店，不过并没有搜到什么准确信息，这家店也没有挂在各大美食 App 上安利，非常低调。

“应该没什么名气吧。”奈奈说，“刚刚吃饭都只有我们一桌哎。”

景遥没有搜出陵南小筑，倒是搜出了国际名厨傅陵南——刚刚斩获了美食界最高荣誉“金锅铲”大赛冠军的一流名厨。

“不会是这位的店吧？”

梁晚夏探个脑袋过来：“拜托，人家傅陵南大厨的手上保险都是过亿好吧，能给你做二十块钱一盘的菜？”

“也对哦。”

晚上，父亲林童睿给奈奈打了个电话，问她那件事考虑得怎么样了。奈奈知道父亲说的是新光慈善晚宴的事情。之前父亲想带姐姐林雪柔去，但是林雪柔拒绝了，觉得参加这种晚宴，难免要去讨好那些大导演或者投资人，她才不会像别人一样趋炎附势。

林雪柔不去，林童睿便询问奈奈。奈奈之前听顾平生说起过新光慈善晚宴的事情，这次宴会规格很高，圈子里知名的导演都会到场，也有不少有实力的明星艺人去参加，哪怕只是听他们聊聊天都会长不少见识。今天林童睿又问起奈奈，奈奈便开口同意了，林童睿一听女儿松口，很高兴，当下便让助理给奈奈定做晚礼服，争取在周末之前做好给她送过去。

周末的晚上，奈奈接到了父亲助理黄叔叔打来的电话，说晚礼裙已经送到了她宿舍楼下，让她先拿回去试穿，穿好之后下楼，他直接载她去新光晚宴的现场。

奈奈下楼接过裙子：“辛苦黄叔叔了。”

“不辛苦。”黄助理很喜欢奈奈，欣慰地说，“林总可算能想起二小姐了，这是好事。”

总不能家里什么好的都给老大吧，就算不能做到一碗水端平，但至少也不能太偏心了。

奈奈隔着防尘套，抚摸着那条崭新的金色礼裙：“好漂亮呀。”

“是啊，这条裙子是林先生亲自为你挑选的，快回去换吧，晚宴就要开始了。”

“嗯！”奈奈拎着裙子匆匆回了宿舍。

不远处，林雪柔和朋友们走出楼门，看到奈奈手里的那条金色晚礼裙，又望了望女宿门口的黄助理。她的眉心皱了起来。

林童睿已经在新光晚宴的现场等着奈奈的到来。他的公司原本是做唱片发行这方面的生意，这些年也开始涉足娱乐圈，朝着娱乐公司转型，想要培养自己的艺人。林雪柔就是公司里最能拿得出手的艺人，除此之外也有一些其他的十八线明星和部分综艺咖，但都不太能上台面。

虽然公司规模不算大，但是林童睿的野心不小：这次过来参加晚宴，就是希望能够打响公司的知名度，扩展更多人脉，如果能和炫影、盛世等行业内的大牛合作，当然更好。这次晚宴最大的咖是风娱集团的顾聿宁。不过他也没胆子指望着能沾到这位爷的一星半点好处，要是真能沾到……哪怕是一根头发丝，也够他吃一辈子了。

林童睿本来是想带林雪柔过来，毕竟是公司最有知名度的艺人。奈何林雪柔和他老婆舒宁都是脑筋死板、目光短浅的人，不屑于参加这种交际晚宴。林童睿只能退而求其次，让二女儿奈奈同他一道入席，好歹二女儿还是有八分酷似林雪柔的，至少会让这些生意伙伴们觉得他身边跟的“女星”是熟面孔。

“走到哪里了？”林童睿给黄助理打了个电话。

“在明凯路了，有些堵车。”黄助理说，“再有半个小时就到了。”

“奈奈她怎么样？”

“二小姐今晚一定会令人惊艳的。”黄助理看着后视镜里的二小姐，她穿着那件漂亮的金色礼裙，安安静静地坐在窗边。额间挂着几缕蓬松的空气刘海，明澈的眸子微微上挑，唇瓣红润，睫毛细密卷翘，窗外的霓虹灯在她的脸上投下明明灭灭的光影。

林童睿挂了电话，立刻又接到了林雪柔的来电：“爸，你已经到晚宴现场了吗？”

“到了。”

“好，我大概还有十分钟过来。”

“什么？雪柔你要过来?!你不是不愿意来吗？”

“对呀，爸，我就是想给你一个惊喜。”电话那端，林雪柔笑嘻嘻地说，“我可以过来吧。”

“这个……我已经叫了你妹妹了。”

“让她回去呗。”林雪柔语气轻松地说，“难不成爸想带她去，不想带我去吗？”

“不是这个意思。”林童睿很为难，“她都已经过来了。”

“爸，妹妹的身子骨本来就不好，您让她过来参加晚宴，万一在宴会上昏过去，或者心脏病发作，您也丢人不是？反正我已经快到了，您要是不同意，我就自己来参加宴会。”

“雪柔，别任性！”

“才没有呢，林奈奈才任性呢，背着我跟您去参加宴会，妈妈要是知道了，又要说她！”

林童睿纠结了半晌，终于还是妥协道：“好吧，那你过来吧，我让她回去。”

“嗯！谢谢爸！爱你哦！”

林童睿叹息了一声，回头给黄助理拨去电话。

黄助理跟着前面车辆一点点缓步挪动着，时不时透过后视镜望向林奈奈：“二小姐，你肯定能出道。”

“黄叔叔，借您吉言啊。”奈奈对他报以微笑。

“还是要快些把身子养好，早睡早起别熬夜，身体才是最重要的嘛。”

“嗯！我会的！”

黄助理的电话响了起来，他戴上耳机：“怎么回事啊，林总，怎么忽然又取消了……我这边在堵车。”黄助理听林童睿说晚宴取消，有些急了，“那我绕小道过来吧，肯定能赶上！”

“不是，林总，总得有个理由吧，二小姐都已经准备好了，您这说取消就取消……好的，我知道了林总，我这就……带二小姐回去。”

奈奈望着后视镜里的黄助理，问道：“黄叔叔，我爸说什么？”

黄助理轻叹了声，对奈奈说道：“林总说，你姐姐已经到了，你这边临时取消，不用过去了。”

奈奈眼中有难以掩饰的失落：“姐姐不是说不去吗？”

黄助理很无奈，他很了解林雪柔的性子，多半是听说奈奈要去参加晚宴，心里气不过。

黄助理看在眼里都心酸了，更别提奈奈有多难过。本来一开始她也没抱期待，是父亲信誓旦旦说这是千载难逢的机会，可以认识很多大导演，可以听他们说说圈子里的事，对她未来有好处有帮助，求着她来参加的。奈奈精心给自己打扮好开开心心赴会，却不想半路上让林雪柔截胡了，她心里怎么可能过得去。

手机微信群里的消息一条接着一条，几个室友还在兴奋地讨论着，问奈奈现场有哪些明星、能不能要签名、能不能合影，奈奈关掉了手机，眼睛有些涩。

黄助理已经调转车头往回走了，奈奈不想现在就回宿舍，索性对黄助理道：“黄叔叔，你就在路边放我下来吧，我走回学校。”

“那怎么行呢？”

“黄叔叔，放我下来吧。”

黄助理看她一眼，小丫头眼睛都红了。他知道她是不想这么早回去，不想让刚认识的室友们看到最狼狈的一面。黄助理在闹市区的春江路停了下来，让奈奈下车：“你早些回去啊，别太晚了还在外面瞎逛。”

“嗯。”

奈奈站在反光的橱窗前，看着玻璃里的自己，瘦弱的身材配一身漂亮的晚礼服，就像落跑的灰姑娘一般，略显狼狈。她走进一间安静的咖啡厅，在角落坐下来，还是心有不甘，给林童睿打了一个电话。

林童睿那边分外嘈杂，应该是晚宴已经开始了，他问道：“奈奈，回去了吗？”

“爸，姐姐要参加，我就不能参加了吗？”

“别任性，你要理解姐姐，毕竟现在是她事业的关键时期。”

“是不是全世界最好的都要给姐姐？”

“你这是说什么话呢，那条裙子不是为你量身定做的吗？以后出席别的场合也可以穿，总比你之前一条都没有强！”

奈奈死死捏着自己的这条裙子，恨不得把它脱下来烧掉！

顾聿宁坐在黑色加长的林肯车里，周助理在边上絮絮叨叨问道：“江诗婷小姐刚刚又在问，新光晚宴您有没有携带女伴，如果没有的话……”

顾聿宁道：“拒了。”

“咱们风娱旗下的许曼凡，您出席晚宴，和她一起入场也是合宜得体的。”

顾聿宁闭着眼睛，手摁了摁眉心，越发烦躁。忽然，顾聿宁心脏一阵猛地收缩，左眼又红了。

周助理：“呸呸呸！我不说了，三爷您别哭啊，咱不带女伴就是了！”

顾聿宁推开了周助理伸过来给他擦眼泪的手，睁开左眼，对司机道：“去春江路接一个人。”

他看到那个女孩独自坐在咖啡厅角落，一分一秒地捱着时间，他的心都疼得抽搐了。

周助理不解："都这个时间了，您这是要接谁啊？"

"我的女伴。"

林雪柔挽着父亲的手进了新光晚宴的大厅。厅中并不似她想象的那样热闹，能容纳千人的厅堂也不过百十来人，三五聚在一起聊天。虽然人少，但绝大多数都是熟面孔，经常在电视上能看见的影帝影后级别的艺人都有出席，还有不少是口碑和票房双赢的那种知名大导演。

林雪柔暗叹，幸亏她来了，真要是让林奈奈占了便宜，不知道要多后悔呢！在这样高端的厅堂和氛围中，林雪柔似乎把她的清高品格抛诸脑后，很想和这些熟面孔结交认识。可是每当她鼓起勇气上前搭话，这些知名的艺人似乎都心有灵犀一般，客套寒暄两句便离开了，林雪柔最后谁都没能结识。

倒也不是他们针对林雪柔，只是她嘴角挂起的笑意明明白白写着"谄媚逢迎"四个字。这些人都是圈子里混了这么久的老鱼儿了，怎么可能看不出来。对于这些拼了命想往上爬的年轻艺人，老咖们都是敬而远之的。

林雪柔被冷落了几次，心里也渐渐有数了，回到父亲身边说道："我就是不喜欢参加这样的宴会，每个人都在阿谀奉承，真没劲，演艺圈靠实力才能出头呢！"

林童睿拍拍她的肩膀："爸爸知道你有志气，不屑于走这些门路，所以之前才想着让妹妹过来参加，给她一些机会嘛。"

"呵，让她来，她什么礼节都不会，见了这么多明星，肯定像苍蝇一样围上去了，就怕会让爸爸丢脸呢。"

林童睿笑笑，没言语。林雪柔这边倒也不是完全被冷落，还是有人主动和她搭话，不过都是一些十八线明星和三流或小众导演。林雪柔对他们也像那些大腕儿对她的态度一样傲慢，一股子清高劲儿全使出来了。

"是林雪柔小姐吗？"

“嗯。”

“我特别喜欢你，一直想跟你合作，这是我的名片。”一位年轻导演递了名片给她。

林雪柔接都没接，问道：“你是拍什么的啊？”

“我个人比较擅长拍文艺片。”

“哦，就是没人看的那种片子。”

“呃。”导演尴尬地笑了笑，“那个……我最近准备筹拍一部校园电影，林雪柔小姐您是拍校园电影出身的，想问问您有没有兴趣当我电影的女主角。”

林雪柔抬着下颌，像一只骄傲的花孔雀，轻慢地问：“准备投资多少啊？”

“投资应该不会很多，是网络大电影……”

林雪柔瞬间变了脸色，假笑了一下：“你知道我的名字吗？”

“林雪柔。”

“对，我叫林雪柔，不是随便什么三流网红。”

导演的脸色终于沉了下去，愤然离开了。林雪柔还在叨叨着：“居然让我演什么网络大电影……莫名其妙。”

林雪柔百无聊赖，又觉得在这肮脏浑浊的娱乐圈，保持自己的孤高品格真的很难。清高的人是一定能忍受寂寞的，梅花香自苦寒来，她肯定能遇到真正懂她、欣赏她的人。

身边有名媛们在讨论顾聿宁什么时候过来：“晚宴都已经过半了，还没到吗？”

“三爷那性子，你们知道的，来不来都不一定呢。”

“一定会来的，听说风娱集团又要签新人了，这次晚宴来了不少新人，都是等着三爷现场挑呢。”

“如果能被三爷看中，入了风娱集团，前途可就无忧了。”

林雪柔默默走到了窗边，看着窗台上那朵迎风绽放的水仙花。就算风娱集团的顾聿宁真要亲自下场挑新人，谁还能比她林雪柔更有资格成为顾聿宁的舞伴？她觉得，自己苦练这么多年，可能就是为了等待今天，真正懂得欣赏自己的人，也许就要来了。

晚上九点，热闹的春江路街头，奈奈走出了已经打烊的咖啡店，一时间不知道该去哪里好，索性坐在了街边长椅上，她看了看远处钟楼的时间，打定主意坐到九点四十再回去。

这时，一辆加长林肯停在了她面前，车上走下来一个男人。奈奈正低头玩水果消消乐，直到男人坐在了她身边，她才敏感地抬起头。男人的黑西装剪裁得体，领带扎得工整结实，用那枚银色的领夹点缀着，一丝不苟地束缚着他修长的脖颈，一切都是那么精致。奈奈看清那人是顾聿宁，感觉呼吸都快停滞了。

"顾先生！你怎么在这里？"奈奈惊讶地问，"你不是要去参加新光晚宴吗？"

顾聿宁扯了扯领带，看到边上有咖啡店，顺口道："渴了，下车买咖啡。"

"晚上喝咖啡？"

他调子微扬："你有意见？"

"没有！"她哪里敢。

一阵风吹过，顾聿宁脱下了自己的西服外套，挂在奈奈身上。宽大的西装套在她瘦弱的身上，松松垮垮，硬质的面料带着他身体的余温，很舒服。衣服上也有淡淡的男士香水味，和上次是不同的味道，但都很好闻。

顾聿宁明知故问："你在这里做什么？还穿得这么……"他看着她金色的礼服，找到一个准确的词汇，"富贵。"

奈奈："……"这男人嘴太贱了！

奈奈随口道："我拍艺术照。"

顾聿宁看了看手表："现在九点了。"

"我……街拍，抓春江路的繁华夜景。"

“那你的摄影师？”

奈奈咬咬牙，继续胡扯：“这些路人都是我的摄影师。”

周围的确是有不少路人拿手机对着她，倒不是为了拍她，而是觉得这丫头穿这么漂亮坐这儿挺奇怪的，以为她在搞行为艺术。顾聿宁笑了笑，摸出手机对着她傻乎乎的脸拍了一张：“行了，帮你拍了，走吧。”

“哎？”奈奈都没反应过来，这男人居然真拿手机给她照。

“艺术照拍完了，陪我去参加新光晚宴。”顾聿宁拉着她的手腕朝林肯车走去，“我缺一个女伴。”

“你缺女伴？”谁不知道顾聿宁在圈子里的地位啊，他旗下那么多女艺人，随便找一个，就算在北极圈拍戏的，都会连夜赶过来给他当女伴吧。

“真的假的，你要我当你的女伴？”奈奈话音未落，已经被他塞进车里，紧接着他自己也坐了进来。

“怎么，不愿意？”

“不是……为什么啊？”奈奈不解地望向顾聿宁。

顾聿宁挽了挽衬衣袖子，漂亮的桃花眼在她身上扫了一圈：“你穿得富贵，很配我的身份。”

奈奈：“……”这都是什么借口，她对何明明都不会这么敷衍。

这场晚宴巨星云集，但因为是圈内私宴，有不少投资人出席，因此所有人都不能带手机入场，避免照片流出去对艺人造成影响。

林肯加长轿车停在了新光晚宴厅的大门红毯边，所有人的目光也聚焦了过来。西装革履的顾聿宁下车之后，从容地系上了西服的第一颗扣子。周围的女星和名媛们从头到脚地欣赏着他，三爷真是连一根头发丝都是赏心悦目的英俊啊！

顾聿宁下车后没有立刻离开，而是转身面向车门，绅士地弯腰伸出了手。很快，一双纤细的手搭在了他的指尖。女孩走出了林肯车，顾聿宁手肘微曲，她便自然地挽住了他，大大方方地和他一道入场。

顾聿宁带女伴了！满场名媛有些窒息，本来以为顾聿宁的女伴不是上流阶层的名媛闺秀，好歹也应该是影后咖位的大腕儿吧，然而那个小女孩看着年龄不大，模样也陌生。虽然有点像林雪柔，但是林雪柔本人就在现场，而且林雪柔和她比起来也少了些清丽感，多了几分油腻气。

林雪柔铆足了劲儿想要在顾聿宁面前表现一番，却没想到顾聿宁居然带了女伴，而且挽着顾聿宁的那个女孩竟是她的妹妹——林奈奈！

林童睿也满脸震惊："顾聿宁身边的女孩，怎么跟奈奈这么像啊！不，就是奈奈啊，她的衣服还是我给她定做的呢，她怎么认识顾三爷啊！有这层关系，我们公司还怕签不到艺人吗?!"林童睿立刻就兴奋了。

林雪柔愤愤地瞪了父亲一眼："爸！你真俗！"

"我怎么俗了我……你还教训起我来了！"

众人看得出来，顾聿宁身边这小女孩应该是不常出入这种社交场合，有些害羞，一个劲儿往他身后躲。顾聿宁很体贴，无论是谈生意还是和朋友寒暄，手都虚落她的腰间，丝毫没让她落单，同时也为她介绍各个导演编剧制作人。

"这位是林奈奈小姐。还是新人，今年的大学生。"

"不用什么大制作，有小电影让她磨砺磨砺，练练演技，年轻人应该多积累，配角也行。"

有顾聿宁这些话，在场的这些导演们哪能不放在心上啊，纷纷递上了各自的名片想要和奈奈认识，还说自己有片子马上要开拍，想请她去试镜。奈奈有些害羞，低声对顾聿宁说："这样不太好吧？"

"怎么？"

"我还没正经上过几次表演课。"奈奈紧张地说，"这就试镜了？”

顾聿宁淡淡一笑：“你的同学们，那些已经成名的好演员，有几个是正经学过表演的，都是一点点积累经验。遇到好的导演，能教会你很多东西，而且你以前不是跑过龙套？”

“你怎么知道我跑过龙套？”

顾聿宁话语一顿，差点露馅了。面对女孩水润的一双大眼睛，他弹了弹她光洁的额头，斥道：“龙套都没跑过，你当什么演员？”

“痛哎！”奈奈连忙捂住额头，“说就说，干吗动手。”

两人低声耳语的亲密互动都落在周围人眼中，顾聿宁宠这小丫头的劲跟宠他弟弟如出一辙，不，有过之而无不及。也许不久以后，娱乐圈的女版“顾平生”就要冉冉升起了吧！

奈奈收到了不少试镜的邀请，其中也不乏她感兴趣的剧本。这当中就有刚刚被林雪柔拒绝过的网络大电影的导演——关山。奈奈看到这位导演的名字，还恍惚了一下，觉得有些熟悉：“那部《林中曲》是关导拍的吗？”

关山没想到奈奈竟然会知道他过去这部冷到北极圈的文艺片，顿时感动了：“你知道这部电影？”

“嗯，我看过，这部电影的情绪基调，太唯美了。”

“是啊，所以没什么人看，慢节奏电影。”

“您的新电影是……”

“哦，准备筹拍一部网络大电影，青春校园类题材。”一提到这个，绝大多数人都会想到某些质量低下的青春疼痛系电影，关山导演连忙补充道，“不是你想的那样，看了剧本就知道了，是讲一个盲眼少年和一个女孩相互陪伴的故事。”

奈奈其实也没有多想，她相信他的实力，能拍出《林中曲》那样的作品，说明关山是耐得住寂寞且有自己想法的导演，只是因为作品不红所以名气也不大。她对这部网络电影挺感兴趣，主要是作为一个新人，第一部电影也不好有太高的门槛，一步一步，稳稳地走才不会翻车。

奈奈和关山导演聊起了剧本，顾聿宁便落了单，径自走到窗边远远地看着她。金色的礼服勾勒着她玲珑的身段，灯光下，她的脸颊呈现某种蜜粉色，眼眸亮晶晶的，看得出来有些兴奋，又极力掩饰着。

小丫头慢慢适应了这里的氛围也没有那么紧张了。其实就算不给她介绍任何导演，仅仅是带她过来这样一个举动，就可以把无数的机会送给她了，这些邀约里，可不乏知名导演潜心多年的佳片大作，这种时候别人早就晕晕乎乎不知所以然了，她竟然还能用心挑选最适合自己的本子，说明心性不浅。

“顾总，您好。”一个女孩端着高脚杯走到顾聿宁面前，略显紧张，“我是林雪柔。”

见顾聿宁并没有什么反应，林雪柔摸摸自己的脸，微笑道：“你应该也可以看出来吧，我就是奈奈的姐姐，我们是双胞胎，你看我们长得像吧。”

顾聿宁没有理会她，转身让侍者给自己斟了酒。林雪柔回头望望，身后不少名媛淑女都盯着她，她猜测顾聿宁多半是通过顾平生认识了奈奈，相交不久，应该也只是喜欢她的外表。自己的脸和她八分相似，而且自己的身材可比那个小瘦猴子好多了！这也是她敢于上前搭话的底气。

林雪柔的声音似乎在颤栗：“不、不知道我是否有幸，能邀请顾总跳一支舞呢？”

顾聿宁抬起那双寡淡清润的眸子，扫了她一眼：“我是生意人，满身铜臭气，跟我跳舞，只怕玷污了林大明星的清白。”

此言一出，林雪柔的微笑僵住了。

宴会后半段，林童睿终于寻到机会拉着奈奈走出了大厅。今夜的月色很好，清清冷冷地洒在淡白色的花雕回廊檐上。奈奈看着父亲欲言又止的模样，说道："爸，有什么你就说，不用吞吞吐吐。"

"那个……爸想跟你道个歉，让你半路回去的事，的确不厚道。"

"没事。"奈奈早已经习惯了父母的朝令夕改。小时候，林雪柔不要的玩具奈奈拿过去玩，林雪柔见了又要拿回来，父母也会责令奈奈还给姐姐。一开始奈奈会哭闹、会觉得委屈，可是久而久之她就明白了，自己和姐姐在父母心目中的地位是不一样的。

"奈奈，你是怎么认识顾总的？"林童睿东拉西扯一番之后终于问到了点子上。

奈奈说道："不是很熟，之前心脏病发作，他机缘巧合救了我。"

"噢，那可要好好感谢人家。"

"嗯，我请他吃过饭的。"

林童睿有些震惊，奈奈和顾聿宁竟还一起吃了饭。要知道，圈子里多少有身份有地位的老总想要请顾聿宁吃顿饭，连机会都摸不到，奈奈竟说得如此轻松。

"奈奈，既然你和顾总这么熟，你看，爸爸公司的业务如果能跟风娱集团……"

"爸，"奈奈打断了他的话，"你之前提出带我来参加这次晚宴，是因为我和姐姐很像的缘故，对吗？"

林童睿微微一愣，没想到奈奈会这么问。他支支吾吾，不知道该怎么回答，说不是，好像有点违心："这……"

"所以，这个世界上所有好的东西都是姐姐的，就算姐姐丢弃不要了，都不能给我。"

"你不要这样想。"

奈奈冷淡地说："爸，我帮不了你，有什么事请姐姐帮忙就好了。"她望了望厅堂中刚碰了壁臭着一张脸的林雪柔，"看她有没有本事帮到你们，就像你们当初无私宠爱她一样。"奈奈说完，转身离开了回廊。

林童睿叹了一声，没有叫住她，扪心自问，他对奈奈的确是有亏欠的。林雪柔来到父亲身边，看了奈奈一眼，说道："爸，你看她，她也太嚣张了，以为有顾聿宁撑腰就多了不起了似的。咱们回去告诉妈，下个月不给她生活费，看她还能不能这般嚣张！"

"住嘴！"林童睿斥了林雪柔一声，"还不都是因为你！"

林雪柔从来没有被父亲这样吼过，难以置信地看着他，凄声道："爸，你怎么帮她不帮我……"

林童睿没有理她，离开了。林雪柔望向了宴会厅里的奈奈，从什么时候开始，当初那个毫无存在感的小丫头，竟然也开始长出爪子反抗了？她绝对不能允许这样的事情发生。

宴会结束后，顾聿宁送奈奈回学校。一路上，奈奈似乎欲言又止，盯着他看了好几眼。顾聿宁正闭眼小憩，但也能感觉到身边女孩的拘谨和内心的一丝慌张。

"你想说什么？"他开口，打破了空气中的沉默。

"只是不知道，顾先生您为什么要这样帮我。"奈奈咬咬牙，"外面那些传言，我有所耳闻，顾先生您从来不会这样……对其他人。"

如果他是个风评不好的花花公子，奈奈倒还能清楚知道这家伙想要什么，偏偏顾聿宁洁身自好，奈奈一时间也有些困惑了。

顾聿宁心思敏感，明白了小丫头脑子里在捯饬什么东西。他睁开眼，侧过身缓缓移向她。小丫头扎着一个丸子头，瘦小的身子缩在他的西装外套里，皮肤白得剔透若雪。面对顾聿宁扑面而来的强大压迫感，她不住地往后缩，后脑勺都靠到车窗玻璃上了。

顾聿宁看着小丫头的脸蛋，因为脸色有些苍白，显得格外柔弱可欺。他伸出指尖，抬了抬她的下颌，直言道："觉得自己很漂亮？"

奈奈实诚地点点头："嗯。"

顾聿宁似乎被她逗乐了，越发来了兴致，手顺势抚到了她苍白的脸蛋，"漂亮到……足以令我倾心？"

奈奈脸颊蓦然涨红，推开了顾聿宁的手，说道："顾、顾先生，请你自重。”

顾聿宁见小丫头耳垂都染了红，可爱极了。她看着他说：“我现在还没有进娱乐圈，就算进了，我也不会这样做。”

顾聿宁扬扬眉：“这个圈子没你想的这样干净。”

奈奈坚持道：“至少也还有一些干净的人存在吧。”比如她藏在心底的那个人。

顾聿宁听到她说这样的话，心情舒缓了很多。他太明白这个道理了，从小吃苦受委屈的孩子，一点点甜头就很容易让他们行差踏错，只有真正心智坚定的人，才能看到璀璨群星背后的皎白月光。他戳了戳奈奈的额头，说道：“你脑子里到底想什么，我对你有兴趣？喂，你成年了没有？”

奈奈看着顾聿宁嘴角似乎恶作剧得逞了一般的笑意，知道是被他开了玩笑，松了一口气，同时又有些不服气。

“你怎么就不能对我有兴趣了？”奈奈挺了挺胸，她觉得自己也不算太差吧。

“瘦得跟竹竿子似的。”顾聿宁扫了她一眼，“我手底下随便拉个女星都比你有女人味儿。”

奈奈撇撇嘴，望向窗外，不搭理他了。

“的确只是偶遇，顺手扶一把。”顾聿宁解释道，“以后的路你要自己走下去，我不会再帮你什么。”

听到他这样说，奈奈暗自松了一口气。她又不是傻子，当然明白这个世界上没有无缘无故的爱，父母对她尚且不能做到无私，更何况陌生人。

这件事之后，本来奈奈以为母亲舒宁会断掉她的生活费，却没想到月末的时候不仅如期打过来了，而且还多了两千块钱。一开始奈奈还以为是谁汇错了，她打出了明细表，确认了汇款的确实是母亲的账户。

她给母亲打了一个电话，那一端母亲的态度和过去截然不同，用一种非常耐心而温柔的调子，关心她的学习生活，又问她有没有发病……奈奈挂掉电话，表情很淡漠。不知道为什么母亲会忽然改变态度，但她唯一知道的是——只有当她不再以弱者的姿态面对这个世界，这个世界才不会把她当成弱者。

周末，奈奈应关山的邀请去那部网络校园电影的剧组试镜女一号。过来试镜的女孩基本上都没什么名气，有十八线的女艺人，也有一些网红、美妆博主之类，可见这部电影确实是小投资，片酬应该也不会太高。对于奈奈来说，现在正是经验累积时期，她只挑剧本和导演，挑那些能让她有所进步和成长的电影，至于片酬多少不是最重要的。

奈奈和几个网红妹子坐在休息室等候试镜，顺便翻开剧本熟悉待会要表演的内容。就在这时，门边忽然传来一阵骚动，奈奈抬头望去，只见林雪柔走了进来。看样子她也要来面试女主角。

剧组人员一看到林雪柔眼睛都亮了，没想到这部小成本的网络电影居然还能请得动真正的明星。他们恭敬地将林雪柔请进了休息室，给了她剧本让她熟悉。

林雪柔身边跟着两名助理，帮她提包拿衣服，又给她倒咖啡，声势很大。其中一名助理问制片人：“我们雪柔姐来了，还需要试镜吗？”

制片人为难地看了看休息室里等候的女孩们，笑着说道：“雪柔姐，您别介意，基本流程还是要走一下的。”

林雪柔伸了个懒腰：“那就试吧，来都来了，不试一下，怎么会甘心认输呢。”

说这话的时候，她意味深长地扫了奈奈一眼。

林雪柔一现身，等候区有几个女孩都前后脚离开了。

她们本来就没什么名气，也没有任何资本可以和林雪柔竞争。

让人想不明白的是，林雪柔这种已经出道而且还能在观众面前混个眼熟的女明星，怎么会来参加这种网络电影的拍摄？这么低的片酬，她看得上吗？

奈奈望了望坐在正对面的林雪柔，她知道，换以前林雪柔自然是看不上这个籍籍无名的小剧组，但是现在她要和奈奈一争高下，但凡奈奈想要的、努力争取的，她都要把它夺走，哪怕自己不喜欢，也要夺走。

奈奈的手机嗡的一声，林雪柔给她发来了一条消息："别怪姐抢你的东西，是你太不识好歹了。"

奈奈："我怎样不识好歹？"

林雪柔："生病的人就应该有生病的人的样子，老老实实的，不要去奢望那些不属于你的东西。"

奈奈："生病的人应该是什么样子？"

林雪柔："保持过去那样就行了。"

奈奈知道，在林雪柔心目中，自己就应该一辈子畏畏缩缩，缩头乌龟一样躲在角落里。她不应该出头，更不应该风头盖过她。

奈奈："凭什么？"

林雪柔："这是你的命。"

听到这几个字，奈奈忽然很想笑。从娘胎里开始，林雪柔就在抢夺本该属于她的养分，后来又抢走父母的爱，抢走家里更多的生存资源，现在她告诉她，这是她的命？何其可笑。奈奈关掉了手机，望向林雪柔，用嘴型对她说了四个字："我不信命。"

林雪柔愤愤地看着她："那就走着瞧吧。"

试镜的这部电影，名字叫《我是你的眼》。剧本改编自五年前连载于论坛上的一个非常火的帖子，不仅仅是一部爱情悲剧，同时加入了许多悬疑烧脑的成分，因此剧情性非常强。

剧本讲述一个盲眼女孩的爱情故事。女主角阿远是一位视障人士，每天背着吉他去广场唱歌，声音很好听。暗恋她的男孩叫明旭，每天都会偷偷跟在她的身后送她回家，阿远对这个男孩也心生好感。某天晚上，阿远路过一个荒僻的小巷子，发现那个总是跟着她、保护她的男孩正被几个小混混围殴，其中一个小混混拿出刀子，刺向了明旭的肚子。阿远杵着拐杖，依旧假装盲人走了过去……

而她们要试镜的片段，就是当喜欢的人处在危难关头，盲人女孩强装淡定路过小巷子的场面。这一段戏很考验演技，而且演员的表情十分重要，可以说是一段内心戏。

林雪柔随便翻了几页剧本，大概了解了试镜片段就轻轻松松地走进了片场。她过去是有拍戏经验的，这段戏对她来说并不难。

林雪柔杵着盲杖，一步一步，小心翼翼地经过了小巷子。身边有助演的几个工作人员扮演小混混，正在“揍”男主角明旭，其中一人拿着道具，刺向了明旭的腹部。林雪柔经过他们身边的时候，那几个小混混望向她。

“有人来了！”

“是个瞎子，怕什么。”于是，这几个小混混围着林雪柔，观察她的神情。林雪柔扮演盲人的确很到位，侧耳倾听，似乎听到了什么，但又不确定，那种茫然困惑的表情，被她淋漓尽致地表现了出来，她的确是非常专业的演员。

直到导演喊了“卡”，林雪柔浑身松懈了下来，自信满满地抬头睨了奈奈一眼，似乎在说：被震撼住了吧，跟我比，你还欠几十年功力呢！

关山导演并没有评价林雪柔的表演，而是说道：“工作人员就绪，开始下一段试镜。”

奈奈深呼吸，按照之前叶思茗教给她的技巧，暗示自己，你就是阿远，不是别人。殴打声又开始了，奈奈杵着盲杖走了过去。在小混混拿出刀子刺向明旭的那一刻，奈奈的眼瞳猛然颤了颤，脑袋也僵硬地转了一下，甚至还避开了脚底的水洼。

林雪柔嘴角浮现了胜利的微笑。林奈奈肯定要输了，主角现在的身份可是盲人，盲人什么都看不到，更不知道自己喜欢的人已经生命垂危。但奈奈的表现，分明就是正常人被吓坏的表现，甚至她还避开了脚底下的水洼，后续不管她再如何伪装盲人，表演都显得很假了。林雪柔得意地对身边的网红说："这就是专业和非专业的区别，你看看她恐惧的表情，连脸上肌肉都在颤，呵，浮夸。"

网红们没有讲话，在她们非专业的人眼中，奈奈的表演已经很好了。

关山导演喊了一声："卡，结束。"

片场人员纷纷为奈奈的表演鼓掌。关山导演也欣慰地点头："这是目前为止表现最好的一个。"

林雪柔有些傻了，也顾不得场合，走过去大声说道："你们会不会表演啊，她这也能叫好？有没有搞错？"

关山导演望着林雪柔："林小姐有什么指教吗？"

林雪柔抱着手肘说："关导，我知道，之前在新光晚宴上我态度不太好，得罪了你，但是你不能因为这样就记我的仇啊，咱们公是公、私是私。你看，你们这剧组虽然小，但好歹也是投资人白花花的票子砸进去，总不能浪费了吧。"

林雪柔没情商在圈子里是出了名的，这话说出来把周围的剧组人员全都得罪了。

"好，你觉得我不公平，有偏见，那就问问其他人好啦，你们觉得林奈奈的表演有问题吗？"关山导演望向周围的工作人员。

他们纷纷摇头："林奈奈表演挺自然的。"

"比之前几个都要好。"

林雪柔简直要气疯了："你们懂不懂表演啊！主角是个瞎子！瞎子听到周围有异常响动，第一反应应该是迷惑、茫然，怎么可能会害怕，她刚刚的表现已经完全超出一个瞎子的人设了好吧！"

关山导演耐心地等林雪柔说完，回道："林小姐，你说的都对，但是你好像只看了试镜这一段情景的剧本，连剧情梗概都没有看吧。剧中女主角阿远不是真的瞎了，她只是在伪装盲人。”

此言一出，林雪柔傻了：“啊？”

“阿远并不是真的瞎，因此，当她路过小巷的时候，能够看到小巷里发生的一切暴力行为，也能够看到自己心仪的男孩被人捅了一刀，这种时候她为了自保，只能继续装成是盲人。”

林雪柔立刻抓起桌上的剧本翻了翻，剧情梗概里的确有说阿远是为了挣更多钱假装盲人。

后来她亲眼见到了心爱的人死在自己面前，而自己当时却没有勇气阻止这一切，此后活着的每一天，都在为这被诅咒的一天而赎罪。然而，后续一系列诡异事件的发生，远超她的想象。某天她睁开眼，却看到了明旭站在她的面前……

林雪柔的手颤抖着，这哪里是什么青春校园爱情片，这分明就是一部惊悚悬疑片好吧！这样一来，她刚刚扮演成真盲人的表现，自然是不能通过试镜了。而奈奈刚刚的表演恰如其分地表现出了一个女孩内心的恐惧，还有那种强装镇定的颤栗感。虽然表演技巧都还略显生涩，但是在目前所有试镜者当中，已经是最有张力的一个了。

“关导，我这粗心大意的……都没看清楚剧本，这样……我重来一遍，这一遍肯定比她们都好。”

周围几个网红脸上露出了不满的神情，纷纷出言道：“凭什么啊？”

“试镜机会每个人都只有一次，凭什么多给你一次机会啊。”

“就是，我看你刚刚的表现，没见得多好啊，也就那样了……”

关山导演耸耸肩：“林小姐，不是我不给你机会，只是这样对其他人不公平。”

林雪柔咬着牙，愤愤地看了她们一眼：“你们算什么东西，有什么资格评价我！”

“你怎么说话的！”

“信不信曝光你啊，老娘好歹也是有粉丝的人好吧。”

林雪柔虽然心有不甘，但也不想自降身份和这些网红讲话，而且也确实怕她们曝光。虽然她们平时做直播看着不如娱乐圈明星风光，但累积的粉丝却不少，而且都是铁粉。林雪柔不想费时间和这些人计较，转身离开：“有什么了不起，这破剧组我还不稀罕呢。”

奈奈顺利地拿到了女一号的角色，晚上和室友们一起去吃火锅庆祝。吃饭过程中，景遥盯着手机，忽然嚷道：“林雪柔被人骂上热搜了！说清纯人设崩塌了！”

梁晚夏好奇地凑过去：“怎么回事？”

“一个很火的美妆带货博主，粉丝百万，直接在微博上点名了林雪柔，说她在试镜现场耍大牌，看不起她们直播圈，说她们没资格进演艺圈，更没资格评价她的演技之类的。”

“真的假的？”

“后面有几个游戏博主也转发证实了这件事，哇，这几个博主一转发，直播圈一半的粉丝都在骂林雪柔，厉害了。”

奈奈正专心吃她的鸡中翅，没理会这件事。这时，顾聿宁的短消息钻进来：“即将出道的女人，胃口别太好了。”

“……”奈奈左右望了望，并没有看到顾聿宁的身影，顾聿宁也不可能来这种街边串串火锅店。

林雪柔在网络上被直播粉骂了三天，不过骂归骂，粉丝数量倒是一直在往上涨，多数都是来自那几个网红的流量。林雪柔一直没有回应这件事，网上有人猜测，因为没有签经纪公司，工作室的公关力度不行。三天之后林雪柔才发了一条直播微博，向广大粉丝们道歉。

直播间里，她形容憔悴，眼睛绯红，泪光点点，看起来一副楚楚可怜的模样。她拿起纸巾擦了擦眼角，说：“大家好，我是林雪柔，这几天我真的非常痛苦，谁都不希望自己被网友们骂成那样。”

直播间里迅速飞过一条条评论弹幕：“雪宝加油，我相信事情不是外面传的那样。”

“呵呵，有什么好辩解的，做错了就做错了，躺平挨骂吧。”

林雪柔继续说道：“试镜那天，是我言辞过激了，在现场给大家造成了一种耍大牌的印象。其实真实的情况是，我……我太担心我妹妹了，她身体不好，我害怕她被欺负，所以才赶到现场，想为她保驾护航。”

此言一出，直播间立刻又热闹了起来：“妹妹什么情况？”

“不是吧，这都能反转！”

“急死了，雪宝快把情况说清楚啊，‘雪花’们都快担心死了。”

“雪花”是林雪柔粉丝的昵称，他们把林雪柔叫成雪宝，自己则是“雪花”。

林雪柔哭哭啼啼地继续说：“大家应该知道，我有一个妹妹，自小体弱多病，我为了保护她曾经说过很多次，不希望她涉足娱乐圈。可是妹妹很任性，执意要当大明星。这次试镜妹妹也在现场，想要竞争女主角……”

“雪花”们恍然大悟：“所以雪宝是怕妹妹被网红欺负，过去保驾护航的。”

“我可以证实雪宝的话，当初她发妹妹的合照都是打了马赛克的，想来是为了保护妹妹。”

“我知道，她妹妹是 @ 奈奈今晚不熬夜。”

“原来是她啊，我记得她，之前不是捆绑顾平生炒 CP 吗？”

“雪花”们在直播间讨论得沸反盈天，终于也有几个顾平生家的粉丝看不下去了：“‘雪花’不要乱带哥哥下场好吗！”

“原来某家粉丝这么健忘，上次到底是谁说哥哥暗恋她，后来被全网删？”

于是评论区里，顾平生的粉丝和林雪柔的粉丝又掐了起来。不过奈奈的微博的确也热闹了，“雪花”们追到微博去质问她，为什么一直不出面帮他们家雪宝澄清，甚至有“雪花”直接骂她白眼狼。

周助理急匆匆地进了办公室，准备向顾聿宁汇报这件事。说起来，这件事不大也不小，刚好摸到热搜尾巴，但奈奈那边确实被林雪柔的粉丝骂得有点惨。周助理见顾聿宁过去三番四次插手林奈奈的事，以为他对这小丫头有兴趣，所以一有风向赶紧过来跟他汇报。

听完事情的前因后果，顾聿宁头都没有抬一下，看着手里风娱的新人资料，漫不经心说道：“怎么，你觉得我很闲，有工夫听这些娱乐圈八卦？”

周助理马屁拍到马腿上，有些慌：“啊，不是，三爷……”

“以后，这种芝麻小事不用跟我汇报，把心收回来，那丫头你别管。”

“好的，三爷。”

要管也是他自己管。再说了，现在也还没到该管的时候。这么点儿小波折都承受不起的话，她还怎么乘风破浪去更远的地方？顾聿宁闭上左眼，本以为这小哭包第一次遭遇网络暴力，肯定心慌意乱，不知道躲哪儿哭鼻子去了。

她独自坐在学校的花园廊台边，拿着台词本，的确在哭鼻子：“为什么这么简单的台词，还是记不住！”

“林奈奈你是猪吗！”

她不住地用台词本崩溃地敲着脑袋，哭唧唧地继续背。阳光笼罩着她白皙的脸蛋，宛若一朵逆风生长的太阳花。顾聿宁抿抿嘴，有点想笑。网上都把她黑成什么样了，她居然还在为记不住台词这点事儿崩溃。

“那部电影的男一号定了吗？”他望向周助理。

“您说关导的剧组吗？听说联系了几个势头不错的男星，不过都被拒绝了，说是网络电影片酬太少，有一点咖位流量的都不愿意接受，怕自降身份。”

顾聿宁看着手里的新人资料，随手翻了翻，目光落到了一位男星身上。

“让陆以瑄去试试。”

周助理诧异地望向顾聿宁：“您确定，让这届练习生中人气最高的陆以瑄去？”

“他演过戏没有？”

“这倒没有。”

“想演吗？”

“这……哪个练习生不想唱跳演全面发展啊。”

顾聿宁淡淡道：“虽然人气高，但是没有任何演艺经验，有什么资格挑剔剧组？再说，把他放到关导手下去磨炼磨炼，对他来说，未尝不是一种机会。”

周助理拧着眉头，这三爷义正词严找了这么多理由，说到底，亲自过问这件事不还是为了那小丫头吗？

“您不是……不管她吗？”

顾聿宁瞪了他一眼，周助理立刻道：“没问题，我这就让陆以瑄的经纪人去联系剧组！保证完成任务！”

网上的骂战一点都没有影响到奈奈，她每天正常上课，空余时间就把剧本台词背得滚瓜烂熟。有人开始叫奈奈是“小雪柔”，说她凭借和林雪柔长得像，想要进娱乐圈蹭姐姐的热度。偏偏这条微博又被林雪柔给转发了：“大家千万不要这样说哦，妹妹想进娱乐圈，想要出名，这都很正常。希望大家不要骂她了，毕竟她是我的亲妹妹。”

“雪花”们纷纷道：“雪宝真是太善良了。”

“有这么一个妹妹很累吧？心疼雪宝，不知道她这些年是怎么过的呢。”

林雪柔的这一波操作，使得奈奈还没有出道，就已经被泼了一身脏水，成了有黑点的话题人物。而她的人设也在林雪柔的话术里变成了嫉妒姐姐的沽名钓誉之徒。

许多人都盼着奈奈回应，甚至林雪柔都盼着，她能狗急跳墙站出来说点什么。奈奈没有出道，也没有任何作品，之前被顾平生带起来不少人气，有了几十万粉丝，但是她还没有积累自己的死忠粉。如果奈奈回应了，就成了她一个人和林雪柔粉丝之间的战争了。何必做这样吃力不讨好的事，有这么多时间，她还不如好好熟悉剧本。

这事儿发酵了没几天，顾平生反倒是坐不住了，发了一条微博，直接@奈奈："@奈奈今晚不熬夜，给大家介绍一下，这是我徒弟！"

这条微博一出来，瞬间被顶上了热搜榜首。底下顾平生的粉丝们都炸了："徒弟，她怎么成哥哥的徒弟了？什么时候的事？我怎么不知道？"

"据说军训的时候，哥哥教过她跳舞。"

本着"偶像的爱徒就是我方小师妹"的心态，顾平生的粉丝们开始维护奈奈，林雪柔的"雪花"们见势一句话都不敢说了。林雪柔的这番操作，得不偿失。

下午，奈奈接到了父亲林童睿打来的电话，希望奈奈能回家一趟。自从上了大学，她还一次都没有回过家。

客厅里，林童睿坐在单人沙发上，林雪柔和母亲舒宁则坐在另一张双人沙发上。舒宁瞥了奈奈一眼，表情不咸不淡。桌上已经摆好了热气腾腾的晚餐，林童睿连忙迎上来，拉着奈奈来到桌边："来来，开饭了，雪柔，过来，你和奈奈坐在一起。"

林雪柔翻了个白眼："谁要和她坐在一起。"

"过来！"父亲呵斥了一声，母亲也推着她，她终于不情不愿地走了过来，坐下了。

奈奈心里一片平静，也坐在了身边的椅子上。

林童睿道：“来，我们首先举杯，预祝奈奈的第一部电影开机顺利。”

一家人不冷不热地举了杯，林雪柔冷不丁嘀咕道：“还不是我玩剩下不要的。”

舒宁推了她一把，示意她少说话。奈奈打量着母亲舒宁，过去她在家里是最有发言权的，也是她最护着林雪柔，若是换了过去，这会儿她早就不知道骂了奈奈多少句了，今天不仅忍着脾气一言不发，还制约着林雪柔，让她也少发大小姐脾气，倒是难得。

奈奈也不会指望舒宁良心发现，毕竟舒宁最钟爱林雪柔了，林雪柔也是在她一手培养之下，才有了今天的名气。奈奈很清楚，哪怕将来自己的名气超过了林雪柔，舒宁也一样不会多看她一眼。她内心里最爱的女儿，只有林雪柔。毕竟，林雪柔的成功里，有百分之八十都是舒宁的努力。

“奈奈，妈妈上个月给你打的生活费，收到没有啊？”舒宁故意在这个档口，提起了生活费的事。

“收到了。”奈奈回答。

“那就好，对了，妈妈还多给你打了两千，你去买几条漂亮的裙子。”

两千，买几条裙子，奈奈瞥了一眼林雪柔，她随便一条裙子的价格都是四位数了。这就是亲疏有别，舒宁已经习惯了这样的对待方式，对林雪柔，她倾其所有给她最好的；而对于奈奈，用这种小恩小惠应该足以让她感激涕零，真是打得一手好算盘。

奈奈放下了筷子，说道：“爸妈，你们有什么话就直说吧，我等会儿还要回学校。”

林童睿和舒宁对视了一眼：“奈奈，这次叫你回来，是希望你和你姐能够握手言和，不要因为一些小事影响了姐妹间的感情嘛。”

奈奈忽然笑了：“爸，你说的握手言和，是什么意思啊？”

“就是让你跟姐姐和好的意思啊，姐妹俩有什么事不能说清楚吗？非要闹到网上吵来吵去的，多难看。”

奈奈问道：“网上发生了什么事吗？”

林雪柔委屈地噘起嘴：“爸，你看她，她还装不知道呢！”

奈奈轻松地笑了笑：“不好意思，我还真不知道，也没参与。只是听说姐姐几次三番地发微博搞事情。”

“你……”

“所以要握手言和，最先表现出诚意的那个人应该不是我吧。”

在父母的敦促下，林雪柔极不情愿地删掉了那几条微博。删掉之后她还挺委屈，忍不住哭了，说自己根本没有说半句奈奈不好的话，怎么就成她的错了？

母亲舒宁似乎也觉得她受了天大的委屈，拍着她的背，安慰道：“雪柔，没事，妈妈知道不是你的错。”

奈奈冷眼看着母女俩，一句话也不想说。她知道父母这次的目的，那场由林雪柔挑起来的事端，由于顾平生粉丝对她的维护，现在收不了场来找奈奈和解。

林童睿笑着望向奈奈：“奈奈，既然姐妹俩已经言归于好了，你们俩要不就拍一张合照发微博，告诉粉丝们……”

“言归于好了？”奈奈问道，“我怎么不知道这件事？”

林雪柔红着眼睛说：“你还想怎么样！”

奈奈平静地说：“你不觉得欠我一个道歉吗？”

“我凭什么向你道歉！爸，你看她！”

“奈奈，不要任性了！”林童睿说，“你和雪柔一人退一步。”

奈奈已经退了很多步了，从小到大她一直在忍，一直在退。父母偏心姐姐，她便凡事都让着姐姐，只为了给自己争取那么一星半点的生存空间。没错，父亲说她长大了，翅膀硬了，不再像过去那样听话。她现在可以靠自己的力量活下去，又何须再委曲求全做她不愿意的事。

舒宁看着奈奈的眼神，似乎明白了什么，偏头呵斥道：“雪柔，道歉！”

“妈！怎么你也……”

“道歉！”

林雪柔眼泪仿佛不值钱似的，唰的一下又流了下来，狠狠地瞪了奈奈一眼：“对、对不起。”

奈奈道：“怎么对不起，说清楚。”

林雪柔又看了母亲一眼，希冀着母亲能帮帮她，但是舒宁不为所动，她只好硬着头皮：“我不该，在网上……在网上那样说。”

“怎样说？”

“你干吗非要我说这么明白！”

“因为我不提醒你，你永远不会知道自己错在哪里。”

林雪柔哭哭啼啼地说：“我不该故意引导粉丝攻击你，好了吧！”

奈奈嘴角扬了扬，她终于承认了。

“奈奈，好了，既然姐姐已经承认了错误，你也不要咬着不放了。”舒宁很心疼大女儿，担心奈奈又提出什么过分的要求，赶紧说道，“现在，你也应该表示出自己的诚意。”

“你想让我做什么？”

“既然姐妹俩都已经和好如初了，顾平生的那条微博，你就让他删了吧。”

和好如初？奈奈冷笑了一声，她和林雪柔之间的关系，可没什么初不初的。奈奈拨通了顾平生的电话，那一端的顾平生听起来很悠闲：“我正要找你呢，我在巴黎逛街，你平时用什么护肤品，我给你带……”

“顾平生，我姐姐有事情找你，我把电话给她了。”

说完，奈奈将手机递给了林雪柔：“有什么话，你自己对他说。”

林雪柔一惊，没想到奈奈把这个皮球踢到了自己脚下，她连忙压低了声音：“我……我跟他不熟。”

奈奈笑了："你不是很想跟他熟吗？"

林雪柔被逼无奈，只能拿起了电话，捏着嗲嗲的嗓音说道："生……生哥。"

电话那端的顾平生也很不客气："谁是你生哥！"

圈子里都是这样叫的，林雪柔没想到顾平生这样呛人，她连忙改口："顾……学长。"

"有事说事，我这边很忙。"

"是这样的，我和奈奈已经和好了，能不能请你删掉那条微博……"

"哎呀，我在国外没信号，听不到你在说什么，好了挂了挂了。"

林雪柔："……"

舒宁和林童睿紧张地问："怎么样，他怎么说？"

"他说……信号不好。"林雪柔都要哭了，"我怎么感觉他在敷衍我呢。"

奈奈了解顾平生的为人，什么信号不好，他就是故意的吧！奈奈收回了手机，说道："下次有机会见到他，当面叫他删好了。"

"你下次跟他见面，那得是什么猴年马月啊！"林雪柔委屈地噘嘴抱怨。

两天后，奈奈正式进了剧组，开始为期两个月的电影拍摄。《你是我的眼》这部糅杂了悬疑、爱情、青春和校园的电影，除了男女主角和反派男配，就是几个群演，剧组工作人员也不多，大家第一天相互熟悉之后，调度起来也很轻松。

奈奈一开始听关导说男主角是陆以瑄的时候，还有些忐忑。陆以瑄可是近半年出道练习生里面人气最高的偶像，粉丝数量庞大，虽说不能和顾平生比肩，但如果他后期发展得好、资源跟得上的话，前途也是相当可观的。奈奈作为新人，对于这类的偶像明星，都还习惯性地以粉丝的眼光去看待，觉得他们高高在上、不容亲近。尤其陆以瑄又是以高冷人设出道，据说是非常不好相处的，她的心里更是平添了几分忐忑。

不过，跟陆以瑄熟悉之后，奈奈发现不是他人设高冷，这男孩性格就是如此，沉默内敛，不太会和人打交道，并非是故意装深沉。他平日里沉默寡言，但是心地很好，相处起来也很轻松，丝毫没有拿架子。

而且也很贴心，他没有嫌弃奈奈是未出道的素人身份，知道奈奈身体不好，拍戏过程中也一直很护着她。奈奈没有助理，所以一场戏结束之后，第一个给奈奈递上外套风衣的总是陆以瑄。他和奈奈一样，没有出演过男女主角这样的重头戏，因此两个人便经常在一起对戏，相互讨论剧情。

熟悉之后的陆以瑄在奈奈面前的话就多起来了，爱笑，笑多了又会害羞，默默低下头，脸颊微微泛红。奈奈太喜欢陆以瑄这样的性格了，这样的偶像怎么会不受欢迎！怎么会不被粉丝狂热追捧！

当初和陆以瑄一同出道的练习生，有的绯闻缠身，有的因为出言不逊被全网抵制，还有的籍籍无名已经消失在了公众视野。只有陆以瑄的发展势头依旧良好，就算没有接戏也没有歌曲作品，但他去综艺跳跳舞，粉丝就能为他尖叫、为他呐喊。

“所以，你为什么会接这部剧啊？”坐在一起讨论剧本的时候，奈奈好奇地问陆以瑄，“以你现在的名气，应该会有更好的资源吧。”

陆以瑄坦诚地说：“公司老板可能希望我能多磨砺磨砺，我也想试试拍戏，本来以为还要过一段时间才能接到，没想到这么快就有机会，于是就立刻答应了。”

“你签的哪家公司呀？”

“风娱传媒。”

“哦，我知道，顾平生也是那家的吧？”

“顾平生是皇太子，我没背景，资源没法和他比肩的。”

奈奈拍了拍陆以瑄的肩膀，笑着鼓励他：“别这样说啊，你的发展已经很好啦，而且都是靠自己努力得来的，以后肯定会更好！”

“嗯！”陆以瑄用力点点头，“趁着年轻，我现在要赶快磨砺演技，流量做不长久，艺人必须要有自己拿得出手的作品！一起努力！”

“加油加油！”

陆以瑄和奈奈相互拍肩鼓励这一幕，被剧组的工作人员用手机拍了下来。画面里的两个人坐在小小的椅子上微笑拍肩的模样活像两个幼儿园的小朋友，笃定的表情也相当到位，简直萌翻了。这张可爱的照片，陆以瑄问剧组工作人员要了过来，私下收藏了。

不久之后，《你是我的眼》官方微博发了一组剧照，同时圈了几位主角：“拍摄进程过半啦，大家辛苦了，两位小朋友 @ 奈奈今晚不熬夜 @ 陆以瑄配合默契哦！大家期待他们的表现吧！”

奈奈也转发了这条微博：“请大家关注我的第一部作品，我会和 @ 陆以瑄一起加油的！”

她的微博评论里，还有林雪柔的粉丝时不时在蹦跶：“呵呵，踩着雪宝上位，今天的林奈奈道歉了吗？”

“蹭完顾平生的热度，又去蹭陆以瑄的热度，看不下去了！”

“不就转发一下剧组官微吗？你们哪只眼睛看到奈奈蹭热度了？”

“@ 以瑄哥哥还不是故意蹭热度吗？以瑄哥哥都没转发，她忙不迭转发了，还故意 @，生怕别人不知道她和以瑄哥哥在一起拍戏吗？”

奈奈正在过自己的戏，没有理会这件事。等结束以后，回到休息棚摸出手机，看到自己的微博提示评论量，一下子爆了两万条。奈奈心下还挺疑惑，不管过去林雪柔的粉丝再怎么蹦跶，也顶多几百条，两万条是什么数量级了！

她连忙戳开微博，发现是陆以瑄关注了她，并且转发了那张官方剧照。不仅如此，陆以瑄还发了一条原创微博，微博只@了“奈奈今晚不熬夜”——“超努力的阿远，我愿意一直跟在她身后，守护她。”

这是剧本台词里的一句话，而他的配图就是工作人员拍的那张两个人排排坐的照片。

这张照片一发出来，陆以瑄的粉丝们彻底炸了：“哥哥原来笑起来这么暖！”

“天呐，小姐姐也好乖。”

陆以瑄的粉丝一加盟，奈奈微博下那些林雪柔的脑残粉，立刻被流量大军给抛到九霄云外去了。

第三章
照顾

陆以瑄出道至今，一直是独行侠的高冷人设，就算是过去在练习生团队集训，也没见他有过特别要好的朋友。他也不大会管理自己的微博，一直是长草状态。照理说他这样的流量不应该出现这种状况。奈何刚签约风娱传媒，经纪人手底下负责好几个艺人，他又不是那种特别会来事儿会讨好的小孩，经纪人还没顾得上管他呢。所以被放养的陆以瑄，微博该发什么、不该发什么，也都没人干涉。这条微博主动发出来，他的粉丝们疯狂了起来。

“两个小朋友坐在一起好可爱啊。”

“看样子和剧组相处得很好嘛。”

“小奈姐姐，承蒙你照顾我们家瑄瑄了，他性格内向，多多包涵哦。”

奈奈看着粉丝们的评论，不禁感慨他们是真的很喜欢他，处处为他着想，还会操心他内向的性格处理不好人际关系，这就是粉丝对偶像最纯真的情感。

那段时间，因为电影宣传需要，也因为奈奈和陆以瑄关系越来越好，两个人会经常在微博互动。主要是陆以瑄，以前从来不玩微博的家伙，现在奈奈每发一条他都要点赞，而且只给她点赞。

陆以瑄赞了 @ 奈奈今晚不熬夜：“拿到第一笔薪酬，先给自己租个可以落脚的小窝！”

陆以瑄赞了 @ 奈奈今晚不熬夜：“自己烤的小蛋糕，嗷嗷嗷，好香呀！”

陆以瑄赞了 @ 奈奈今晚不熬夜：“姨妈痛，今天躺尸吧！”

所以奈奈的微博评论区,基本上已经被陆以瑄的粉丝给攻占了。

“这位小奈姐姐，真的是我们家以瑄认识的第一位好朋友。”

“以瑄的经纪人，麻烦起来营业，再放养下去以瑄哥哥的官博就快成小奈姐姐的后援会了。”

“就算认识了新朋友很开心，但是以瑄哥哥求求你控制一下自己的手，自己给自己营业啊！不要再当小奈姐姐的后援会了！”

终于，在陆以瑄点赞奈奈的微博导致上了几次热搜之后，他的经纪人刘姐终于想起了手底下还有这么个熊孩子，连忙把他的微博账号收了回来，重新打理，只发个人的宣传。那段时间，陆以瑄还挺无奈，偷偷跟奈奈抱怨过，说经纪人不让他再赞她的微博了。奈奈苦笑：“你本来就不该总赞我啊，也要经营自己的微博啊。”

陆以瑄茫然地看着她：“怎么经营？”

奈奈：“粉丝想看什么，你就发什么呗。”

陆以瑄闻言，愣了愣，然后耳根忽然红了：“真的要这样吗？”

“对啊，她们想看什么你就发什么。”奈奈是跟追星女孩梁晚夏学来的，“这叫固粉。”

陆以瑄涨红了脸，良久，咬咬下唇：“可……她们说想看我的腹肌照，发吗？”

奈奈：“你……可以先发给我，让我帮你甄别一下。”

陆以瑄脸颊更是红得通透，像个烧开的热水壶，吞吞吐吐说：“你真的要看吗？”

奈奈快要笑抽了，这位弟弟，你可爱得有点犯规了！

深秋的一场戏，奈奈穿着单薄的衬衣，在雨中拍了几个小时，冻得瑟瑟发抖。关山导演："奈奈控制住自己，不要抖。"

奈奈："我也不想抖，可太冷了……"

奈奈也知道，这场自然降雨很难得。电影里好几出雨中戏，都要借着这场秋雨完成，否则要请人工降雨，他们这小剧组资金吃紧，做出来的效果可能不太好。

"导演，算了吧，小奈姐都淋了两个小时了。"平时闷不吭声的陆以瑄都有些看不下去了。关山导演也知道，奈奈身体不好，再这样淋下去可能会出问题。

"算了算了，就这样吧，不拍了，奈奈你快去洗个热水澡，暖和暖和。"

奈奈觉得淋都淋了，索性一次性淋够，省得下次人工降雨还要再淋一次，多惨啊。

"导演，不，我能坚持！"

"逞什么英雄啊，快去穿衣服！"

"导演……"真不是逞英雄，一次性拍完最好，实在不想下次再淋雨啦！

导演看着小丫头这股子倔强劲儿，无可奈何地说："各就各位，最后一幕雨中戏……没见过这么不要命的。"

剧组人员也都挺心疼女主角，所以这场戏拍得格外专注，生怕哪一个环节弄错了要重新来过。戏一拍完，陆以瑄连忙飞奔过来用衣服裹住了她。即便如此，奈奈还是得了重感冒。

那几天正好是陆以瑄的重头戏，所以关导就给奈奈放了假，让她在家里休息。奈奈在学校外面租了一个公寓作为临时落脚的地方。因为时常要拍戏的缘故，有时候夜深了不便回学校，便在公寓住下。

晚上，她迷迷糊糊躺在二楼的榻榻米上，不停地打喷嚏，脑子也晕晕乎乎，超级难受。陆以瑄本来想过来看看她，不过这几天他的戏份重，走不开。

顾二少在巴黎悠哉游哉地度假回来，买了好几箱子的潮品衣裤，还没忘给奈奈带一套高级护肤品。

顾平生："发个定位，有好东西带给你。"

奈奈："现在？"

顾平生："对啊，只有今天有时间。"

奈奈发了定位和门牌号，又说道："重感冒中，没法下来给你开门了，密码是342853，自己进来。"

顾平生："生病了？"

奈奈："嗯。"

顾平生："OK。"

半个小时后，大门"咔嚓"一声被打开了。奈奈躺在二楼，难受得眼皮都不想抬一下，只好有气无力喊了声："没法招待你了，你自己坐吧，桌上有小熊饼干。"

楼下的人没有答话，很快，她又听到烧水的声音，以及收拾外卖盒子、塑料袋发出的窸窸窣窣的声响。什么情况，顾平生在帮她收拾房间吗？

"顾平生，顾……"

顾平生正好给她发来一条消息："我哥到了没？"

奈奈："什么情况，你别吓我！"

顾平生："对啊，我现在录综艺走不开，礼物放在家里，我哥晚上正好在你家附近有个饭局，让他带过来。"

奈奈："你不早说！"早知道她就不发地址了！顾聿宁的饭局是什么高端应酬，居然还要抽空给她送东西，这……是真的要折寿的吧！

顾平生："怎么，你不想见我哥，想见我？"

奈奈：“……”她这辈子都不想见他了，坑死人不偿命啊。

这时，木制楼梯传来沉稳的脚步声，奈奈一把甩掉电话，用被子盖住了憔悴的脸，装睡。脚步声仍旧听得清清楚楚，身边的男人正在收拾她胡乱摆放的衣裳和鞋子。等等，顾聿宁居然在帮她打扫房间？奈奈有种想撞墙的冲动。

房间似乎整理得差不多了，顾聿宁来到榻榻米边，伸手扯了扯被子，奈奈的力气扯不过他，只能任由他掀开被子，露出小小的脑袋。她不敢看他，紧紧闭着眼睛。不一会儿，奈奈感觉到，一只凉丝丝的手落到了她的额头上，轻轻试探。

“有点烫。”他那极有磁性的嗓音淡淡道，“体温计在哪里？”

奈奈穿着白袜子的脚丫子一歪，将榻榻米边的药盒推到他身边。顾聿宁翻找了一阵，里面摆满了各种各样的处方药，看得出来，这小丫头真是个药罐子。他从里面找出一个老式的水银体温计，他坐到了床边，轻轻拍了拍她的脸，笑着说：“再不醒过来，是要等着我亲自帮你测体温？”

奈奈猛地睁开眼，抽走了顾聿宁手里的体温计，身子灵活地缩到了床角，自顾自地将体温计放到腋下，都没有勇气和他对视。顾聿宁坐到床边，一边检查药箱，一边笑着问：“怎么，怕我？”

奈奈小心翼翼地抬起头，乌黑的眸子望了他一眼，然后点了点头。顾聿宁缓缓俯身过来凑近了奈奈，他的睫毛又长又密，挺拔的眉骨，使得他的五官深邃又立体，漆黑的眸子看得她心里发毛。奈奈被他逼得不住往后缩，整个背都贴在了墙上，紧紧闭上了眼睛。

“为什么怕我？”他的声线低沉又有磁性。

“您太帅了！我怕……我怕我控制不住自己！”

奈奈这话，还真是把顾聿宁给逗乐了。他笑着把手伸过来，抽走了她腋下的体温计，站起来，背过身，透过吊顶望了望数值：“38.9，你还真是烧得不轻。”

奈奈：“你要是不乱撩，我兴许还没这么高体温。”

顾聿宁已经下楼，似乎去厨房忙碌了。奈奈拖着疲惫的身子，趴在栏杆边看他。只见他快速倒了开水晾着，又去开放式的小厨房，打开冰箱搜寻一番。

“你家里怎么什么都没有？”他抬头望她。

“我又不会做饭。”

“没人照顾你，怎么自己连饭都不会做？”

奈奈嘴角抽了抽，不服气地说：“你怎么知道没人照顾我，我爸妈对我可好了！我可是从小衣来伸手、饭来张口的千金小姐呢！”

顾聿宁翻了个白眼，做出一副“我就信了你的邪”的表情。

顾聿宁在厨房忙碌了一阵，做出一锅热气腾腾的青菜粥来。奈奈惊呆了，很难想象这个素来西装革履的男人，竟然会洗手做羹汤！

顾聿宁回头望了她一眼，见她穿着一件小兔子图案的棉质睡衣，站在楼梯口，对他挥手傻笑。她好像只穿了这一件睡衣，顾聿宁自觉地移开目光，说：“回床上躺着。”

奈奈撇撇嘴，顾平生总说他哥凶，以前还没觉得，这会儿熟识之后发现还真是喜怒无常。

蔬菜粥熬好之后，凉一些了他才端到楼上，甚至还翻出了她床上专用的小桌板。

奈奈靠坐在床边，看着这碗端到面前的蔬菜粥，真心觉得……能让顾三爷这样伺候一回，够她去圈子里炫耀好几年了吧！当然，她不会这样做，本来还没出道就招了一身黑粉，她哪敢再和这些话题人物掀扯啊。

“对了，我楼下蹲了几个狗仔，你刚刚过来没被拍到吧？”

那几个狗仔，顾聿宁顺手就处理了。这些年还没有什么娱记有胆子爆他的行踪，除非他们不想在圈子混了。他顺口问道：“怎么，怕跟我扯上关系？”

“哪有，我反正是被黑惯了，要是他们乱爆你的料，那就真的麻烦了，毕竟……”她用勺子小口小口抿着粥，“你这样好心，还来照顾我。”

顾聿宁知道她说的是真心话，从小不被疼爱还带一点点自卑的小孩，都很容易养成这种讨好型人格。有时候，超乎年龄段的懂事也很让人心疼。顾聿宁别过脸，不自然地说：“有饭局，顺路。”

“啊，那你快去吃饭吧！别耽误了生意！”奈奈连忙放下碗，想要起身送他出门。顾聿宁一把握住了她的手腕，纤细若无骨。瘦成这个样子，甚至让顾聿宁怀疑她究竟还能活几天。如果把她接到身边来照料，会不会更好？而他的左眼，应该也会恢复得更快。等等，这想法太危险了！

奈奈愣愣地望着顾聿宁，他抓着她的手，眼底流露出仿若父亲般慈爱的目光。奈奈苦笑：“顾先生？”

顾聿宁立刻松开了她的手。

“你……还不走吗？”

“赶我走？”

“不不不，你想留多久就留多久。”她不是担心耽误他的饭局嘛，这男人真难伺候。

顾聿宁有些不舍，终于还是下了楼梯，准备离开，奈奈站在二楼栏杆边，探头探脑地望着他：“拜拜哦。”

就在这时，窗外一道闪电，瓢泼大雨倾盆而下。顾聿宁顿住脚步，说道：“下雨了。”

奈奈：“……”

顾聿宁：“走不了了。”

奈奈：“哈？”您老可千万别用“没开车”这样拙劣的借口啊。

顾聿宁：“我没开车。”

奈奈：“那个……您的司机？”

“休假了。”

“那您刚刚是怎么过来的？”

顾聿宁一本正经地说：“出租车。”

奈奈也很想一本正经地说“我不信”，但她终究没有，而是问道：“那您的饭局……”

“不重要，我不想淋雨，讨厌水。”

“哦……”行吧，您是总裁，您可以任性。于是，顾聿宁顺理成章地坐在了她楼下的沙发上，然后拿起了遥控器打开电视。

窗外的雨一直下着，见顾聿宁独自待在沙发上，奈奈也裹着被子坐在了他身边。吃了药，她昏昏沉沉，脑袋靠在抱枕上，一会儿便睡着了。

顾聿宁伸手过去，轻轻拍了拍她的脸蛋，奈奈没有任何反应，似乎睡得很香。他轻轻呼出了一口气，手指尖触到了她左眼的位置，摸了摸，想要一探究竟。

为什么他失明的左眼出现问题后会与她关联，她难过的时候，他的左眼也会流泪？为什么会看到那些关于她的画面？为什么会感觉心痛？他一直都知道，左眼是永久性的损伤，无法复原。可为什么帮助这个女孩之后，左眼模模糊糊……竟有好转的迹象？太多的问题无法得到解答，顾聿宁对这个女孩的好奇心越来越重。

奈奈淡淡的眉毛蹙了起来，忽然抓住了顾聿宁的手，捂在胸口，轻轻唤了声：“哥哥……”

她的梦境似乎特别不安宁。顾聿宁想要抽回手，奈何小女孩紧紧攥着他：“哥哥……”那种感觉又来了，心都要疼得抽搐了。顾聿宁闭上左眼，想看到奈奈的梦境。

梦里，她还在念小学。那天放学，她拿着喜欢的长生哥哥的海报，开心地回房间。林雪柔站在楼道口，看着她脸上洋溢的微笑，眼神似乎不怎么和善。比起林雪柔胖嘟嘟的身板而言，奈奈看着就跟小竹签似的，在她面前，气势也很弱。

“你手里拿的是什么？”林雪柔问。

奈奈立刻将卷起来的海报藏到身后：“没什么！”

林雪柔趁她擦身而过的时候，一把夺过来：“我看看。”

“还给我！”

见奈奈这般着急，林雪柔更加不可能还给她了，打开来看到是明星海报，她冷笑着说：“你这么小就追星，将来肯定是败家女，没出息！我要告诉妈妈！”

奈奈一把抓住林雪柔的胳膊，似乎很害怕：“不要告诉妈妈！”

“好啊，不告诉妈妈也行，那你把这张海报撕烂！”

“不……”

林雪柔见奈奈不动，于是自己将海报撕成了两半。奈奈仿佛是被抽空了全身的力气，瘫在楼梯上，豆大的眼泪止不住掉下来。林雪柔看着她哭，心里的气似乎才理顺了，拍拍她的头，说道：“你生病了，要花家里很多很多钱，所以爸爸妈妈不喜欢你，你应该要有自知之明，不要做让人讨厌的事。”

说完这话，她得意地走下了楼梯，留奈奈一个人颤抖地抱着被撕碎的海报，默默地回了房间。

“好想快点长大。”她一边哭，一边用透明胶把海报撕裂的缝隙黏合起来，眼泪都滚到了他微笑的脸上。

“哥哥，你要一直一直这样快乐下去。”她边说边哭，“希望……你能看到这个世界上最美好的东西……”

顾聿宁深呼吸，睁开了眼睛。她不会知道，那个时候的他其实真的不快乐，也同样身处地狱。

女孩还沉浸在梦境里，眼角有泪痕渗出，以一种自我保护的姿势蜷缩在沙发角落，的确让人难免生出恻隐之心。

顾聿宁轻轻将她揽过来，靠在了自己的身边，女孩身体颤了颤，然后本能地往他怀里蜷缩。

顾聿宁的手搭在她的肩膀上，轻轻地拍了拍：“以后，哥哥保护你。”

早上，奈奈醒过来，微风吹拂着落地窗纱帘，雨后崭新的阳光漫入屋内。烧已经退了，她精神还不错，走下楼梯。房间里空荡荡的，厨房和客厅都被整理得干干净净，就像没有人来过一样……像一场梦。不过桌上有一个精致的礼盒，是顾平生给她带回来的高档护肤品，提醒着她，这场灰姑娘的梦境真真实实地发生着。

奈奈摸出手机，给顾平生转了五千块钱过去。入剧组之后，吃饭有保障，还能提前拿到薪资，虽然不高，但比起过去紧巴巴的学生时代充裕太多了。

顾平生：“？？？”

奈奈：“护肤品，谢啦。”

顾平生：“你拿我当代购？”

奈奈：“好用的话，下次还找你哦。”

顾平生：“既然要付款，那就算清楚吧，你少打了三个零。”

奈奈：“你买的什么护肤品这么贵！”

顾平生：“除了护肤品，还有我哥昨晚过来照顾你，人工费、钟点费不要钱的啊，加三个零还算便宜了，你知道我哥的一分钟能值多少钱吗？”

奈奈：“……”我……我求他来的啊？

奈奈重新返回了剧组，工作人员都很关心她，关山导演还挺愧疚，拍着奈奈的肩膀说：“身体都好了吗？要不要再多放几天假休息休息？”

奈奈：“好啊好啊。”

关山导演：“你还真不客气，好了好了，快去化妆，准备开机了。”

奈奈：“不是说再给我放几天吗？”

关山导演假装听不到她的话：“那什么，各小组调度准备，开机了。”

奈奈笑了笑，愉快地上工了。

陆以瑄挺内疚，休息的时候一直在念叨，她生病应该过去探望探望，不过现在经纪人管得严了，不让他胡乱走动。看着他皱起的小眉头，真像个听话的小朋友一样，可爱极了。

“对了，小奈姐姐你生日是不是这周末啊？”

奈奈愣了愣，摸出手机查了查阴历，还真是周六。她问道：“你怎么知道啊？”

“你的微博上不是有个人资料吗？”

“对哦。”奈奈很感动，难得有人还记得她的生日。

因为她和姐姐是同一天出生，所以生日也在一起过，每年的这一天家里都很热闹，父母会准备大大的蛋糕，做很多好吃的招待宾客。虽然家里名义上说是给两姐妹过生日，但事实上无论是吹蜡烛还是许愿切蛋糕，都是由戴着寿星小皇冠的姐姐完成，甚至就连家里请来的客人也都是姐姐的朋友。

有一次，奈奈跟妈妈说想邀请一两个她的小伙伴回家过生日，一开始妈妈还同意了，就在奈奈满心欢喜给小朋友打过电话之后，妈妈忽然通知她不能邀请她的朋友过来了，因为姐姐说不希望自己的生日宴会请陌生人来家里。可林雪柔请来的那些人，对于奈奈来说不也都是陌生人吗？她可以请自己的朋友过来，为什么奈奈就不可以？

后来长大了，奈奈逐渐明白，林雪柔不只是希望从她那里抢夺更多的权利，她更希望的是奈奈过得不如她。奈奈不会让她如愿的，以前她或许还会装一装，但现在……林雪柔越希望她悲惨可怜，奈奈就偏要过得开开心心给她看。

“你周末怎么安排呢？”陆以瑄问奈奈，“有准备庆生什么的吗？”

“家里应该会开一个小 party 什么的吧。”奈奈回答。

“噢，那……”

陆以瑄本来想问她，自己能不能去参加她的派对，但是细想又觉得唐突，人家说不定也有自己的好朋友想要邀请。

奈奈看出了陆以瑄的迟疑，拍拍他的肩膀问道："陆小朋友，你愿意来家里给我庆生吗？"

陆以瑄眼睛都亮了："我可以来吗？"

"当然啊。"

"好哎，我会给你准备礼物的！"

奈奈计划着这周末她也得邀请几个朋友回去，好好给自己过一次生日，不想再给林雪柔当背景板了。奈奈向景遥和梁晚夏发了邀请，希望她们来家里给自己庆生。两位室友欣然同意，表示一定会准时过来。

周五的晚上，不出所料，母亲舒宁给奈奈打了电话："奈奈，周六是你姐姐……"她顿了顿，改口道，"周六是你们姐妹俩的生日，你回来吗？"

奈奈微笑着说："妈妈，你放心，我会回来的。"

舒宁原本担心奈奈因为上次的事情耿耿于怀，跟家里翻脸，没想到她如此痛快地答应要回家，也松了一口气。

"妈，我也邀请了几个朋友来家里，行吗？"

听到这话，舒宁犹豫了一下，说道："呃，那你不要请太多人了，最多两三个。你姐姐也请了很多朋友过来，都是大明星，他们肯定也不希望和陌生人一起吃饭。"

奈奈嘴角咧了咧："知道了。"

"还有，提前跟你的朋友说清楚，到时候别看到明星就去要签名，你姐姐会觉得丢脸。"

"嗯。"幸好奈奈从小心理素质过硬，这些话要换别人听了肯定气得够呛，好在奈奈都习惯了。

周六傍晚，奈奈回了家。家里四处挂着粉红色的气球、彩带和星星灯，草坪上摆放着自助餐桌和一个偌大的双层蛋糕，鲜花拱门上写着“祝林雪柔小姐十九岁生日快乐”。

屋里屋外人头攒动，林雪柔的确邀请了很多朋友过来，三两个聚在一起。都是年轻的俊男靓女，也有蛮多是电视上的熟面孔，奈奈能认出人来，不过名字记不住。明星虽多，咖位却不算特别大，都是和林雪柔同等级别的。

林雪柔看到奈奈回来，脸上挂起了微笑，走到她面前，说道：“妹妹，真高兴你回来了，还以为你生我的气了呢。”她似乎忘记了过去所有的不愉快，亲亲热热地拉起了奈奈的手，“来，带你认识一下我的朋友们。”

过去，林雪柔不会向她的任何一个朋友介绍奈奈，今天倒是一反常态，主动带她认识这些圈子里的熟面孔。

“原来，这位就是雪柔那位大名鼎鼎的妹妹啊。”说话的是林雪柔圈子里最好的朋友，一位伶牙俐齿的综艺咖——白语琦。

“哦，原来就是她呀，当初坑了雪柔，害她在网上被骂了好久。”

白语琦还在不断向周围几个女星“科普”奈奈的“骚操作”，女星们都用一种极其不屑的眼神打量着奈奈，窃窃私语：“踩着雪柔上位，真不要脸。”

“雪柔也真是好脾气，要是我的话，早就把她赶出家门了，还要请来生日会。”

“她们是双胞胎，生日也在同一天。”

“你看她这孤零零的一个人，也没人来给她庆生吧。”

林雪柔走到自助餐桌边，望向奈奈，整场派对没一个人跟她讲话，每个人看她的眼神都是不屑与厌恶，林雪柔嘴角露出了微笑。

奈奈知道林雪柔这会儿心里得意，今天就是想故意在这么多人面前给她难堪吧。她越是狼狈，她就越是开心。不过……她应该也开心不了多长时间了。

就在这时，一辆黑色的轿车停在了大门外，正装打扮的陆以瑄走下车，摸出手机看了看，又望望门牌号，应该就是这里没错了。

他捧着一束开得灿烂的向日葵花束，郑重地理了理衣领，然后朝着大宅走了过来。

在场所有人用难以置信的目光看着陆以瑄。陆以瑄可是当今娱乐圈炙手可热的流量小王子，在场没有任何人的咖位比得上他，甚至可以说所有人的粉丝数量加起来都没有陆以瑄的多。白语琦兴奋地拉着林雪柔的手腕："天呐，雪柔，你居然请了陆以瑄！我好想认识他！"

林雪柔有些傻了，她没有邀请他啊，怎么会……她根本不认识陆以瑄。所有人既兴奋又期待地看着陆以瑄走进来，跃跃欲试地想上前去和他打招呼，而陆以瑄无视了他们，在人群中锁定了奈奈的身影，脸上绽开微笑。他径直朝她走过去，并将那束硕大的向日葵送给了奈奈："小奈姐姐，生日快乐啊。"

所有人目瞪口呆地望着林奈奈。陆以瑄那种咖位的流量明星，竟然会来给奈奈庆生！林雪柔愤恨地看着奈奈，下唇都快咬出血了。

第四章

不哭

当所有宾客意识到陆以瑄是过来给林奈奈庆生的，他们看向林奈奈的眼神都变了。陆以瑄可是风娱集团最有前途的几个小生之一，任何有来头的活动方想要请他，都要提前好几个月和风娱集团谈合同，而且出场费也是高得离谱。他居然会出现在这样小小的一个私人派对上，令人难以置信。

而陆以瑄也没有和其他任何人寒暄，全程陪在林奈奈身边，两个人交头接耳，时不时地笑起来，看上去关系匪浅。白语琦她们这几个林雪柔的闺密团，又开始窃窃私语地议论了："不知道她妹妹用了什么手段，竟然把以瑄弟弟给收买了。"

"前段时间以瑄弟弟天天点赞她的微博，以瑄弟弟是出了名的单纯，很容易被她蒙蔽吧。"

陆以瑄因为年纪小，所以圈子里年长一些的艺人都是叫他以瑄弟弟，不管关系亲疏，这个称呼是出了名的。林雪柔走过来，微笑着对她们说道："因为他们在一起拍戏，认识很正常，听说关系也处得不错。"

女孩们纷纷道："雪柔，你真是好脾气啊，如果不是你把那部电影让给你那个白眼狼妹妹，她能认识陆以瑄？”

“就是，现在陆以瑄就应该是过来给你庆生的！”

林雪柔拎着裙摆的手紧了紧，不过她表面上还是做出无所谓的样子回道：“我不在乎的，只要自己努力，咖位对等了还怕不能认识嘛。”

“雪柔你真的是太善良了。”

“所以才会被那个白眼狼妹妹利用吧。”

林雪柔看着奈奈和陆以瑄说话的模样，陆以瑄俯身侧耳倾听，两个人看上去亲密无间。她眼神中透着一股子怨怼。

奈奈带陆以瑄走到比较清静些的自助餐桌边，请他吃小盒子蛋糕。她笑着说：“过生日只能请你吃这个啦。”

陆以瑄望了望草坪白花架下的双层大蛋糕，猜到生日蛋糕不是为她准备的，这场派对好像也不是。

“你不会怪我吧。”奈奈望着陆以瑄，有些忐忑地问，“我叫你过来给我过生日，其实也有点小私心。”

陆以瑄无所谓地耸耸肩：“没关系啊，我是真心实意想要过来给小奈姐庆生的，如果能顺便帮到小奈姐，我也很开心啊。”

奈奈松了一口气，很感动道：“谢谢你！”

“你只请了我一个人吗？”陆以瑄问。

“不是哦，一会儿还有两个小姐姐要过来，她们见到你应该会很高兴吧。”奈奈看了看时间，算起来，她的室友们也应该过来了吧。果不其然，五分钟之后，梁晚夏和景遥两人穿着美美的小裙子来到了大宅门口。奈奈立刻把她们迎了进来。

“奈奈，生日快乐！”

“谢谢！”

“好久没见到你了，你还回学校住吗？”

“会的会的，等戏拍完就回来！”

白语琦她们以为过来的又会是什么明星大咖，没想到是两个名不见经传的小女孩。她嘴角扬了扬，说道：“也就认识了一个陆以瑄罢了，其他人……啧。”

“她们待会儿可千万别过来要签名。”

“谁知道，躲远些吧，被拍照可麻烦了。”

而事实上，梁晚夏和景遥才不会拿手机拍她们呢，即便觉得眼熟，但是林雪柔的这些朋友，咖位还没有大到能让梁晚夏这个追星女孩兴奋的地步。全场能让她兴奋的估计也就只有一个陆以瑄吧。

“天呐，奈奈你居然把陆以瑄请过来了！我能跟他要签名吗？拍照也可以，保证绝对绝对不流传出去！”

奈奈无奈地看了眼陆以瑄，陆以瑄微笑着说：“你们是小奈姐的朋友，也是我的朋友啊。”

梁晚夏双手合十：“平生哥对不起，我要背叛你一小时来粉以瑄弟弟，就一个小时！以后我还是你的最强‘站姐’！”祈祷完之后，她很兴奋地问陆以瑄要了签名，还是“to 签”（签给……），“就写，给全世界最美的小仙女夏夏。”

陆以瑄很耐心地写了，又抬头望向景遥，景遥抱着手说：“你给她写吧，我不用了，我不粉任何人。”奈奈知道景遥有大志向，她将来要当一线唱跳女星，自己当然不会追星。

周围那些林雪柔的朋友们，看陆以瑄和这些素人女孩玩得这么好，甚至还相互添加了微信，难免也有些嫉妒。他们也好想认识陆以瑄啊，要知道这位可是风娱最有前途的流量，他身上的资源随随便便沾上一点就够他们吃好久了，奈何因为林雪柔的缘故，他们也没有办法觍着脸过去寒暄。白语琦见大家心思都有些飘，于是说道：“有什么好羡慕的，陆以瑄撑破了天不过一小鲜肉流量，在座各位可都是演技派实力派，居然会想要和这种没作品的小鲜肉结交，不要自降身价了好吧。咱们跟他们不是一路人。”

众人纷纷点头，赞同白语琦的话，但这种典型的吃不着葡萄说葡萄酸的心理没有办法真正说服他们。毕竟网络时代流量为王，陆以瑄就是人气高，有什么办法呢？

母亲舒宁见奈奈居然把陆以瑄都请到家里来了，一下子就把林雪柔的风头全抢了去，她也看得出来，林雪柔有点不开心了。早知道就不要同意奈奈说带朋友来家里的要求了。不过转念一想，要是不同意，兴许奈奈压根就不会回来过生日吧。唉，最近也不知是怎么的，这丫头越来越出息，把一贯要强的林雪柔给压得死死的。

舒宁的心终究还是偏向自己一手培养出来的林雪柔身上，她连忙喊道：“来来来，咱们切蛋糕了，雪柔啊，过来戴上寿星皇冠，许愿吹蜡烛吧。”

所有人开始鼓掌，林雪柔脸上的不悦之色一扫而空，拎着裙摆，盈盈地走到了白花架下，准备发表寿星感言：“今天，真的很感谢大家来为我庆祝生日，我……”

第一句话都还没说完，一辆无比拉风的红色跑车停在了院门口。所有人的目光都被那辆车吸引了，一头白毛、戴粉红色墨镜的潮流达人顾平生从车上跳下来，旁若无人地走到草坪前，笑着说：“过生日切蛋糕啊，怎么能没有我在场？”

顾平生说完，偏头望向奈奈，笑得张扬。奈奈拧了拧眉头，她没叫他来啊，甚至都没说今天过生日，这家伙居然还能找过来。

顾平生一到场，在座的艺人瞬间变了脸色。如果说陆以瑄算是小鲜肉里人气比较高的流量明星的话，那顾平生就真的是顶流级别的人物了，他居然都过来给林奈奈庆生，她究竟认识多少大咖啊！

“你……怎么来了？”奈奈惊讶地问他。

“怎么，不欢迎？”

“不不不，不是的，当然欢迎。”算了，反正只要顾平生想，这世界上没有这位少爷不能涉足的地方。

顾平生望了陆以瑄一眼，颇有些吃醋地说：“过生日，请他不请我？还能不能当朋友了？”

奈奈也不是故意不请顾平生，只是他咖位太高，请他过来实在是太惹人注目了。而且她害怕顾平生又把她坑了，上次顾聿宁帮他跑腿、照顾了她一晚上的事她现在想起还心有余悸，哪里还敢招惹这位爷。

林雪柔紧紧攥着拳头，今天奈奈就是故意回来抢她的风头的吧！白语琦走到林雪柔身边低声说道："难为她居然还能请得动顾平生，不过，都是些只有流量没有实力的空架子，有什么好得意的，顶多在资源上帮帮她罢了。"

"就是，有什么好羡慕的，这些流量小生，红几年也就过气了。"

"和这些人结交，人家可是自带资源的，她有吗？"

周围这些艺人还在继续酸，林雪柔的脸色已经很难看了，说道："是啊，她一直都是这样呢，揣着一颗想一夜爆红的心进圈子。我说过她很多次了，不能这样急于求成，就是不听，看她认识的人就知道……"然而林雪柔话音未落，整个娱乐圈公认的实力演技派叶思茗居然也过来了！

所有人再度瞠目结舌，怎么连叶思茗都……谁不知道叶思茗啊，整个演艺圈出了名的耍大牌、脾气炸，跟她交好的人少之又少。不过，谁让人家有这个实力，演的每一部电影都是卖座的片子，演技也好，还曾经被杂志评为中国最会演戏的年轻演员之一。奈奈居然还能把她请过来！

"我们刚刚在一块儿做活动，顾平生说今天你过生日，问我来不来。"叶思茗走到奈奈身边，笑着掐了一把她的腰，"太不够意思了吧，林奈奈，居然不邀请我们，还要我们不请自来。"

奈奈连忙摆手："我是怕耽误你们工作。"这是真心话，她哪敢邀请顾平生和叶思茗两位大忙人啊，就算是陆以瑄，都是她再三确认了他今天没安排，才邀请他来的。

"拜托，你过生日哎，扔了工作也要过来啊！"叶思茗像男孩子一样，一把揽过了奈奈的肩膀，"生日快乐啊。"

奈奈是真的感动了，这是她十九年以来，过得最热闹的一个生日会，她真心实意地说：“谢谢你们过来，就算两手空空没带礼物，人到了我就很开心，嗯！”

“嗯什么嗯！”叶思茗和顾平生立刻开始一人一边揉她脑袋，“说得冠冕堂皇，还是怪我们没带礼物啊！”

奈奈笑得很开心，老天给她的东西真的很有限，从来没有奢求这么多，她所拥有的一切，都倍加珍惜。

顾平生拉着奈奈来到白花架下，顺手摘走了林雪柔头上的寿星皇冠，戴在了奈奈的头上，笑着说：“小寿星吹蜡烛许愿了。”

林雪柔目瞪口呆地看着蛋糕前的奈奈，还没反应过来，顾平生已经用打火机点燃了蜡烛。

“奈奈，生日快乐！”

“十九岁，又长大一岁啦！”

“该谈恋爱了，亲爱的！”

“谈什么恋爱，搞事业好吧！现在正是好时候呢！”朋友们聚在台下起哄，让奈奈许愿。

奈奈望了林雪柔一眼。十九年了，从记事起的每一年，生日会都是林雪柔的生日会，站在蛋糕前的人也只能是林雪柔。但今年不再是她了。

生日宴结束，朋友们离开之后林雪柔一个人跑上楼，把自己关在了房间里生闷气。舒宁责怪奈奈：“你知道姐姐为了准备今天的生日会花了多少心思吗？好心请你回来，生日都过不开心了。”

奈奈冷笑，她花心思，不全都花在想让她难堪上面嘛。奈奈转头望向舒宁，平静地说：“妈，你今天还没有对我说过一句生日快乐吧。”

舒宁愣了愣，没想到奈奈会突然这么说。

“生日快乐，行了吧。”舒宁不自然地别开了目光，“矫情。”

奈奈云淡风轻地笑了笑，没关系，她现在也已经不在乎了。期待过太多次，失望过太多次，慢慢地就不那么放在心上了。

晚上，奈奈回了自己租的公寓。在楼下，她看到了一辆黑色的迈巴赫轿车停在路边。奈奈好奇地走过去，她将手护在眼上，挡住光，凑近了轿车的车窗，想看看里面是什么样子。却没想到，驾驶位的车窗忽然降下来，吓得她连忙后退两步。一身西装的顾聿宁偏头望了她一眼："干什么？"

"啊！顾先生！"奈奈心脏怦怦直跳，"您怎么在这儿？"

顾聿宁用眼神示意副驾驶的位置，奈奈走过来，看到那里摆放着一个黑色的小盒子，包装精致，用黑丝绒系成了蝴蝶结的形状。他下了车，系好西装的扣子，然后将礼盒提出来，直接扔给了奈奈，面无表情道："生日快乐。"

"啊……谢谢，这……怎么好意思呢。"

"觉得不好意思也可以不收。"顾聿宁伸手去夺，奈奈连忙后退两步，调皮地笑了起来，"送出去的礼物，哪有收回来的道理。"

顾聿宁嘴角也抿了抿，奈奈忽然道："顾先生都过来了，要不要上去吃碗我的生日面？"

顾聿宁本来想拒绝，可是不知道为什么，嘴上说出来的话成了"好"。于是奈奈提着礼盒，拿出门禁卡，愉快地走进了公寓大楼。

电梯门是金色的反光镜，顾聿宁看着镜子里的小丫头。她今天是真的漂亮，穿着一条浅色小短裙，上身是粉粉的卫衣，因为怕冷，帽子也戴着，遮住了小脸蛋，看上去似乎有些疲倦了，懒洋洋地站着。

奈奈也在看镜子里的自己和顾聿宁，她不到一米六，而顾聿宁有一米八九，站在一起差距真是悬殊啊。她又瘦又小，顾聿宁又高又挺拔，就像大熊和小白兔似的。奈奈目光上移，恰好跟镜子里顾聿宁的目光撞在了一起，她一惊，赶紧避开！

顾聿宁看着小丫头这刻意甩头的样子，笑了笑："你在想什么？"

“我在想，这世界上，没人能和顾先生对视三秒而不爱上你的吧。”反正都被抓包了，奈奈索性实话实说。

顾聿宁平静道：“听你这话……好像有点表白的意思。”

奈奈冲镜子里的他粲然一笑：“我可没吃熊心豹子胆，敢跟顾先生表白。”

顾聿宁：“你可以试试。”

即便都是开玩笑，但话题还是有些淡淡的暧昧。恰好这时，电梯门“叮”的一声打开了，奈奈赶紧冲出去，按下密码打开房间门。顾聿宁懒懒散散地踱步进了屋，在入门镜前，他看了看自己。虽然左眼现在看什么都是模模糊糊，但是比过去一片漆黑好多了。顾聿宁发现，只要他越是对奈奈好，小丫头对他的好感度越高，左眼的视力就会越强，有朝一日复明也未可知。

奈奈进厨房准备煎蛋做长寿面，不过听她一惊一乍的，估摸着做出来的面也一言难尽。顾聿宁脱下了西装外套，将她像拎小鸡仔一样拎了出去：“我来。”

奈奈趴在门边看着他，白衬衣勾勒着他宽阔的肩胛，每一寸肌肉都恰到好处，是真正的熊背蜂腰大长腿，这样好的身材，肯定少不了自律的饮食和健身。

面条端上来，奈奈只吃了一口就可以笃定，这是她吃过最好吃的面条！她偷偷抬眼，观察餐桌对面的顾聿宁。他漂亮的眼睛，挺拔的鼻子和性感的薄唇，都像极了奈奈喜欢的长生哥哥。

“我看起来很好吃？”顾聿宁放下筷子，“看我做什么？”

奈奈笑了笑：“我发现顾先生很像我以前喜欢的一个男孩子。”

顾聿宁用纸巾擦了擦嘴，嘴角上挑：“又是表白？”

“才不是，而且我也知道，你不是他，不会把你当成他的替身的。”

说到顾长生，奈奈叹了一口气：“也不知道他现在过得好不好。”

反正，刚退圈那段时间，是真的很不顺畅的！那段暴力视频里，他一拳一拳，几乎是将那个人往死里打。青春阳光偶像的人设，一夜之间骤然崩塌。暴力狂、阴暗……这些可怕的字眼，几乎可以说把他的事业推向了毁灭。那个时候，他的身体状况和精神状况已经很糟糕了。

后来就再也没有他的消息了，繁华的娱乐圈很快便将他遗忘，奈奈却没有办法忘记他。他是照进她黑暗世界里唯一的一束光，她怎么能忘记他。他笑起来的样子，仿佛全世界的冰雪都会被他融化，拥有这种干净微笑的男孩，她绝对不相信他是暴力狂。

“我听平生说起过。”顾聿宁忽然道，“你喜欢的那个男星。”

奈奈抬头望向顾聿宁：“顾先生您知道他？”

“有所耳闻。”顾聿宁淡淡问，“你喜欢他什么？”

“什么都喜欢呀！”

“他的暴力视频你看了吗？”

“看了。”

“你喜欢这样的？”

奈奈拼命摇头，维护偶像：“肯定是别人诬陷、泼脏水……”

“你的滤镜太重了，脱下屏幕前的光鲜亮丽的外衣，你对这个人又了解多少？”顾聿宁看着她，冷漠地说，“你知道他有什么癖好？你知道他心理状态是良好还是糟糕？你甚至都不知道他经历过什么，就这样去喜欢一个人，还喜欢这么多年……值得吗？”

他的一番话，将奈奈说得哑口无言，她死死咬着牙，不让眼泪掉下来。顾长生是她心里最最柔软的地方。良久，她才哑着嗓子说：“喜欢过，那就值得。”

顾聿宁摇摇头：“你连他退圈的原因都不知道，甚至是死是活都不知道，说什么值得。”

“他肯定经历了不好的事情，也一定很失望才会离开，是我们没有做好，如果还有机会，我们……不会让他失望了。”她已经泣不成声。

顾聿宁心软了，他那颗铁石般的心脏，从来没有一刻像现在这般柔软过。他抽了纸巾，伸手过去，一点点给奈奈擦掉了脸上的泪痕："现在也只有你这傻丫头还喜欢他了吧，还有几个人记得他？"

"就算只有一个人，又怎么样，喜欢就是喜欢，不后悔的那种……"

顾聿宁沉默了，心里漫上酸楚。他不是没有想过要复出和解释，可是解释了又怎样，他已经是"死"过一次的人了，不，他现在这个样子还算是个"人"吗？顾聿宁认真地看着奈奈，良久伸手捏了捏她的红鼻子："过生日，哭什么哭。"

"我哭我的，顾先生吃顾先生的面条……"奈奈推开他的手，"我们互不干扰。"

"我不喜欢女人在我面前哭。"

"你是哪里的总裁，这么霸道。"

顾聿宁被她委屈巴巴还要犟嘴的模样逗笑了，索性站起身走到她面前。奈奈防备地看着他："你……你干吗？说不过就要动手吗？"

"对。"

"你比顾平生还不讲理……"奈奈从椅子上跳下来，准备要跑，顾聿宁忽然攥住了她的手腕，用力一拉，奈奈整个人跌进了他硬邦邦的怀抱中。

顾聿宁似乎没有抱过女孩，动作很僵硬，摁着她单薄瘦弱的背，沉声说："不哭，肩膀给你靠。"

奈奈："眼泪都被吓回去了。"

年底，《你是我的眼》剧组杀青。正好赶在了大年初一，各大视频网站同步播出。本来以为是没什么水花的网络电影，没想到第一天的播放量就破了二十万。这个成绩就网络视频播放量来说，是非常喜人的，而且后续还在不断走高。

一开始的流量实际上是陆以瑄带起来的，粉丝们都是冲着“爱豆”去看，电影情节如何不重要，有哥哥的脸就够了。然而他们没想到，电影的精彩程度远远超乎他们的想象。主打校园言情的戏码加入了悬疑元素，使得剧情不再狗血，一波三折的故事情节把观众深深地带入其中，最后的结局还赚了一波眼泪。于是这部电影开始多了好多“自来水”粉丝，在各大社交平台疯狂安利。

“还有人没看过《你是我的眼》吗？没有的话我就安利了，年度最佳，不夸张。”

“以瑄弟弟演技爆表了，我还以为他只会唱歌跳舞，没想到演技这么赞！”

“女主是新人吗？长得有点像林雪柔，但比林雪柔有气质。”

这部电影一出来就伴随着各大热搜话题，在评分网站的分数也持续走高，各大电影公众号也开始狂推这部片子。奈奈在电影里的表现被注意到，因为是新人，不少娱乐公司向她投来了橄榄枝，希望能和她签约，并给出了不少极具诱惑力的签约条件。

舞蹈室里，景遥帮她分析着这些娱乐公司：“目前来看，中盛是老牌公司，实力最强，捧出了不少资深明星，有影帝有天后，而且这家公司缺乏新鲜血液，如果你进去的话，说不定有好的发展。”

“天传是新公司，签的也都是偶像新人。这个公司造星手段一般，主要是让新人组成男团女团，相互借粉，成名之后再单飞发展，也有不少流量出自天传。”景遥卷起了手里的资料表，敲了敲奈奈的脑袋，“你有没有听我说话啊。”

奈奈回过神来，茫然地看着她，眨眨眼睛，说：“春天到了，外面的阳光很好哦。”

“我知道阳光很好，不过你到底有没有意向的公司啊，这么多家都给你发了签约函，一家都没看上吗？”

奈奈叹息了一声，将腿架在横杆上，继续拉伸：“我想签的公司不在里面。”

“你想签哪家？”

奈奈笑了起来。见她贱兮兮的模样，景遥深呼吸，说道：“你不会想签顾平生那家吧！”

奈奈点了点头：“嗯。”她想签风娱传媒。

“那家公司你还是算了吧，他们签人标准太严格了，陆以瑄那么大的流量，在他们家都还属于是新人水平，你想要签，除非跟陆以瑄一个级别。”

奈奈也知道，风娱传媒不是那么好进的。“别家我都不考虑了。”她放下腿，开始练舞，“先定个小目标，进风娱。”

景遥嘴角抽抽：“你这小目标定得可真够低的，不过……为什么啊？”

“因为我喜欢的那个人他过去也是风娱的，如果我进去了，说不定年会的时候还能见着呢。”

景遥知道她说的是长生，但她无奈地说：“拜托，你偶像这都多少年没音讯了，听说早就出国养病了，怎么可能还留在风娱。这些年风娱的领导高层经过几次大换水，早已经物是人非，你想进去追你爱豆，太不现实了吧……”

奈奈耸耸肩：“反正我就只想进风娱。”能离哥哥近一点，再近一点，哪怕机会微乎其微，她也想要试一试。

两天后，奈奈回家取东西，却没想到母亲直接将一份合约扔在了她面前，舒宁说：“我倒是小瞧你了，没想到那样一部破电影，居然也能火。”

奈奈看着那份合约，有些莫名其妙：“我不会签你们工作室的。”

舒宁笑了笑：“不需要签，你已经是我们星雪工作室的艺人了。”

“什么？”舒宁将合约翻开，落到了签名页，上面赫然写着林奈奈的名字。奈奈心头一惊，连忙打开看。这种签约合同一式双份，两份都签了奈奈的名字。

“是什么时候！”

“忘了吗？当初高一的时候你说想要学艺体……”

舒宁一提醒，奈奈恍然想起来，高一的时候她就提出说想要学艺体，将来进娱乐圈，那时候因为姐姐林雪柔强烈反对，因此父母也不同意。过去所有的事情，奈奈能忍则忍，能让则让，但这件事她是铁了心要去做。

后来林雪柔松口，同意她去学艺体，不过她向父母提议，让奈奈签下了一份合约。当时奈奈还小，根本不懂这份合约是用来做什么的，当时她满心欢喜去集训，看也没看就签了。那时候的林雪柔已经是小有名气，见识过娱乐圈的风浪，因此让奈奈签下这份十五年的合约，把她宝贵的青春都捆绑在父母的工作室里。这样一来，她没火最好，就算将来火了，星雪工作室也可以用这份合约约束她。现在看来，林雪柔是早就防着这一天了。

此时的奈奈气得浑身发抖：“这份合约根本就是无效的！我那个时候都没有成年。”

舒宁从容一笑：“有效没效，你自己去问问律师不就知道了？”

当天晚上，奈奈便给叶思茗打了一个电话，想向她咨询合同的事情。叶思茗听说了前因后果之后，气不打一处来，立刻帮奈奈联系了自己的律师陈哲阳。陈律师看过电子合同后，对奈奈说：“这份合约的确具有法律效应，但当时你属于未成年，在不知情的情况下签署这份合约，法院应该会酌情考虑它的有效性。不过复杂的地方就在于，对方是你的监护人，这种情况以前没有遇到过。”

是啊，世界之大，无奇不有。哪家的父母会联合起来坑自己的孩子？偏心到这种程度的确是前所未见。

“走法律程序，是非常漫长的途径，我建议你最好跟甲方和解，商谈解约金。”

当天晚上，奈奈再度回到了林宅。这次，父亲林童睿，母亲舒宁，甚至林雪柔都在场，这一家人似乎料准了奈奈会回来，所以都在等着她呢。

奈奈脸色略有些苍白，看起来精神状态不太好。林雪柔看见她这副模样，心里终于痛快些了。这半年来，林奈奈的锋芒太露，实在是令人讨厌得很。

“要多少解约金你们才能放我走？”奈奈望着舒宁，压着嗓子问道。

舒宁叹了口气，语重心长地说：“奈奈，妈妈并不想这样对你，都是一家人，谈什么钱不钱的。再说，妈妈也不差这点钱，只要你乖乖听话，别蹚娱乐圈的浑水，将来妈妈帮你找个幕后工作……”

“到底要多少！”奈奈愤恨地看着她，“要多少你才会放我走！”

“妈，你看她什么态度呀。”林雪柔适时插嘴道，“你把她当女儿，她心里可指不定怎么怪您恨您呢！”

舒宁脸色终于冷淡了下去：“好啊，你想解约，我们养育你长这么大，你的生活费、医药费、各种各样的费用，加起来少说也得有七位数了吧。那就三百万，你能拿出来，我就同意解约。”

三百万！且不说奈奈这么多年到底有没有花到家里三百万，哪怕就是减一个零，以她现在半脱离家庭的经济水平来说，也是根本不可能偿还的。林童睿有些看不下去了，打圆场道：“哎哟，一家人说什么偿还不偿还的，爸爸妈妈生你养你这么大，可没指望你把这些付出的心血都还给我们，只要你乖乖听话，爸妈哪里会跟你计较这些。”

“你们想让我怎么听话？”她冷冷望向林雪柔，“不跟她争、不跟她抢……她喜欢的不喜欢的，都不能给我。她想让我就这样籍籍无名地过完一生，就像狗一样被锁链拴着……这就是你们所谓的听话？”

“你怎么能这样说姐姐呢！”舒宁呵斥道，“爸妈也是为你好，娱乐圈表面光鲜靓丽，但是艺人那种高强度的工作压力，我保证你活不过二十五岁！”

“这是我的选择。”她沉声说。如果一个人，连选择的权利都没有了，那和小猫小狗又有什么区别？

谈判没有任何结果，景遥和梁晚夏知道这件事之后，都为奈奈打抱不平。奈奈签了星雪工作室的事情传了出去，其他娱乐公司也就断了签约的念头。倒是有不少剧组和综艺向星雪工作室发来了合作意向，想要趁着电影热度高，请奈奈上节目、拍电视剧。

办公室里，舒宁拎着一摞厚厚的合作邀请函。那丫头运气还真够好的，走哪儿都有贵人帮忙，这次电影也是借着陆以瑄这阵东风起飞，居然能拿到这么多的合作机会，而且这些通告里也不乏知名导演和剧组。舒宁一一回绝了这些导演，说奈奈现在刚念大一，正是要潜心学习的阶段，不会接受这么多的通告。她从这些通告里选出了最能打造名气的，跟他们联系，说奈奈暂时没有档期，不过林雪柔是可以过来的。

“两姐妹长相可没什么差别，再说了，雪柔的名气还更大一些。”

“奈奈嘛，她要在学校里静心学习，暂时不接任何综艺和影视拍摄了。”

“好的好的，我明天就让雪柔过来试镜。”

“嗯嗯，谢谢您了刘导。”

挂掉电话，舒宁嘴角勾起了笑意。小丫头翅膀硬了就想单飞，她就把她的翅膀折下来，看她还能飞到哪里去。

大一上学期，学院里有好些个同学抓住机会顺利出道，其中不乏一炮而红的。奈奈凭借一部高分的校园悬疑电影跻身其中。

不过令人惋惜的是，这部剧之后，奈奈便就此沉寂了下去，再没了任何动态。其他同学都纷纷签约了公司，混得风生水起。只有奈奈一点后续都没有。很多人也都看出来她是被公司雪藏了，他们为奈奈感到惋惜，但也无可奈何。

这段时间，林雪柔倒是时常上综艺、接拍广告，因为跟奈奈长相酷似，不少想要借奈奈热度的剧组也找上了她。林雪柔名声大噪，风光更胜以往。

顾平生气呼呼地冲进会议室，大喊道：“哥！这事你管不管！”

肃静的会议室里，长桌两旁，二十多位西装革履的董事同时回头望向顾平生，只看见他顶着一头白毛咋咋呼呼地闯了进来。这些个老董事们虽然是做艺人工作，但是对于现下年轻人的时尚流行文化还是看不懂。

顾聿宁站在长桌尽头，神情清冷，规整的白衬衣将他的精英气质勾勒无遗，他冷淡地说：“出去。”

淡淡的两个字，却带着不容反抗的威慑力，顾平生不敢不听他哥的话，嘟嘟囔囔地退出了会议室。

半个小时后，顾聿宁回到办公室，顾平生正盘腿坐在他的办公椅上，兀自生闷气，见到顾聿宁进来，他喊道：“哥，林奈奈的事，你管不管了！”

顾聿宁倒是很淡定，走到吧台前，给自己冲了杯咖啡：“你说说，怎么管。”

“星雪工作室太不要脸了吧，我听圈子里好几个朋友说了，他们工作室回绝了她的所有通告，这是要雪藏的意思啊。”

顾聿宁抬眼望向他：“怎么，她跟你求助了？”

“这倒没有，就是气不过，看着她现在有点名气了，使劲儿捧那个林雪柔，这是什么流氓手段！”

顾聿宁走过来，拿起笔敲了敲顾平生的头：“既然她没有求助，说明没到山穷水尽的时候，人家都不着急，你急什么？”

顾平生偏头避开他：“我急什么，哥，这丫头可不是我一开始要护着的，这是你的人，是你说让我看着她些……”

顾聿宁那矜贵冷清的脸上，没有任何表情：“是我的人，所以你不必插手。”

顾平生怒气冲冲地离开了，出门的时候还撞到了周助理。周助理捂着被撞疼的腰进来，叨叨地说：“又是谁惹恼了这位主儿。”

顾聿宁盯了他一眼，他立刻噤声，拿了自己所需要的文件便默默退出了办公室。顾聿宁揉了揉左眼，转过身，望向落地窗外的景色。左眼的视力又降了下去，前段时间直接失明，落入一片黑暗中。似乎是因为他一直没有插手管这件事的缘故。

前段时间，那小丫头每天晚上辗转反侧哭湿枕头，他也陪她一起长夜无眠。就在顾聿宁要出手的时候，小丫头忽然振作了起来，不再纠结于解约的事情，而是开始沉下心认真学习。目前这个阶段，学院里绝大多数有点天赋潜力的同学，都差不多签了公司，开始经营自己的演艺生涯，真正到课堂上听课的同学其实少之又少。奈奈没有错过每一堂课，甚至还选修了不少公共课程，全面提升自己。

表演课上，她都是坐第一排，专注地倾听老师的讲解，有临场表演也是第一个举手。课后也经常和同学们一起演小剧场，磨砺演技。不仅如此，有空闲时间她就去舞蹈室练舞，累得气喘吁吁也没有停下来。钢琴室里也总能见到她，甚至她都开始自己琢磨着写词作曲……甚至连室友都已经签约了公司，开始忙碌自己事业的时候，她竟然还能沉得住气，像海绵一样不断汲取营养，充实自己。

顾聿宁伸出去的手便又收了回来。他见过太多一炮而红的艺人，在后续的道路上一点点消耗掉自己的名气，最终泯然众人矣。在这个圈子里，虽然流量和人气的确可以在极短的时间之内聚集，但是真正能够支撑一个艺人长长久久走下去的始终还是实力。

没有实力，拿不出作品，仅靠一张脸吃饭能吃多久？娱乐圈最不缺的就是漂亮脸蛋。而且，青春终究会逝去，再好看的脸也会失去光泽，最终只有作品才能让善忘的人们长长久久地记住一位艺人。

顾聿宁没有出手相助，他真的很好奇，想看看这小丫头如今被折断了骨头，还能不能靠自己的本事再站起来！

景遥拿着一份宣传单冲进宿舍，兴奋地冲奈奈大喊道："宝贝！惊喜来了！哎哟别劈叉了，快来看看！"

奈奈抽回了腿，从床上坐起来，擦了擦脸颊上的汗珠："一惊一乍的，我告诉你要是只有惊没有喜，我把你也劈咯。"

"得了吧，就你这小身板，你还劈我。"景遥挺欣慰，要是换了别人，遇到雪藏这种事儿哭也得哭死了。奈奈不仅没有苦大仇深，每天还能跟她们拌几句嘴，生活丝毫没有被影响。

奈奈接过了她手里的宣传单看了看，上面写着："第二届星秀舞动比赛面向全国大学生报名启动，寻找最会跳舞的你！"

这个比赛去年开始举办，人气颇高，听说有不少明星都参加过上一届的星秀舞动赛。奈奈叹了声："合同有规定，我不能避开公司参加这种选秀节目。"

景遥立刻说道："这就是惊喜的地方啦。我研究过你的合同，合同上面写的是，不能越过公司参加任何形式的商业演出、影视剧拍摄和选秀等综艺录制。"

"对啊。"

"但是这个节目神奇的地方就在于，你说它是选秀综艺吧，又算不上什么综艺，顶多就是一个比赛，而且还是面向大学生的那种，就跟参加什么全国作文比赛似的，这个你公司总管不着吧？"

奈奈的眼睛忽然亮了，望向景遥："真的？"

"对啊！我打电话问过了，他们的性质只是比赛，不是综艺！也就是说，你这种情况是完全可以参加的，就算公司起诉你，你也是稳赢的。"

景遥知道，奈奈这一年来，推掉了许多露脸的机会，把全部心思都放在提升自己上面。在外人看来，奈奈已经是破罐破摔，放弃出道成名了。但是只有景遥和梁晚夏知道，她没有一刻放弃过。真正放弃的人，是不可能每天练舞到凌晨才回来睡觉的，并且坚持了那么久。她只是在等待一个机会，一个破茧成蝶、大放异彩的机会。

“奈奈，这场比赛，你参加吗？”

奈奈紧紧捏着宣传纸，良久，她点头道：“试试吧。”或许，到了可以验收成果的时候了。

晚上，奈奈拍下一张星秀舞动宣传纸的照片，发了一条颇有几分文艺范的微博：“哥哥，我还没有放弃，这世界欠你的星光，我来替你拾起，等着我吧！”

当然，这不是她的微博大号，只是她用来抒发情绪的追星小号。

“奈奈今晚不熬夜”的微博粉丝都有上百万了，早在一年前就被舒宁以公司的名义收回，现在也伴随着她的沉寂慢慢长草，偶尔转发一些广告，粉丝掉了不少。她的小号名叫奈小熊，没几个人关注，主要还是用来追星，也收藏了不少老粉分享的顾长生的旧照片。

奈奈没想到，几分钟之后，陆以瑄那家伙竟然也转发了她的这条微博：“小奈姐姐加油！”

之前陆以瑄和梁晚夏互关了微博，所以梁晚夏一转发，陆以瑄便看到了。这位大咖一转发，奈奈的号立刻炸了，他的粉丝全部涌进来，想要一探究竟。

“这是谁的号啊？”

“弟弟叫她小奈姐姐，难道是林奈奈？”

“她的小号好文艺哦，哈哈哈哈，她也在追星吗？不过我不认识她‘爱豆’。”

“林奈奈要参加星秀舞动？复出的节奏？”

“呜呜呜，小奈姐姐我终于找到你的根据地了，好想你啊！”

评论区说什么的都有，因为奈奈和陆以瑄过去有过 CP 感，所以陆以瑄的粉丝里有一些也是奈奈的粉丝，能摸到她的小号，他们兴奋极了。

奈奈反手给陆以瑄发了一条消息过去：“弟弟，你干吗转发我的微博？”

陆以瑄：“不知道。”

奈奈：“不知道你瞎转什么呀！”那个账号可是她的秘密根据地，现在都要被扒得皮都不剩了吧，呜呜呜，她的长生，她一个人的哥哥。

陆以瑄：“我……就是条件反射，看到是你就想转。”

奈奈看着这个微博小号的粉丝量开始飙升，心里有点慌……

奈奈这条微博，经由陆以瑄的转发，也被林雪柔给看见了。她点开了星秀舞动的宣传海报图片，立刻给舒宁打了个电话：“妈，林奈奈要参加比赛的事你知道吗？”

舒宁当然知道，她的电脑屏幕上正是奈奈微博小号的界面。收了她的大号，她就建小号，有那几个流量朋友的帮忙，小号的粉丝量轻而易举就提了起来，真是够倔强的。不过舒宁并没有把这些小事放在心上，她无所谓地说：“看到了，参加就参加吧。”

林雪柔噘嘴道：“可我也报名参加了呀。”

舒宁笑了笑：“放心吧柔柔，她是不可能比得过你的。”

林雪柔当然知道，奈奈在跳舞方面不可能胜过她。“但我就是不想让她跟我一起出镜，长得这么像，就不想让她蹭我的热度嘛。”她撒着娇，“妈，能用合同制止她参加比赛吗？”

“这种比赛不属于综艺，合同约束不了。”舒宁安慰她道，“而且，这种小比赛也没有关注度，她能翻出什么水花来。”

听到母亲这样说，林雪柔才稍稍放心些。的确，这只是比赛，不是综艺，即便到时候会在网上同步播放，但是参赛的都是素人选手，不会有太高的关注度。林雪柔之所以报名这个比赛，是因为她去年也参加了，和冠军失之交臂，今年想要弥补遗憾罢了。

舒宁并没有将奈奈参加星秀舞动比赛的事情放在心上，可是谁都没有想到，两天后，星秀舞动主办方发了一条微博，公布了这次比赛的评委老师。其中有三位名不见经传的专业舞蹈老师，但第四位评委却跌破了所有人的眼镜——顾平生。

就这么个面向全国大学生的舞蹈比赛，竟然能请到顾平生这样的顶流，这简直就是魔幻事件！而且听说节目组还没有那么大的雄心壮志，敢给顾平生这种顶流发通告邀请函，是顾平生主动提出想过来担任评委。顾平生他是有多闲、多任性，才会来担任这种小比赛的评委老师啊！

不过平心而论，虽然顾平生演技不怎么样，但是他跳舞跳得好是整个娱乐圈公认的，他绝对有资格担任评委。这场比赛因为顾平生的倾情加盟，变得备受瞩目，原本点击量寥寥无几的宣传视频，一下子播放量破了百万。

比赛开始前，节目组为了造势，对顾平生进行了一次直播采访。当被问及他为什么主动提出担任这次比赛评委的时候，画面里，顾平生理了理自己的衣领，一本正经地说："为娱乐圈寻找新生舞蹈血液，是我义不容辞的使命，没有任何理由拒绝。"

底下粉丝的评论飞速流过，都在刷两个大字："不信。"

顾平生看了眼镜头，终于露出了他迷人的招牌式微笑："顺便，我徒弟也要参加比赛，当师父的必须到场给她加油。"

评论以光速滚动着："画重点：给徒弟加油！"

"哥哥的徒弟是谁啊？"

"楼上一看就是假粉，哥哥之前不是发微博说过嘛，'谁骂我徒弟，就是跟我过不去'。"

节目组又继续问道："平生哥真的是很好的师父呢，不过，徒弟也在参加比赛，这会影响到平生哥担任评委的公正性吗？"

顾平生立刻板起一张严肃脸，说道："大家放心，我有职业素养，绝不放水。"

粉丝们更是笑翻了："确认过眼神，是不会放水的师父。"

“看你家三爷就知道了，你们顾家护短的基因是天生的！”

舒宁得知顾平生会担任评委的时候，气得浑身发抖。顾平生又来搅什么浑水！

梁晚夏看了视频，抑郁了。奈奈被她幽怨地跟了好几天，终于受不了了：“想干啥你说！”

“每天跟我同床共枕的人，居然都成了我‘爱豆’的徒弟，我还不如死了算了。”说完，梁晚夏戏精上身，就要往窗外扒。

景遥也配合她演出，连忙拉住了她的手，浮夸地说：“不，夏夏，你冷静一点。”

梁晚夏一脸沉痛：“你不要劝我，让我去死！”

奈奈无语地说：“一张签名照够不够？”

梁晚夏顿了顿，继续往窗外扒拉，嚎道：“那可是我亲‘爱豆’喂！”

“两张特签，照片是独家，用拍立得照，可以吗？”

梁晚夏就跟川剧变脸似的，立刻缩回来，抱着奈奈的脸猛亲了一大口：“真是我亲室友！爱你么么哒！特签一定要写上‘to 我最最亲爱的夏夏’！”

奈奈擦了擦脸上的口水，有点无奈又有点想笑。其实她能够理解梁晚夏的举动，喜欢的人就在身边，能随时看到他的消息，能和志同道合的伙伴们分享关于他的心情，甚至能拿到他的签名照片。哪怕是隔着屏幕远远看他一眼，对于奈奈而言都是一种奢望吧。要珍惜偶像还在身边的时光啊。

这一年来，顾平生的确算得上是奈奈最尽职尽责的私人舞蹈老师了，只要他没有通告，都会来学校指导奈奈跳舞。

学校有不少人报名了星秀舞动大赛，舞蹈室每天爆满。那天下午，顾平生邀请奈奈去家里，他有私人舞蹈室，这样也更安全，避免被偷拍和围观。

按照地址，奈奈打车来到了顾平生的家。这在北城可以说是最奢侈的私人小区，位于湿地公园中，绿树掩映，山水环抱，环境清幽静谧。每家每户相隔距离遥远，仿佛一处大宅便坐拥了一片山林似的，住在这样的宅子里，算是真正的大隐隐于市了。

两层高的欧式小洋房，庭院花草修剪得井井有条。奈奈按下了门铃，两分钟后，拖沓的脚步声传来。房门打开的一刹那，两个人都愣住了。顾聿宁似乎刚洗过澡，下身穿着一条休闲居家的灰长裤，赤着上身，肩上搭着一条白色浴巾，正在擦拭湿润的短发。

顾聿宁也是猝不及防，他和这小丫头都快一年没见面了。她看上去似乎成熟了一些，清澈的眼神少了几分稚嫩，多了些沉稳。

“顾先生，您怎么在这里！”奈奈看着他赤裸的上身，都快窒息了。

她刚一开口，顾聿宁便笑了：“你来我家，问我为什么在这？”

奈奈这才反应过来，耳根子都红了：“抱……抱歉，我以为这是顾平生的家。”

“我跟他住在一起。”顾聿宁说完这话，接过秦管家递来的居家衫穿上，转身道，“进来吧。”

奈奈在秦管家的带领之下，紧张地进了屋，局促地坐在沙发上。而顾聿宁则回了房间。奈奈回头望着秦管家，他也盯着她打量，嘴角露出高深莫测的微笑。奈奈也冲他礼貌地微笑，摸出手机给顾平生发消息：“你人呢？”

顾平生：“抱歉抱歉，临时接了个通告，马上上节目了。”

奈奈：“What？”

顾平生：“到家了吗？舞蹈室在负一层，让我哥带你去。对了，我哥也挺会跳舞的，你可以让他帮你看看。”

奈奈：“他会跳舞？”

顾平生：“对啊，跳得比我好。”

奈奈感觉心脏像是被什么刺了刺，她喜欢的那个人，也会跳舞，而且跳得很棒。

顾聿宁重新整理了一番，下了楼梯。棉质的居家服很合身，使他整个人的气质笼上一层温润柔和的感觉，没有了穿西装时候的冷硬。尤其那一双狭长的眼睛，平时看上去挺寡淡无情，此刻微微勾起来，冷感全消，多了几分温柔与风流。

他坐在沙发上，管家立刻端来了茶水。他喝了一口，然后打开了笔记本电脑。坐姿……是盘腿，果真是在家里，随性自在，翻版的顾平生没差。奈奈小口抿着茶，偷偷用眼睛打量他，他的模样真的越看越感觉……像那个人，尤其是笑起来的样子。奈奈忐忑地开口说："顾先生，你也会跳舞吗？"

"不会。"

"可是顾平生说你……"

"我不会跳。"顾聿宁忽然站起来，生硬地说，"奈小姐，虽然很像，但我不是你想的那个人。"

奈奈的心紧了紧，有些难过。她觉得自己可能是魔怔了，不知道是不是最近一年处在事业的低谷期，她越发想念哥哥，也时常梦到他，甚至有时候……他年轻的面庞会和顾聿宁的容貌重叠。所以她总会有意无意地去寻找一些蛛丝马迹，虽然明知道可能性微乎其微。或许在他看来，这很可笑，也很冒犯。

"对不起，对不起。"奈奈赶紧放下茶杯，起身说道，"那我就不打扰顾先生休息了。"说完她便要匆匆离开。

而就在这时，顾聿宁忽然上前一步，拉住了她的手臂。或许是太过用力的缘故，奈奈直接跌进了他的怀里，隔着柔软的居家服，也能感觉到他肌肉的紧实。她脑子"轰"的一下，抬头望向顾聿宁。

"顾先生。"奈奈的话都说不清楚了，"你……"

他嘴角浅浅扬了扬，柔声道："我没生气，你跑什么？"顾聿宁本意只是想拉住她，并非想抱住她。看着奈奈涨红的小脸，又急又羞，顾聿宁倒是笑了。

奈奈话都说不完整了："顾先生……能不能先松手。"

顾聿宁松开了手，解释道："刚刚是个意外，不过你真的很喜欢对我脸红。"

奈奈强行冷静，深呼吸，说："是的，顾先生你简直帅得我不能呼吸。"

顾聿宁笑意加深了："是吗？"

奈奈说的是真心话，他真的好喜欢笑啊，笑起来就像长生哥哥一样，好暖。奈奈嗓子干哑，转身将杯子里的茶水一饮而尽："那个，既然顾平生没有回来……"

"奈同学。"

"那我还是回去好了。"

"奈同学。"

顾聿宁叫了她两次，她才回过头，傻傻地看着他："嗯？"

"你刚刚用的是我的杯子。"

奈奈吓得手里的茶杯脱了手，不过幸亏她眼疾手快，圆润的青花瓷茶杯在她手上蹦了又蹦，终于接住了。奈奈松了口气，一旁默默围观的秦管家也松了口气，这杯子是三爷天价拍回来的珍品，平时贵客临门他都舍不得拿出来用，今天用来招待这位冒冒失失的姑娘，真是险象环生。

奈奈心慌意乱地放下茶盏，一连说了三个对不起。她平时是很稳重、很得体的，怎么一面对顾聿宁，总是显得如此笨拙呢。顾聿宁依旧笑着看她："奈同学，你今天上门究竟有何贵干？"

奈奈埋着头小声说："我是过来找顾平生练舞的。"

顾聿宁知道她和自己待在一起不自在，于是说道："舞蹈室在负一层，我让秦管家带你下去，你练，没有人打扰你。"

奈奈都要哭了："谢谢顾先生。"

顾聿宁正转身上楼，闻言，停下脚步："不必叫我顾先生。"

奈奈诧异地问："那我该叫你什么？"

“你可以选择和别人一样，叫我三爷。”

看着顾聿宁春风和煦的浅笑，奈奈的心都要化了：“三爷。”

顾聿宁轻轻应了声，转身回了书房，靠在椅子上平复心绪。那一声“三爷”萦绕在耳畔，让他如坠云端。

电脑监控画面里，奈奈已经来到了舞蹈室，打开了手机，跟随着音乐的律动开始练舞。她个子小小的，不过跳起舞来却相当有力量，又美又飒。以顾聿宁的专业眼光来看，单论舞艺，她提升了好几个段位。这一年的潜心修炼没有白费，她的确成长了不少。她说过，所有所有的努力，都是为了有朝一日能让喜欢的那个人看见，看见闪闪发光的自己。

奈奈一口气没停，跳了两个小时，顾平生还没有回来。窗外天色渐晚，奈奈也不想等他了，走出舞蹈室，秦管家送上了干净的衣裳给她：“奈小姐，请去洗澡换衣裳吧。”

“这不是我的衣服啊。”

“是三爷……哦不，是平生少爷按照你的尺码给你准备的，以后你来家里练舞之后，洗了澡都有换洗衣服。”

奈奈出了不少汗，也的确想冲冲了，索性便跟着秦管家去了浴室。来到浴室她便惊呆了，竟然是半露天式的木板房，半面环山，绿植掩映，大大的浴池冒着腾腾的热气，白雾缭绕。

“奈小姐您看这里怎么样，三爷喜欢用这间，如果你不喜欢半露天式，家里还有两间室内浴室您可以选。”

“不、不用麻烦了，谢谢你。”虽然从来没有在露天洗过澡，但是人家水都放好了，她能好意思挑三拣四吗？

秦管家礼貌地退了出去，奈奈光着脚丫子，踩着底下冰凉的鹅卵石，朝四周仔细打量了一番。虽然是半露天式的浴室，但是隐蔽性很好，几乎每个角落都是死角。奈奈放心地脱了衣服，舒舒服服地泡了这辈子最最惬意的热水澡。

洗过澡、吹过头发，奈奈穿着那套非常合身的浅粉色卫衣走到客厅，空荡荡的一个人都没有。她背上自己的书包，觉得离开前还是应该和主人家说一声。于是她沿着楼梯走上二楼，正对面的书房门缝间，溢出柔和的灯光。奈奈敲敲门："……三爷？"

没有人回应，透过门缝，她看到顾聿宁躺在单人沙发上，似乎睡着了。奈奈轻轻走进去，蹲在沙发前柔软的地毯上，打量着顾聿宁。英俊的脸庞笼在朦胧的光晕下，他闭着眼睛，狭长的眼线缀着细密的睫毛，又长又卷，左眼角有非常明显的泪痣。

真的好像……奈奈回想最后一次见到长生哥哥，他年少成名，那时候也才十五六岁吧，模样还很青涩稚嫩，笑起来的样子更是阳光无邪。现在的顾聿宁很显然成熟得多。

只是长得像罢了，不可能是同一个人。奈奈轻轻叹了声，小心翼翼地伸出手，摸了摸他的睫毛。

"你为什么对我这样好呀？"她很小声地说，"顾先生，你知道吗？从来没有人像你对我这样好。"这个世界给予她的善意太少了，一丁点的温暖，都会让她记好久。

"可以给你拍张照片吗？"她从包里摸出了拍立得，像只小狐狸般狡黠地笑了笑，"你不说话，我就当你同意咯。"

奈奈找了两个角度，拍了一张他侧脸的照片。照片很快便落了出来，整个画面都是非常柔和的色调，他精致的五官无论从哪个角度拍都是无可挑剔的美颜。奈奈宛如奸计得逞般，小心翼翼将照片藏进书包最里面的夹层中。

"那我就先走啦。"奈奈打算蹑手蹑脚地离开，不料转身便撞上茶几角，发出"砰"的一声响。奈奈吓得连忙回头，幸好顾聿宁还在熟睡。她捂着自己的膝盖，龇牙咧嘴地一瘸一拐走出了书房。

顾聿宁揉揉眼角，睁开眼。在这冒冒失失的小丫头面前装睡，真够考验演技的。他的睡眠极浅，刚刚她一进来便醒了，只是不动声色，想看看她究竟要干吗。没想到这丫头胆子这么大，摸他睫毛，给他拍照。

顾聿宁闭上右眼，睁开左眼，忽然发现，模模糊糊地能看到房间里的些许物件。左眼视力比之于过去，又增强了不少。果然……只要和那小丫头经常接触，左眼的视力就会恢复一些，相反，只要太久不和她联系，左眼又会重归黑暗。

就在这时，秦管家推开了房门，对顾聿宁道："刚刚那位姑娘，拍了您的一张照片，需要我派人去处理掉吗？"毕竟顾聿宁从来不喜欢在公众面前露脸，有他出入的场合也是绝对禁止任何媒体记者的拍摄。

顾聿宁扬了扬手："随她去。"

夕阳下，奈奈站在阳台边，时而看看手里的照片，时而看看操场上打篮球的男孩们。整个传媒大学帅哥如云，随便拎一个出来都是娱乐圈小鲜肉的颜值等级。但偏偏奈奈在篮球场找了一圈，愣是没找到一个比照片上的男人更帅的。

完了，奈奈，你这样下去真得完。

身后，景遥和梁晚夏走过来。景遥一把抢过了她手里的照片："一个人在外面跟个小老鼠似的，叽叽咕咕说什么呢。"

"啊！还给我！"奈奈伸手去夺，景遥偏不还她，递给了梁晚夏。梁晚夏接过照片，对着夕阳看了看："你拍的这是谁呀，挺帅的嘛。"

"小奈有心上人了？"

"不是，不是不是，别乱讲。"

景遥见奈奈脸涨得通红，说话都说不利索了，跟平时伶牙俐齿的模样截然不同，惊讶地说："不是吧！真是照片上的人啊，他是谁啊？"

奈奈叹了声："他是顾平生的哥哥。"

此言一出，梁晚夏和景遥迅速冷静下来，没有了方才的兴奋。

“我没听错吧，风娱传媒的那位……顾三爷！”梁晚夏捂着嘴，“你还真是雄心壮志啊！惹不起，甘拜下风。”

景遥严肃地望着奈奈：“不开玩笑了，喜欢谁都行，那位你别想了。”

奈奈咕哝道：“我没有，别胡说了。”

“还没有……没有你能拿着人家照片翻来覆去看了一个多小时吗？”

“那她还抱着顾平生的照片睡觉呢！”奈奈指控梁晚夏。

梁晚夏：“追星女孩我骄傲！我对哥哥可没有非分之想！”

景遥对奈奈说：“你现在的思想很危险，要知道，爱上男人和喜欢‘爱豆’，可完全不同。”

奈奈眨眨眼睛，看着景遥。

“对‘爱豆’，是绝对不求回报的那种喜欢；但是如果你真的爱上一个人，怎么可能会不希望得到回应，不想要更多呢？”

奈奈知道景遥说的都对，两种喜欢是完全不同的。一种是远远看他一眼就好幸福，希望他能永远闪闪发光，但是另一种喜欢，就是想要回应、想要更多。奈奈从梁晚夏手里抽回了照片，一人一下，拍了拍两人的后脑勺：“别胡思乱想啦，明知道不可能的事，我不会犯傻的。”

“不会就好。”梁晚夏揉揉后脑勺，“你和那位在一起的概率，无限趋近于零，就像我把亲爱的平生哥哥追到手一样，根本不可能！”

奈奈撇撇嘴：“那么多的女人对顾聿宁犯过花痴，就不允许我想想吗？”想想又不犯法，美好的事物，谁不向往呢。

星秀舞动大赛的海选进行了两周时间，五十强的晋级赛终于拉开了帷幕。五十进二十，二十进十，每一场比赛，奈奈都几乎可以用一种惊艳全场的决绝姿态，战胜对手，顺利晋级。沉寂了将近一年的时间，她的成长速度超乎众人的想象，此刻在舞台上、聚光灯前的她，俨然就是一位专业舞者，又美又飒。

因为顾平生的缘故，节目组有意将镜头更多地放在她的身上，每一场比赛下来，她的视频都会被传到网上，点击量破百万。粉丝们被她的舞蹈征服了，不愧是顾平生的徒弟，看得出来很多表演里都有顾平生的痕迹。很多酷酷又可爱的小动作，一看就是顾平生帮着设计的。

“姐姐太美了吧！”

“看得出来，这一年是真的有好好练习，进步好大啊。”

除了奈奈每一场的原创舞蹈都能引起网上热评以外，顾平生的毒舌点评也相当惹眼：“对音乐的情感诠释不够，建议听五十遍再来跳。”

“动作协调性太差了，节奏也没跟上，你这是怎么进前十的？”

虽然顾平生言语刻薄，但是不得不说，他的每句点评都是站在最专业的角度上给予批评，选手们听得也是心服口服。然而每当轮到林奈奈的时候，顾平生的画风瞬间变了：“没别的话，两个字：优秀！”

“这是谁教出来的徒弟，跳得这么好。”

弹幕上粉丝们都笑成熊了：“知道啦知道啦，你徒弟天下第一谁都比不上啦！”

由于这家伙实在护短得厉害，总决赛的时候节目组取消了顾平生的投票权，只让他参与点评。总决赛只剩下六个女孩了，除了林雪柔以外的其他四个女孩，都还挺喜欢奈奈。在这种竞争性质的比赛中，奈奈和她们能把关系处得这么和谐融洽也是相当不容易。可能是因为其中有个不怎么爱搭理人的明星林雪柔，所以其他几个女孩抱团现象就严重很多。

林雪柔当然不会搭理这些人，她们根本不在一个档次，多说一句话都是自降身份。奈奈则要有亲和力得多，从小到大吃着亏长大的女孩，身上总有一种柔和的包容力，可能这就是所谓的气场吧。

不管是节目组还是选手女孩们，都超级喜欢奈奈，甚至连摄影师和后期剪辑的镜头，给奈奈的都要远多于给明星选手林雪柔的。林雪柔时常跟母亲打电话抱怨："我靠自己的实力夺冠，她也就会讨好人的本事了。"

"嗯，妈妈，你放心，我不会输的！"

挂掉电话的舒宁，担忧之色却溢于言表。明眼人都看得出来，这次比赛奈奈的夺冠势头太强了。她的每一场表演，就好像一个涅槃重生的复仇者立于舞台之上，台风强劲。在她的对比之下，林雪柔就像个小兔子，软绵绵没有任何回击的可能性。如果评委公正投票的话……林雪柔怎么可能是她的对手！舒宁绝对不能容忍这样的事情发生。

下午的彩排阶段，一个跟奈奈关系很好的参赛选手孟馨兰走过来，凑近了奈奈耳畔，低声对她说："我听说，这次比赛有内幕，冠军可能内定了。"

奈奈用毛巾擦了擦脸，望向她："你从哪里听说的？"

"选手们都在传，冠军应该是林雪柔，毕竟她是有后台的，也是唯一的明星选手。"孟馨兰愤懑地说，"以她的水平进十强都不够，还不是被那个评委孙立洲一路保到了现在。"

孙立洲是几个评委中最具有权威性的一个，他在圈内也一直在做艺人的舞蹈指导。

"我打赌，总决赛评委打分，他肯定给林雪柔高分。"

"这是显而易见的，孙立洲和星雪工作室一直有合作。"奈奈耸耸肩，继续练舞。

孟馨兰好奇地问她："你怎么一点也不着急啊？现在网上可都指着看你俩谁能夺冠了。"

"我对夺冠并没有特别大的兴趣。"奈奈呼吸略微急促，"我参赛的目的不是夺冠。”

“不夺冠，那你干吗来的？”

“我要跳最后那支舞。”

“最后那支舞，有什么特别吗？”

奈奈神秘地冲她笑了笑。

晚上，总决赛拉开了帷幕。这次比赛有三个晋级淘汰环节，选出最终的 1VS1 battle（一对一较量）选手，进行巅峰对决。正如孟馨兰说的那样，前面的两轮比赛中，其实林雪柔的发挥并不是特别好，但是评委孙立洲给她的分数特别高，一路将她保到了最后的 1VS1 battle。

这也算是节目组最后的悬念所在吧，毕竟现在网络上所有观众最关注的一件事，就是这两姐妹究竟谁能夺冠。是一路走高的林雪柔，还是隐忍一年蓄势待发的林奈奈？甚至后期节目组的宣传预告片，都是以此作为卖点，所以要说这场比赛绝对公平没有内幕，是不可能的。

今天晚上的冠军之夜，守在电脑前看直播的观众量呈现前所未有的峰值。直播弹幕上很明显看得出来，林雪柔的工作室买了水军，只要是她的晋级部分，满屏尬吹。

“雪柔好美！”

“扎实的基本功，柔美的舞姿，冠军非雪柔不可。”

好些个观众都受不了了：“林雪柔的水军消停点行不行！”

“你们家那位什么水平，自己心里没点数吗？居然把馨兰淘汰掉了，评委瞎了吗？”

顾平生虽然不能投票，但是他还能开麦点评，在四进二的环节上，点评林雪柔和被淘汰的孟馨兰。顾平生抱着手肘，摇着头，冷笑道：“不管你们是装瞎还是真瞎，反正我还没有瞎，谁该晋级谁该淘汰，观众心里有数。”

此言一出，孟馨兰眼睛都红了一圈。她没想到，过去毒舌点评过她的顾平生，竟然在总决赛上帮她说话。刚刚那支舞她已经拿出了自己的毕生所学，而且超常发挥，绝对不会比林雪柔差。三个评委的票数齐刷刷投给林雪柔，内幕其实已经很明显了。顾平生是唯一肯说真话的人，现场观众响起了热烈的掌声，为顾平生这一番话叫好。主持人尴尬地连忙转换了话题，将孟馨兰请了下去。

几位评委的脸色也有些难看，尤其是孙立洲。好歹他也是圈子里比较有威望的舞蹈指导，顾平生当着现场乃至全国观众打了他的脸，这让他以后还怎么立足娱乐圈？可是除了不爽以外他也无可奈何，只能咽下了这口闷气。顾平生可不是他们这些人轻易能得罪的主儿。他爱说什么说什么，反正不管他怎么做，都不会改变最后的结果。

最后的 1VS1 battle 上，林雪柔也是使尽了浑身解数，跳了一支难度极高的古典舞，拿出了看家的本领。平心而论，她的舞跳得的确不错，看得出来，有好些年的舞蹈功底。但是正如顾平生之前点评过的那样——美则美矣，缺少灵魂。她的舞仅仅是把动作踩在节奏上，像规矩的流水线作业一样，虽然每一步都正确并且规范，但就是很难打动观众。

跳舞这事儿也是要走心的，如果一段舞蹈不能打动观众，这就跟演戏时面无表情地背诵台词没什么区别，林雪柔无法跟音乐共情，也就意味着她无法领会这支舞里饱含的内在感情。林雪柔跳完后，孙立洲立刻将她的每一个动作都挑出来进行了一番赞美，有理有据地论证了她能够拿下冠军的种种理由。其他评委当然也是看孙立洲的眼色，纷纷夸赞林雪柔。最后轮到顾平生点评的时候，他冷笑了一声，只说了几个字：“你们开心就好。”

观众都看得出来，这破比赛，顾平生是懒得开口了。

接下来，轮到奈奈的最后一支舞了，当音乐响起来的时候，那种淡淡的熟悉感顷刻间引爆了网络。这支舞是……是那个人！娱乐圈最不可谈及的那个人，风靡大江南北的青春偶像，最后却带着无数骂声和憎恨狼狈退场，销声匿迹。

奈奈跳的那支舞，是他自创的一支爵士舞，每一个动作都带着力道，难度极大，能学会的人少之又少。而聚光灯下，奈奈一身黑色西装，勾勒着她匀称的身段。她面无表情地睥睨着现场所有人，开始演绎这段已经被人们所遗忘的舞蹈。她完全沉浸在自己的情绪中，而观众则沉浸在她的情绪中。

顾长生在很长一段时间里，都成了娱乐圈不可提及的一位艺人，不仅仅是他的遗憾退圈，更因为那场令人心痛的暴力事件。伴随着那些狰狞的照片一张张地流出来，粉丝们为他痛哭，到最后开始愤怒、谩骂，甚至憎恨他。

亲手将爱与希望毁灭是什么滋味？曾经那般真挚地爱过的那个人，后来当你看他一眼都会觉得恶心和害怕，又是什么滋味？奈奈感受过，痛苦过，最后选择相信，可是还有那么多喜欢他的女孩子，她们选择放弃。

他退圈前的 last dance（最后之舞），奈奈跳过不下千遍，每跳一次都更加刻骨铭心。她能感受到他的愤怒、不甘、绝望与挣扎，因为能够共情，因此奈奈选择相信。现在她将他这支舞的所有情绪极致地表现了出来，宛如最后的宣泄与正名。

随着音乐结束，她的脸上全是汗水，身上的衣服也湿透了，每一次呼吸都伴随着肺部的扩张与撕裂，她能感觉到自己力量的耗尽。现场是一段长长久久的静默，所有人都沉浸在对这支舞曲的震撼中，没能回过神来。就连顾平生都傻了，这支舞他也学过、练过，可是跳不出他哥的感觉，总觉得情绪不能到位，没有想到这小丫头竟然能领会到这支舞曲的精髓，并将它如此极致地演绎出来。

奈奈呼吸还没有平复，主持人上台，与她进行了互动之后，便邀请评委点评。孙立洲率先发言，避开了这支舞的优点，抓了一些小细节说失误，让奈奈还要苦练基本功。后面的两个评委也是延续了这个讨论，因为舞蹈饱含的情感太浓烈了，于是他们避开情感谈细节，说了一些冠冕堂皇的套话。

轮到顾平生发言，所有的观众和屏幕前的粉丝们，都在等着顾评审怎么样花式夸徒弟。顾平生按了按自己的眼角，沉默了很久很久，抬起头，望向奈奈，非常郑重地说了一句："要不，你别混娱乐圈了，给我当嫂子吧。"

此言一出，全场笑翻了，弹幕上粉丝们开始疯狂霸屏，一水儿都是"你给我当嫂子吧。"

说出这句话没十分钟，#顾平生在比赛中给哥哥相亲#的话题，立刻飞上了热搜，评论区也是一片欢乐。

"所以星秀舞动现在变成相亲节目了吗？"

"哈哈哈哈，顾平生你现场给你家三爷相亲，三爷他同意吗？"

当然，这件事情发生的第一时间顾聿宁便已经听说了。这些年，关于他的所有热搜都是秒撤，他也拒绝出现在任何摄像机和公众视野中，舆论把控相当严格，低调至极。绝大部分粉丝都知道，顾平生有一位哥哥是风娱传媒的大佬，但是没有人见过他哥哥真实的模样，甚至很多私生粉扒个人信息，扒到他哥那里，都是一片空白。没想到这次居然被顾平生这一句"你给我当嫂子吧"，带上了热搜。

周助理还有公司几位高层都相当紧张，站在顾聿宁面前等他看完那段舞蹈大赛的视频。画面里，小女孩跳的那支舞……是他退圈前的last dance。他也能看得出来，这支舞她应该跳过很多遍很多遍。究竟是有多喜欢啊，顾聿宁捏了捏眉心。

周助理拿捏不定，犹豫地开口："顾先生，我现在马上让人撤热搜？"

良久，顾聿宁摆了摆手："不用，随他去。"

不用？随他去？周助理怀疑自己听错了，顾聿宁最忌讳的事情就是被带上热搜、曝光在公众视野之下，而他现在居然说不用？

"三爷，您的意思是……"

“不用撤，让这件事自然发酵。”

高层们退出办公室，对于这件事挺疑惑不解。三爷对自己的名声是多么重视啊，他今天的一反常态，葫芦里卖的到底是什么药啊。众人纷纷求助周助理，周助理神秘兮兮地说：“林奈奈被工作室雪藏了一整年，现在最需要什么？”

众人恍然大悟，她现在……最需要的就是曝光度和热度。所以，顾聿宁不让撤热搜，是同意要贡献自己给这小丫头炒热度吸引眼球了？不是吧！顾平生说要给他哥找个嫂子，难不成这嫂子，顾聿宁认了？

星秀舞动的比赛现场，1VS1 battle 还没有结束。最后的投票环节，由评委和现场观众共同决定，评委老师的投票占百分之六十，现场观众的投票占百分之四十。可以说评委老师能够决定最后的总冠军头衔花落谁家。

孙立洲率先写下了自己的分数分配：林雪柔二十分，林奈奈零分。他一亮分数牌，现场观众便发出了嘘声。明眼人都看得出来，林雪柔舞蹈的现场发挥比奈奈要差了几个梯度。孙立洲自然也有自己的说法：“我给林奈奈打零分，不是对她舞蹈的否定，而是对她错误思想和态度的否定。”

这话说出来，立刻就成了炸点，几台摄影机同时对准了孙立洲。奈奈嘴角冷冷扬了扬：“孙老师有何指教？”

孙立洲继续说道：“你跳的这个舞，是顾长生的吧？”

“对。”

“谁都知道，当年顾长生的暴力行为给娱乐圈造成的影响有多恶劣！他自己都没脸在娱乐圈待下去，你现在跳这个舞是什么意思？想为他证明什么？有这样的偶像是娱乐圈之耻！”孙立洲言之凿凿，声色俱厉。

奈奈并没有被他吓住，而是冷冷看着他，一字一顿地说：“我要证明，干净的人无论被泼了多少脏水，依旧纯洁。而肮脏的人无论怎么为自己辩护都永远洗不掉身上的污垢！”

顾平生的眼睛已经红了。这么多年了，从来没有一个人敢站在公众场合为他哥哥辩护。他揉了揉眼角，心里默默打定主意——这嫂子，他要定了！

弹幕平台上众说纷纭——

“虽然不知道到底发生了什么，但是小姐姐这番话我喜欢。”

“那件事……太伤了，还记得的，都别再提了吧。”

“@奈小熊，谢谢你还记得他。”

一时间炸出了不少顾长生的老粉，接下来的弹幕全被“@奈小熊，谢谢你还记得他”刷屏了。

孙立洲之后，另一位评委的票数，也全部投给了林雪柔。目前林雪柔拿到了 40 分，林奈奈依旧是 0 分。第三位评委考虑到舆论影响，给了林雪柔 5 分，奈奈 15 分。

这也是节目组的要求，总不能全部评委都把票投给林雪柔吧，这样黑幕就太明显了。当初邀请林雪柔过来参加比赛，就已经签下了同意让她拿下冠军的合同。再加上星雪工作室给予了赛方极大的支持，因此，节目组其实早就内定了林雪柔是冠军。但内定是一回事，评委的屁股也不能坐得太歪了。毕竟是给观众看的比赛，后期因为顾平生的加入，关注度也和往届不可同日而语。所以第三位评委的投票，让奈奈的票数比林雪柔高一点，也能说得过去。

最后的结果已经非常明显了，目前奈奈 15 分，林雪柔 45 分。现场还有四十位大众评审投票，只要有 6 个人投给林雪柔，她便能稳稳赢下这场比赛。两个人站在投票台上，大众评审们依次走上来，将自己手里宝贵的一票投给心仪的选手。

一开始林雪柔信心满满，这些大众评审都是圈子里的人，他们的眼光是老辣的，能看出孰好孰劣，林奈奈绝对不可能胜过她！然而，前面十五位大众评审都把票投给了奈奈，林雪柔心里开始有些忐忑。每一位上台的大众评审都朝奈奈走了过去。

“你跳得真的很好。”

“谢谢。”奈奈双手合十，对每一份投票都虔诚致谢。

直到最后一位大众评审上台，林雪柔都还没能回过神来。这短短的十五分钟时间里，她从一开始的自信满满到慢慢有点忐忑、怀疑人生到最后的愤怒。四十位大众评审，竟然一张票都没有投给她！全部给了林奈奈！

节目导演组也有些傻了，原本以为四十位大众评审，闭着眼睛投，至少也得有一半投给林雪柔吧！没想到竟然一个都没有！在大众评审的全票支持下，奈奈以绝地翻盘的姿态，拿下了星秀舞动的总冠军。她在总决赛上的那段舞蹈视频，网络上也爆红了很长一段时间。

沉寂了将近一年，奈奈的成长速度超乎所有人的想象，俨然一位专业的舞者，几乎挑不出任何瑕疵。她以这样决绝的姿态回归，漂漂亮亮地赢下了第一场战役。顾平生登台，为奈奈颁了舞后的奖杯。奈奈看着手里沉甸甸的奖杯，这是她拿下的第一个胜利，绝对不是最后一个。

“长生哥，以后我会越来越好的。”你等我。

清晨的阳光透过梧桐叶，在步道上洒下斑驳的光影，奈奈和朋友们刚下了早课回宿舍。篮球场上，好几个穿着球衫的男孩在打球，顾平生也在其中，整个胳膊膀子比周围男孩白了一圈，一头白毛也是格外显眼。奈奈却被另一个人的身影吸引了注意力。

顾聿宁也在，他五官英俊，在阳光的照耀下，干净漂亮的瞳子宛如玻璃球一般清润。头发略微被汗水润湿，举手投足间满满都是少年感。他比顾平生大不了多少，说起来也是意气风发的张扬年纪，可是在奈奈看来，他身上压着某种不可承受之重，所以整个人气质格外阴郁，哪怕是笑着都会给人一种不寒而栗的冷感。

痛苦和悲伤都会让人成长，谁不愿意被保护着当个傻白甜啊。顾平生和林雪柔都是被保护得很好的人，所以总是长不大，但奈奈和他都不是。

“你‘爱豆’身边那位帅哥，以前没见过啊。”景遥揽着梁晚夏，“他谁啊？”

奈奈说：“他是顾聿宁。”

此言一出，两个女孩同时望向她，倒抽一口凉气：“他就是顾平生的哥哥，风娱的顾三爷？”

“你们小声一点啊！”奈奈小心翼翼地环顾四周，幸而现在天还早，周围没什么人，“他很低调，好像不太喜欢被人知道身份。”

梁晚夏啧啧地说：“这位顾三爷从不出镜，就算是商业杂志登载关于他的采访，他都从不放照片，何止低调啊，简直就是神秘了！网传他比平生哥哥还要帅，不过我不这么认为。”

景遥笑着说：“你不这么认为有屁用，长眼睛的都看得出来，顾平生跟他在一起，完全没有存在感了好吧！他气场太强了，你看看，在场这么多大帅哥，有他在，你一眼能挑得出来谁！”

奈奈果真放眼望向全场，的确，一溜的帅哥小鲜肉，跟顾聿宁一比，还真入不了眼。

“好了好了，饿死了。”景遥转身走上梧桐步道，“去食堂吃饭了。”

“奈奈，你不去吗？”

“噢，你们先去。”

两个女孩离开后，奈奈偷偷摸出了拍立得，对着篮球场拍了一张，正好捕捉到了顾聿宁带球、起跳上篮的画面。她低头看着拍立得滑出来的那张照片，正要小心翼翼揣进包里，篮球忽然滚到了她的脚边，她一个不留神，手里的照片就被人夺去了。

奈奈回头，看到顾平生拿着她刚拍的那张照片，嘴角咧着笑：“小妹妹，知不知道偷拍很危险啊，我们三爷的便衣保镖就在周围，随时把你当危险分子放倒在地。”

“还给我！”奈奈急了，“快给我！”

“偏不！”顾平生扬了扬照片，冲顾聿宁喊道，“哎，三儿，来看看，这丫头偷拍你呢！”

顾聿宁缓缓走了过来，捡起了地上的篮球。奈奈的脸颊憋得通红，压低声音冲顾平生道：“你……还给我！”

顾平生笑了起来：“我可是当着全国人民问过了，你愿不愿意给我当嫂子，你自己不说话，现在又偷拍我哥，几个意思啊。我哥这么好拍，你知不知道上一个偷拍他的人什么下场？”

奈奈羞得不行，加快步伐匆匆离开，临走的时候很不客气地撞了撞顾平生。顾平生无奈地扬了扬手里的照片：“哎，不要啦，这可是你的私人珍藏！”

话音未落，顾聿宁手里的篮球直接砸他脑袋上。顾平生惨叫了一声，捂着头咕哝：“哥，你干吗！”

“滚一边去。”顾聿宁抽走了他手里的照片。

奈奈嘴里骂着顾平生讨厌鬼，感觉羞愧又丢脸，偷拍人家还被抓包，一点技术都没有，比狗仔还不如。忽然，手臂被人拉住了，粗砺而温热的质感，很熟悉。奈奈回头，看到一身篮球衫的顾聿宁，他一靠近，奈奈便能感受到他身上腾腾的热气。

“……三爷。”她乖乖地叫了他一声。

他嘴角浅浅扬了起来，带着那双漂亮的桃花眼微微倾斜，好看得让人心动：“偷拍我，没有解释？”

奈奈厚着脸皮破罐破摔道：“看你好看就拍了，反正照片都被拿走了，不喜欢撕掉就好了。”

顾聿宁显然是很清楚自己美貌的男人，笑容里带了淡淡的痞：“狗仔都没你这么理直气壮。”

奈奈低着头，手紧紧地攥着衣角，不知道该说什么好。别的没有，脸皮她有的是。顾聿宁看着她无话可说的模样，也没脾气，叮嘱道："下次不要偷拍了，你知不知道周围多少双眼睛盯着，很容易惹祸上身。"

奈奈小声道："我……我不会拍了。"

顾聿宁拎过了她的书包，奈奈本能地伸手护住，不过还是被他给夺去了。他在书包里翻了半晌，摸出一支黑色中性笔，在照片的背面写了几个字，然后递给奈奈，说："拿去。"

奈奈接过照片，看到他在刚刚那张起跳上篮的抓拍背后签下了自己的名字——顾聿宁。三个字刚劲有力，笔锋凌厉。字如其人，都那么漂亮。

奈奈还没反应过来，顾聿宁将书包挂在了她的肩膀上，说："下次不要偷拍了，可以大大方方到我面前来拍。"

"可以吗？"奈奈惊讶地问，"我可以拍你？"

顾聿宁清浅一笑："可以，但不能外传。"

"不外传，我一个人看！"

他笑了笑，转身离开了。身后，奈奈冲他喊道："三爷，这算是我的特权吗？"

顾聿宁微微侧头，迎着朝阳，整个人仿佛都在闪闪发光："那支舞，跳得不错。"是特权，也是奖励。

奈奈看着手里的签名照，笑了起来，将它捧在心上，宝贝极了。

星雪工作室里，舒宁坐在椅子上，面前堆着一沓厚厚的通告，脸色很难看。这些通告都是请林奈奈上节目的邀请函，有综艺、电影，也有广告。星秀舞动决赛上她拿下了总冠军，而且是以那样一种绝地翻盘的姿态，赢得漂漂亮亮。在网络上，她的热度居高不下。林奈奈的前途看起来似乎比林雪柔还要宽广。

然而舒宁这个人性子轴，她认定的事情，绝对不会改变。哪个父母不喜欢会撒娇会说话的孩子？林雪柔懂事又听话，父母每每回家，她总是第一个迎上来嘘寒问暖，可是林奈奈只会在边上默默地看着，宛如陌生人一般，丝毫不与她亲近。久而久之，舒宁心中自然有所取舍。她看着那一沓厚厚的通告，嘴角露出了讽刺的微笑。

要知道，在这个娱乐圈，雪藏一个艺人并不是可怕的事情，真正可怕的是……毁掉她。

林雪柔气呼呼地走进了办公室，舒宁正在交代员工做事情，见她进来，挥了挥手让员工退下去。

“妈，你看她，雪藏了一年不仅没让她变老实，反而变本加厉了！”林雪柔用撒娇的调子咕哝着说，“她现在微博粉丝都快超过我了呢！还是小号！”

舒宁说道：“这才哪儿到哪儿啊，不就一小比赛拿了冠军嘛，居然这么沉不住气，以后能成什么事！”

林雪柔坐在沙发上，瘪着嘴赌气。舒宁心疼女儿这副模样，走过来摸摸她的脑袋，安慰她：“你啊，就是太单纯了，别看她人畜无害的，心思活络着呢，你也长点心吧，我的傻女儿。”

林雪柔气闷地说：“反正绝对不能再这样下去了，再让她这样练下去，迟早有一天……”迟早有一天，林奈奈会超过自己。这才是林雪柔今天来找舒宁的目的，绝对不能让奈奈再这样练习了。

这一年的时间，林雪柔倒是接了不少通告，不断地上综艺、拍广告、演戏……她都已经多长时间没有真正沉下心来练过舞，又有多久没有步入过教室了。这次比赛失利，给林雪柔当头一棒，在她上综艺、拍戏忙得不可开交的时候，那个已经被雪藏，似乎再无出头之日的林奈奈，正在默默地提升自己，并且以惊人的速度成长着。

“反正不能让她再这样闲了。”林雪柔对母亲说，“一定要给她找点事情做！”

其实不用林雪柔说，舒宁也意识到了这个问题。的确，之前说雪藏她倒是便宜她了。既然这样不安分，想出名，那就如她所愿。

开春之后，舒宁给奈奈打了一个电话，说让她准备准备，合理安排课业，马上就要给她安排上通告了。舒宁的态度很好，以至于让奈奈产生了一种错觉，以为母亲回心转意，想要平等地对待她和林雪柔了。但是幻觉终究只是虚幻的泡沫，她太清楚舒宁的性子，不喜欢就是不喜欢，无论她变得多么优秀，父母都不会喜欢她。舒宁忽然一改常态说要给她安排通告，自然也不会是什么好质量的。

事情渐渐多了起来，奈奈急需助理帮她处理手边的各种事宜。她给舒宁打过电话，让她给自己派遣一个。并不是以女儿的身份，而是以合作艺人的身份跟她交涉谈判。这一年的时间里，奈奈已经非常仔细地研究过合约，里面虽然有不合理的地方，但是也写得很清楚：工作室有义务对艺人日常的工作提供支持和帮助。奈奈必须要为自己尽可能地争取权益，因为除了她自己以外，不会再有人能帮到她了。

舒宁按照合约的规定，给她安排了一名助理。助理名叫冉明月，三十出头，是圈子里工作了好些年的“老人”了，但这位助理似乎比明星还大牌，总是对奈奈的吩咐爱搭不理。对于舒宁派遣来的人，奈奈自然也是没抱希望，但有时候做得过分了，也会说她几句。

冉明月脾气大得很，阴阳怪气跟公司里其他同事抱怨：“挑什么，就她这样的新人，公司给派助理就不错了，以为长得像雪柔小姐就真是她呢，差得远了去了。”

这些话时不时也会传到奈奈耳边，奈奈决定自己找个助理，不需要太高的门槛，只要人听话、会做事、老老实实就行了。她先在人才网站上发了一条招聘告示，没两天，倒是有人打电话过来询问，不过都对奈奈开出的工资不满意。

奈奈目前手头上的确是没钱，她之前参加的电影拍摄，因为合约的束缚，片酬大都流进了星雪工作室的口袋。按照合约的规定，她仅仅能拿到三成的酬劳，随后又沉寂了一整年没有通告，因此她现在可真的算是一穷二白了。舒宁就是想逼她自己主动放弃，眼下她举步维艰，但无论如何，撑过这段时间，她相信一切都会好起来。

助理的招聘公告发出去无人问津。倒也不是没想过用微博发布，肯定有不少粉丝愿意低薪应聘，但如此一来麻烦事会更多。粉丝应聘，说不得骂不得，都是看在喜欢你的份上才过来给你当助理。非利益关系的上下级，很难长久稳定。

又过了几天，奈奈收到了一封邮件，附带求职人的简历信息。求职人名叫杨嘉文，男，28 岁，北城本地人。奈奈快速地浏览着他的信息，忽然，在看到学历的那一刻，鼠标顿住了，某常春藤高校的软件工程硕士……奈奈有些凌乱，这招来的都什么高级人才啊！别是投错简历了吧！

奈奈确信了这是个误投的简历，所以没有理会。没想到不久之后，奈奈在下课的时候接到一个陌生号码的来电，她接起电话："你好，请问是哪位？"

"是林小姐吗？我看到你发的助理招聘信息。"对方的声音是非常好听的低音炮，极有磁性。

"我是，你要应聘助理吗？"

"对，我之前给林小姐发过简历，但是一直没有收到回复，不知道林小姐收到没有。"

奈奈这几天倒是收到几封简历，但她记得都是给予回复了啊，她说："请问你叫什么名字？"

"杨嘉文。"

奈奈瞠目结舌，手机都快掉了。这个名字她印象太深刻了，这不是那位闪闪发光的高学历小哥哥吗？

"林小姐，您看了我的简历还满意吗？不知道能不能给我一次面试机会呢？”

满意啊，简直不能太满意了！可是……真的不是投错简历吗？她犹豫地说：“不是……你这学历，完全可以去很多大公司，谋求更好的发展，你确定要当我的助理？”这也太屈才了吧！

杨嘉文说：“我确定，所以才给您投来简历，希望您能给我一次面试的机会，我会让您满意的。”

他真诚的语气让奈奈无法拒绝，只好半信半疑地和他约在学校外面的一家咖啡厅见面。

杨嘉文穿着得体的白衬衣和黑西裤，显得非常干练，模样英俊，一身精英气质，即便是要出道做艺人也绰绰有余。他坐到奈奈对面，非常职业地跟她握手，然后自我介绍。不仅学历闪闪发光，阅历也相当丰富：早些年在海外做软件病毒研发方面的工作，前两年才刚刚回国，做过保镖、经纪人，兼职做代购，还做过厨师。

奈奈嘴角抽了抽：“杨先生，您这行业跨度，有点大啊！”

杨嘉文似乎不喜欢笑，一脸严肃地说：“对，我兴趣很多，顺便一提，我曾师承国际名厨傅陵南门下，做饭很好吃，这也算我的求职优势吧。”

做饭好吃？对于不擅长厨艺的奈奈来说，能有一个会做饭的助理，当然是超级棒的啊！奈奈控制着有点小激动的心情，问他：“所以你来应聘我的助理，也是兴趣使然？”

“当然不是，我需要一份工作，养家糊口。”

“可是您完全可以找到更好更高薪的工作啊。”

杨嘉文面无表情地给了一个奈奈无法反驳的理由：“我坐过牢，很难找到一份工作。正如我所说，我在国外做过计算机软件病毒研发方面的工作，后来被缉捕了。”

奈奈听懂了，他是一个电脑高手，她说：“可你说，你回国之后，做过保镖，这是怎么回事？”

“嗯，以前的老板对我恩重如山，是他把我保释了出来，给我一份工作。”

“那为什么没有继续做了呢？”

“老板依旧给了我一个不能拒绝的理由，让我离开了原来的公司，现在，我很难再找到一份新工作了。”杨嘉文如实回答。

奈奈点点头，总算听明白了。为什么他这么高的学历、这么丰富的阅历、这么多的技能，却只能来应征她的小助理，因为有过坐牢的黑历史，无论哪家公司想要聘用他，都要考虑再三吧。奈奈看他不苟言笑的模样，不说话的时候是有点凶凶的，但是不像坏人。

杨嘉文诚恳地对奈奈说：“如果林小姐觉得我可以的话，可以先试用看看。”

“可是……”奈奈还是有些犹豫。

杨嘉文似乎看出了奈奈在犹豫什么，他立刻说道：“林小姐，我可以保证，做错的事我不会再错第二次。”

“呃，这个我相信你。”毕竟他完全可以跟奈奈隐瞒自己的过去，但他没有。

杨嘉文见奈奈还是犹豫，继续卖惨道：“我家里有病弱的妹妹需要照料，医药费高昂，所以很需要这一份工作。”

听到这话，奈奈一下子就心软了：“你妹妹生病了吗？”

“嗯。”

“严重吗？”

“很严重。”他没有多说，奈奈也没有多问，毕竟是人家的隐私。

“可是我这边暂时只能给你开出每个月两千的工资哦，真的很少。”

听到这话，杨嘉文有些沉默。的确，之前联系过的几位助理，都嫌这份工资太少了。奈奈看着杨嘉文的表情，心里就明白了。但是她还有些不甘心，说道：“虽然现在工资是有点少，但是你放心，只要我挣到钱，我一定给你提工资，让你去给妹妹看病，你跟了我，好好工作，只要有我一口饭吃，我一定……一定罩着你！”

杨嘉文微微有些错愕。他过去在风娱传媒以时薪计酬，帮顾聿宁做了不少事，顾聿宁将他差遣到这小丫头身边去做助理，他心里自然也不太情愿。但是正如他所说，顾聿宁于他恩重如山，把他从牢里捞出来，给他妹妹治病，还给他体面的身份地位……即便三爷让他去死，他都会毫不犹豫照做，这点委屈自然也算不得什么。况且听到奈奈说的这番话，看着她无比真挚的眼神……杨嘉文忽然不觉得委屈了。

第五章

喜欢吗

清晨，顾聿宁从跑步机上下来，周助理赶紧给他递来了毛巾，说道："三爷，您弟弟已经在门口等了半个多小时了。"

"让他进来。"

顾聿宁擦了擦鬓间的汗水，一抬头，便望见一头白毛的顾平生气呼呼地走进办公室，双手重重拍在桌上，大喊道："哥！你也太偏心了吧！"

见他一惊一乍，顾聿宁不爽地揉揉耳朵，皱眉道："又怎么了？"

"这是狗仔拍的照片！"顾平生将几张照片拍在顾聿宁面前，是奈奈逛街买衣服的时候杨嘉文跟在她身后，替她拎包的画面。

"杨大佬！我之前问你要了那么多次！你不给我，说要留着自己用。现在你解释解释，他怎么跟在林奈奈身边！"

"林奈奈需要一个助理兼保镖，杨嘉文很合适。"顾聿宁斜倚在靠背上，嘴角露出似笑非笑的弧度，"而且他在你陵南哥手下学过厨，做饭也好吃。"那小丫头嘴馋，应该会喜欢他的手艺。

"我可是你亲兄弟啊！有今生没来世的那种亲兄弟！"顾平生捶胸顿足，"杨大佬，我问你要了多少次，你不给我，现在一声不吭就给了那丫头！”

“你想要他，无非是想让他帮你抹掉网上的那些花边新闻，或者帮你黑对家的电脑资料，这些事，对于他来说，大材小用了。”

“让他帮我是大材小用？那你让他去给林奈奈当厨子和保镖，不是大材小用吗？”

顾聿宁淡淡一笑：“他做过代购，很懂女人护肤和化妆，这叫人尽其才。”

顾平生：“……”简直无话可说！

见顾聿宁是真不打算把人给他了，顾平生又开始哭唧唧地撒娇：“哥，求你了，把宝贝杨给我吧，我可是你亲弟弟，最亲最亲的那种……”

顾聿宁毫不留情地推开了他的脸，说道：“你之前不是要给我相亲吗？林奈奈，你亲嫂子，这么快就忘了？”

顾平生：“……”

得知奈奈有了新助理，冉明月很不爽。她在这行里做了这么多年，虽然不久前刚进星雪工作室，但也算是有资历的老人了。她做的是经纪型助理，主要还是当经纪人，过去从来都只有她炒明星的份，没想到这次居然被林奈奈这么个小丫头片子炒了。

冉明月一大早便杀到了奈奈租住的公寓，想要问她要个说法，顺便见识见识她找来了什么厉害的助理，居然能把自己比下去。奈奈料到脾气火爆的冉明月会找上门来，她打开房门，一脸笑意地将她迎了进来：“冉姐姐来了，快请进吧，正好嘉文做了早饭，一起吃啊。”

俗话说，伸手不打笑脸人，奈奈笑眯眯地把她迎进来，她这伸出去的“拳头”就跟打在软棉花上似的，只能讪讪地进了屋。

半开放式的厨房里，正值试用期的杨嘉文为了挣表现，一大早就过来给奈奈做饭了。他身材高大挺拔，却系着可爱的维尼熊围裙，将一盘煎蛋端上桌。冉明月看到杨嘉文，惊得说不出话来。林奈奈是到哪里去找的这么帅的助理啊！

“冉姐姐，请坐吧。”奈奈将椅子抽出来，让冉明月坐下来，“尝尝杨助理的手艺，他可是师承名家。”

冉明月脑子空空的，准备好的一套说辞早就被抛到九霄云外了，只能愣愣地拿起勺子，尝了尝他熬的牛奶燕麦粥。第一口她就被征服了，入口即化的白米粥配上很有嚼劲的燕麦，舌尖萦绕着浓郁的奶香味，真的好好吃。

“再尝尝香酥饼，现烤的呢。”奈奈笑眯眯地不断给冉明月夹菜，把她喂得饱饱的，火气早就消散无踪了。杨嘉文依旧板着一副冰山脸庞，不苟言笑。

“我……我就回去了。”吃人嘴短，尤其还是如此丰盛美味的早餐招待，冉明月讪讪地对奈奈说，“那个，找私人助理的事我会给舒总说，工资方面，她应该会同意由公司出。”

“这样那就太好了！谢谢冉姐姐！”

“叫我冉助理就好。”

“好的，冉姐姐！”

冉明月又看了眼穿着维尼熊围裙的杨嘉文，莫名有些心如鹿撞，红着脸，慌慌张张地离开了公寓。奈奈开心地回过身，冲杨嘉文说：“大功告成！ Give me five！”

杨嘉文伸手和她击掌，嘴角总算扬了扬，不过转瞬即逝。他是真的很不爱笑。

“我的试用考核，通过了吗？”

“过了过了！正式录用，只要你别把我炒了就行！”

杨嘉文松了一口气，奈奈看他这脸色，好像真的很愿意给她当月薪两千的助理似的。

“给我讲讲你以前的事呗。”奈奈一边享用早餐，一边对杨嘉文说，“你说你做过经纪人，还当过代购，还有这一手好厨艺？”

他一看就是个有故事的男人。

杨嘉文解下了围裙，坐到吧台对面，说道："年轻的时候做了错事。在我最无助也是最迷茫的阶段，遇到了老板。他比我年轻，却很厉害，教了我很多东西。一开始，我给他当保镖，后来他把我提上来，让我学着当了一段时间经纪人，但我的确不太会处理娱乐圈的事，所以只能继续给他当保镖。"

奈奈感叹道："看来你老板真的很愿意提拔你啊。"

"嗯，他对我……很好，妹妹治病，花销巨大，一开始一直都是他帮我。不过……我想自己也能够挣钱，养活自己和妹妹。"

"所以你开始做代购了？"

"嗯，以前老板经常出国开会，我没事顺手做做代购，挣点外快，对了我还会化妆。"

奈奈："那你这一身厨艺……"

"空闲的时候给老板的朋友，名厨傅陵南打过杂，偷师学艺，学来的。"

"看来你真的是……副业多多啊。"

"我做副业，不会影响你的正常工作，希望你不要介意。"

"不介意，绝对不介意！"副业就副业呗，她就只能开出两千多工资，能挖到杨嘉文这样的宝贝助理太幸运了好吧！简直是全能型人才，有了他，保姆、保镖、助理、化妆师兼经纪人，都齐活了！

舒宁给奈奈安排的第一个综艺，名叫《与你有约》，是一个热度极高的谈话类综艺节目。节目中时常会穿插一些整蛊小游戏，但还是以聊天为主。

"这款综艺近半年热度爆表，关注度极高，两位主持人都是出了名的毒舌，很会刁难嘉宾，问敏感问题，也会挖你的黑点，以玩笑的口吻挖苦吐槽。"杨嘉文看着《与你有约》节目的资料继续说道，"很多艺人，尤其是女艺人，被刁难哭是常事。而且最惨的是，如果在节目上没有表现好，被主持人挖出了黑料，节目播出之后，你很可能会流失掉一批粉丝，甚至被黑粉攻击谩骂。”

奈奈光是听着都觉得毛骨悚然，难怪舒宁不再雪藏她，同意让她上节目，敢情是在这儿等着她呢！杨嘉文面无表情地说：“虽然这个节目的确很变态，但也不是完全没有好处。”

“是吗？”

“节目的收视率高，尤其对于你这样有话题有热度的复出型艺人是有帮助的。”杨嘉文摸出一张表格递给奈奈，说道，“我看完了他们最近二十期的节目，整理了他们可能会问到的一些问题，你现在好好熟悉一下，心里有个数。”

奈奈看着杨嘉文脸上两坨明显的黑眼圈，感动极了：“我……挣钱了一定给你涨工资！”

杨嘉文将她的脑袋掰过去，说道：“时间不多，看问题。”

奈奈扫了表格一眼，上面的问题，无非就是她和顾平生之间的牵牵扯扯，毕竟，顾平生的流量可不容小觑。当然，陆以瑄也没忘被拉出来遛遛。反正如杨嘉文所说，这款综艺可不管你的粉丝流量有多少，乐不乐意自家“爱豆”被牵出来遛，反正到时候粉丝开骂，也不会骂节目组，只会骂嘉宾罢了。杨嘉文严肃叮嘱道：“他们肯定会在你和顾平生的问题上大做文章，甚至关系到顾聿宁，所以上节目前，必须做好充分的功课。”

下午，杨嘉文开车，带奈奈来到了《与你有约》的节目录制现场。节目开始前，主持人过来和奈奈聊天，显得很和善。但很显然这是为了让奈奈放松警惕。进入摄影棚开始录制之后，这两位主持人就像变了一个人似的，一个个尖锐且敏感的问题连珠炮似的喷了过来。

主持人1：“听说我们今天的女神嘉宾，和顾平生关系很好啊。”

主持人2：“没错，还是师徒关系呢。”

主持人1：“现在的年轻人，真是越来越会玩了哈？”

奈奈保持着礼貌得体的微笑。两位主持人带着话题插科打诨没有带她，如果这个时候奈奈像其他很多明星一样插嘴争辩，打断两人的聊天，会显得特别失礼，在观众看来也是心虚的表现。她索性就挂着高深莫测的微笑，摆出一副“我就看你们表演”的姿态。

两位主持人聊了一阵之后，见奈奈一言不发，心想她还挺沉得住气。主持人 1：“奈奈小姐，你和顾平生相处了这么久，有被他吸引到吗？”

这个问题就有陷阱，如果奈奈回答没有，显然是在否认顾平生的魅力，如果回答有，可能就正中他们的下怀了。奈奈不假思索微笑道：“顾平生的粉丝眼光真的很好，他是很特别的一个人，我想很少有女孩不会被这样的男孩吸引吧。”

主持人相互对视一眼，目光透出几分意味深长。她没有正面回答，反而把顾平生的粉丝拉出来夸了一通，把自己撇得干干净净，还收了一波好感度。这女孩看来是带了脑子上节目的。

接下来的好几个尖锐问题，奈奈要么装傻充愣，要么就跟他们打太极糊弄了过去。这让两位主持人反而有些一拳打在棉花上的感觉。

在杨嘉文给出的数据里，过去好些个明星被戳中了痛点，站起来声色俱厉地驳斥，甚至还有破口大骂的，而事实证明吃亏的也只有自己。这种以笑料黑料为卖点的综艺节目，就怕你认真，认真就输了。

奈奈就跟他们装傻充愣，四两拨千斤地把他们的力道全都打散了。适当的时候退让讨巧，无辜的样子反而让观众感觉你们是在欺负她。粉丝的怒火，居然被奈奈给引到了主持人身上。导演立刻挥挥手，让他们换话题，否则这个节目组真的要被顾平生的粉丝给骂死了。

主持人会意，马上换了下一个话题：“有传言说，过去这一年，你名为练习，实际上是被签约的工作室雪藏了，对此你有什么要对粉丝们解释的吗？”

此言一出，奈奈脸上的笑意微微收敛了。奈奈所签署的合约里，有一条就是艺人不能故意抹黑公司，不能在公众场合散播任何对公司不利的流言。如果奈奈回应了主持人的这个问题，估摸着将来想要解约就麻烦了。看来这场综艺真是九九八十一难，每一关都是艰难险阻、荆棘遍布。主持人见她犹豫不答，立刻追问道：“所以关于雪藏的流言，是真的吗？”

办公室里，舒宁看着手下发回来的现场录制的视频，脸色冷了冷。没想到这节目组胆子这么大，居然直接问林奈奈这样敏感的问题。不过，只要林奈奈敢张嘴胡说八道，她就立刻用合同压制她，这辈子都别想翻身了！

摄影棚里，奈奈对主持人说：“这一年闭关练习是事实，以后会让大家看到我练习的成果。”

显然，主持人对奈奈这种“顾左右而言他”的说法并不满意，继续追问道：“那我换个问题，这一年里你的姐姐林雪柔频繁出镜，而作为妹妹的你几乎没有任何上镜头的机会，对此你会感觉到不甘心吗？”

奈奈清浅一笑，说道：“观众喜不喜欢一位艺人，和她是不是经常露脸上镜是没有关系的。”

主持人立刻抓住奈奈话题的漏洞：“所以奈奈小姐是在影射林雪柔的观众缘不好吗？”

奈奈：“……”她对面坐的是两个人参精吧！

台下，杨嘉文也默默地为奈奈捏了一把汗。千万稳住，绝对不能自乱阵脚，否则接下来就麻烦了。

奈奈深呼吸，说道：“我不便评价林雪柔的观众缘，我们虽为姐妹，但我并不了解她。”

主持人放过了这个问题，继续问道：“奈奈小姐，我想再问你一个私人问题。”

奈奈继续微笑：“你的哪一个问题不是私人问题呢？”

此言一出，节目组其他工作人员都露出了微笑。在这样的情形下，奈奈竟然还有心情和主持人开玩笑，想来现实生活中她也是一个胸怀豁达的女孩子。

主持人也笑了，继续问道：“你觉得，你的父母对你和对你姐姐，存在偏心吗？”

奈奈琢磨着，这的确是私人问题。因为不管怎样回答，它都不会和星雪工作室扯上联系，也不会染上任何法律纠纷。奈奈朗声道：“我说过，我不了解姐姐林雪柔，也不了解我的父母，就像你永远不会明白，为什么这个世界上总有那么多重男轻女的父母一样。”

她没有正面回答父母是否偏心的问题，但是粉丝和观众们能够听得明白，奈奈这一年的确是被雪藏了。这是节目的最后一个问题，奈奈看了主持人一眼，他讳莫如深的模样像是出于善意，想要帮她一把，帮她将这一年的委屈和忍耐以一种足够安全的方式全部倾泻出来。

两周后，《与你有约》节目播出，收视率突破新高。一反常态的是，这一期的嘉宾林奈奈，不仅没有收到骂声，反而赢得了一波粉丝的好感。评论区绝大部分的留言，都是关于主持人最后的问题，大家都在为奈奈抱不平。

“我就知道我们家小奈是被雪藏了！”

“星雪工作室不就是林雪柔父母给她开的工作室嘛！”

“啊，我现在一看到林雪柔就来气！”

当然，评论里也有林雪柔的粉丝洗地：“父母的问题，和我们雪宝有什么关系？”

两边粉丝在评论区掐了起来，甚至掐上了热搜，导致事情越闹越大。但是无论林雪柔的粉丝如何洗地，这件事对于她造成的不良影响，都已经成了事实。

舒宁气得直瞪眼，她把林奈奈送到《与你有约》去，是想利用这个节目一贯挖黑料的手段，把奈奈的名声搞臭。万万没想到居然惹火烧身。现在星雪工作室面临着舆论的谴责，林雪柔也是自顾不暇，每天微博都有大量谩骂的评论，她清高小仙女的人设也摇摇欲坠。

舒宁只能花钱撤热搜，不知道为什么，撤了一个，又有另一个话题被顶上来，仿佛有人故意为之一般。现在看来，如果她不给奈奈解约的话，林雪柔就会一直被骂下去。但是舒宁哪里肯甘心就这样放掉林奈奈，而且林雪柔每天在她的办公室哭闹，她绝对不能就这样放她走！

舒宁心疼林雪柔受了这么大的委屈，对奈奈仅剩的那点母女之情也消耗殆尽了。她给林奈奈发了一条信息："如果你不把这件事向粉丝解释清楚，以后就不要再叫我妈妈了！"

奈奈莫名想笑，以断绝母女亲情的方式来威胁她，是最无力的威慑好吗？她回了舒宁一条信息："你难道没有发现，我已经很久没叫你妈妈了。"

舒宁气炸了，所以不是她要和奈奈断绝母女关系，而是奈奈早就单方面和她断绝了关系。

落地窗边，杨嘉文给顾聿宁去了一个电话，向他汇报情况。

"一切都好，林小姐很聪明，能用到我的地方其实不多，很多突发情况，她自己也能应付。"

"我知道。"

"所以先生，你知道我帮不了她太多，为什么还要派我来她身边？"

顾聿宁淡淡道："你做饭好吃。"

杨嘉文："……"

“先生，我想问您一个问题。”

“说。”

“您为什么不直接帮她交了违约金，然后签她捧她出道，还要这么大费周章，甚至找到了《与你有约》节目组。”

顾聿宁解释：“我不想让她变成第二个顾平生。”

杨嘉文稍稍明白顾聿宁的意思了，这些必要的成长和磋磨，可以帮她走得更加长远。

“先生，还有最后一个问题。”

“你的问题有点多。”顾聿宁对杨嘉文倒是很有耐心，也知道他的性格，平时话不多，但是内心世界极其丰富，兴趣多，想法也多，问题当然更多。

“先生，您喜欢奈奈小姐？”

顾聿宁：“……”不仅问题多，还很八卦。

“我不是喜欢她。”顾聿宁揉了揉左眼，有些心虚地说，“不算喜欢。”

可能有一点吧。她真的很讨人喜欢。

杨嘉文：“可是据我所知，奈奈小姐好像很馋你，你的照片被她放在钱夹里，每天晚上都拿出来看，边看还傻笑，看起来就像流口水的二师兄。”

顾聿宁：“……”修辞比喻水平又精进了不少。

杨嘉文：“先生，有句话叫如果爱，请深爱；若不爱，请离开……”

话音未落，顾聿宁挂掉了电话。杨嘉文放下手机，琢磨着是不是又惹老板不高兴了。但他就是很好奇嘛！

楼上，奈奈正在整理近几年搜集到的顾长生的老照片，照片里的小哥哥十六七岁的样子，嫩得能掐出水来。她磕着他的颜犯了一下午花痴，恍然间又瞥见了桌上顾聿宁的那张拍立得照片，对比起来，他和长生哥哥真的是很像呢。

奈奈冲落地窗边思考人生的杨嘉文喊道：“杨助理，问你个问题噢！”

杨嘉文回过神来：“嗯？”

“有没有一种软件，只要上传两个人的照片，就能立刻辨识是不是同一个人。”

杨嘉文顿了顿，说道：“有，分析面部信息数据就可以了，很容易。”

奈奈立刻兴奋起来，穿着毛茸茸的小兔子睡衣咚咚咚跑下楼：“那你现在能帮我分析吗？”

杨嘉文走到茶几边，将自己的笔记本电脑打开。奈奈将顾聿宁和顾长生的照片发到了杨嘉文的微信里：“杨助理，帮我用各种高级的软件查一下，这两个人，究竟是不是同一个人！拜托拜托！你看这两个人，他们像吧！”

杨嘉文用一种极其复杂的眼神看着照片，一张是顾聿宁起跳投篮的样子，另一张是一位翩翩少年的半身照，穿着干净清爽的白衬衣，嘴角挂着阳光的微笑。

一个青涩年少，一个成熟稳重。但因为年龄差距，所以两人的长相也有种似是而非的感觉，说像吧，又不像，说不像吧……眉眼的味道的确又很接近。奈奈似乎急于在一贯实话实说的杨嘉文这里寻找认同：“他们像吧？”

杨嘉文：“不像。”

奈奈：“哈？”

杨嘉文一本正经地重复：“不像！”

见他如此肯定，奈奈也有些拿不准了，低着头仔细对比两张照片，叨叨着：“我觉得还挺像的啊，是我的错觉吗？”

“哎呀，不管了。”奈奈对杨嘉文说，“你用你的高科技软件，帮我对比这两个人的容貌特征，电脑总不会认错的。”

杨嘉文淡定地打开了电脑，将两张照片导入了人像对比软件，然后又噼里啪啦地写了一串奈奈看不懂的字符，最后软件开始分析两个人的数据。

对比结果出来了，杨嘉文念道：“容貌相似度百分之九十，但五官构造截然不同，最终结果显示，这不是同一人。”

奈奈趴在电脑前，仔细阅读着结论，一长串文字有理有据地分析了两个人眼睛、嘴巴、鼻子的细节差异，看上去还挺有说服力。

她悬空的一颗心又落了回去，虽然有点失望，但好像又觉得……事情本该如此。本来就是她异想天开的想法，顾聿宁怎么可能是顾长生，一个是娱乐圈杀伐决断的大佬，一个是狼狈退圈的污点明星……他们俩唯一的共同点就是都姓顾吧。

奈奈叹了一声，说道：“今天的事不要讲出去哦，必须保密！”

杨嘉文做了个用胶带封嘴的动作，奈奈放心地转身上楼了。杨嘉文擦了擦额间的汗珠，刚刚在小丫头眼皮子底下改软件代码，影响最终判断结果，这也太考验他的专业技能和心理素质了吧。他手心满是汗水，拿起手机，给顾聿宁发了一条信息：“先生，这工作太难了。”

两天后，冉明月给奈奈打了一个电话，像个热心的大姐姐一样关心她的工作和生活。冉明月过去对她爱搭不理，自从吃过杨嘉文的爱心早餐之后就彻底变了一个人，连带着对奈奈的态度都好转了很多，十有八九是瞧上杨嘉文了。奈奈看着脸色阴沉的杨助理，乐呵呵地跟冉明月寒暄：“冉姐姐今晚想过来吃饭啊？”

“没问题没问题，杨助理在呢，我让他做一顿好的！”

“你有重要情报要告诉我？好的好的！那就说定了。”

奈奈心满意足地挂掉了电话，杨嘉文不乐意了，说道：“我是你的助理、保姆、保镖。但只是你一个人的。”

奈奈将他推进了厨房，撒娇道：“就当我请朋友吃饭，杨助理委屈委屈，做一顿嘛。”

别人倒还罢了，那个冉明月一看到他，滴溜溜的眼珠子跟老鼠似的在他身上打转，这让他真的很不爽！

“杨助理，等我混好了，你的工资不也涨起来了嘛！”奈奈双手合十，虔诚地恳求道，“拜托拜托，帮帮忙嘛。”

杨嘉文发着自己的小脾气，用力扯下了维尼熊围裙穿上，气呼呼地准备做饭。要不是看在先生这么在意她，他才不出卖色相帮她套取情报呢！

杨嘉文把冉明月迷得神魂颠倒的，她彻底背叛了舒宁，加入了奈奈这一方阵营，现在有什么栏目剧组给她发了通告，舒宁接下来有什么举动……奈奈全都知道。这对于奈奈来说，实在太重要了，目前而言，她尚且无力脱离星雪工作室，就只能兵来将挡、水来土掩，但是不能盲目。公司里有冉明月这样一个内应，对于她而言是绝对有利的，可能就是要牺牲一下杨助理的色相了。

晚上冉明月穿着一条漂亮的红裙子，踏着高跟鞋来了奈奈家。冉明月身材相当好，但可能是性格原因，生了一张刻薄的嘴脸。她走进屋，桌上已经摆好了丰盛的晚餐，奈奈还点了烛台，营造浪漫气氛。杨嘉文穿着合身的黑西装，坐在圆餐桌一旁，看到冉明月，他礼貌地对她点点头，挤出一个相当难看的微笑。

奈奈陪坐在冉明月身边，不住地给她夹菜：“冉姐姐，来，尝尝这个，杨助理的拿手好菜。”

“够了够了。”

“不够不够！快多吃点。”

“对了，红酒，杨助理，快给冉姐姐满上！”

杨嘉文一脸怨念地盯着奈奈，奈奈不住给他使眼色，他只能给冉明月倒了酒。酒过三巡，冉明月脸颊泛起酡红，想必也是伺候周到，吃饱喝足了，开始拉着奈奈说正事：“这不，前两天，LAIR找过来，想邀请你做他们的春季少女风内衣产品的代言。”

LAIR这个品牌在奈奈听来可是如雷贯耳——法国高端奢侈型内衣品牌，这两年进入中国市场，风靡一时，极受欢迎，甚至流传出了这样一句广告语："每个女人的衣橱里，都应该有一件LAIR。"

因为LAIR每个季度的主打风格不同，因此，新款上市都会请不同风格的女星代言。国内不少一线女星，为了抢LAIR新款产品的代言，可以说是打破了头，竞争异常激烈。可见这品牌有多受欢迎，能够代言它，即便是零薪酬都有人抢着做，更遑论LAIR集团财大气粗开出天价代言费。LAIR能主动找上门，对于奈奈而言绝对是意外惊喜。

然而，她知道一定会有"但是"。果不其然，冉明月继续说道："舒总当时就直接对LAIR的人说，你的档期安排不过来，无法代言他们的品牌。"

奈奈就知道，舒宁不会让她这么轻松就如愿的。冉明月现在站在奈奈的阵营，也是义愤填膺地说："还有骚操作呢！她把林雪柔的写真照给LAIR的人看，说虽然林奈奈不能代言LAIR，但是姐妹俩长得七八分相似，林雪柔是有时间给LAIR做代言的。杨助理，你说说，这不是明抢嘛！"

杨嘉文保持着他一贯淡定高冷的人设，只是点了点头。奈奈倒是没有特别惊讶，她从小就已经习惯了，家里最好的东西都是姐姐的。杨嘉文拍了拍奈奈的肩膀，似在安慰她，奈奈对他笑笑，表示没事。迟早有一天，她会强大起来，那个时候，任何人都抢不走她的东西！

冉明月话锋一转，说道："奈奈，你别灰心，事情也不是没有转圜的余地。"

奈奈望向她："冉姐姐怎么说？"

"当时洽谈的时候，我也在场，看LAIR那边的意思，还是想要你。因为他们主打春季少女款内衣，你的身材各方面都挺合适。"

奈奈低头看看自己的小学生身材，直言不讳："呃，他们想要我的飞机场？"

开玩笑吧，内衣广告难道不都是请胸型丰满的女星吗？她的飞机场还能代言内衣？

杨嘉文难得地被奈奈逗笑了，嘴角弧度上扬，很浅。冉明月呆呆地看着他，这一笑简直摄人心魄啊！冉明月平复了下自己激动的小心脏，继续说道："他们觉得，林雪柔的身材太圆润了，很成熟，而且她整个人的气质已经很难再给人少女感了。因此LAIR还是希望能跟你合作。"

奈奈耸耸肩："所以舒宁还是拒绝了吗？"

冉明月点点头："嗯，LAIR表示相当遗憾，说希望公司这边再多考虑考虑，他们很希望能达成合作。"

"她是不会考虑的。"奈奈叹了声，她太知道舒宁的脾气了，林雪柔绝对不会让奈奈抢走她看中的东西。

"但不是一点希望都没有。"冉明月对奈奈说道，"如果你私下去找LAIR那边，告诉他们你愿意担任这次春季产品的代言……"

杨嘉文打断了她："那她就违约了。"

"不，没有私下签合同，都不算违约。据我所知，这次是LAIR的主设计师席衍先生点名要奈奈，态度很坚决。因此，如果奈奈能找到他，当面表达愿意合作的意向，那么就可以由LAIR出面和星雪工作室交涉，胜算还是很大的。"

杨嘉文又问道："你怎么确定，星雪工作室会乖乖听LAIR的话，同意让奈奈代言？"

冉明月颇为自信地说："LAIR的代言，是多少明星不要薪酬都想得到的。他们每个季度都会挑选不同的女星代言，林雪柔每个季度都去试镜，巴望了好久了，我想舒宁女士就算再讨厌奈奈，也绝对不敢得罪LAIR，所以由LAIR出面，奈奈有90%的概率拿下代言。"

奈奈眼睛里有了光："所以，现在的问题是，怎么样能够见到LAIR的主设计师，席衍。"

冉明月微笑着望向杨嘉文："这个就要看杨助理的本事啦。"

席衍是LAIR集团的首席设计师，也是LAIR的几个大股东之一，在代言明星的选择上他有绝对的权力。他对艺人极其挑剔，不看咖位多大，只选适合自己产品的明星，甚至有几次还大胆启用过素人。因此圈子里有句很流行的话：能不能选上LAIR的代言，运气比实力更重要。

杨嘉文用了短短几天时间，便打听到了席衍的全部资料和作息时间。

"他的生活很单调，不常去公司，绝大部分时间都在他的私人工作室，而且做设计的时候，他很少出门，吃饭会叫外卖。"杨嘉文准备充分，将一顶特地购买的小黄帽盖在了奈奈的脑袋上，"奈奈你唯一接近他又不引起狗仔注意的办法，就是假扮成外卖小妹，给这位设计师送餐。"

奈奈换好了和帽子配套的黄色外套，站在杨嘉文和冉明月面前，小小的脸蛋，一双乌黑的眸子水灵灵地看着他们，活生生就是一个外卖小妹的造型。冉明月露出了一脸姨母笑，伸手去拽奈奈的黄色充气帽："奈奈你也太可爱了吧！"

"能行吗？"奈奈有些怀疑，"所以，我要怎么知道他叫餐的时间和餐厅呢？"

杨嘉文说："我们不需要知道他点了什么，不过据我调查，他最常点的是一家日料店的香煎秋刀鱼饭，而且他点餐的时间很固定，我们只需要在外卖员上门之前到达他的私人工作室就好了。而私人工作室的地址，我这几天也打听到了，在庆道路34号时代公寓3204。"

奈奈瞠目结舌地听着，愣愣地鼓掌："太厉害了吧。"

冉明月星星眼，双手合十看着杨嘉文，脸上是一个大写的"崇拜"。

半个小时后，杨嘉文做了一份香煎秋刀鱼日式料理饭，外加一瓶清酒，装进一次性餐盒中，递给了奈奈。

奈奈穿好外卖小黄衣，戴上帽子，遮住小脸，骑上了电瓶车朝着庆道路驶去。就她现在这样的打扮，绝对不会有任何狗仔或者路人认出她来。奈奈感觉认识杨嘉文之后，她的副业好像也在慢慢变多。做明星做到送外卖的份上，也是没谁了。不过，这次 LAIR 的代言她势在必得。只要能拿下，她的身价会大幅度提升，还可以给杨嘉文开高薪。

很快，奈奈来到了时代公寓大楼前，保安见她是送外卖的便给她刷卡放了行。电梯到了 32 楼，奈奈拎着沉甸甸的餐袋，按照门牌号找到了 3204 号房。她深呼吸，叩响了房门。

很快，门被打开了，一个穿着休闲羊绒衫的男人，站在奈奈面前。他的短发稍稍有些凌乱，但是皮肤特别白，模样似乎带一点混血的感觉，看上去“奶帅奶帅”的。

“席先生，您好，这是您的外卖。”

席衍打了个呵欠，接过了外卖袋：“谢谢。”

说话间，他漫不经心扫了奈奈一眼，不过视线在她的脸上停驻了几秒钟，似乎是没有想到今天的外卖小妹这么漂亮，还有几分眼熟，心里似乎有猜测，又不太确定。

“你……”他还没来得及开口询问，奈奈摘下了自己的大耳朵黄帽，理了理头发，对席衍微微鞠了一躬，礼貌地说道：“席先生，抱歉以这样的方式和您见面，我是星雪工作室的艺人林奈奈。”

席衍恍然大悟，拍拍脑袋说：“我就说你怎么这么眼熟！不过林小姐你这是？”

奈奈立刻向他说明了来意，表明自己真的很想担任 LAIR 春季新品的代言人，也有时间和精力，并不像工作室说的那样忙。席衍立刻将奈奈请进了屋，说道：“我有看过你的访谈，知道你和工作室之间有一些矛盾。”

“嗯，是。”

席衍说着给奈奈倒了一杯水："抱歉，我的工作室几乎不会招待客人，只有白开水了。"

席衍的工作间有些凌乱，画架、人身模具，地上散乱地铺着设计图纸。

"不不，是我太冒昧，用这样的方式和席先生见面。"

"理解。"席衍看着她外卖小妹的打扮，嘴角露出几分笑意，"不过，林小姐真是很有本事。"

奈奈只能又给他深深鞠躬致歉，毕竟，这样的方式实在是非常之计。席衍性子很开朗，他打开了外卖餐盒，说道："我快饿得不行了，咱们就边吃边说吧。"

奈奈连忙道："嗯，席先生请用餐！"

席衍打开香煎秋刀鱼饭，热气腾腾的香味溢出来，他吃了第一口，就诧异地望向奈奈："这不是我平时吃的那家店做出来的秋刀鱼吧！"

奈奈解释道："呃，是我助理的手艺。"

席衍难以置信，又吃了好几口，郑重地说道："林小姐，你这助理不去当厨子，太可惜了。"

奈奈也坐了下来，很开心杨嘉文的手艺被夸奖："是吧，我也这样觉得。"

席衍美滋滋地吃完了他人生中叫得最美味的外卖，非常满足，抬头对奈奈道："林小姐，你的来意我清楚了，这样大费周章，你的诚意更让我感动，放心吧，这次 LAIR 春季新品的代言，非你莫属！"

"谢谢席先生！"奈奈欣喜地向他道谢。

"不用，本来这次代言的女艺人我就是属意你的，也没有考虑过其他女星。"

临走的时候，席衍给了奈奈一张名片："这是我的私人号码，有什么事就打这个。下次有机会，请你的助理也给我做顿饭吧。"

“没问题啊，席先生。”奈奈冲他微笑，“等我挣到钱了，我就给杨助理开一家餐厅！”

席衍看着小女孩这般坦率真诚的模样，心下也生出许多好感。她和娱乐圈绝大多数的女星很不一样，清新率真又充满干劲，这才是他一直想要寻找的那种少女感啊！

两天之后，作为LAIR的首席设计师，席衍亲自去了一趟星雪工作室，当着林雪柔的面，直言道：“舒总，这次我们春季新品的代言，只考虑林奈奈小姐，所以无论她有任何通告或者事务，都请先放一放。”

舒宁不敢得罪席衍，脸上堆满了笑意，连忙将林雪柔推到他的面前，说道：“席先生，您今天来得正好，我们雪柔也在这儿，你看看她，她和林奈奈长相七八分相像了，林奈奈能拍出来的效果，她也可以啊！”

席衍那双狭长的眸子淡淡地扫了林雪柔一眼，林雪柔连忙摆了几个造型给席衍看。席衍嘴角挑起一丝漠然的冷笑：“差之远矣。”

简简单单四个字，给林雪柔泼了一盆十足的凉水。

“舒总，我说了，我只考虑林奈奈，如果这次她不能担任我们春季新品的代言人，今后我将不会再和星雪工作室的其他任何艺人合作，你再好好考虑考虑吧。”席衍说完这番话，头也不回地离开了办公室。

舒宁头重脚轻地倒在了办公椅上，揉了揉眉心。星雪工作室可不止林雪柔一个艺人，如果席衍真的不再考虑和星雪工作室的任何一位艺人合作，真的是一大损失。这么个小小的工作室，可得罪不起LAIR那样的国际品牌啊。没有办法，舒宁只能咬牙切齿地给奈奈排上了LAIR代言的档期。

半个月后，LAIR的内衣杂志发布了一组春季新品少女风写真，作为产品上线的预热。同时，LAIR的官方微博也转载了这组写真照，取名为《绿·热》。

照片的风格非常清新，奈奈穿着白色的布裙子，趴在青草地泳池边，托着腮，微微眯着眼睛，晒着太阳。她化着少女款的自然风格妆，微黄的肌肤甚至还缀着几颗雀斑。布裙微湿，能隐约透出白色的吊带款内衣。

还有两组照片同样是在草地边，没有穿布裙，白色简约款吊带背心和她偏瘦的身材相得益彰，四角边的短裤也有蕾丝点缀。

这组照片不含任何火辣的成分，甚至还相对比较保守，但是奈奈浑身上下散发着少女气息，比任何大尺度的照片都显得吸引人。这组照片一出来，迅速被各时尚大 V 转发。

随后，陆以瑄、顾平生还有叶思茗都纷纷转发了这条微博，*LAIR* 时尚杂志最新一期出来不到五个小时，就被抢购一空，创下了 *LAIR* 有史以来的最高销量。

那一组名为《绿·热》的写真照在网络走红后，连带着原本比较冷门的 *LAIR* 时尚杂志都跟着火了一把，销量翻了十多倍。林奈奈的确太适合这一季的新品了。席衍趁热打铁，又向奈奈约了一组室内写真，挂下一期的杂志封面，奈奈欣然同意。

下午，杨嘉文开车载奈奈去了摄影棚。

公司没有给奈奈配车，这辆奔驰是杨嘉文自己开过来的，奈奈还挺抱歉，两千块钱一个月的助理，还要求人家自己配车上班。她简直就是在压榨杨嘉文嘛。奈奈不好意思地说："LAIR 财大气粗，代言费本来就已经相当高了，再加上写真另算的额外薪酬，很快就可以给杨助理你涨工资啦！"

杨嘉文看了看后视镜，小丫头穿着粉白色的卫衣，戴着连衫帽，小巧的脸蛋，一双狭长而乌黑的眸子透着真诚，忽然有点感动。她真的很努力，每天对着镜子摆造型找感觉，有时候为了练习微笑，脸都僵掉了。努力的人，理应得到最好的。杨嘉文问她："你是不是有喜欢的人？"

奈奈回答：“对啊，我有喜欢的人，他超棒的。”

“不是你的‘爱豆’吧。”

奈奈知道他说的是顾聿宁，她的眼神忽然有些闪躲，瞧了后视镜一眼：“你问这个做什么……”

“我帮你。”

“啥？”

“上次你给我对比的照片，你要是喜欢那个人，我可以帮你。”

奈奈忽然有些惊慌，脱口而出：“杨助理，你可不要胡来啊。”

她知道杨嘉文的本事，这个世界上，可能没有什么事情能难得倒他吧。这也太惊悚了！杨嘉文嘴角浅浅一抿：“放心，我不会做什么，但如果你需要，我就会帮你。”

“暂、暂时还不需要。”她真的还没有心思考虑太多自己的事，现在只想一心一意搞事业！

几分钟后，奈奈又很礼貌地补了一句：“谢谢哦。”

奈奈刚来到摄影棚，便有好多工作人员来找她要签名。

“小奈姐我真的超喜欢你！帮我签个名吧！”

“我闺密也超喜欢你，帮她也签一个吧。”

“我爸妈也好喜欢你的，总说你是他们的二女儿呢！”

奈奈的手顿了顿，然后微笑着对那个女孩说：“那我给他们写个特签吧，祝叔叔阿姨身体健康，万事顺遂。”

大家对奈奈的好感度飙升，她和过去来摄影棚的女星不一样，身上总有种特别亲民的气质，丝毫没有距离感，工作相处起来也很轻松。这时候，席衍缓步走了过来，工作人员一哄而散，赶紧各就各位做自己的事情了。看起来他们还挺怕这位首席设计师。

今天的席衍穿着正装西服，流畅的线条勾勒着他挺拔的身材。他肤色白皙，眼眶深邃，眼瞳也是极浅淡的褐色，很明显是混血。

“席先生，您怎么来了？”

“今天要拍摄的感觉有些复杂，所以过来看看。”

奈奈点点头，她知道席衍一贯对自己的设计特别用心。她坐到了化妆桌前，席衍走过来取出了化妆包，用眉笔比了比奈奈的淡眉。奈奈微微一惊，看他这架势，是要帮她化妆啊！周围一帮小姑娘见状，心都飞了起来！这些年也没见席衍亲自动手给什么女星化过妆，今天居然……

杨嘉文见事不对，立刻走过来说道：“席先生，我是奈奈的助理，也是她的私人化妆师。”

席衍淡淡道：“我说了，今天的写真风格很复杂，只有我能化出我要的那种感觉。”

杨嘉文还有些不愿意，他心里已经认定了奈奈是自己的老板娘，便不太想让别的男人帮她化妆。但是席衍的话也是有理有据，奈奈对杨嘉文说：“没关系，杨助理你去休息吧。”

杨嘉文一脸不爽地走到墙边站定，看着亮堂堂的化妆桌边那个英俊的男人给奈奈描眉。奈奈有些紧张，席衍凑近给她上底妆，奈奈瞪大眼睛，屏住了呼吸。射灯的光线好强，有点眩晕。

“你……可以呼吸。”席衍似乎注意到了奈奈屏息的行为，提醒道，“没关系。”

杨嘉文越看他们越不爽，摸出手机，拍下了席衍给奈奈化妆的照片，偷偷发给了顾聿宁告状，配文字：“老板，好气气。”

两分钟后，顾聿宁回复：“有病，吃药药。”

顾聿宁忙了一整天，现在正在开会，也没有心思去留意那小丫头今天在做什么。虽然闭上左眼就能看到她的生活，但是顾聿宁还是谨守君子之风，不会时时刻刻偷看她。绝大部分时候也只在感受到小丫头伤心，或者察觉到她需要帮助，才会闭眼去体会。

杨嘉文发来的照片里，小丫头乖巧地坐在化妆镜前，仰着头，让席衍亲自给她化妆。席衍此人，顾聿宁是很熟悉的，风娱传媒多位女星曾经代言过 LAIR，回来都说哪哪儿都好，就是首席设计师太难伺候。席衍总是一脸冷漠地看她们拍，却极少和她们交流，拍不好还会骂人，凶极了。高冷到一句话都懒得说的男人，会亲自上手给艺人化妆？

顾聿宁的目光忍不住在照片上多停留了几秒，杨嘉文拍得很清晰，能看得出来这小丫头紧张的情绪。

顾聿宁脸色渐渐沉了下去，搞得正在做汇报的高管一时间也紧张得不行，磕磕巴巴。顾聿宁明显是不高兴了，所以整个下午的会议，大家伙儿也都小心翼翼，尽量别出错。会都没有开完，顾聿宁直接叫停，冷着脸离开了办公室，留下一众迷茫的高层，面面相觑。

几天后，LAIR 的官微上又发布了一组写真的预告，再一次爆红了网络。这组写真与之前的风格截然不同，柔和的暖色调房间里，女孩穿着黑色蕾丝内衣，脖颈间系着黑色丝带，手腕和脚腕上也都缠绕着同款。她的脚踝骨线优美而流畅，皮肤白如凝雪，脸颊泛着微微的潮红，眼妆恰到好处地将她的明眸突显。她或坐或卧，但不管哪一种姿态，都美得令人心颤。预告配着一组颇为文艺的文字："我想成为你干净明澈的眼眸里，独一无二的心事。"

这组照片再一次火爆了全网，许多时尚达人纷纷转发评论，给予了高度的评价赞赏。两组写真大获成功，趁着这一波热度，LAIR 春季新品也成功上市，销量创下了纪录。

这次合作应该说是非常成功的，席衍也不止一次对奈奈表示，希望她能进 LAIR 公司，成为 LAIR 的长期代言人和走秀模特，他给出的薪酬福利还有前景舞台，绝对比她留在星雪工作室要大很多。没有心动是不可能的，但是奈奈慎重考虑之后还是拒绝了。原因很简单，只要想想她当初为什么入圈，为什么走上这条路，就一目了然了。

她的舞台并不是高光灯下的摄影棚，也不是照相机闪光灯下的T台秀场，她想要走上那条星光之路，那才是她一直努力的初心所在。

席衍虽然遗憾，但是没有勉强她，说："将来有任何需要帮助的地方，尽管联系我。"

"谢谢你，席先生。"

"哦对了，周五晚上有一场私人晚宴，想邀请你作为我的女伴出席。"

"邀请我？"奈奈有些讶异，她知道席衍是什么身份的人，他想要出席晚宴，身边有的是名媛或女星可挑选。

席衍笑了笑："干吗这么惊讶，还不习惯你已经变成一线女星的事实吗？"

奈奈惊慌地说："不不不，我离一线还早得很。"

"至少你的流量现在已经不输一线了。"席衍实话实说道，"而且你最近风头正盛，能邀请到你，是我的荣幸。"

奈奈看着席衍，真是人长得帅，还这么会说话啊，不答应她都过意不去了。

"没问题席先生，我可以出席。"

"太好了。"席衍眼底有了光，是难以掩饰的欣喜。

私人晚宴在盛世会所的包厅举行，奈奈和席衍入场的时候，吸引了全场的目光。席衍带着奈奈，给她介绍了不少传媒娱乐公司的人脉。奈奈本来还挺从容大方，直到她看到了顾聿宁，整个小心脏都提了起来。

顾聿宁穿着浅灰色衬衣配黑西装，笔直挺拔，灯光下，五官深邃。他正和身边的女伴说话，嘴角微微上扬，笑起来的时候显得斯文又风流。席衍似乎并不知道奈奈和顾聿宁认识，带着奈奈来到他身边，介绍道："这位是风娱传媒的顾三爷，奈奈，我想你会很愿意跟他认识。"

奈奈压根不敢抬眼看顾聿宁，当然，她也能感受到顾聿宁灼灼的目光正打量着她。她的视线落到了顾聿宁身边的女伴身上，身段纤瘦窈窕，精美漂亮的长裙勾勒着她纤细的腰肢，脸上带着淡淡的冷清，看上去又美又仙。奈奈认得这位大小姐——江氏集团的江诗婷，名媛淑女，拍过电视剧，演技一般般，属于玩票性质。她和顾聿宁站在一起气质很搭，家世也非常匹配，是令人艳羡的一对俊男靓女。

奈奈自己没有发觉，脑子里闪过这么多莫名其妙的想法。席衍相互介绍之后，顾聿宁冷笑着说："林小姐似乎对我的女伴更感兴趣。"

奈奈这才回过神来，察觉到失礼，连忙说道："抱歉，顾先生。"

"顾先生？"

奈奈真感觉如芒在背，应该是喊三爷，他允许过的……但是……哎呀，他干吗纠结这些小事啊！

席衍也注意到奈奈见到顾聿宁有点紧张，于是寒暄了几句之后便带她离开了。

"你别介意，他人就是这样。"没有人的角落，席衍安慰奈奈道，"性格古怪，不太好相处，还有些毒舌。"

"不不，他不是这样的……"奈奈下意识就要为他辩解，但转念一想，似乎不太合适。

席衍诧异地看着奈奈："你……认识他？"

"呃，以前认识的。"

席衍轻松一笑："我还想介绍你们认识呢，他是风娱传媒的一把手，你将来如果想换公司，风娱传媒是很好的选择。"

"谢谢你啊，席先生。"奈奈是真心感谢他，今晚整场宴会，他都在帮她介绍人脉。

"能帮到你，我就很开心了。"

不远处，顾聿宁喝了一杯香槟，视线总还是有意无意地落到对面的奈奈和席衍身上。两人谈笑风生，看样子聊得很愉快。顾聿宁脸色越发沉了下去，浑身上下笼罩着一股低气压。身边的女伴江诗婷说："三爷，你怎么了，今天一整晚好像都心不在焉的。"

顾聿宁没有回应，放下酒杯，良久，说道："不要叫我三爷。"

"可……大家都是这样叫的啊。"江诗婷噤声了，有点委屈，今天晚上的顾聿宁总不太对劲。

别人都是这样叫，但是他脑子里却只记得那天在学校里，奈奈叫他"三爷"，就那么一声，入耳入心，在脑子里萦绕盘旋，挥之不去。刚刚她却叫他顾先生。

顾聿宁独自离开之后，很快，江诗婷身边便围聚了一帮名媛们。江诗婷用眼神扫了扫奈奈，问身边的女孩："她是谁啊？"

"你不知道她吗？"女孩们有些吃惊。

江诗婷脸上浮现出傲慢的神色："我为什么要知道她。"

女孩们看出了江诗婷对林奈奈的不待见，开始八卦了起来："LAIR 最近当红的女模特，席衍捧在手心里的宝贝呢。"

江诗婷抓住了关键字："不就是个有点流量的女明星嘛。"

刚刚顾聿宁和奈奈的谈话让她感觉到两个人之间似乎有不同寻常之处，但又不敢确证。如今听说她也不过只是个女明星，倒是稍稍放心了些。江氏集团早有意向与顾家联姻，江家早已经认定了江诗婷的准未婚夫是顾聿宁，他们两人也是圈子里公认的门当户对，郎才女貌。江诗婷也是这些名媛闺秀中唯一有资格做顾聿宁女伴的人。

奈奈从洗手间出来，转身恰好看到顾聿宁慵懒地斜倚在墙边。灯光从头顶落下来，将他深邃的眼睛埋入阴影中，嘴角挂着微笑，脸颊微红，目光似乎有些迷离。

没有旁人在，奈奈就没那么紧张了。"三爷。"她轻轻唤了一声，"你喝了多少啊？"

他没有回应。奈奈方才便感觉到他心情似乎不太好，于是不再多说什么，准备离开。就在擦身而过的瞬间，顾聿宁忽然攥住了她的手腕。奈奈一下子就被他拉到了怀中，隔着单薄的衣衫布料，两人紧紧相贴，她甚至能感受到他皮肤的温度。他的确是喝了酒，面颊带了些不自然的红。

“三爷，你攥疼我了。”奈奈明显能感觉到他的力度。

“林奈奈。”他连名带姓唤着她，呼吸不稳。

奈奈看出了他心里有事，低低哀求道：“三爷，有什么事好好说，你先放手好不好，等会儿被别人看见了。”

“林奈奈。”他再度唤了她的名字，语气又加重了几分，“你是不是翅膀硬了？”

“三爷，我翅膀再硬，你这动动手指头，就折了。”她只能服软道，“放手，成吗？好痛哦，求你了。”

顾聿宁听这小丫头服软的调子，就好像被欺负的小狗把自己的白肚皮露出来告饶似的。她从小就被欺负，求饶是她的第一反应。再铁石心肠的男人面对这般示弱的小丫头，也没法再狠心了。

“跟我走。”顾聿宁拉着奈奈便朝着大门口走去。

奈奈甚至都已经顾不得周围人诧异的目光了，问顾聿宁：“去哪儿啊？”

顾聿宁干哑的嗓子里冒出几个字：“你不想在这里说，那就回家。”

就在这时，一道清朗的嗓音响了起来：“顾先生，请你放开我的女伴。”奈奈抬头看到席衍挡在了门边，从容地对顾聿宁说道，“如果她得罪了顾先生，我代她向你道歉。”

顾聿宁本来已经松开的手，再度握紧了，气氛降到了冰点：“你代她，跟我道歉？”

“是，林小姐年纪还小，还是学生，可能不太懂规矩，请顾先生大人大量，高抬贵手。”席衍挡在顾聿宁的身前，态度似乎很强硬。

顾聿宁冷冷地和他对视了一眼，嘴角扬了扬，以一种低沉但颇有威慑力的调子说：“你有什么资格代她道歉，又有什么资格请我高抬贵手。”

席衍走近一步，手落到了奈奈的手臂上，想将她拉回自己身边：“今天，她是我的女伴。”

顾聿宁没有放手。两人火药味儿十足，全场人的目光，都飘到了他们身上。全场最有权势且都是出了名不近女色的两个男人，居然为了一个女星如此针锋相对！方才私底下议论奈奈的那些个名媛淑女们，此刻咬牙切齿地看着她，说没有嫉妒是不可能的，江诗婷更是下唇都要咬出血了。

“今天，她是我的女伴。”席衍态度强硬，丝毫没有退让的意思。在整个宴会厅里，恐怕也只有这位年少成名的天才设计师有底气这般挑衅顾聿宁。

忽然，奈奈感觉到手腕的疼痛消失了，她垂眸，看到顾聿宁已经松开了手。

“好。”他摊开手，冷笑着退后了两步，嘴角挂着凉薄的笑意，“好……”奈奈看着他受伤的表情，一阵尖锐的刺痛袭上心头，难以自抑。她倾慕他，喜欢他，甚至比自己想象的还要在乎他。

“三爷。”奈奈情不自禁地挣开了席衍的手，想要朝着顾聿宁走过去，恰是这时候，江诗婷率先一步走了过来，扶住了顾聿宁。

“三爷今天喝多了。”她对众人得体地解释道，“他不知道自己在做什么，我就先送他回去了，抱歉，各位。”

在场宾客也都明白了，顾聿宁当然是喝多了，否则怎么可能做出这样的事情。为了一个女明星，和 LAIR 的席衍当众翻脸，这简直是匪夷所思。只有席衍心里清楚，这跟喝没喝醉没关系。LAIR 和风娱集团的合作，恐怕也就只能到今天为止了。

看着顾聿宁离开的背影，奈奈有些失神。席衍何等聪明，自然一眼就看出了奈奈和顾聿宁之间不同寻常的情绪。席衍轻声说：“刚刚那位，江诗婷，传闻是顾聿宁的未婚妻，不过关系并不明朗。”

奈奈压下心里翻涌的难受，点点头，柔声说：“很般配。”

会所楼下，周助理将顾聿宁迎上了车，看着他紧蹙的眉心，脸上泛着不太正常的红晕，不解地问：“先生怎么喝酒了？”

顾聿宁的胃不太好，喝酒之后很容易胃疼，所以平时有任何饭局宴会他都滴酒不沾。

江诗婷一同出来，见顾聿宁喝醉了，闭眼靠窗小憩，神志有些不太清楚。她心下有些庆幸，顾聿宁喝醉酒是多么难得的机会，平时清醒的时候她半分都近不了他身边，现在正好可以好好地培养一下感情。

“三爷喝醉了，我送他回家，小周助理，麻烦你开车吧。”江诗婷直接上了迈巴赫，坐到了顾聿宁的身边。

周助理看着顾聿宁闭眼的样子，似乎的确是醉了。

“不必麻烦了江小姐，我会送三爷平安到家的。”虽然周助理在顾聿宁面前，显得好像是有点笨拙，但是有外人在的时候，周助理就表现出了相当的专业性，一眼看出了江诗婷的花花心思。要是真让她送老板，只怕明天早上老板醒过来，直接把他大卸八块了。

江诗婷显然有些不耐烦了：“让你开就开，哪那么多废话。”

周助理不太高兴了。虽然外面有传言，江家和顾家有达成联姻的倾向，但是顾聿宁从来没有承认过，她凭什么用这样的语气做出女主人的姿态，老板都没用这样的语气跟他说过话呢！周助理也是个玻璃心的“小公主”，立刻说道：“江小姐，请你下车。”

江诗婷柳眉倒竖：“你凭什么让我下车？”

周助理回头看了眼江诗婷，她显然是家里宠着护着的娇娇女，傲慢又无礼。周助理心里琢磨着，如果是杨嘉文遇到这样的事，他会怎么办。过去别人总说周助理不如杨嘉文会做事，现在杨嘉文走了，他就必须为顾聿宁保驾护航。

“先生不会希望带一个女人回去。”周助理之前彬彬有礼的态度也荡然无存，学着杨嘉文冷漠的腔调，说道，“请你给自己留些体面，江小姐。”

江诗婷是绝对不会下车的，因为宴会已经结束了，陆陆续续有宾客从会所出来。如果这个时候被人看到她从顾聿宁的车上下来，那她的面子还要不要了！

就在这时，另一边的车门“咔哒”一声，响了。顾聿宁跌跌撞撞地下了车，狼狈地跑到路边，蹲下身干呕了一阵，捂着肚子，似乎很难受。恰是这时，从阶梯边走下来的奈奈看到这一幕，顾不得身边的席衍，连忙朝他跑了过去。

“胃不舒服吗？”她蹲在他身边，轻轻地拍着他的背，“吐出来会好一点。”

顾聿宁脸颊滚烫，太阳穴都漫出青筋了，紧紧抿着唇。奈奈从包里摸出了保温杯，打开杯盖，递到顾聿宁唇边：“喝一点吧，胃疼喝点热水好。”

顾聿宁睁开狭长的眸子，睨了她一眼。小丫头淡淡的柳叶眉微蹙，清澈的眸子担忧地盯着他，嗓音柔软：“喝一点，听话。”

顾聿宁心都软得一塌糊涂了，微微张开唇瓣，就着她的手喝了几口热水。

“好些了吗？”奈奈问道。顾聿宁湿润的唇动了动，想说什么，抬头便看到席衍踱着步子走过来，站在了奈奈的身后。他脸色冷了冷，推开了奈奈的手，转身上车。

江诗婷连忙走过来扶住他：“三爷，小心些，我送你回家。”

顾聿宁同样毫不留情地推开了她：“走开。”

简短的两个字，却带着不容置疑的威慑力。江诗婷脸色一下子变得有点难看，只能讪讪地退到了一边去。顾聿宁站在车门边却迟迟没有上车，身影顿了七八秒，然后缓缓拉开车门，回头望了奈奈一眼。

奈奈愣愣的，周助理愣愣的，周围吃瓜群众也是愣愣的，不明其意。良久，顾聿宁不耐烦地说：“上车。”

车里没有人讲话，周助理自觉地调整了后视镜，然后开始播放音乐。顾聿宁和奈奈各自靠边坐着，中间隔着一个人的距离。他闭着眼睛，脸庞上仰，靠在车后座，顺手拉了拉领口。他看起来似乎很倦怠。

奈奈摸出手机，给杨嘉文发了一条短信，让他不要等她了，自己先回去。

杨嘉文回道：“我已经回去了，现在在泡澡。”

顺手还给奈奈拍了泡泡浴的黄色小鸭子。

奈奈：“身为我的助理兼保镖，你就这么放心让我一个人回去？”

杨嘉文：“你怎么会是一个人？”他知道顾聿宁去了那场宴会，奈奈当然不可能落单。

奈奈：“两千的工资，不能更多了。”

“不要和他接触。”突如其来的一句话，打破了沉默良久的气氛。

奈奈放下手机，看向顾聿宁：“什么？”

他脑袋偏向她，睁开右眼：“想要什么我都给你，不许……再接触席衍。”

奈奈傻了：“你给我什么？”

“什么都可以，你现在缺钱，违约金我可以帮你付，来风娱传媒，我可以捧你，比顾平生更红，你想要的未来，想要的星光，我都可以……”

奈奈猛然攥紧了拳头。周助理心里“咯噔”一下，默默给自家老板点了一根蜡烛。喝醉之后的老板，智商降到负了吗?!果然，奈奈眼睛顷刻红了，嗓音沙哑：“在顾先生的眼里，我就是……就是这样的人吗？”

所有的努力，整夜整夜不眠不休的练习，独自躲在被窝里不甘心的眼泪……全部的汗水和努力，于他而言，不过轻轻动一下手指头那样简单而可笑。

“我只是……”顾聿宁头疼欲裂，思维已经相当混乱了，他能感觉到小丫头的心碎，左眼整个都红了。他揉了揉眼睛，不知道该从何解释。他只是很生气，看到她和席衍在一起，看到席衍看她的眼神，想着那个男人也这般凝视过她，顾聿宁的心都要被摧毁了。

“周助理，麻烦停车，我想下车了。”小丫头强忍着眼泪说。周助理也不知道该怎么办，将车靠边停了下来。

奈奈正要推门而出，顾聿宁忽然像是意识到什么，猛地伸手，扣住小丫头的手腕。

奈奈用力挣扎，顾聿宁索性抓住了她的双手，按在头顶。奈奈急促地呼吸着，顾聿宁的薄唇就靠在她嘴边几毫米的距离，呼吸交织：“你知道我拿你没办法，所以你不怕我，对吗？”

奈奈被他说中了心事，她……好像的确是没有那么怕顾聿宁。

顾聿宁眸子下敛，看着近在咫尺的女孩，嗓音低沉：“你这么做，是故意想让我伤心。”

奈奈别开脸，目光也看向了别处：“我哪有本事伤得了顾先生您的心……”

“你有。”

奈奈睁大眼睛看着顾聿宁，显然有些不敢相信自己的耳朵：“你说……什么？”

“进了这个圈子，首先应该学会的不是怎么演戏，怎么唱歌……而是洁身自好。”顾聿宁松开了她的手，冷冷说道，“干干净净地进来，就给我干干净净地出去。”

奈奈揉了揉自己被他捏疼的手腕，不满地说：“我和席衍什么关系都没有。”

“你没有，不代表他没有。”顾聿宁漆黑的眸子扫了她一眼，

“给你化妆，带你来这种高端的舞会，帮你介绍资源……你真以为他是慈善家？”

奈奈沉默了，她无法反驳顾聿宁的话，因为他说得对。奈奈太清楚，世界上没有白来的午餐，一切都是有代价的。就算她一开始还抱着侥幸的心理，以为席衍真的只是把她当朋友，想帮帮她，现在被顾聿宁点出来，她也应该明白没有那么简单。

“一个男人这般帮助一个女人，往往是有所图谋的。”顾聿宁扯了扯领带，呼吸略微急促，“这是你入圈，应该学会的第一堂课。”今天晚上，索性就跟她说个明白，省得这丫头再犯迷糊。

奈奈心里空空的，五味杂陈。

“懂了？”

“懂了。”

顾聿宁的情绪这才平和下来，闭上眼睛小憩。窗外霓虹时不时落在他的脸上，投射着斑驳的光影，英俊的侧脸显出清贵的气质。

奈奈望了望窗外，周助理是驶往她家的方向，就快到了。

“三爷。”她唤了他一声，调子也放软了些，“谢谢你。”

“不必。”

“三爷一直以来都对我很好，也是有想法吗？”

周助理没忍住，扑哧一声笑出来，笑过之后，连忙噤声，假装严肃。顾聿宁睁开眼睛，说出了生平第一句违心的话：“我不是。”

“嗯？”

“你和平生一样大。”顾聿宁不自然地说，“我对你就像对他一样。”

奈奈若有所思地点点头。

这时周助理打开了车载音响放了一首歌，是顾长生为数不多的几首歌之一，《无畏》。这是奈奈最喜欢的一首歌，她眼睛红了，满心酸涩。顾聿宁眉心蹙了蹙，手下意识地捂上了胸口，又感觉到一股酸涩刺疼，他开口道：“周思源，换歌。”

周助理的手落到音响按钮旁，奈奈哑着嗓子说：“我喜欢这首歌。”

周助理笑了笑：“我也喜欢，顾长生的粉丝是吧。”

“嗯，我喜欢他。”奈奈抱着膝盖，闷闷地说，“也很想他。”

周助理眼角笑意更甚，调了调后视镜，望了奈奈一眼：“小奈，你喜欢他什么啊？”

“喜欢他笑。”奈奈毫不犹豫地回答，“他对我笑一下，我所有不开心都没有了。”

周助理又瞅了顾聿宁一眼。他闭着眼睛，阴沉着脸，不知道在想什么。

“假如他就在身边，你会做什么啊？”周助理继续问。

“不知道，大概……会要签名吧，我做梦都想要他的签名。”

“就要签名，这么简单？”

“对啊。”

“我还以为你会要个亲亲抱抱什么的。”

奈奈嫌弃地望了眼后视镜：“咦，周助理，你好油腻。”她怎么可能玷污男神！

周助理无妨地笑了笑：“那如果他不开心，要一个抱抱才会好，你愿不愿意……”

话音未落，顾聿宁一脚踹车椅上，不耐烦道：“你有完没完。”周助理立刻噤声了。

奈奈情不自禁笑了一下，又意识到自己刚刚哭过，于是赶紧装严肃脸。顾聿宁被周助理这一打岔，好像……也没那么不开心了。

夜空中漫着几颗星子，城市像是陷入了酣畅的梦境中。车里，顾长生的那首《无畏》单曲循环地播放着。

车在奈奈租住的公寓楼前停了下来，奈奈推门下车，顾聿宁忽然叫住她：“等等。”

奈奈踩着高跟鞋，一只脚踏在地面，半个身子挂在门边，听到顾聿宁这句话又顿住了。顾聿宁将西装外套甩在她身上，沉着脸将她推了出去，然后关上了车门。

“轰”的一声，轿车驶了出去，消失在夜幕中。

LAIR 的代言之后，哪怕是被星雪工作室分去了绝大部分的代言费，奈奈还是拿到了六位数的薪酬。手头忽然宽裕了不少，她立刻给杨助理涨了工资，同时还大方地加了提成奖金。杨嘉文欣然接受，反正他现在是两边领工资，生活滋润得很。

奈奈也筹谋着，如果能再接几个像 LAIR 这样的代言，要不了多久，她就可以筹够解约金，离开星雪工作室。杨嘉文给她泼冷水：“像 LAIR 这种级别，绝对是可遇不可求的事情，就你那破工作室，你觉得还会给你接这样的代言吗？”

奈奈瘫在沙发上，变成了一只流体猫咪：“我感觉自己运气蛮好的，每次都能逢凶化吉。”

就在奈奈信誓旦旦说“运气好”没过两周，从冉明月那里得到消息，工作室给她接了一部恐怖片。

奈奈倒是不胆小，小时候林雪柔说要用她的房间当舞蹈室，她曾被父母赶到阁楼上住过一段时间。阁楼上的地板踩上去吱呀吱呀响，以至于很长一段时间，奈奈都是蒙着头睡觉，总觉得能听到声音，好像有人在房间里踱步似的。小时候的确害怕，但是后来因祸得福，反而把胆子养大了。胆小这种娇气属性，不属于她。

但奈奈还是有点不想接，恐怖片很容易砸名气啊。舒宁也很清楚，恐怖片很容易就拍出烂片既视感来，现在奈奈名气很大，如果再不杀杀她的锐气，只怕真的要爬到林雪柔头上了。

“本来打算你接下来这片子，公司就不抽成片酬了，全给你，既然不接那就算了。”

这招太狠了！重赏之下必有勇夫，更何况是要攒钱解约的奈奈。一部电影的片酬，以她如今的身价绝对不会低。至于是不是烂片，要看拍出来的效果，现在还不能下定论。奈奈觉得只要演员们好好配合，演技到位，应该不至于太烂。

然而……当她得知，这部电影的男主角是顾平生的时候，彻底生无可恋。烂片预订了。

第六章
客串

上飞机前，奈奈用@奈小熊的号，发了一条微博：“要进组了#诡校#，祝我好运吧。”

奈奈看着评论区，心情复杂。人家女明星拍恐怖综艺，评论区都是“抱抱姐姐”“姐姐不怕”，轮到她，全是“哈哈哈哈哈”。奈奈默默地关掉了手机，望向身边的顾平生：“你害怕？”

顾平生放下时尚杂志，大手一挥：“我从小就是少先队员三好生，社会主义接班人，我怕什么！”

奈奈目光下移，落到他胸口挂的一串观音菩萨和弥勒佛上。

“……”

飞机上，顾平生闭目小憩，奈奈本来在熟悉剧本背台词，偏头望了他一眼。他的侧脸轮廓锋利，睫毛很长，五官清隽而干净。如果不是这一头白毛和身上的潮流打扮，他和顾聿宁真的就要神似了。

说像，也不像，仅仅只是五官相似罢了。顾聿宁眼底总是透着一股捉摸不定的深沉，莫名给人压迫感。而顾平生的眼神就轻松很多了，是一眼能够看到心底的男人。就算五官相似，长年累月积攒的气质，还是会让两个人慢慢变得截然不同吧。

“我不是我哥。”顾平生闭着眼睛，用一种悠悠扬扬的调子说，“你别在我脸上找我哥的感觉。”

奈奈：“……”你们两兄弟都有闭着眼睛看世界的特异功能吗？

她默默地移开目光，继续看剧本。这时候，顾平生睁开了眼睛，托着腮帮子特别八卦地问她：“那晚，我哥是不是跟你表白了？”

“没有。”奈奈面无表情地否认。

“不是吧，我听周助理说我哥强吻你了啊！”

奈奈：“……”周助理这么会造谣怎么还没被开除！

剧组的工作棚设置在山林中，这次的主要拍摄场地也就是在林间进行。三四月份，山野间的蚊子已经非常凶残了，每个演员身上都飘着防蚊液的清新薄荷味。

这次的恐怖片拍摄，能请来两位人气咖担任主角也是相当不容易。其他几位配角就没有那么知名了，一个是三线歌手许城，知名度不高，主要是请他来唱主题曲。还有两位女配——李今瑶和容可儿，知名度也都平平。不过这也不重要，按照主线剧情来看，几位配角很快都是要领盒饭的。

拍摄开始之前，导演跟演员们坐在一起讲解剧情：几个大学生来森林郊游探险，意外迷路了，兜兜转转好几天都没能走出去，眼看着已经到了弹尽粮绝的阶段。就在这时，森林里忽然出现了一座废弃的小学，几个大学生连忙进去，想要在里面找找有没有食物或者和外界联系的工具。然而，他们踏入废弃小学之后，可怕的事情发生了，身边的朋友接连发生意外……

空气静默了两秒，奈奈举手询问导演：“然后呢？”

导演回答：“然后就需要你们在剧情中，慢慢寻找真相了。”

“哈？”几位演员面面相觑，他们拿到的剧本也就在角色们进入小学之后戛然而止，后面发生的事情剧本并没有说明，甚至连台词本都没有。

“导演，什么情况啊？”

导演嘴角露出神秘的微笑：“你们也知道，国内恐怖片的行情，评分超过 5.0 的都属于佳片了，绝大多数都是 2.0、3.0 的烂片。分数这么低，主要有两个原因，一个是剧本太糟糕，另一个是演员的演技太浮夸。”

“所以呢？”

“所以，我改变了过去恐怖片的一贯拍摄手法，尝试一种全新纪实的拍摄手法。等你们进入荒村小学之后，我们的摄影剧组不会跟进去，荒村小学建筑各处都安装了监控，可以捕捉到你们全部的影像资料。”导演看向男演员许城，“许城，我会给你配一台 DV 机，你需要随时拿着它，记录你们在荒村小学所发生的一切。”

奈奈忽然有些明白导演的意思了，说：“所以，我们拍的不是恐怖片，而是纪录片？”

“Yes。”导演赞赏地看着奈奈，“我要拍的是恐怖类型的纪录片，真实向观众呈现恐怖片的拍摄过程，因此你们每一个人都会用自己的名字，以自己的真实性格完成剧情。”

容可儿举手问道：“这不就和恐怖综艺一样了吗？”

“不一样。”导演望着他们，意味深长地说，“我的纪录片，可比综艺恐怖多了。”

众人：“……”这类纪实性的恐怖片以前国外也有，用 DV 机全程拍摄整个恐怖片环节，撤掉导演、摄影机，依靠演员自行完成剧情。这样新颖的拍摄方式，说不定真的有可能会吸引票房，如果拍得好的话，扭转国内恐怖片绝大多数都是烂片的命运也不无可能。

虽然是有些值得期待，但是这样的拍摄手法无疑会让恐怖气氛直线飙升。过去拍摄恐怖片，好歹导演和摄像都在，知道自己是在演戏，再恐怖也还可以承受。但是按照这种拍摄手法，就跟身临其境走鬼屋是一样的！

“太可怕了，呜呜呜。”顾平生彻底绷不住了，抱着奈奈手臂，瑟瑟发抖。好在也不是所有人都害怕，许城和李今瑶看上去就淡定很多，容可儿也还好，反正知道自己作为配角是要领便当的，想明白就不害怕了。全场只有男主角顾平生哆哆嗦嗦地打冷战。

第一幕开拍场地位于丛林溪边，去第一取景地的路上，奈奈问顾平生：“你这么胆小，干吗还接恐怖片？”

顾平生摇着头说：“我倒是想接别的，接不到。”

奈奈撇撇嘴：“你怎么会接不到戏？”

“开玩笑，我也有选择的好吧，那种肉眼可见的烂戏我不接，自毁身价的事，我还没差钱到那种地步。”但是有一定名气的大导演选角都会很慎重，像顾平生这种只会唱歌跳舞的流量，大导演一般不屑于启用，哪怕他是顾聿宁的弟弟也不行，这就面临很尴尬的境遇了。

“所以为什么你会接这部恐怖片？”

顾平生用眼神示意前排打瞌睡的导演：“钱城导演，以前拍纪录片的，名气很大。”

奈奈若有所思地点点头，果然他是冲导演来的。顾平生继续道：“我就是好奇，一个以纪录片成名的导演，受了什么刺激会转行拍恐怖片。”

奈奈听他这么一说，还真挺奇怪的。这时候，司机转过头，悄咪咪告诉两人：“钱导夫人跟他闹离婚，钱导不想离，钱夫人提出不离婚可以，有一个条件。”

奈奈和顾平生两位群众非常职业地端起了手上的瓜：“什么条件？”

“如果他能拍一部拿下金棕奖的恐怖片，就不离婚。”

闻言，车内同时静默了十秒钟。谁都知道，金棕奖几乎可以说是国内殿堂级的影视荣誉奖项，从设立至今二十多个年头，最佳新人、最佳剧情、最佳男女演员、最佳导演……反正，就从来没有一门奖项颁给过恐怖片。不只是金棕奖，就是国外很多的电影奖项都很少给恐怖片颁奖。恐怖片就像是后妈生的可怜娃，被排除在了所有电影荣誉之外。

奈奈："看来钱导夫人离婚的态度很坚决啊。"

顾平生："我觉得咱可以回去了。"

副驾驶上迷迷糊糊醒过来的钱导："……"感觉心被扎了两刀。

丛林外景的拍摄几乎用一周时间完成。因为拍摄手法和风格的改变，所有的镜头表现都是用许城手里的那一台 DV 机，展现剧情的真实性。

"今天是我们进入丛林的第三天。"DV 机镜头前，许城面无表情地说，"已经弹尽粮绝了，如果走不出去的话……我真的很害怕！谁来救救我们啊！"

钱导看着许城那张毫无惧色的面瘫脸，淡定地说出"我很害怕"这几个字，揉了揉额头，深深感觉自己和金棕奖还有一段很漫长的距离。他怒吼道："你这是害怕吗?!你这是在播报新闻吧！你到底会不会演戏啊！同样是唱歌跳舞，你看看人家顾平生，都抖成什么样子了！看看人家这演技。"

众人望向顾平生，果不其然，他站在草丛里，身子跟筛糠似的抖个没完，脸都铁青了。连奈奈都不由得感叹，这正片都还没开始呢，顾平生居然能演出这么真实的恐惧。以后谁再说他是流量不会演戏，粉丝们完全可以把他现在的表情甩过去打脸了。

一下子，摄像机、DV 机齐刷刷地对准了顾平生。导演欣喜地说："对对，表情很到位了，来，把台词念出来。"

顾平生感受着自己脖颈边冰冰凉凉的触感，崩溃大喊："念什么台词啊，看看我肩膀上有什么东西！"

大家伙朝他肩上望去，一条青色的小蛇正盘踞在他的脖颈，呲呲地吐着信子，缓慢地朝他锁骨方向游走着。那条小蛇似乎把顾平生的脖子当成了树干，盘在了他的肩头。顾平生脸上豆大的汗珠一颗接着一颗往下滚，呼吸都不敢太用力。

剧组好几个工作人员捂着嘴，惊慌失措地叫了起来。

“你别动，不要惊动它。”奈奈安抚顾平生，“这是翠青蛇，没毒的，别怕。”

“我能不怕吗?!”顾平生目光下移，紧紧盯着他肩膀上的这条蛇，神经绷到了极限，都快哭了：“把把把……把它弄走啊！”

奈奈捡起一根粗树枝，搁在了那条翠绿小蛇的身边，小蛇不过筷子的长度，吐着信子，缓缓地游到了树枝上，一点一点地盘踞上去，离开了顾平生的肩膀。

“你……你快扔了它！”李今瑶看着那条小蛇，鸡皮疙瘩都冒了起来，颤声说，“把它拿远一点！”

“我这里有刀子！”有工作人员从包里摸出了瑞士军刀，“快把它弄死。”

奈奈拎着小树枝，来到一处低矮的灌木旁，将小蛇放了上去：“这种蛇平时都是挂在树上的，只有晚上才会落地觅食，刚刚多半是不小心从树上掉下来了，又不是故意的，别杀它。”

在她放生了小蛇之后，全场工作人员都用一种诡异的目光看着奈奈。

“干吗？”

“你连蛇都不怕，这个世界上还有你害怕的事情吗？”

奈奈想了想，说道：“有啊，我怕死。”

众人：“……”说了当没说，谁不怕死。

不过……奈奈可能比他们更害怕一点吧。毕竟，从小就在生死边缘徘徊，好几次病危病重，也曾真的一脚踏入过鬼门关。所以，她更加知道，生命诚可贵，就算是一条小蛇，也还是不要伤害的好。

顾平生病倒了，晚上开始持续发高烧，兴许是被吓的，也可能是水土不服。他是从小被捧着养大的富家少爷，身子骨本来就矜贵，过去唱歌跳舞累一累，好歹几个助理轮番伺候着也没什么。这是顾平生第一次进组拍戏，还是到条件这么艰苦落后的丛林荒野，身体吃不消很正常。

剧组只能暂停了林间拍摄，就近送他去了镇医院。

晚上，奈奈坐在医院走廊的椅子上，看着风尘仆仆赶过来的顾聿宁愣了一下。他似乎是刚从公司赶过来，还穿着西装，大步流星地从楼道走来，面色紧绷，看来是很担忧。不过见到奈奈的时候，他稍稍停了停，小姑娘穿着一件没图案的宽松卫衣，肌骨匀称，局促地从椅子边站起来，忙了一天，她脸上也挂着倦意。

"你也在？"

"我们一起拍戏。"

顾聿宁伸手紧了紧领带："辛苦吗？"

"不辛苦。"奈奈感觉，这一问一答的画风……有点像领导下基层的亲切慰问。

"这几天有点忙，我还没顾得上你。"

奈奈呼吸一顿，连连摆手："不不不，三爷你不用顾得上我，忙你的。"

顾聿宁笑了，笑起来的样子带一点痞气，立刻便把他的年龄拉低了好几岁。

真好看啊。奈奈的心都要被他的微笑融化了。

房间里，顾平生不满的声音传出来："哥！你是来看我的还是来泡妞的啊！"

顾聿宁走进病房，嘲讽道："平时能作上天，一条破蛇把你吓住院？"

顾平生穿着病号服，坐在病床上，满脸憔悴，委屈巴巴地看着顾聿宁："你让一条蛇挂身上当树杈试试。"

顾聿宁嫌弃地拍了拍他的头，低声道："蠢货。"

"本来还以为就在绿棚拍呢，谁知道要拍野外实景，小妍助理腿上都被蚊子叮得满是包，让你把杨助理给我，你也不给，偏要送去讨好那谁谁，我可是你亲弟弟……"顾平生的话还没说完，顾聿宁拧松了输液阀，调快了点滴流速。

"哎，哥，快了快了！疼！"

顾聿宁冷笑："亲弟弟？"

"太坏了你……就知道欺负我，哎哎，疼！我不说了！"

奈奈倚在门边，看这兄弟俩拌嘴的样子，感觉很窝心。对这个弟弟，顾聿宁嘴上嫌弃，但是看得出来，满眼都是疼爱。

顾平生是典型的恃宠而骄，养成了百无禁忌的性子，想做什么就做，即使错了也不怕，反正有人兜着，心安理得。对于从小单打独斗一个人长大的奈奈来说，顾平生活成了她最羡慕的样子。

得知顾聿宁过来了，导演和制片人也匆匆赶到病房，连声向顾聿宁道歉。顾聿宁很讲理，说道："与你们无关，平生被我养得太娇气了。"

剧组工作人员跟着都松了一口气，这位宝贝爷可是顾聿宁的心头肉，要真出点什么意外，把整个剧组卖了都赔不了啊。顾平生拉着顾聿宁，小声问："哥，我能不能不拍了？"

"不行。"顾聿宁直言拒绝。

"为什么？"

"这是你第一部电影，开了先例，以后每一部剧稍有不顺心就退演，这算几个意思。"

"可是哥，我真的不行了，别的电影都好说，这片子真的太吓人了，而且还不知道后续剧情，这不就是摆明了要吓唬我们的吗？"

"很吓人？"

"对啊！导演剧组不跟全程，进了学校就让我们自由发挥，这谁顶得住啊！"

顾聿宁抬头看了奈奈一眼：“怕不怕？”

奈奈摇了摇头，因为有心脏病，她从小神经粗得很，不会轻易被吓到，否则早就死了好几回了吧。顾平生连忙说：“你问她，她是能徒手捉蛇的女人！她怕个屁啊！”

“真的？”

“对啊，那条蛇，就她给我捉下来的，还放生了。”

顾聿宁又笑了，望了门边的奈奈一眼：“看不出来。”

“是吧，我也看不出来。”

“所以你还不如一小丫头？”

顾平生往床上一倒，撒娇不行就开始犯浑了：“反正我不演了！哥你看着办，你就这一个亲弟弟，被吓死了就再也没有了！”

众人有些同情顾聿宁，家里有这么一熊孩子，换谁都吃不消吧。顾聿宁拎了把椅子坐下来，气定神闲地说：“不演，可以，违约金你自己出，公司不会帮你兜。另外，我们也有约法三章，这次拒演，以后你的每一次通告都由公司选，你不再有挑三拣四的权利。”

“你太过分了！我要跟风娱传媒解约！”

“解约也可以。”顾聿宁平静地说，“不过这两年你挣的钱，除掉大手大脚花掉的部分，剩下的恐怕连违约金的零头都不够。”

对付熊孩子，顾聿宁还是有自己的手段，顾平生一下子偃旗息鼓了。大家伙看顾聿宁这公事公办的样子，又开始同情顾平生了。这时候，钱导演开口缓和道：“顾总，如果令弟实在害怕，勉强演下去，恐怕效果也不会很好。”

顾聿宁看着顾平生有气无力的样子，又望了望输液的点滴，也有些无可奈何：“钱导，他短时间应该开不了工，你如果有任何需要或者要求，可以提出来，我尽量满足。”

“有顾总这句话就好说了。”钱导犹豫了一下，“我的确是有一个想法，主要还是看顾总的意思。”

“你说。”

“我们室内场景的光线很暗，顾总您和二少爷身形条件差不多，长得也有七八分像，能不能请您暂代二少爷拍摄，等他身体好了，再决定要不要把您换下来。”

顾聿宁：“……”后悔刚刚说那句话了。

顾平生听到这个提议，立刻来了精神，应和道：“我觉得可行哎！我哥的演技没话说，他都是快拿影……”

话音未落，顾聿宁的手又落到了输液管上，威胁地扫了顾平生一眼。顾平生立刻闭嘴。

奈奈抬起头，看向顾聿宁，诧异地问：“你会演戏？”

顾聿宁回答：“不会。”

奈奈眼底的光又黯淡了下去。

钱导立刻说：“不会不要紧，咱这片子不用什么演技，大家就自由发挥，日常的状态就是最佳状态！没问题的！”

奈奈扶了扶额，敢情钱导是酝酿好久了吧，等着顾聿宁跳坑呢，顾聿宁倒也接招。

男主角想罢演，导演出昏招，整个剧组丧气逼人。奈奈估摸着这电影拍出来，别说拿金棕奖了，不被观众骂死都算仁慈。看来舒宁是真的得逞了，这部电影拍出来，奈奈过去攒下的口碑和名誉都要一落千丈，烂片女一号的称号逃不掉了。念及至此，奈奈多少也有些沮丧，靠在门边，用脚尖画着圈圈。她的神情落到顾聿宁的眼中，他沉吟片刻，说道：“我可以试试。”

次日清晨，奈奈在片场见到了顾聿宁。他穿着顾平生昨日穿的那件冲锋装，戴着一顶鸭舌帽，帽檐压得很低，眼睛被埋在了阴影中。他和顾平生模样差异最大的地方就是眼睛。眼睛能透露一个人的心灵，所以哪怕是双胞胎，只要眼神不一样，其实也很好区分。

顾平生的眼神很澄澈，一看就没什么心事，傻乎乎的。但顾聿宁的眸子就要深邃很多了，宛如一汪波澜无惊的死水。鸭舌帽遮住了他的眼睛，加上这件黑色休闲冲锋衣和运动鞋，远远看上去，他还真挺有几分顾平生的感觉。

容可儿和李今瑶偷偷瞥他好几眼了，传闻真的没错，顾聿宁比顾平生要帅好多，完全不带夸张的。几个配角们也开始紧张，没想到有朝一日居然能和顾聿宁一起拍戏演出。因为顾聿宁的加入，原本消极怠工的剧组人员也下意识地认真了起来。

下午，剧组驱车来到了位于小镇郊区的一栋废弃学校门前。废弃学校的外观布景相当真实，生锈的铁门，落满了梧桐叶的操场，还有半面都爬满了绿藤植物的荒废校舍，大风吹得破旧的教室门吱呀作响。

演员们戴上了无线耳麦，耳麦里随时能听见导演的声音，方便调度。DV 机还是由没什么存在感的配角许城拿着，主要是为了拍摄男女主角。

在导演喊过“开始”之后，演员们迅速进入了状态：“快来，这里有所学校！”

“谢天谢地，总算找到落脚的地方了，不用再风餐露宿。”

“有人吗？ Hello！里面有人吗?!”

耳麦里，钱导的声音传来：“卡卡卡，表演痕迹过重，就以你们最真实的状态走剧情就行了，不用故意演戏，我要的是纪录片的感觉！”

演员们放松了下来，各自找自己最真实的状态。许城走在最前面：“来吧来吧，大家进来，没什么好怕的，导演组想吓唬人，咱们偏不给他们机会。”

“不管怎么样，进去看看吧。”奈奈壮着胆子对众人说，“反正也没别的法子了。”

许城耸耸肩：“那就去呗，反正是拍戏，导演吓不到我们的。”

几个人别无选择，只好走进了学校大门。

“你们觉不觉得有点冷？”顾聿宁说，“风吹得呼呼的。”

他一说，奈奈跟着也打了个寒噤，奈奈感觉顾聿宁话变多了，总是想吓唬别人。

难不成他给自己捏了个人设？奈奈觉得有意思，盯着顾聿宁看。他也扫了奈奈一眼："看什么，没见过帅哥？"

奈奈："……"果然有人设，还说自己不会演戏！

"这学校是有智能调温设备吗？"容可儿抱着手臂直哆嗦，"真的好冷好冷。"

许城边走边说："这不会是剧组准备的吧！"

奈奈说道："这是要安装多大的中央空调才能把冷空气吹到操场上，不可能是剧组的安排。"

许城："那可不一定，为了吓唬人，他们什么都做得出来。"

奈奈："但咱剧组没这么多资金，只是最近有些降温吧。"

耳麦里，钱导怒声道："……你们再一口一个剧组，我算你们NG！从头再来！"

众人立刻缄默噤声，回归到演戏状态。顾聿宁提议："咱们进学校里面看看吧，说不定还能遇到人，向他们借手机打电话求助。"

"这种地方不会有人吧！"

就在大家伙讨论之际，教学楼内，忽然传来一个小女孩清亮亮的歌声："男生爱玩捉迷藏，女孩爱跳橡皮筋。那我可以玩什么？可以玩很有趣的游戏喔！"

"啦啦啦，整整齐齐一家人，吊在电扇上转一圈。转了一圈又一圈，一个都不能少哦。"

众人同时停住脚步，许城颤声问："你们听、听到了吗？"

"听到了，像童谣。"

"有歌声，说明肯定有人住在里面，咱们快进去向她求助吧！"容可儿迈步就要往荒废的教学楼走去。

奈奈一把拉住她："等等。"

"还等什么呀，早点找到人求助，咱们就可以早点离开这儿了。”

好吧,全程好像真的就只有容可儿一个人在认认真真地走剧情。

众人煞有介事地商量了一下，然后走进了教学楼。奈奈心里也有点怕怕的，跟在顾聿宁身边，不自觉地攥住了他的衣袖。顾聿宁伸出手，扬了扬：“做什么？”

奈奈一本正经地说：“我们是情侣，让我拉一下没问题的。”

顾聿宁恍然想起，初始剧本的前情提要，奈奈和顾平生扮演的是一对外出踏青的热恋情侣。

“既然如此……”顾聿宁很自然地牵起了奈奈的手。他的掌心柔软又舒服，只是指头上带了粗砺的质感，像是练琴留下的茧子。

奈奈脑子热热的，心脏也怦怦直跳。居然牵她的手，这是什么福利!

教学楼空空荡荡，地上飘着枯枝落叶，大风吹动着走廊上的老旧教室门，发出“咯吱”“咯吱”的声响。许城问众人：“接下来，我们干什么？”

众人当然都是一脸茫然，反正也不怕 NG，奈奈索性通过耳麦问导演：“导演，接下来我们干什么啊？”

钱导：“请你们自由发挥。”

奈奈有点无语：“我们全程自由发挥，那导演你干什么？”

钱导：“我等着拿奖。”

就这破罐破摔的态度，还想拿奖！这部片子不垫底年度最佳烂片,她就不姓林了。许城无奈地摇摇头:“心疼这部电影的投资方。”

顾聿宁：“不用心疼，谢谢。”

众人齐刷刷地望向顾聿宁，这破电影的投资人是顾聿宁？看顾聿宁这淡定的表情，很显然就是了。多半还是为了顾平生，谁都知道顾平生的渣演技,他的第一部戏,当哥哥的怎么可能不给予支持。

钱导在耳麦里解释道：“咳，所以你们是直接跟投资方飙戏，都打起精神来,好好演,现在开始不准再聊和剧情无关的话题了！”

既然老板都下场了，演员们自然都鼓足了精神，这部年度烂片，就算是咬着牙死撑，也一定要撑够一个半小时的容量！

“听她的歌声，好像是要和我们玩恐怖游戏。”许城分析了走廊里回荡的童谣，“咱们是不是要兵分两路？男生一组，女生一组？”

“不行！”几个女孩纷纷抗议，“坚决不能分开！”

奈奈也不想分开，按照一般恐怖片的套路，主角团队一旦分开走，势必会有人失踪。容可儿提议：“咱们还是去找这个唱歌的小女孩吧，我想，找到了她，她应该可以告诉我们该怎么出去。”

众人循着歌声的来源，一间教室一间教室地寻找那个小女孩。天色也渐渐暗淡了下去，走廊的光线越发幽暗。这部戏的绝大多数剧情都是在夜间完成，这也是恐怖片的标配。奈奈想着，今天晚上他们应该都要在学校里睡一晚了，不知道导演组有没有给他们安排睡觉的地方。

虽然对剧组有点无语，但是奈奈垂眸，看着顾聿宁牵自己的手，还是觉得蛮好玩的。耳麦里，钱导的声音传来：“奈奈，注意你的眼神，你是在拍恐怖片，不是拍爱情片，请不要一直盯着我们的投资方看，OK？”

耳麦共享，所有人都能听得到。

奈奈：“……”不是说纪录片自由发挥吗？她看看帅哥都不行了？

顾聿宁望向她，偷偷比了一个嘴型：“请你自重。”

奈奈：“……”

“男生爱玩捉迷藏，女孩爱跳橡皮筋。那我可以玩什么？可以玩很有趣的游戏喔！”

“啦啦啦，整整齐齐一家人，吊在电扇上转一圈。转了一圈又一圈，一个都不能少哦。”

清亮的歌声回荡在空荡荡的走廊里，听起来格外瘆人。

奈奈心下好奇，兜兜转转了这么久，怎么连一个群演都没见到。但是转念一想，恐怖片不都是这样嘛，一开始营造各种恐怖氛围，最后才会放群演出来收一波人头。她刚闪过这个念头，忽然，小女孩的歌声停了下来，众人下意识地顿住了脚步，谨慎地望着四周。这时，一串银铃般的笑声响了起来："咯咯咯咯咯咯。"

一直没说话的李今瑶，神经再也绷不住了，大喊了一声："笑什么笑！你到底是什么人！"

奈奈看她脸色苍白的模样，兴许她真的是被吓到了。导演这样的拍摄模式，真是少见，吓唬观众就算了，还要吓唬演员。

小女孩的声音幽幽地传来："你们想离开的话，就要陪我玩很有趣的游戏喔！"

奈奈问道："你想要玩什么游戏？"

小女孩："我们来玩捉迷藏吧，我数到十，你们把自己藏起来，千万不要让我找到哦！"

奈奈："那让你找到会怎么样？"

小女孩："让我找到的话，就永远留在这里陪我玩吧。"

奈奈："那我们藏在什么地方才不会被你找到啊？"

小女孩："……"

耳麦里，钱导不耐烦的声音传来："林奈奈，你能不能别这么多问题！"

听到导演再度发话，李今瑶苍白的脸色才微微好转。知道小女孩其实也是群演扮的就不会太害怕了，只要能从剧情中抽离出来，无论多恐怖的场景都不会吓到他们。偶尔调戏调戏群演和导演组，还是能缓解紧张气氛的。李今瑶向奈奈投来感激的一瞥。

"游戏开始咯，赶快躲起来哦！十、九、八……"小女孩倒数的声音很慢，似乎故意要给他们躲藏的时间。顾聿宁拉着奈奈，直接进了最近的一间体育更衣室，那里面有一排开着门的衣柜。

"七、六……"衣柜的空间完全能够容纳两个人，顾聿宁将奈奈推进去之后自己也躲了进来。许城和容可儿他们则躲到了另外一间教室的讲桌之下。

“三、二、一……我要来咯！”空荡荡的走廊传来了小女孩蹦蹦跳跳的脚步声。

衣柜的空间逼仄狭窄，奈奈的后背紧贴着顾聿宁的后背。男人的体温跟女人完全不在同一个频道上。他浑身上下就像一个大暖炉似的，炙烤着她冷冰冰的身体。

奈奈想要稍稍离他远些，而这时，顾聿宁的手忽然落到她单薄的双肩之上。随即他凑近她的耳朵，很小声地说：“你好像很紧张。”

“如果感觉承受不了，就暂停拍摄。”顾聿宁平静地说，“我不想我投资的电影发生演员被吓死的情况。”

奈奈：“……”嘴里能不能有点好话？她撇撇嘴，“放心，我神经粗，不会被吓到。”

顾聿宁还是没有松开她，温热的呼吸拍打在她的耳畔，奈奈感觉全身的肌肉都要绷紧了，心跳越发急促。这男人是真的不知道吗？唯一让她心跳加速的不是群演，不是恐怖片，是他乱撩啊！她按下耳麦，小声说：“三爷，我真的没事。”

“那就好。”顾聿宁环住她肩膀的手并没有撤下来，而是抱得更紧了。奈奈脸颊涨得通红，幸好周遭环境黑暗，没有人看到。

调控室里，一群剧组工作人员透过衣柜里的监控画面，看着顾聿宁从后面抱住奈奈、低声安慰的样子，不由得感叹：顾总还说不会演戏，暖心男朋友真演出灵魂了。

就在这时，只听“吱呀”一声，更衣间的门被推开了，小女孩蹦蹦跳跳的脚步声，传了进来。奈奈心下好奇，透过铁衣柜的缝隙，朝外面望了一眼。只看到一个穿着鲜红裙子，头发蓬松，皮肤惨白的小女孩的影子。还没来得及细看，顾聿宁的手上移，捂住了奈奈的眼睛。

“特效妆有点吓人。”他柔声说，“心脏不好，最好别看。”

是是是，你不想女演员被吓死。不过，身边有顾聿宁，奈奈还真没觉得多害怕，他身上总有一种令人安心的特质。

小女孩继续唱着歌：“男生爱玩捉迷藏，女生爱跳橡皮筋。那我可以玩什么？可以玩很有趣的游戏喔！啦啦啦，整整齐齐一家人，一个都不能少哦。”

群演小女孩尽职尽责地在屋子里晃荡了两圈，然后到柜子面前挨个地凝视了一遍，估摸着就是为了吓人。顾聿宁默默地拿起DV机，对着小女孩凑过来的脸，拍了几个特写镜头。画面看上去还真挺恐怖的。奈奈眯着眼睛，看着他认真拍摄的样子，心说果然是投资方，不仅承担了演员的职能，还亲自当起了导演。

小女孩对着镜头做了几个恐怖表情，等抓拍得差不多了，就离开了体育更衣室。歌声逐渐消失在走廊尽头。

奈奈和顾聿宁从衣柜里出来，对面教室里，容可儿和许城也赶紧从狭窄的讲桌底下钻出来。许城害怕地说：“你们看到她的脸了吗？太吓人了吧！”

奈奈摇了摇头，许城捂着胸口，惊魂甫定：“幸好没看到，心脏病都要吓出来了啊！”

容可儿身子哆哆嗦嗦的：“她到底是谁啊。”

“午夜十二点，会有穿红色衣服的女人出现。”顾聿宁面无表情道。

容可儿顿时花容失色，顾聿宁压了压帽檐，嘴角微微上扬：“恐怖小说都是这样写的。”

“啊啊啊！”容可儿吓得直跳脚，“不要再说啦！”

许城也是一脸崩溃，他甚至都开始后悔接这破电影了！

奈奈提议：“这里太诡异了，我们还是赶紧离开吧。”

许城连忙附和：“同意！我可不想今天晚上在这儿过夜！”

于是几人匆匆下楼，却意外发现，教学楼的出口，全都已经被锁上了，根本不可能离开。

“搞什么，难道要我们今天晚上一直待在这儿吗?!”

“开门啊，放我们出去！就算是拍戏，也得让人休息吧！”

奈奈忽然道：“等等，你们没发现哪里有不对劲的地方吗？”

许城：“不对劲的地方多了去了好嘛，咱们出不去了这就是最大的不对劲！”

这时，顾聿宁缓缓道：“出不去是有原因的。”

“什、什么原因？”

就在这时，小女孩再度唱起了童谣：“啦啦啦，整整齐齐一家人，吊在电扇上转一圈。”

“转了一圈又一圈，一个都不能少哦。”

顾聿宁重复了童谣的最后一句话：“一个，都不能少。”

夜幕已经完全降临了，走廊里“吱啦”一声，亮起了昏暗的白炽灯，照着众人白惨惨的脸色。直到这时他们才发现，团队里少了一个人！进来的时候是五个人，现在只剩四个。李今瑶不见了！

“肯、肯定是被剧组藏、藏起来了吧！”这是许城的第一反应，“是导演在搞鬼！”

虽然大家心里都清楚，演员失踪肯定是被剧组工作人员或者群演带走了，但是这会儿被困，大家难免心头升起不安。奈奈打开了耳麦，直接问导演：“钱导，李今瑶是不是被你们带走了？”

问了几声，耳麦里没有声音，钱导没有回应他们。许城有些急了，也连忙对耳麦说道：“喂喂，有人吗？剧组还在吗？钱导，说话啊，不讲话是几个意思，到底还拍不拍啦！”

耳麦那边，依旧只有电波“吱啦吱啦”的声音，没有回复，没有人理会他们。

演员们和剧组彻底失去了联系，有些慌了：“这到底是怎么回事。”

“好歹让我们知道李今瑶到底是不是安全啊。”

顾聿宁虽然扮演着顾平生的角色，但是在所有人都失去了主心骨的情形之下，他还是表现出相当的淡定：“别担心，应该是导演组的安排。按照歌谣里说的，转了一圈又一圈，一个都不能少。我们想出去，就必须找到李今瑶。”

也许当惯了总裁，他身上真的有一种能稳定人心的力量，众人听他这样说，也都有了主心骨：“那就找找吧。”

几人立刻返回走廊，一个教室一个教室地寻找李今瑶。小女孩唱着童谣的声音一直没有停下来过，就像飘荡在风里，忽远又忽近。众人挨个将教室找了个遍都没有发现李今瑶的踪迹。

一番寻找下来，差不多已经是晚上九点了，四面漏风的教学楼刮着阵阵阴冷的风。教学楼四面的出口都已经上了锁，唯一能够出去的通道连着一栋荒废已久的宿舍楼。夜色中，黑漆漆的宿舍楼像潜伏于黑暗中的一座庞然大物，朝他们张开了血盆大口。顾聿宁拿着 DV 机蹲下来，尽职尽责地将整个宿舍楼的全貌拍摄下来。

众人无奈地看着他。都这会儿了，恐怕也只有他有心思继续拍电影吧。他们只想回家，这辈子都不接恐怖片了，尤其不接纪录片导演拍的恐怖片！

容可儿颤声问：“咱们要去宿舍楼吗？”

奈奈听着那个小女孩的歌声渐渐地又飘到了宿舍楼，似乎是在指引着他们过去：“看样子，是没选择了。”

宿舍大门与教学楼唯一的出口相连，中间是一条长长的通道，地面散着枯枝落叶，风一吹，打着旋儿飘走。现在都已经是春夏之交了，地上的枯枝是剧组的布景。奈奈对这迷幻剧组也已经无话可说了，只希望快点结束拍摄，就当是不靠谱的导演阴差阳错给电影投资方设计的一场私人大型恐怖屋体验吧。

几人缓慢地朝着宿舍门走去，每一步都走得格外小心翼翼。因为已经失去了一位队友，他们不想再走散了。宿舍楼道一片漆黑，根本看不清楚黑暗中到底隐藏着什么。

到了门边，领头的许城顿住了脚步，压根不敢迈步走进去。容可儿从包里翻出了手电筒，正要打开，这时，只听“吱啦”的电流声，楼道顶端的白炽灯闪了闪，亮了。

就在灯光亮起来的一刹那，顾聿宁忽然又捂住了奈奈的眼睛，她的耳边传来了容可儿的惊声尖叫。

许城也崩溃地抱住了头：“能不能别这样吓人啊！”

奈奈无比好奇：“怎么了！发生了什么事！”

顾聿宁温热的手掌依旧捂着她的眼睛，在她耳畔轻声说道：“楼道里，站着两个群演小女孩，一前一后，相对而立，穿着红裙子，头发蓬松。”

“呃，可是你干吗要捂住我的眼睛呀？”

“特效妆很惊悚。”

奈奈猜测，顾聿宁是担心她被吓到心脏病发作，所以提前预警？奈奈心里一暖：“三爷，我不怕的。”

“嗯，我松开了。”顾聿宁缓缓地松开了手，奈奈迷迷糊糊的眼前也亮堂了起来，走廊里果然站着两个红衣小女孩，乱糟糟的黑头发，白惨惨的脸蛋像涂了一层白面粉。别说，骤然看见还真是挺瘆人的。

似乎为了配合诡异的气氛，楼道里吹来了飕飕的凉风。刚刚被顾聿宁预警过，奈奈还真没感觉到有多恐怖，反正知道是群演，大家相互配合走剧情就行了。这时候，楼道里飘来了小女孩的歌声，回声阵阵，非常诡异：“男生爱玩捉迷藏，女孩爱跳橡皮筋。那我可以玩什么？可以玩很有趣的游戏喔！”

许城扬起手，冲那两个红衣小女孩“hello”地叫了两声，然后问道：“接下来我们要做什么吗？”

小女孩继续唱：“男生爱玩捉迷藏，女孩爱跳橡皮筋。那我可以玩什么？可以玩很有趣的游戏喔！”

许城：“说话呀，我们要做什么才能进入下一个剧情？”

奈奈提醒道：“应该是要按照歌谣里唱的来进行下一步剧情触

发。”

“男生爱玩捉迷藏，女孩爱跳橡皮筋。”

之前他们已经玩过捉迷藏了，现在是不是要开始跳橡皮筋了？奈奈打量着那两个小女孩，她们一前一后地站着，双脚上的确是拉了两根黑色的弹力橡皮筋。

小女孩的声音响了起来：“你们两个女生，要一起过来陪我跳橡皮筋哦，陪我玩开心了，我就放你们走。”

果然……奈奈和容可儿对视一眼，达成了一致：“那就跳呗。”

奈奈是不害怕的，容可儿也有相当专业的演员素养，心里知道反正都是群演假扮的，也没有特别紧张。两人走到红衣小女孩面前，奈奈忍不住打量了她们一眼。她们约莫十一二岁的样子，化妆师也挺厉害，居然能把两个女孩化成相同的模样，就像一个人似的。其中一个女孩拉着幽幽的调子道：“我喊节拍，你们跳皮筋，动作要一致，如果跳错就算输了哦。”

奈奈问：“赢了会怎样，输了又怎样？”

小女孩答道：“赢了，我就放你们走，输了的话……你们就要永远留下来陪我了。”

说最后几个字的时候，小女孩的声音骤然变得无比低沉尖锐，就像大提琴破音的感觉。奈奈真是不由得感叹，这小丫头台词功底也太好了吧！

小女孩脚上拉着黑色的橡皮筋，这种跳法和学校里体育运动的跳法截然不同，这是小时候女孩子们经常玩的跳皮筋。一边跳一边唱歌谣，跟着歌谣的节奏跳出花样来，跳完一首歌还没有踩到皮筋的话，就算赢了。奈奈望向容可儿：“会跳吗？”

容可儿点点头：“小时候玩过。”

于是两人一前一后地站好了，准备就绪，红衣小女孩唱道：“一根绳，两人摇。摇得低，像小船；摇得高，像座桥。你跳我跳大家跳，好像鱼儿水中闹。”

伴随着小女孩抑扬顿挫的节奏，奈奈和容可儿有条不紊地用脚勾着绳子跳起了花样。好在，两人跳皮筋的技术都不错，歌谣也是小时候玩过的，因此，没有出什么差错，平安度过。

“现在可以放我们走了吧。”奈奈擦擦额间的汗，问红衣小女孩。

“不行不行，我还没玩够，还要继续玩。”小女孩狡黠一笑，“第二首来咯。”

还有第二首！奈奈和容可儿的心跟着提了起来。只听小女孩唱道：“小皮球，架脚踢，马兰开花二十一。”

好在这首歌她们也会，赶紧跟着节奏跳了起来。

“二八二五六，二八二五七，二八二九三十一。”

“三八三五六，三八三五七，三八三九四十一。”

小女孩唱歌的调子变得忽高忽低，忽快忽慢，似乎是故意要让她们跳错。

“五八五五六，五八五五七。五八五九六十一。”

“七八七五六，七八七五七，七八七九八十一。”

节奏越来越快，奈奈因为长时间的锻炼，体力还算比较好，能跟得上，但是容可儿的呼吸越发急促了。就在小女孩唱到“九八九五六，九八九五七，九八九九一百零一”的时候，容可儿的脚忽然踩到了绳子。

歌谣骤停！小女孩尖笑道：“你输啦！你输啦！你要留在这里陪我一起玩啦！”

与此同时，走廊尽头传来了凌乱的脚步声，好多恐怖装扮的“小学生”从两边的宿舍里涌出来，似乎要把跳错了皮筋的女生抓走。

顾聿宁早就反应过来了，知道这小女孩绝对不会让她们赢，如果她们跳对了，就会逼着她们一首歌谣、一首歌谣地继续跳，直到出差错为止。所以他很清楚接下来肯定会迎来一波危险，便提前想好了防御策略。在小女孩发难的前一秒，他拉着奈奈的手，一脚踹开了最近的宿舍门。在容可儿和许城都进来之后，顾聿宁关上门，并且快速地插上了保险栓。

群演们被阻隔在门外，面面相觑。怎么和预设的剧本不一样？导演的要求是让他们把女主角拖走啊！调控室里，导演和制片们看着视频画面也有些摸不着头脑。照理说周围宿舍门都是紧闭的，他们应该无路可逃才对，没想到顾聿宁不按常理出牌，竟然破坏道具，强行破门而入？

群演："导、导演，这怎么回事啊？"

钱导摸摸后脑勺："这个，算了，顾总是电影投资方，他想怎样就怎样吧。"

群演："那我们还演不演了？"

"演个屁啊，门都上锁了，不要再破坏道具了，都是钱！群演退散，让演员们休息吧，今天收工。"钱导一声令下，群演们纷纷离开，走廊里一下子安静了下来。

耳麦里传来了钱导的声音："那个，大家辛苦了，今天就这样吧，收工了。"

听到钱导的声音，众人都松了一口气，许城抱怨说："导演，你这也太坑了吧，刚刚叫你为什么不回话啊！"

"呃，可能信号不好？"

许城一脸无语，就信你的邪了。奈奈打开耳麦，问道："钱导，是不是可以派车把我们接出去啊，明天我们再继续拍？"

钱导："从这儿开车到小镇，至少得走一个小时山路。今晚就委屈你们一下，在学生寝室里休息吧，这儿是我们工作人员精心布置过的，床单被褥都是新换的，还有脸帕和牙刷，连护肤霜都给你们准备了。"

奈奈："可是导演，我们……住一间吗？"

许城就算了，一小破孩，关键还有顾聿宁啊！

钱导说："这没什么吧，进组拍戏，条件不好男女混住很正常，大家理解理解，而且，就算我安排男女分宿住，你们俩女孩敢住吗？”

奈奈望向容可儿，容可儿脑袋摇得跟拨浪鼓似的。坚决不分住，在这种空荡荡的荒废宿舍里睡一晚，别想入眠了！

“好吧。”奈奈无可奈何地望了顾聿宁一眼，打开耳麦，问道，“那导演，作为情侣，我和三爷是不是要睡一张床？”

钱导、顾聿宁：“……”

亏你问得出这样的问题！

房间的物品一应俱全，有干净的被褥床单，崭新的牙膏牙刷，甚至还有速冻的方便食品，足以让他们在这里支撑一晚甚至好几晚。

女孩子睡上铺，男人睡下铺，分配好住宿之后，几人早已经饿得前胸贴后背。今天一整天几乎都没怎么吃东西，凑合着煮了一顿速食，竟然也觉得挺香。

吃过饭之后，大家都没什么睡意，围在小桌边聊天。趁着现在气氛不错，许城攒了一肚子的恐怖故事要讲给大家听。讲故事之前，他还特意把所有灯都关掉，只摆了一盏暖红色的小台灯，放在桌子中间，营造气氛。

容可儿提议道：“来玩游戏吧。”

“还玩游戏！”许城连声反对，“今天的游戏还没玩够吗？”

“不玩那种恐怖游戏。”容可儿说，“抽签吧，抽中了就表演节目。”

“这可以。”反正在座的都是艺人，唱歌跳舞是他们的强项。容可儿下载了一个专门用来抽签的手机软件，东南西北的指针，正好指向四个人。

第一轮，指针指向了许城。许城也很大方，轻轻哼唱了一首自己的成名曲。

奈奈带头鼓掌：“好听。”

顾聿宁浅笑着，也鼓了鼓掌。许城当着顾聿宁这位大佬唱歌，挺不好意思，连声说：“见笑了，见笑了。”

第二轮，顾聿宁中招了。许城很有舔狗特质，小心翼翼地问道：“顾总，您想表演节目吗？”

奈奈连忙道：“问什么呀，抽中了都要表演，就算是投资方也不会耍赖的，对吧三爷？”

顾聿宁淡淡一笑：“可以唱。”

许城连忙摸出手机：“顾总需要什么伴奏，我帮你找。”

“不用，清唱。”

“好好好，有好嗓音的人，都不怕清唱。”

连容可儿都看不下去了，瞪了许城一眼：“你够了啊，能别这么油腻嘛，抱大腿也要有个限度好吧。”

所有人安静了下来，顾聿宁轻轻开口，旋律一出来，奈奈浑身的鸡皮疙瘩都冒了出来。他唱的竟然是顾长生的那一首《无畏》，是奈奈最喜欢的《无畏》。

“恐惧在黑夜里盘旋，绝望的人，颤抖地等待着明天。”

“如果还有希望，我泥沼缠身，在最阴暗的角落里，却还想着给你带来一点星光。”

“如果还有希望，哪怕像雏鸟般孱弱，但总有那样一天，我会骑在它的背上。”

“如果还有希望……”奈奈的唇瓣跟着他启合，目不转睛地看着他。柔和的灯光笼罩着他英俊的脸庞，轮廓锋利，漆黑的眼眸倒映着星火的微光。他侧脸的剪影，还有他温柔却带有磁性的嗓音，都与顾长生完完全全地重合了。奈奈心头禁不住涌上来一阵阵的颤栗和酸涩，她情不自禁地开口：“是……哥哥。”

顾聿宁一边清唱着，嘴角的弧度自然上扬。顾聿宁丝毫没有注意到身边小丫头的情绪，他唱完了这首歌，容可儿和许城连连鼓掌。

“顾总你唱得太好听了吧！”

“这首《无畏》是好老的歌了，顾总您居然会唱这首歌！”

顾聿宁微笑着，回头看了奈奈一眼，伸手拍了拍她脑袋："这不是你最喜欢的那个男星的歌吗？怎么没有掌声？"

奈奈愣愣地拍了拍手。

"算了，没诚意。"

下一轮，容可儿给大家跳了一支古典舞，奈奈没有心情欣赏，她坐在顾聿宁的床上，抱着膝盖打量着他。他眉宇挺括，眸子里燃着微光。刚刚那首歌，他故意转换了唱腔，用另外一种比较流行的唱法，一般人很难听出这是原声。但是奈奈怎么可能听不出，《无畏》这首歌，包括长生的所有歌，她听了这么多年，每一段旋律、每一个音符，甚至他的气息，她都了然于胸。

睡觉的时候，奈奈躲在被窝里，将刚刚偷偷拿手机录下来的一小段他的歌声，发给了杨嘉文："杨杨，帮我查一下这段音频和顾长生那首《无畏》，我要他们的重合度数据分析。"

杨嘉文："……"

奈奈："能查吗？"

杨嘉文："……能。"

奈奈："现在就帮我查，可以吗？拜托拜托。"

杨嘉文："我……先给我妹妹辅导完数学作业，等她睡了，我再……"

这要求正当又合理，奈奈当然没有拒绝，在床上翻来覆去忍耐了一个多小时。终于，十一点的时候，杨嘉文发来了一段音色对比信息。对比信息显示"虽然音色相近，但并非同一人"，还有不少参数佐证。奈奈看不懂这些数据，反正最终结论指向——他不是顾长生。

奈奈再一次困惑了。每次她信誓旦旦可以笃定的事情，一到杨嘉文那里就……可是科技不会骗人，她手上的这份音色对比资料，还有之前的人脸重合对比资料，都显示不是同一人。难道真的是她太敏感了？

周围人似乎都睡熟了，睡在上铺的奈奈小脑袋探出床檐，望向下铺的顾聿宁。

房间亮着一盏昏暗的小夜灯，柔黄的光漫洒在他的脸上。顾聿宁没脱衣服，而是将袖子卷起来，手臂枕着后脑勺，露出一节冷白的手腕。他的五官线条优美流畅，脸上一颗痣都没有，皮肤光滑白净，却又不沾一丝脂粉气。没有任何特殊的印记足以佐证他的容貌就与顾长生一模一样。

到底是不是啊。奈奈真的迷惑了。

“林奈奈。”他忽然出声，吓了奈奈一跳。

顾聿宁没有睁眼，用一种轻扬的嗓音道：“请你不要再用那种迷恋的眼神看着我。”

这男人，开天眼吗？闭着眼睛都能知道她在看他。她缩回脑袋，矢口否认：“才没有。”

“不要爱上我。”标准的霸道总裁式宣言。

“啊啊啊，才不会呢！”奈奈一下子红了脸。

“小声点，人家都睡了。”

她赶紧捂住了嘴，小声说：“我就算爱上你，也是爱上投资方你的钱！”

顾聿宁不再回答，鼻息间似乎发出了一声轻嗤，很淡很淡，几乎可以忽略不计。奈奈强迫自己闭上了眼睛。这么讨厌，才不会是顾长生呢！

下铺，顾聿宁摸出手机，杨嘉文刚刚发来了两条消息：“先生，我强烈要求涨工资，现场写反程序代码，还要经得起推敲和验证，我太难了。”

“先生，真的不考虑告诉她真相吗？”

顾聿宁放下手机，凝望着暗淡的天花板。但凡还有一点尊严，便不会愿意被她、被任何人知道。顾长生已经死了，就让全世界忘了他吧。

那一晚，似乎睡得格外安宁。

第二天清晨，奈奈轻轻地从床上跳下来，拿着洗漱用品，去走廊尽头的公共卫生间，却没想到，刚走进去便看到昨天的红衣小女孩，正趴在洗手台边刷牙。她穿着一件很普通的小碎花睡裙，正认认真真地上下刷牙。奈奈嘴角含了微笑，走到她对面，她一看到奈奈，吃了一惊，兴许是没料到她也会起得这么早。

“嗨。”

小女孩愣愣地吐了一口泡沫。

“你演技挺不错啊。”奈奈夸赞道，“昨天那首童谣，你现场唱的吗？”

“呃，是。”线下见面，小丫头就显得羞涩很多，赶紧漱了口，似乎很不习惯这样的碰面，“那个……你昨天，有被吓到吗？”

奈奈如实说道：“你把我的几个朋友吓得不轻，我还好啦。”

小女孩拿着漱口杯，走到奈奈身边，好奇地问：“咦，姐姐不怕我吗？”

“我不怕啦。”

“为什么呢？”小女孩困惑地看着她。

“因为姐姐的心脏不好呀。”奈奈微笑着解释，“如果这也怕那也怕，姐姐就很容易生病。”

小女孩似懂非懂地点了点头：“姐姐还是很勇敢的，我就胆小，不敢一个人在家。”

“胆小你还来演恐怖片呀。”

“对呀，我是胆小，但是我不怕吓唬别人。”小女孩说道，“我要回去了，拍完之后，姐姐能给我签名吗？”

“你都不认识我，干吗还要我的签名啊？”

“我想变成像姐姐一样勇敢的人啊，有姐姐的签名，我以后也不会胆小啦。”

“签名没问题啊，不过姐姐不是勇敢，姐姐只是……”如果她像顾平生那样，有可以倚仗和依赖的靠山，谁不想当一个娇娇女。奈奈顿了顿，没有说下去，“没什么，快回去吧！”

“嗯。”

奈奈抬头，见顾聿宁手里拿着漱口杯，懒散地倚靠在门边凝望着她，不知看了多久。

“三爷。”

“只是因为没有人可以撒娇，才会强迫自己变得更坚强，什么都不怕，对吗？”

奈奈翻了个白眼：“三爷，看破不说破，戳别人伤口有意思吗？”

“回去之后就和星雪工作室解约。”顾聿宁走过来，一边洗漱，一边说，语调是再正常不过的公事公办，“我当你的靠山。”

奈奈差点以为自己聋了：“三爷你说什么?!”

顾聿宁淡淡道：“风娱传媒有最好的律师团队，能帮你打赢这场官司，并且把解约金压到最低。”

奈奈的心跳是真的开始疯狂加速了：“最低……有多少？”

“说不准，但不必担心，这笔钱风娱传媒会帮你出。”

奈奈忽然沉默了。顾聿宁也没有再多说，打开水龙头，手捧水洗了脸。

良久，奈奈从牙齿缝挤出一句：“所以三爷是真的打算……潜规则我吗？”

顾聿宁关掉水龙头，转身甩了奈奈一脸水：“你想得美。”

她擦掉了脸上的水珠，望着顾聿宁的背影追问道：“可是为什么啊？三爷，为什么你要帮我？”

顾聿宁微微侧过头，回答道：“你想什么呢，进了风娱传媒，这些钱，都是要慢慢还的。”

奈奈发愣了几秒钟，忽然反应了过来，顾聿宁要签她！她要签风娱传媒了！奈奈使尽了全身的力气，才勉强抑制住自己不跳起来亲他一口的冲动，她激动地说：“三爷，你真的要签我？”

顾聿宁不咸不淡地看着她：“你也还算有潜质。”

“太有眼光了！”奈奈兴奋地说，“我会好好干，给你挣钱！”

顾聿宁嘴角浅浅地扬了扬：“好。”

风娱传媒是过去顾长生签过的公司，奈奈做梦都想进风娱传媒，不过话又说回来，娱乐圈哪位明星不想进风娱呢。

奈奈一整个早上对顾聿宁殷勤备至，又是给他温牛奶，又是给他剥鸡蛋，昨天还对容可儿和许城抱大腿嗤之以鼻，今天就完全变了一个人。

许城和容可儿两人，倚着衣柜，抱着手臂望着她。

“三爷小心烫！”

“哎哎，三爷你怎么能亲自喝水呢，来我喂你。”

许城、容可儿：“……”小丫头片儿还端着两副面孔呢。

早上奈奈和红衣小女孩接触之后，对后面的剧情也就彻底不害怕了。李今瑶彻底失踪了。许城和容可儿两位配角在设定里本来也会失踪，但是反正导演没给他们剧本，片场里就靠他们自由发挥，他们便开始和群演斗智斗勇。所以后续的剧情，基本上就是一场大逃杀，精彩程度和紧张程度，比之前的恐怖剧情还要带感。

导演让这几个不守规矩的演员气得不行了，眼看着剧情都跑过三分之二了，还没拉出主线来。最后实在没办法，导演让群演放弃那两个不听话的配角，直接把作为关键线索的日记本找了出来，作为破解谜题的重要线索。

伙伴们找到了日记，得知真相：那个红衣小女孩名叫小红，是这个镇子上最调皮的小孩，父母都在外面工作，只有爷爷奶奶带着她。她平时最爱带着一群小伙伴吓唬别人，自从她发现了这个废弃的学校，她就组织伙伴们把这个学校改造成了他们的游乐场，每天趁着爷爷奶奶睡着了偷偷溜出门玩。主角几人误入了这个学校后，小红就像拿到了心爱的玩具，把几个大人吓唬得团团转。

最后主角团揪住了捣乱的小红，把她送回了爷爷奶奶家里，并给小红的爸爸妈妈打了电话，希望他们能给小红多一些关爱，让小红拥有一个美好的童年。

至于李今瑶，她早就发现了事情的真相，知道没有危险，使坏想让朋友们体验一场刺激的“鬼屋冒险”，自己溜达到镇上安顿好了。

整个剧组拍摄前前后后用了两周的时间，回到家里，奈奈给自己放了几天假。拍这部电影，虽然说时间用得少，但基本是要求演员全天候拍摄，每时每刻都紧绷神经，这比正常剧组拍摄要辛苦得多了，而且时时刻刻都是高能剧情，不累崩才怪。她可总算是明白舒宁的“一片苦心”了，费尽心机想要把她好不容易积攒的一点口碑给闹没。这恐怖片，都已经不能用毫无诚意的烂片之作来形容了，这简直就是导演放弃治疗之作。

本来奈奈对这部片子已经完全不抱期待，剧组给她发来了导演剪辑版后，她随手扔给杨嘉文。万万没想到，杨嘉文端着电脑坐在沙发上，一看就是两个小时，连中饭都忘了做，厕所也没去上，一会儿捧腹大笑，一会儿捂着眼睛，嗷嗷尖叫。

奈奈拧着眉头坐到他身边：“这么好看？”

杨嘉文扭头对奈奈一本正经地说：“这片子，绝对秒杀国内所有恐怖片和惊悚悬疑片，林奈奈，做好心理准备，你又要爆了。”

第七章

偏爱

《真实的恐怖》定在了暑期档上映。上映之前，导演、制片包括剧组工作人员，对这部电影都很不看好，觉得可能连成本都收不回来了，因此，上映前也没有预算做宣传。就这样着吧，能收回来多少就是多少，绝对不要再追加任何没把握的投资了。导演组联系了院线方面的熟人，想办法错开暑期档的其他几部热门影片。经过磋商，上映日期终于敲定在了七月底，那段时间也正好避开了不少人气大片，又能赶上暑假的学生党流量。

千算万算，却没算到热门 IP 电影《时光遇见你》临时调整档期，居然定在了和《真实的恐怖》同一天上映。《时光遇见你》是林雪柔主演的校园言情片，上映前也没少造势宣传，在网上买热搜一顿狂推，因此上映的时候呼声很高，院线排片都是满场满座。青春爱情类电影虽然比不过动作剧情类电影卖座，不过也有不少受众，再加上又是热门 IP，所以排片场数就远远高过了《真实的恐怖》。

林奈奈和林雪柔两姐妹的矛盾，在圈子里不是秘密，因此两部电影撞在一起上映，多多少少也有些微妙。不出意外的话，林雪柔主演的电影票房肯定会高过林奈奈。恐怖片在国内是什么市场，大家心里都有数。

林雪柔听母亲提过，《真实的恐怖》属于导演玩票性质的小成本电影，拍出来肯定是粗制滥造。林雪柔很清楚，这算是全方位的碾压了。调整定档日期也是她的主意，目的就是为了给奈奈一个下马威，好让她知道，不管她在综艺、在网络上人气如何高涨，但是影视圈，仍然是林雪柔的地盘。林雪柔满心期待地等着两部电影同期上映。

然而，正如杨嘉文的神预言，这部纪实版恐怖片，虽然因为题材所限，排的场次并不多，但没想到首映下来，便在网络上直接爆开了花。

“你们去看《真实的恐怖》了吗？”

“这电影，太不走寻常路了！很新颖的拍摄方式啊。”

“全程高能，我保证你们去看的时候一个镜头都不想错过。”

网上涌现了一波自来水，原本排片不多的院线场场爆满，第二天院线立刻调整了排片，将《真实的恐怖》上映场次增加了一倍多。增加的场次恰好占用的是林雪柔的《时光遇见你》。

第二天、第三天，《真实的恐怖》上座率都很高，院线立刻又调整了排片场次。现在电影院几乎全天都在放这部电影，《时光遇见你》的排场一降再降，票房和口碑似乎都不太好。这下子林雪柔坐不住了，和剧组团队一起在网上疯狂宣传新片，甚至还买了大量水军，到视频网站去刷电影名，几乎每条热门视频的弹幕上，都能看到《时光遇见你》这几个字的水军安利。

一开始的确是拉了一波人气，但久而久之，因为刷屏率太高，这电影就有些招人嫌了。网络上骂声也不小，都说被这部电影坑了。

纵然骂声多，但是《时光遇见你》的票房，看起来好像也还不错，直到网络上开始有不少观众自发地晒出电影票：“我买的明明是《真实的恐怖》，票根却被替换成了《时光遇见你》。”

“《时光遇见你》抢《真实的恐怖》票房，有人出来管一管吗？”

“敢欺负我奈奈和生哥，当我们‘生菜’拿不动刀了吗?!”

这件事出来没多久，《真实的恐怖》剧组也立刻发微博，质问被网友提到的院线，而后奈奈和顾平生也同时转发了这条微博声援剧组。虽然《真实的恐怖》属于小成本冷门影片，但是实事求是，他们的演员阵容比《时光遇见你》更强大。有了顾平生的流量支持，这件事很快就闹开了，便有好几个院线顶不住舆论的压力，发布了道歉声明，说换票事件都是被《时光遇见你》投资方施压，不得已而为之，现在票房数据已经恢复正常。

上映一周，《真实的恐怖》的票房成绩已经超过了国内所有恐怖片的最高票房纪录，问鼎NO.1，这是让所有人都始料未及的。而后又有细心观众发现《真实的恐怖》演员表上面，扮演者的名字都是对应本人——

林奈奈 饰 林奈奈

许城 饰 许城

容可儿 饰 容可儿

但是轮到男主角顾平生的时候，却是——顾聿宁 饰 顾平生

网友们立刻沸腾了：“所以，影片的男主角，不是顾平生，而是顾聿宁？”

“我就说，虽然长得有点像，但是感觉完全不同啊，生哥最胆小了，电影里他淡定过头。”

“男主角一直戴着鸭舌帽，我压根没注意到，居然是哥哥扮演弟弟的角色？”

顾平生发微博解释道：“因为拍戏的时候，生病高烧，耽搁了进程，而且也真的有点被吓到，所以就让我哥临时顶上，抱歉了大家。”

评论区一片尖叫——

“三爷看起来比我们家崽儿还帅呢。”

“男友力爆棚了我想说！真的，和奈奈CP感够够的！”

“崽啊，妈妈对不起你，妈妈先粉三爷啦！”

顾平生：“？？？”他养的是一堆什么假粉？

演员替换这件事又上了一天的热搜，这算是从来没在公众面前露过脸的顾聿宁的首秀了，不过他绝大多数戏份都是在黑漆漆的室内完成，而且戴着鸭舌帽，所以模样不太看得清楚。纵然如此，还是吸了一大波的粉丝喜欢。

更何况，电影中的顾聿宁表现张力超强，时不时使坏吓唬吓唬队友，危险关头又绝对有英雄电影里男一号的风范，风趣幽默，人设饱满。一帮观众被他迷得尖叫，到处问：“三爷有微博吗？”

“找不到，好像没有。”

“三爷，求求你出道吧！真的好喜欢你啊。”

于是那段时间，风娱传媒的官方微博粉丝量开始暴涨，本来是宣传艺人的一个官媒，现在评论区已经被三爷粉攻占了。好多看过电影的观众又跑去影院二刷三刷，一开始他们把男主角当成顾平生来看的，现在一听是顾聿宁，立刻有了新鲜感，票房再度升上一个峰值。这是所有人都没有预料到的。

《真实的恐怖》上映了十多天，票房不降反升，持续走高。而一开始很被人看好的电影《时光遇见你》，也因为一系列骚操作加上本身质量不过关，票房败北，人气惨淡，口碑大跌。

这件事让林雪柔抑郁了好长时间，把自己关在屋子里生闷气，不肯出来见人。舒宁是把林雪柔放在心尖尖上疼爱的，见她这般不开心，当然把一切过错都归咎到了奈奈身上。可是没有办法，《真实的恐怖》因为票房大噪，演员身价也持续走高，奈奈拿到原定的全部片酬的同时，又分了一笔可观的提成。

那段时间，即便舒宁不给她任何通告，她也没有特别在意。顾聿宁答应让她进风娱传媒，趁着没有通告这段时间，好好休息，等进了风娱传媒可就没那么轻松了。看看陆以瑄的日常就知道了，忙得跟龙卷风似的，几乎每天都在奔波上通告，很少有时间休假。

很快，风娱传媒的陈律师跟奈奈联系了，准备着手她的解约事宜，这个当口儿，奈奈接到了很久没有联系的父亲林童睿的来电：“奈奈，有时间回家吗？”

“爸，如果是解约的事情，就不用说了……”

“不是工作上的事，是你哥，他从美国回来了。”

听到这个消息，奈奈惊得手机都掉了：“哥回来了？”

“嗯，昨天落机，见你没有来机场接他，很不高兴。”

奈奈用脚丫子想就知道，肯定是林雪柔和舒宁故意瞒着她，没让她去接机。

“他在家里等你，快回来吧。”

奈奈挂掉电话，连忙从沙发上一跃而起，兴奋地跑上楼换衣服。电脑桌前的杨嘉文回过头，问道：“你干吗？”

奈奈抓着杨嘉文的肩膀疯狂摇晃：“我家老大回来了！快给我化妆，我要去见老大了！”

杨嘉文挣脱了奈奈，扯了扯自己的衣领，拿起工具给她化了一个日常淡妆。

“要不要这么兴奋。”

奈奈已经激动得忘乎所以，穿上了漂亮的小裙子，一阵风似的冲下了楼。

“要不要我开车送你啊？”杨嘉文望着她的背影喊道。

“不用啦，今天给你放假！”奈奈打了一辆出租车，火急火燎朝家里赶去。

奈奈的兄长名叫林泽，比她和林雪柔大五岁。正如奈奈所说，林泽是她的“老大”，从小就是。小时候的奈奈，总以哥哥马首是瞻，跟在他身后当小跑腿。

比起林雪柔，林泽更心疼奈奈，所以每个月的零花钱，他要分四分之三出来贴补给奈奈。更遑论什么好吃的、好玩的，只要林泽有，最后多半都会偷偷变成奈奈的。他们两个仿佛结成了同一阵线联盟，这让林雪柔恨得牙痒痒，却又无可奈何，家里这位兄长，可是连父母都不敢讲半句重话的人。只是好景不长，林泽十四岁的时候，便被爷爷带到美国去了，一走就是十多年，没有再回来过。

说起来，林家其实并非目前奈奈家看起来的这样子萧条败落。真要细算，林童睿在林家的几个兄弟里，家族股份也就占了3%的样子，少得可怜。林老爷子也很清楚，林童睿性格懦弱，资质平庸，又是个耳根子软的，听厉害媳妇的话。偏偏媳妇生了一张《红楼梦》里王熙凤的利嘴，却半点没有学到王熙凤管家的能力，更是愚不可及。所以林老爷子对林童睿不抱希望，给了他们一家小公司，好歹维持一家人开支没问题。

纵使如此，林泽却很受老爷子喜欢。很小的时候，他便表现出惊人的智商和学习天赋，是林家后辈中才能最出众的一个，从小便被林老爷子带在身边由他来教育，不常住在父母家。正是因为这个原因，林童睿和舒宁知道，留不住林泽这个儿子，后来才决定再要一个孩子，没想到一胎生了两个女儿。两个女儿中，大的那一个，也就是林雪柔，贴心，会讲暖心的话，又冰雪聪明，一下子就点燃了舒宁的母爱之魂。

舒宁看着林雪柔一天天长大，这么优秀，生怕她也被爷爷抢走，每天担惊受怕。林雪柔安慰母亲说，她才不会跟爷爷走呢，她会永远留在母亲的身边，当她的贴心小棉袄。为什么舒宁这般疼爱林雪柔，并非没有原因。

奈奈只在很小的时候见过爷爷，记得他每次过来，林童睿和舒宁都会挨骂，看见他就吓得直哆嗦。但是奈奈不怕爷爷，因为每次他离开的时候，都会在奈奈包里塞一包巧克力糖，没有姐姐的份。在奈奈印象中，爷爷一点都不凶，还很喜欢说笑。

林泽十四岁被爷爷带到了美国，当时奈奈无意中听到父母谈话，好像说林泽其实也想把她带走的，但是林雪柔坚决不同意，在父母面前哭闹过好几次。爷爷自然也清楚，一次把两个孩子都带走也着实说不过去，再加上奈奈身体不好，怕到了美国更是水土不服，就只能作罢。或许也是因为这些事情，林雪柔对奈奈的恨意，从小就埋下了。

过去的种种在脑海里回闪而过，不多时，出租车在小区门口停了下来，奈奈朝着林家大宅飞奔而去。她和林泽都已经好多年没见面，不知道他现在是什么样子。

从小区入口到林宅有四五百米，奈奈马不停蹄地赶过去，到了家门口却放慢了步伐。奈奈手脚发软，不敢进去。万一林泽不认识她了，生疏了，变成陌生人了……

她站在垂挂着牵牛花的篱笆墙外，踮起脚，偷偷朝里面观望。院子里除了金毛狗大毛以外，没有其他人。大毛看到篱笆墙上露出一个小脑袋，兴奋了起来，不住地冲她摇尾巴，吐着舌头，嗷嗷地叫。她小声道："小声点，大毛别叫！老大呢？他回来了吗？在哪儿啊？算了，问你也白问。"

大毛"呜"了一声，看着她，不知道她在搞什么。

"找你家老大？为什么要爬墙根？"低沉有磁性的嗓音在耳边响起来，奈奈惊诧地转过头，看到林泽站在牵牛花藤边，双手撑着篱笆墙，跟她一起朝内观望。

奈奈印象中的林泽还是小时候的模样，皮肤白白净净，长相儒雅清秀。可是站在她面前的林泽却完全变了模样。他一米八六的个子，穿着合体的衬衣，袖子挽到手肘，露出一节漂亮的小臂。现在的林泽满身带着成熟男人的气度，笑起来左边脸颊有一颗酒窝。奈奈愣愣地看着他。

他冲院子里的大毛吹了声口哨，大毛立刻跳起来，疯狂地摇尾巴，原地兜圈子："你看，它还记得我，小妹已经不记得了吗？"

奈奈眼睛有些红，林泽晃了晃她的脑袋："还是小小的一只啊，没变。"

话音未落，奈奈猛地扑进了他的怀里，用力抱住他的腰，一顿暴哭："呜呜，哥，你怎么现在才回来。"

林泽心里隐隐有些疼，摸着她的脑袋，故作轻松地说："你还嫌晚了是吧，昨天都没来接我。"

奈奈连忙摇头，把眼泪鼻涕蹭他身上："我不知道。"

林泽笑了笑，拍拍她的肩膀："行了，多大人了还跟以前一样，小哭包。"

奈奈用袖子擦掉眼泪，问道："哥，你放暑假了吗？"

"不是放暑假，我已经毕业了，不走了，代爷爷接管集团国内的产业。"

"啊，那真是太好了！"

"是啊，以后就由老大罩着你了。"

奈奈又哭又笑地说："我全听老大的！"

林泽揽着奈奈的肩膀进屋："听爸说，你进娱乐圈了？看起来混得还不错。"

"呃，他们怎么跟你说的？"

"我这刚回来，具体也没细讲，昨天接机你没来，我还以为你把我忘了。"

林雪柔穿着小围裙从厨房走出来："哥，你去哪儿了，我给你准备了银耳汤，你快尝尝。"

见他揽着奈奈，林雪柔脸上的笑容迅速转冷。林泽直接拉着奈奈坐上桌，将银耳汤推到她面前："看你这小脸红的，尝尝冰镇银耳汤。"

林雪柔脸色越发不好看，强忍着怒意，说道："哥，这是我给你做的。"

林泽充耳不闻，将勺子递给了奈奈。奈奈看了林雪柔一眼，倒也不客气，吃了几口。应该不会是林雪柔做的，多半是阿姨的手艺，让她端出来借花献佛。

这时候舒宁和林童睿也从楼上下来了。见到奈奈，舒宁不悦的表情没有林雪柔那样明显，但还是很尴尬地别开了眼。林童睿稍稍自然一些，说道："奈奈，你哥回来第一件事就是找你呢，今天晚上就在家里住下来，跟你哥好好聊聊。"

舒宁没好气地睨他一眼："她都不把自己当林家人了，还有什么好聊的。"

林雪柔笑着说："奈奈现在很有出息了呢，觉得咱们这个小家装不下她了，要赶紧和我们断绝关系，划清界限。"

林泽听着她们阴阳怪气的调子，冷声说道："她是不是林家的人，由我说了算。"

林雪柔和舒宁噤声了，她们过去咄咄逼人的气势，在林泽面前彻底烟消云散。林泽是老爷子最上心的人，也是将来整个林氏集团的继承人。一定程度而言，他已经不算是林童睿家里的人了。奈奈小声对林泽说："我今晚不走，我有好多话要跟哥说。"

林泽摸摸她的脑袋，笑得很温柔："我也有话要叮嘱你。"

舒宁改了脸色，走到客厅里，笑着对林泽说："小泽啊，我看你带了很多东西回来，行李都有三大件呢。"

"是，给爸妈带了礼物，还有妹妹的礼物。"林泽将他的箱子打开，取出了带回来的东西。舒宁和林童睿拿着林泽给他们的按摩仪和保健品，看了又看，很高兴。

林泽给奈奈带了很多价格不菲的护肤品，还有好多漂亮的小裙子。他在美国，偶尔和朋友逛街，看到有好看的裙子，都想着要买给奈奈。

"喜欢吗？"

"哥送什么都喜欢。"

林泽笑了起来，完全忘了身边还有个林雪柔。舒宁见不得大女儿这般被忽视，于是问林泽："小泽啊，你给雪柔妹妹也带了好看的裙子吧，快拿出来给她看看啊。"

林泽道："我想雪柔应该不太缺这些东西，所以没有给她带，反正，她的衣柜也已经快装不下了。"

林雪柔听着这话，又气又委屈。林泽还跟过去那样，什么都想着奈奈，偏爱她更多。

林泽倒也不是多讨厌林雪柔，但是他从小就知道，林雪柔真的不缺这些，而且父母也偏心她。这个家里，或许真的只有林奈奈需要他。这种被需要的感觉，也是林泽特别在意奈奈的原因。林泽就像全世界所有超级妹控的哥哥一样，拿着自己精心挑选的各种礼物，摆到林奈奈面前，任由她挑选，像打扮洋娃娃一样地打扮她。

"这些年，我给你寄了不少衣裳，还有很多零食，都收到了吗？喜欢吗？"

奈奈一脸茫然："你有给我寄东西吗？一件都没有收到啊。"她都以为哥哥忘了她呢。

林雪柔变了脸色，有些紧张地望了舒宁一眼。舒宁也没想到林泽会突然提起这茬，不知所措，尴尬地试图岔开话题。林泽一见舒宁和林雪柔的表情，心里多半就已经有数了，冷声问道："怎么回事？"

很明显，林泽寄回来的那些裙子和零食，还有各式各样的新奇玩意儿，林雪柔先挑选了自己喜欢的，剩下那些……她都拿去送给闺密朋友了。

"你送的那些东西，本来就不适合奈奈。"舒宁咕哝着说，"年纪这么小，打扮得花枝招展的也不像话，所以就……"

林泽打断了她的话，冷冷道："妈，就不要为你们这么多年的偏心找借口了，你们对奈奈怎么样，我都知道。"林泽对奈奈太了解了，小丫头心思单纯，从她看林雪柔、看舒宁的眼神里，他就能猜到她这些年受了多少委屈。

"这次我回来，也不是单纯的探亲访友。"林泽坐在了椅子上，摆出公事公办的腔调，"爷爷的意思，是让我回来接管国内所有林氏的产业，也包括现在你们所经营的公司以及……星雪工作室。”

此言一出，舒宁立刻变了脸色：“什么，你怎么能！”

“这是爷爷的意思。”林泽面无表情地说，“有任何问题，你们可以给他打电话。”

林童睿立刻道：“小泽，公司是我们多年来的心血啊，而且，集团也不会差我们这一个小公司的，你能不能看在爸妈的面子上，就不要……”

“是，集团不差你们手底下这么个年年亏损的子公司，但是星雪工作室却在你们公司的名下。”

林泽看着他们，一字一顿道：“你们对奈奈做的事……我都一清二楚。”

“哎呀，小泽，你这才刚回国，是听谁在嚼舌根子乱讲话呢！都是没有的事，星雪工作室可从来没有亏待过奈奈，你看，她现在不是名气已经出来了嘛！”

林泽看了眼奈奈，兄妹俩心有灵犀，奈奈知道，不用她多解释什么，林泽都明白。

“我不是在和你们商量，我是正式通知你们。”林泽说道，“从明天开始，我会正式接手总公司，星雪工作室这个名字也会改掉，爸妈，你们可以准备退休养老了，如果实在闲得没事做，可以出去旅游。”

林雪柔急了，连忙拉住母亲的手：“妈，那我怎么办？你不能让哥哥这样……”

舒宁安抚地拍了拍她，转头对林泽道：“行，既然你要接管公司和工作室，那就先处理一下和风娱传媒的官司吧。”

“风娱传媒？”

舒宁冷笑：“是啊，多亏了你的好妹妹，现在风娱传媒要和咱们公司打官司了。”

林泽回头望向奈奈，奈奈犹豫了片刻，小声说：“哥，我打算签风娱传媒。”

“这件事，我们晚上私下说。”林泽揉揉奈奈的脑袋，对舒宁说道，“从明天开始，你们就不用去公司上班了。”

虽然舒宁和林童睿十万个不乐意，但是他们什么都做不了。毕竟林泽一直跟在老爷子身边，老爷子一旦过世，他就是整个林氏集团的掌舵人。某种程度上而言，他都已经不算是自己的儿子了。

晚上，奈奈洗漱之后来到了林泽的房间。林泽正在桌边看书，戴着眼镜，模样依旧温文尔雅，可是这些年在爷爷手底下锻炼，那种凛冽的杀伐之气也是掩饰不住的。

听见动静，林泽回头望了奈奈一眼。小丫头坐在床上，刚洗过澡，微微湿润的黑发垂在肩头，皮肤很白，脸颊泛着一点酡红，乌黑的大眼睛亮晶晶的，望着他，很乖。林泽放下手里的书，从抽屉里取出一个蓝丝绒小盒子，递给她：“给你的礼物。”

奈奈惊喜地接过来：“老大，你怎么那么多礼物呀。”

“是啊，在那边看到什么好东西，都想着要送给你。”

奈奈打开了盒子，里面是一条特别闪耀的血红钻石项链，精致切割的钻石，宛如一滴眼泪，美得令人惊叹。

“血泣，传闻是恶魔的眼泪。”林泽拎起那条项链，戴在了奈奈的颈上，“传闻拥有它的人，就会远离悲伤，永远不会掉眼泪。”

奈奈看着颈上的那一滴血泪：“这么贵重的钻石项链，戴在颈子上，做梦都会笑醒啊，哭肯定是哭不出来了。”

林泽微笑着拍了拍她的脑门：“小脑瓜子里想法还挺多。”

奈奈嘻嘻一笑：“谢谢老大啦。”

“叫什么老大，叫哥哥。”

“老大！”

林泽和奈奈像小时候那样子打闹了一阵，最后还是小丫头最先没了力气。

“哥，他们都说我不行，但我偏不信。”奈奈像个乖宝宝一样靠在他身边休息，“我现在每天都有锻炼身体。”

林泽知道妹妹的身体状况，他揽住了她的肩膀：“有哥哥在，不会有事。”

在林泽身边，奈奈才总算感觉到安心了。有人倚仗、有人保护的感觉真的很好。

林泽忽然问道：“你想进风娱传媒？”

“对啊。”奈奈诚挚地点点头。

“为什么？”

“娱乐圈，有谁不想进风娱啊。”

林泽沉默片刻，说道：“等我接收工作室之后，会重新整顿和分配资源，有林氏集团做你的后盾，未来前景，不会比风娱传媒差。”

“可是……”

“风娱传媒的水太深了，我不希望你和他们有任何牵扯，尤其是顾聿宁。”林泽表情变得严肃起来，“我听说，你和他一起拍过电影。”

奈奈诧异地望着林泽，他温柔起来的时候很暖心，可是严肃起来的时候也有点可怕。

“你和顾聿宁很熟吗？”

奈奈莫名有点心虚，低下头，不太敢看林泽的眼睛：“他弟弟顾平生是我的同学。”

林泽严肃地说：“奈奈，任何娱乐公司你想进，都没问题，唯独风娱传媒不可以，听哥哥的话，哥哥不会害你。”

“为什么？”

“风娱传媒……不，他们顾家，水太深了，而且顾聿宁……”林泽欲言又止。

“可是……”

“没有可是。”林泽站起身，望着奈奈，“不是说什么都会听老大的吗？”

“可我已经答应了，而且我也想……”

“我会帮你推拒掉。”林泽一锤定音，丝毫没有转圜的余地。

第二天，奈奈坐在林氏集团大楼主厅的办公室里，等着林泽整顿公司之后，安排她接下来的工作。她早上已经给陈律师打过电话，把事情说清楚了，但是陈律师告诉她，顾聿宁那边最好还是她自己去解释。

奈奈给顾聿宁发了一条道歉加情况说明的短信，没有回复，不知道他看没看到。奈奈盘腿坐在沙发上，给顾聿宁打了一个电话过去，电话响了两声后接通了，她忐忑地开口：“三爷。”

“嗯。”他的嗓音一如既往，不辨喜怒。

“三爷您在忙吗？”

“忙，但你说。”

“就是今天早上我给你发的信息，你没有回，我就想跟你说一声，我哥哥回来了，他接管了公司，他有点反对我签风娱传媒。”其实不是有点反对，而是非常反对。奈奈没敢把话说死了。

“你自己怎么想？”

“我……我很想来风娱传媒，来三爷手下做事。”奈奈发扬她一如既往的舔狗精神，“跟着三爷，我肯定能学到很多……”奈奈还没说完，忽然看到大厅的自动门打开，西装革履的顾聿宁走了进来，单手拿着电话，身边跟着周助理。

奈奈手里的电话都快掉了，目瞪口呆地看着他走进林氏集团的大楼。周助理直接去前台接待处自报家门，指明了要见林泽。前台小姐姐估计也没应付过这样的场面，立刻叫来了经理。经理当机立断，直接去会议室向林泽通报。很快，经理走出电梯，恭敬地对顾聿宁说：“顾总，董事长请您借一步，来办公室说话。”

见顾聿宁进了电梯，小丫头踏上自己的高跟鞋，连鞋带都来不及扣上，一阵风似的也跟着蹿了进去。她一时没刹住车，直接撞进顾聿宁的怀中，他的手落在她的肩膀上，稳住了小丫头的身形。奈奈脸颊微微发烫，没敢抬头望他，轻轻地唤了声："好久不见，你……吃午饭了吗？"

"我们已经很熟了，要是找不到话寒暄，可以不用说话。"

奈奈："……"你这都知道了。

就在这时，电梯"叮"的一声开了，正对面，林泽穿着深灰色西装，正在等着他。两个男人面无表情地对视了一眼，倏尔，林泽的目光下移，落到了顾聿宁搭在奈奈肩膀的左手上。

办公室里，林泽站在吧台边煮功夫茶，顾聿宁倚在沙发边，姿态从容。

林泽端过来一杯清茶，递到顾聿宁面前："这些日子，多谢顾先生对小妹的照应，我本应该登门拜访，但是因为刚接手公司，事务繁忙，没能脱开身，望顾先生见谅。"

清茶散发着袅袅的轻烟，沁人心脾，正如林泽，谦谦君子，如玉温润。顾聿宁并不吃他这一套客气的措辞，直言道："我知道林先生很忙，所以亲自过来，谈谈令妹签约的事情。"

林泽坐到他对面的沙发上，品了一口茶，说道："小妹刚刚出道，有了一点成绩，但是这点成绩，顾先生应该不至于看在眼里。"

顾聿宁毫不掩饰地说："令妹是我想要的人，既然不违背她的意愿，我想，我可以得到她。"

林泽微怒，攥紧了拳头。虽然知道他所说的"得到"，只是想把她纳入麾下，但是他的措辞，还是会让人浮想联翩。林泽冷声道："顾总对手底下每一位女艺人都这般上心，倒很让人意外。"

顾聿宁往后靠了靠，望了望身边的小丫头，她正襟危坐，眼观鼻，鼻观心，一句话都不敢说。

"不，只是她。"

"小妹究竟有什么特殊的地方，这么吸引顾先生？"

顾聿宁清浅一笑："你说呢？"

林泽蓦然站起身，漆黑的眸子里酝着怒火。奈奈看林泽这模样，心里咯噔一下，看样子，真是把他惹火了。顾聿宁依旧气定神闲地坐在沙发边，似笑非笑地看着他。

“小奈，你先出去。”林泽沉声说，“我有话单独跟顾先生说。”

“可是，哥……”

“出去。”林泽很有长兄如父的范儿，奈奈可以不听父母的话，却不敢不听林泽的话，只好不情愿地退出了办公室。

林泽坐到了顾聿宁的对面，继续不急不慢地煮功夫茶。顾聿宁也不催他，空气安静了十多分钟，只听得见茶水咕噜咕噜的声音。良久，林泽开口，沉声说道：“顾先生，我知道你的秘密。”

顾聿宁忽然抬眸，锐利的眼风扫向他。林泽坦坦荡荡地与他对视，眸光暗含威胁。聪明人不必说太多，一个眼神都会懂。

顾聿宁沉声道：“你知道多少？”

“所有。”林泽冷冷地看着他，“我在美国见过你二叔。”

此言一出，顾聿宁太阳穴青筋猛地凸起，眼角肌肉微微颤了颤。

“他申请了安全保护，我做过一段时间他的心理疏导，所有人都认为他说那些话是疯了，明明已经死去的人，又怎么可能复活呢？”林泽看着他，缓缓说道，“但我相信他的话，我相信他说的死而复生。对吧，顾长生？”

顾聿宁再也没有了之前的气定神闲，此刻，他靠在沙发边，眸光越发深沉，不辨喜怒，也看不出他到底在想什么。

“你心里藏着这样大的秘密，日日夜夜，备受折磨，一定很痛苦。”林泽深深地看着顾聿宁，“你害怕被人知道，其实你……已经不算是人了。”

顾聿宁压着嗓音，冷冷地说：“你以为，你很了解我。”

“我不了解你，但是我知道，你过去经历了很糟糕的事情，可是没有人能解决你的问题。小奈是我最疼爱的小妹，抱歉，我不会放心把她交给你。”

“顾先生，我一贯先礼后兵，那些秘密，除了我和你二叔，恐怕没有第三个人知道，你一定不会希望它重见天日。所以请你离我妹妹远一点。”

奈奈不知道兄长和顾聿宁究竟说了什么，总之，顾聿宁出来的时候脸色很难看。奈奈站在落地窗边，看着他离开的背影，心头空荡荡的。

林泽走到她身边，手轻轻地落在她的肩膀上：“想进风娱传媒，也不仅仅是因为风娱传媒的资源更好吧。”

奈奈抿抿嘴没有回答。想进去，不仅仅因为那是顾长生过去所在的公司，也不仅仅是因为所有明星都想进那家公司……是不是心里也有一点自己都没有发现的私心，是因为能够经常见到他呢？

“小奈，你喜欢他？”

奈奈靠在林泽的身边，喃喃道：“像他那样的人，谁会不喜欢。”

林泽的手落到了她的头顶，晃了晃：“只是因为他长得像你的偶像吧。”

“你连这都知道了！”

林泽看着她，微笑着说：“你的所有事，我都知道。”

奈奈笑笑：“我都已经成年了，不能喜欢别人吗？”

“可以喜欢，但你确定就是顾聿宁了吗？”

“以前我总觉得，这个世界上的好东西，永远轮不到自己。大概还是不太甘心。”奈奈轻轻地叹了声，“我想着，如果足够努力变得更优秀，也许有朝一日，我可以站在他身边呢。”

林泽沉默了片刻：“哥哥会让你可以站在任何人身边。”除了那个人。

奈奈这几天没工作，杨嘉文也闲得无聊，躺在沙发上将奈奈发给他的音频又听了一遍。是顾聿宁的现场版《无畏》。他是真不在意还是故意的啊，奈奈可是顾长生的死忠粉，他就这样无所顾忌地在她面前唱歌，还是唱顾长生的歌，不被认出来才怪呢！要是没有他保驾护航，估摸着早就“掉马甲”了吧。

杨嘉文听完这首清唱版的《无畏》，又打开电脑播放了顾长生的原版。无论是音色还是腔调，两段音频都是高度还原。难怪奈奈会怀疑，乍耳听上去，根本就是同一个人啊。杨嘉文对自己老板的智商有点产生怀疑了，难道真的是坠入爱河的男人智商为零？那天晚上，他发给奈奈的报告，其实就是乱写的一份数据，目的是为了说服她别再胡思乱想。反正无聊，杨嘉文随手打开了之前写的一个音色分辨软件，将这两份音频放了上去，开始读取数据。

很快，数据显示，两份音频的相似度很高，但是最终结果却是——无法辨认。

居然无法辨认？杨嘉文一个激灵，翻身从沙发上坐起来，看着电脑上显示的一行行数据对比分析。两个人的音色各项数据都吻合，照理说，他们应该是同一个人。为什么会这样？杨嘉文立刻来了兴趣，越是这种复杂的情况，越能激起他的探究欲。他开始仔细对比各项数据，分析两个音频的参数，花了整整一晚上的时间，终于找到问题所在。

顾长生的音频没有问题，问题就出在顾聿宁的那一段清唱。那段清唱的发声方式，不是人的声带震颤，而是来自电脑合成。

杨嘉文傻了，怎么可能是电脑合成？顾聿宁是活生生的人啊！杨嘉文彻底怀疑人生了，他又把顾聿宁的那段清唱，发到了他们程序员的交流论坛上：“各路大神，帮我分析分析这段录音。”

两个小时后，帖子里多了好几条留言：“这不是人的嗓音，是合成的。”

“有点想知道是什么发声器，居然能做出这么仿真的声音。”

杨嘉文瘫软在了椅子上，如果嗓音是合成的，这是不是说明顾聿宁他不是人？杨嘉文被这个想法吓坏了，他又对比了好多遍，都显示和方才一样的结果，两份音频不是一个人的声音。

杨嘉文傻了，半个小时后，他从手机里翻出之前奈奈发给他的两张照片，一张是顾长生，另一张是顾聿宁。把两张照片导入电脑的时候，杨嘉文的手抖个不停。

之前奈奈让他分析，他随便写了一个程序，分析出来的结果无论是不是，答案都会指向否定。但是现在……杨嘉文看着电脑里出现的结果，惊得说不出话来。机器永远不会说谎——顾聿宁和顾长生的模样，百分之百吻合。这个世界上，就算是同一个人，多年以后，新陈代谢都会让人的模样有所变化，能到百分之九十就已经能确定是同一个人了。百分之百的吻合只能说明他的容貌特征一点都没有改变！这种匪夷所思的现象，只能证明，顾聿宁绝对不正常！

而现在杨嘉文终于明白，为什么顾聿宁毫无顾忌地放任奈奈拍他的照片，在她面前唱顾长生的歌……根本就不是同一个人，他又有什么担心的！

顾聿宁回到家，客厅里很热闹，顾平生已经回来了，盘腿坐在沙发上打电玩。他平时跑通告，参加走秀综艺，比顾聿宁这个当哥哥的都忙，很难得有在家的时候。顾平生回头看到顾聿宁，冲他挥了挥手："哥，快快快，陪我玩游戏！"

顾聿宁走到他身边，顺手拎起了游戏手柄，陪他玩起了《疯狂赛车》。他这一上手，顾平生几乎每轮都被吊打，输得惨不忍睹。顾平生被虐了几局，扔下游戏手柄，有气无力地躺在沙发上，嗷嗷叫了几声："哥，你怎么回事啊！"

"什么怎么回事？"

"你没玩过这游戏吧！怎么会这么熟练啊！你简直就像个外挂机。"

顾聿宁耸耸肩："哦。"

"我记得小时候玩游戏，你从来玩不过我，怎么现在技术这么好了！”

顾聿宁拿着游戏手柄的手，微微抖了抖：“如果想要我让着你，直说就行。”

“才不要咧！”顾平生翻身爬起来，“你从来都是游戏废，以前我教你玩魂斗罗，怎么教都教不会，现在小脑开发出来了，倒变成游戏天才了，我才不信呢！再来再来！”

顾聿宁陪他玩了几轮，有些心不在焉，但纵使如此，他都能精准吊打顾平生。

“顾平生。”

“干吗？”顾平生死死盯着电视屏幕，专心致志地开摩托。

“如果我不是你哥……”剩下的话，顾聿宁不知道该怎么说。

“你不是我哥，那你是谁？”

顾聿宁看着电视里撞翻了路边铁栏的摩托车，忽然失语了。现在的他……到底是谁？

顾聿宁独自一人来到郊野的公墓边。天气阴沉，天空飘着几颗雨星子，冷风嗖嗖直往骨子里蹿。这里的公墓属于北城比较高档的区域，草地青绿平整，黑色的墓碑渐次排列。

顾聿宁走到一座墓碑前，停下了脚步。这座坟墓的墓碑上，空空如也，什么都没有写。顾聿宁伸手摸了摸墓碑，漆黑的眸子平静无澜。良久，他淡淡地喃了两个字：“长生。”

顾聿宁已经很久没有回忆那些遥远的事情了。可是只要一回想起来，那些事，依旧清晰，清晰得每一个细节，都历历在目，宛如电影般在脑子里回闪而过。

顾家家族人丁萧条，爷爷只生了两个儿子。长子也就是顾长生的父亲，次子便是他的二叔——顾延。顾延身体一直很孱弱，也没有娶妻，更无子。全家的希望，就落到了长子嫡孙顾长生的身上。爷爷倍加宠爱他，几乎是要什么给什么，天上的星星都能摘给他。

但顾长生对公司的事务完全不感兴趣，一心只想进入娱乐圈。那个不笑的时候唇角自然上扬，笑起来的时候漂亮得仿佛能融化春雪的少年，一入娱乐圈，便迅速走红，成为当时炙手可热、万人追捧的巨星。风娱传媒更是不遗余力地捧他、包装他。顾长生自身条件优渥，又有集团的雄厚资金做靠山……真是红得发紫。

但是好景不长，十七岁的顾长生，遭遇了生命中的一次浩劫。爷爷去世，父亲车祸罹难，只留下母亲和两个年幼的孩子……一系列狗血的豪门纠纷全在他身边真真实实地发生了。二叔觊觎家族产业多年，逐渐偏执，而疯子是可以不惜一切代价做任何事的，甚至父亲的死都和他脱不了干系！

因为母亲不愿把家族产业交出来，顾延用尽一切恶心的手段折磨她。十七岁的顾长生，却还是个人事不知的孩子，除了一身华丽苍白的名气之外一无所有。没有实权，公司也全是二叔的人，他和母亲还有弟弟都成了俎上鱼肉，任人宰割。一夜之间，整个顾家天翻地覆。那个时候的顾长生，蜷缩在房间的角落里瑟瑟发抖，精神已经几近崩溃。

顾延十分疯狂，折磨得母亲丧失了心智，过去风华绝代的北城第一美人，变成了一个狼狈的疯妇。顾长生不记得那一天具体的事件是如何发生的，只记得自己和顾延在天台上纠缠。顾延奄奄一息，但顾长生此时也被他逼到了天台边缘，失足掉下了天台。

当顾长生再度睁开眼睛的时候，发现自己躺在洁白的实验室里，身边有个慈祥的外国老头，冲他和蔼地微笑，并用英文对他说："欢迎重返人间。"

顾长生本以为是他被抢救了回来，可是慢慢地，他发现事情没有这么简单。他的身体开始变得奇怪，左眼会闪过一些莫名其妙的画面或者许多代码符号。还有更多奇怪的地方，譬如洗澡的时候他忽然被电流击中，吱啦吱啦地全身短路。又或者正常生活三天之后，他忽然全身酸软倒地，晕厥过去不省人事。当他醒过来的时候，发现自己竟然在充电。一节插头连接着电插板，另一节线路，直接没入他腰间的USB接口里。顾长生简直要疯了。

那个外国老头名叫约翰森，是顾长生爷爷的至交好友，毕生都致力于研究人工智能。他总是用很不熟练的中文，管顾长生叫“莲花童子”。这是顾长生爷爷给他讲的一个中国的神话故事，莲花童子削肉还父、剔骨还母，后来被太乙真人所救，用莲藕重塑身体，死而复生。

约翰森说现在的顾长生，就是死而复生的莲花童子。只不过，他的身体还是他的身体，但是脑子却已经换成了约翰森最新的实验成果——新型G386人工智能芯片。

后来，顾长生慢慢地习惯了这具半血肉、半机械的身体，习惯了定时充电，习惯了睡觉的时候进入休眠状态，也习惯了这个崭新的世界。他能听到更远处的鸟鸣，能嗅到空气中所有的气味因子，他的记忆力、敏捷度乃至反应力，都比过去有大幅提高。

休养三个月之后，顾长生从约翰森口中得知了二叔并没有死的消息，母亲还有弟弟都在他身边。在约翰森的帮助之下，顾长生重新给自己换了身份，改名顾聿宁回国。以他现在的状态，要想对付二叔顾延，真的太容易了，比动动手指头还轻松。

像顾延那样的人，绝对不可能清白，一屁股见不得天日的龌龊事，不可能不留下痕迹。顾聿宁只花了半年时间，就东山再起夺走了二叔的一切，令他宛如丧家之犬一般东躲西藏，远逃海外。为了不给已经罹患精神病的母亲造成更大的伤害，这场豪门丑闻被顾聿宁压了下来。所有的数据资料被他抹杀得干干净净，一点痕迹都没留下。

当年顾长生出道的时候，为了不让别人说他是靠自家公司推名气的富二代，所以隐藏了身份信息。因此没有人知道他是顾氏集团的长子。在别人眼中他只是一个因丑闻退圈，销声匿迹的明星而已。这样的明星，娱乐圈太多了，不会有人去深究他的身世，也没有人怀疑顾聿宁的身份。顾聿宁现在是顾氏的第三位儿子，外人都叫他——顾三爷。

林泽接手公司之后，等手上的事情稍稍宽松了些，便开始精挑细选地给奈奈排通告。而林雪柔的通告全部暂停，他把她丢到学校里去，让她好好修炼一段时间。过去她忙于跑综艺、接广告，课业耽搁了一大半，基本上每门都挂科。被兄长停了通告，林雪柔气不打一处来，更没有去学校上课，每天呼朋唤友地去会所唱歌喝酒。

奈奈接了一个直播节目，是最近的爆款综艺，名叫《甜甜的恋爱属于我》。顾名思义，这是一款恋爱综艺，每期会请三对男女明星扮演情侣组合，在节目里逛街、吃饭、看电影等等。每一期请来的嘉宾都是超高人气的俊男靓女，粉丝观众也很喜欢看这类的恋爱综艺。

冉明月帮奈奈挑选这款综艺，纯粹是看中了它的人气，而林泽同意这款综艺，则纯粹是为了想让奈奈多接触接触其他英俊帅气的男明星，打消她对顾聿宁的那份心思。奈奈对这款综艺倒是没意见，上次拍摄《真实的恐怖》时留下的心理阴影一时半会儿也过不去，这类轻松的综艺正是她需要的。

这一期的《甜甜的恋爱属于我》前两对组合明星都已经定下来了——流量鲜肉贺然和国民闺女叶思茗。奈奈看到叶思茗的名字的时候，开心得很，没想到居然还能在这种综艺上遇到熟人。

叶思茗的搭档颜宋，是最近的嘻哈选秀节目里人气超高的街舞少年，还会唱 rap（说唱音乐），玩滑板和 b-box（人体音响），性格也开朗热情。第二对组合，一个是新星歌手范慕文，还有一位是人气网红主播冉未央，平时素颜出镜，唱歌跳舞都是一流，可以算是宅男女神。

奈奈的搭档暂定人气鲜肉贺然。贺然属于典型的唱跳类流量，是最近的选秀练习生前五强里出来的小鲜肉，人气不低。奈奈对贺然没什么意见，不过贺然对奈奈似乎有点抵触，直接跟节目组说，如果是林奈奈做他的搭档女友，那他就拒绝上节目。节目组也相当为难，私底下跟贺然沟通过很多次，不过贺然态度依旧很坚决，不会跟奈奈出演恋爱搭档。

奈奈挺无辜，认认真真地回想自己出道这一年以来，似乎没有和贺然接触的机会，他怎么就讨厌上自己了？后来，奈奈在电话里听叶思茗说起了前因后果。原来过去很长一段时间，贺然跟林雪柔走得很近，两个人介于朋友和恋人之间的关系，时不时会爆一些暧昧的小花边，但双方又不肯承认，让粉丝们心痒痒。总之，相互蹭对方的热度，效果还挺不错。

“很明显，贺然是仗着自己人气高，流量大，想用这种方式给导演组施压，让导演组把你替换下去，多半是想把林雪柔换上来。”叶思茗替奈奈分析道，“这种时候就要拼后台了，贺然签的是盛世传媒，也是他们公司的台柱型艺人了，就看你家那位兄长给不给力了。”

事实证明，林泽捧奈奈绝对是不遗余力的。当贺然得知导演组要撤掉他的时候，他还有些不可置信，要比名气、比粉丝流量、比作品数量，他都远远甩开奈奈一大截，绝对想不到节目组为了保奈奈，居然把他撤下去了。

被撤掉的贺然，被经纪人狠狠骂了一顿。要知道这款综艺，圈子里多少艺人都巴望着上呢。贺然讪讪地觍着脸想回来，不过节目组也是有脾气的，之前贺然颐指气使的腔调，把几个编导气得不轻，现在他想回来，被节目组一口拒绝。

拒绝了贺然，节目组开始重新寻找和奈奈搭档的男星，征询了林泽的意见，林泽只有一个要求，帅。而且林泽要求的帅还是有标准的，一定要帅过顾平生。在林泽眼里，顾平生跟顾聿宁基本上就可以捆绑了。只要奈奈多接触其他英俊帅气的男星，用不了多久就会把顾聿宁抛到脑后。

但是林泽的这个要求可把节目组难住了，要说找帅气的男星容易，可是以顾平生为标准，那就真的有点强人所难了。比顾平生还帅的，圈子里找得出几个？

刚好有编导最近在追《真实的恐怖》这部电影，忽然脑门发热，提出了一个匪夷所思的想法——比顾平生还帅的，除了他那位兄长顾聿宁，还能找得出第二个人？而且在《真实的恐怖》里，奈奈和顾聿宁的组合感太足了，奈奈软萌花痴，顾聿宁男友力爆棚，两个人为数不多的亲密互动，撩得粉丝嗷嗷叫，几乎都快把这部恐怖片变成言情片了。如果能把顾聿宁请来参加《甜甜的恋爱属于我》，这期的节目，绝对炸啊！

第八章
试探

顾聿宁斜倚在靠背上，修长的指尖拎着一份报表，漫不经心地看着。周助理发现他看文档的速度极快，一目十行，关键是他看了之后，就能记得住所有的内容，那些复杂的数据就像被扫描进了他的脑子里似的。

“有话就说。”顾聿宁翻了一页纸，冷冷淡淡道。

周助理微微一愣，心想这人不止一目十行，背后还长眼睛的！“那个，也没什么大事。”周助理吞吞吐吐，欲言又止，“就是……最近有个恋爱综艺，因为挺火的，编导可能有点飘了……”

顾聿宁回头，淡漠的眼风扫了扫他：“周思源，讲重点。”

周助理小心脏猛地一提，连忙说道：“就是他们居然想请三爷去参加综艺，和女明星搭档，你说这过分不！我们三爷日理万机，哪有时间给他们录综艺！我去严词拒绝他们！批评他们！”

顾聿宁打断了周助理：“还不快去。”

“这就去！”周助理大步流星走出办公室，边走边絮絮叨叨，“你说这林氏集团的林总，咋想的，不让奈奈签我们，自己又是外行，接的是个什么破通告……”

顾聿宁叫住了他："你说谁？"

"呃，这个恋爱综艺的女明星里，有林奈奈。"周助理回头解释道，"林总说，要找个比顾平生还帅的男星给奈奈当搭档情侣，整个娱乐圈，上哪儿去找比小顾爷还帅的男星？这就把主意打到三爷的身上了。三爷，我马上去拒绝他们！"

"回来。"

"啊？"

顾聿宁不耐烦地说："让你回来。"

这期《甜甜的恋爱属于我》的拍摄场景选在了东南亚的一座海岛上，直到落机，奈奈都不知道她的男搭档艺人究竟是谁。飞机上，节目组的编导把综艺拍摄的要求跟她仔细地讲了一遍，然后问："我们综艺选择的都是没有男女朋友的单身艺人，而且都没有恋爱经验，你知道这代表什么吗？"

奈奈想了想，问道："丑？"

"……"编导怒道，"代表着你和你的搭档，要最真实地还原恋爱的感觉，你们要像情侣一样相处，只有你们真的甜起来，观众才会觉得甜！知道了吗？"

奈奈愣愣地点头，举手问："我可以知道我的男朋友是谁吗？"

编导："等会儿你就可以见到他了。"

"哦。"奈奈又问，"那要是没有火花怎么办？"

编导："小奈同学，你上过表演课吗？"

"上过呀。"

"演戏会不会？"

奈奈："哦！"所以就是当拍偶像剧那样演，这就好说了，演戏她是专业的。

编导："话虽这样说，但是吧，我相信肯定会有火花的。"

"为啥？"

“这一期我们请来当你男朋友的那位……恐怕没有任何女艺人能抵挡他的魅力吧！”编导双手合十放在胸前，满眼花痴。

奈奈嘴角抽了抽，真的假的啊。

三个小时的旅程后，傍晚时分，奈奈来到了海边别墅，这就是他们录制期间要居住的地方了。别墅与大海隔着一条街的距离，周围很安静，没有叫卖的小摊贩，绿植树荫环绕掩映，看上去像是一处私人的小庄园。三层高，简约欧式风格，白墙花台，正面能看见波光粼粼的湛蓝大海。这也太适合休闲度假外加谈一段甜甜的恋爱了吧！奈奈开始有点期待了。

她背着小包进了屋，助理杨嘉文则跟在摄像机的后面，帮她拿着绝大多数的行李。客厅里已经摆放了几个大箱子，看上去有人早来了。她喊道：“Hello，有人吗？”

听到奈奈的声音，叶思茗从房间里出来，“嗖”的一下，宛如皮球般弹到她面前：“奈奈宝贝！想死你了！”

奈奈看到叶思茗也很兴奋，扔了行李跑过去，跳到一米七三的叶思茗身上，抱住她：“思茗宝贝，我也想你！”

叶思茗用脑袋使劲儿蹭奈奈：“以后住在一起，终于有人给我叠被子了，呜呜呜。”

奈奈：“……你走开！”

因为节目采用直播先行的形式，后期才会制作精彩剪辑的正片，所以这会儿弹幕上一溜都是：“这对塑料姐妹组合我站定了！”

很快，颜宋、冉未央和范慕文也都陆续来到了别墅，弹幕上也飞过了各自的粉丝应援。颜宋是rapper（说唱歌手）出道，性格开朗活泼，跟叶思茗凑在一块儿，两人叽叽喳喳的有说不完的话。冉未央和范慕文两人都还比较生疏，冉未央在直播里也算是快嘴一姐了，不过面对真正的娱乐圈明星范慕文，她还是有些小自卑，不太好意思，话不多。范慕文对冉未央也不满意，他觉得以自己的咖位，就算不是叶思茗当自己的搭档，也应该是林奈奈吧，怎么弄个三线网红给他当搭档，太掉价了。

全员都到齐了，只剩一位……也就是奈奈的神秘搭档。导演的话外音响起来："他工作挺忙的，估计还要再等等吧。"

范慕文不满地说："什么忙啊，这就是耍大牌吧，让咱们这么多人等着。"

导演组几个小姐姐对视一眼，说道："我们先进行下一步活动吧，这边的街灯夜市挺热闹的，大家收拾打扮一下，我们去录夜景。"

听说要出去玩，大家伙儿也都来劲了，各自回房间打扮了一番，开开心心地出了门。

叶思茗和颜宋两人的搭档感很快就出来了，手拉手走在一起，说说笑笑，全部观众都在磕这俩人组合："啊，牵手好甜啊！"

"思颜夫妇请多给镜头谢谢。"

冉未央见范慕文不怎么说话，倒是好几次主动挑起话茬，想跟范慕文聊天，相互了解，但是范慕文对她总是爱理不理，高冷极了。范慕文的粉丝量是冉未央的好几倍，见自家"爱豆"不喜欢冉未央，粉丝们也开始闹腾了起来，纷纷攻击冉未央，说的话还很恶毒。冉未央的粉丝虽然不多，但都是死忠粉，于是两家粉丝开始在屏幕前对骂起来。一下子又上热搜了。

节目组要的就是这种效果。

夜幕降临，沙滩边的夜市街灯火通明，各国的游客都在此聚集，热闹不已。几对"情侣"分开各自逛街，奈奈一个人在街边溜达。弹幕里，粉丝们纷纷心疼："我们小奈姐姐孤零零好可怜。"

"小奈姐姐的搭档是谁啊，真的要生气了，能不能有点职业素养。"

奈奈倒没什么失望的，因为她发现几个导演小姐姐总是偷偷摸摸地说悄悄话和打电话。多半……节目组有套路。既来之，则安之。

奈奈听到不远处的沙滩边，传来了好听的吉他弹奏，旋律悦耳，弹的调子也很熟悉，像是顾长生的歌。奈奈加快了脚步，挤开了人群，看到了街边弹吉他的那个人。

他坐在一块石头上，穿着清爽的白T恤和短裤，背着吉他，低头弹奏着。几缕短发刘海轻轻扫过眼睛，眼眸低垂，白皙的手背上有青色的血管脉络微微凸起，更显得手指修长漂亮。他没有唱歌，只是坐在石头上安安静静地弹曲子，身边便已经聚集了大量的围观群众。

奈奈看着他，呼吸都要凝滞了。他高挺的眉宇，狭长的眸子，微微上扬的笑唇……是无数次出现在她梦里的少年。顾聿宁抬起头，寡淡的眸子扫了奈奈一眼："过来。"

听到他的声音，奈奈才从惊愕中回过神来，知道他不是顾长生，而是……顾聿宁。怎么能这么像！

顾聿宁停下了手上的弹奏，又唤了她一声："过来啊。"

奈奈愣愣地朝他走过去，有些不可置信："你怎么会在这里？"

顾聿宁望了眼扛着摄像机的小哥："他们给了很高的片酬，无法拒绝。"

奈奈指着顾聿宁，惊吓地大喊："你就是我男朋友！"

顾聿宁的薄唇再度绽开灿烂的微笑："多指教。"

不只奈奈傻了，屏幕前一帮观众也傻了："多高的片酬能把这位爷请得动啊，不敢想象，把节目组卖了能不能买三爷一个小时？"

"明显是借口啦，我已经闻到了甜甜的味道。"

"对不起对不起，我收回刚刚没有职业素养的话！"

顾聿宁一出镜，导演组后台收到数据，直播在线观看人数又暴涨了一波。奈奈望向几个编导小姐姐，她们不断冲奈奈做手势比嘴型："害羞！快害羞！"

奈奈做出娇羞的模样，怯怯地望了顾聿宁一眼，说："三爷，人家真的没想到，会是你……"

话音未落，顾聿宁的手已经落到了她的脑袋上，轻轻摇了摇：

“我们已经很熟了，少装。”

她走到顾聿宁身边，懒懒地靠在石头上，低头看了看他的吉他：“三爷，你这是在做什么啊？”

“挣钱，养家。”

“哈？”

“他们没跟你说吗？”顾聿宁淡淡道，“这几天的所有花费开支，要我们自己挣。”

奈奈：“哈？”

顾聿宁将话筒递到奈奈手里：“来吧，你的第一场演唱会。”

顾聿宁随手弹起了《无畏》这首歌，奈奈看了他一眼，赶紧跟上旋律，轻轻地唱起来。她的声音很好听，唱歌没有什么技巧，就是那种很纯粹、很干净的嗓音，宛如凉凉的海风吹拂着，听起来很舒服。

顾聿宁抬头看着她，小丫头穿着清爽的白T恤，下摆扎在短裤里，腰肢纤瘦，虽然她个子娇小，但是腿型却修长漂亮。她唱歌的时候，闭着眼睛，长长的睫毛覆盖下来，扫过眼睑。很认真的样子。

当年顾长生被称为是最有天赋才华的唱作人，因为他的歌绝大多数都是自己创作词曲，包括这首《无畏》。也是这一首歌让顾长生在歌坛有了几乎可以封神的地位。奈奈喜欢这首歌，顾聿宁也很喜欢听奈奈唱这首歌。

奈奈唱了一首又一首，围观的人越来越多，掌声不断。很快，吉他盒里也装了不少钱，奈奈将钱一张一张地数清楚了，折合成人民币今天得赚了五百多吧！她兴奋地冲顾聿宁扬扬手，道：“三爷你看，挣了好多钱呀。”

顾聿宁看着她红扑扑的脸颊，在霓虹灯光下格外动人。

“就这点钱，也够你开心成这样的。”顾聿宁摸出自己的钱包，扔给奈奈，“财不外露知不知道，装进去。”

奈奈接过钱包，一张一张捋平整之后，把零钱全都装了进去。

顾聿宁的钱包里没有现金，倒是塞了好几张卡片，都是各大银行的超级 VIP 信用卡。奈奈对这些卡片没兴趣，却被钱包里的照片吸引了注意力。

这是他和顾平生幼时的合影，那时候的顾平生看着也才十二三岁的样子，模样青涩。而顾聿宁揽着弟弟的肩膀，迎着阳光，冲着镜头微笑。奈奈被这张照片里他的微笑震慑住了。这微笑，和她第一次在电视访谈节目里见到的那个漂亮少年的微笑，没有任何差别……

钱包被顾聿宁抽了回来，敲了敲她的脑袋：“看什么？”

“你……”

“我什么，回去了。”顾聿宁转身便走，奈奈呆呆地跟在他身后，望着他挺拔匀称的背影，几乎可以肯定，他就是顾长生。她不会认错，那张照片一定是年轻时候的顾长生。

而且，顾长生，顾平生，这两个名字分明就是兄弟的名字！她过去没有细想，真的以为只是巧合，可是所有的巧合撞在一起那就成了必然。

顾聿宁回头，看到跟在身后的小丫头泪流满面地望着他，极力抑制着眼泪，但还是哭得一抽一抽的。顾聿宁皱眉：“你怎么了？”

摄像小哥连忙关掉了摄像机，就连身后的编导们都面面相觑，不明所以，刚刚不是好好的嘛，怎么哭了？

他走到她身边，柔声问：“是不是身体不舒服？”

奈奈望着他的脸，一个劲摇头，用袖子擦眼泪。本来不想哭的，好丢脸，可她就是控制不住自己。

“到底怎么回事？”

“没有，就是……肚子有点痛。”奈奈没办法对他解释，只能这样说，“我走不动了，三爷。”

顾聿宁明显松了一口气：“走不动就走不动了，哭什么。”

奈奈擦掉眼泪，可怜巴巴地望着他。顾聿宁回头问编导：“有车吗？”

编导小姐姐说：“要回去开才可以。”

顾聿宁只好蹲下身，对奈奈说：“上来吧，背你。”

奈奈哭得更厉害了，她的长生哥哥，怎么那么那么好啊！

“你又哭什么？”

奈奈一抽一抽地回答：“三爷，不用背。”

顾聿宁闻言，身子都还没站直，小丫头可怜巴巴地望着他，伸出了手：“能公主抱吗？”

顾聿宁：“……”

顾聿宁还是把奈奈背了回去，摄像头打开，拍下了他背着小丫头走在海边的镜头。

奈奈不哭了，趴在他的背上看着他后脑勺的发茬，有好多好多话想问他。可是他既然不说，肯定有自己的苦衷，奈奈很懂事地选择缄默。总有一天他会愿意说出来的，奈奈会等到那一天。

“三爷，能把手机给我吗？”奈奈问他。

“想干吗？”

“既然是情侣，那我们也要换情侣头像啊。”

顾聿宁偏头看了看追上来的摄像小哥，乖乖地摸出了自己的手机，解锁后递给奈奈。

“可以进微信吗？”

“可以。”

奈奈戳进他的微信，里面全是工作群，每个群都有99+的记录，还有不少是手底下的人发过来的未读消息。奈奈问他：“有什么限制吗？比如绝对不能用的头像。”

“没有，随你。”

奈奈给他发了一张图片，下载后更换了他的微信头像：“三爷，我换咯？”

“嗯。”

奈奈先给他换了，又给自己换。

顾聿宁拿到手机，看见她给他换的头像，是一个穿着粉色睡衣的小女孩，从梦中惊醒，瑟瑟发抖的卡通图片。而奈奈新换的头像，和他的头像画风一致，是一个小棕熊玩偶，正拿着剑战斗恶龙。

“这是情侣头像？”顾聿宁看了半晌，也没看出来哪里算情侣头像。

过去顾平生也和前女友、前前女友、前前前女友用过情侣头像，要么就是两个组合的爱心，要么就是接吻的两个人劈一半……奈奈这情侣头像有点无厘头。

“这是什么意思？”他回头问。

手机屏幕的微光笼罩着奈奈的小脸蛋，她解释道：“玩偶小熊拿着剑，驱逐女孩梦中的恐怖恶龙，保护她安安稳稳地睡一个好觉。”

“嗯？”

“我听顾平生说，三爷经常失眠，我想当你的小熊，以后有我，你就可以睡好觉了。”

顾聿宁的心忽然像是被什么击中了，那种酥酥麻麻的感觉，从脊梁骨蹿上来，漫过他的每一层皮肤。弹幕里，一帮女孩要疯了：“天呐，奈奈好会哦！”

“暂停看三爷的红耳垂。”

顾聿宁过去有过各种各样的情绪，但是这种浑身酥麻的感觉还是第一次。她说真的吗？

摄像小哥又跑到前面捕捉他的表情，顾聿宁立刻就反应过来，恋爱游戏谁把谁当真。他漫不经心道：“哦，谢了，呵呵。”

奈奈：“……”呵呵什么鬼！

“呵呵”是顾聿宁跟周助理新学的职业假笑，经常在开会的时候用，效果不错，用完之后，手底下的人的专注度和效率，会提升好几个档次。

回到海边小别墅，几位艺人见到奈奈的搭档居然是顾聿宁，惊得说不出话来。

叶思茗有猜想过奈奈的搭档可能会是圈子里的大咖，但是万万想不到竟然会是顾聿宁。这位已经不能算是大咖了，他是大咖的老板啊。

范慕文最先反应过来，冲下楼想跟顾聿宁握手：“顾总您好，我是范慕文，我是一直很敬重您的，早就想和您认识认识了，也是一直很想进风娱传媒。”

顾聿宁往后退了两步。奈奈知道他不喜欢跟陌生人接触，尤其是这种一上来就无比热情的。于是奈奈上前一步，挡开范慕文。

编导连忙说：“是这样的，我们节目录制期间，不谈工作上的事，希望大家能遵守规则。”

范慕文讪讪地笑了笑：“开机的时候不谈，但是其他休息时间，随便聊天应该没问题吧。”

编导小姐姐“呃”了声，没再回应。摆明了这位三爷不愿意和你聊天啊，没点眼力见儿吗？

“你们都已经分好房间了吗？”奈奈问叶思茗，“今晚我能跟你睡吗？”

叶思茗有些为难地说：“这边目前的情况就是三个标准间，每个标准间两张床，我也不知道导演组这么安排是什么意思。”

奈奈算了算，三对“情侣”，三个标准间，两个女孩一间，两个男孩一间，这就意味着还有一对“情侣”必然会睡在一间房里。

编导小姐姐无奈地笑了笑：“真不是故意的，只是这栋别墅的户型就是这样，一共五间卧房，楼下两个大房间，得装我们导演组七八个人呢，你们俩人一间，已经很不错啦。”

“可是，就不能安排三人间或者大床房什么的吗？”

“确实没办法，大家将就一下。”编导小姐姐也很无奈。

叶思茗低声对奈奈说：“如果你想和我睡一间，那冉未央就要和一个男生睡一间。”

范慕文连忙说：“我可不能和她一间！我的粉丝会疯的！”

叶思茗耸耸肩：“如果你们都介意，那我可以和颜宋一间，反正以前拍戏的时候，也是经常混着睡。”

如此一来，范慕文望了望顾聿宁，笑着说：“这样安排正好，我可以和顾总一间。”

顾聿宁：“我拒绝。”

奈奈看得出来，顾聿宁讨厌范慕文至极了，绝对不会愿意和他一间房，她说：“算了，那我和三爷一间吧。”奈奈望望顾聿宁，“和我一间，三爷可以吗？”

反正之前拍《真实的恐怖》也是在同一间房睡过。正如叶思茗所说，跟组拍戏条件有限，经常会混着住，大家都习惯了。顾聿宁点了点头。

大家在客厅里聊了会儿天，也就回房间休息了。为什么三层高的小别墅只有五个房间，因为每个房间都超大，而且装修超豪华，有独立卫生间和衣帽间，还有露天阳台。

杨嘉文在沙滩边溜达了一圈，回别墅后听说顾聿宁来了，满心惊恐，上楼的时候腿肚子都有些打颤。他站在门外，踱着步子纠结着要不要进去和他打个招呼。真的不知道该怎么面对他，这么多年，他都没有发现他的异常，人工智能顾聿宁……好紧张，好害怕。

就在杨嘉文的手扣上房间门的那一刹那，门忽然开了，顾聿宁站在门口淡淡地睨着他。杨嘉文心头一紧，唤了声：“先、先生。”

顾聿宁望了望洗手间，然后走出了房间，轻轻掩上门，说：“小奈在洗澡，你找她？”

“不不，我不找她。”

“找我？”

杨嘉文的心脏怦怦直跳，眼神有些闪躲："没、没别的事，听说先生过来了，所以来看看先生有没有什么需要的。"

"你在门外转了半个小时，就为了说这个？"

"呃……嗯。"

"小奈不知道你是我放在她身边的，这个时候你不该来找我，这么低级的错误你也不应该犯，所以到底有什么事？"顾聿宁的思维很清晰。

杨嘉文更加紧张了，他那双漆黑的眸子，似乎要望到他心底了。他深呼吸，沉了沉嗓子，问道："先生，您怎么知道我在门外，转了半个小时？"

"我能感觉到。"

"您为什么能感觉到？"

顾聿宁和杨嘉文对视着，眸光越发深沉。顾聿宁没有回答他的问题，而是说："你想说什么？"

"先生，你……"

就在这时，房间里传来奈奈的声音："是杨助理来了吗？"

顾聿宁打开了门，说道："嗯，你的助理。"

奈奈闷闷的声音从浴室传出来："杨助理，我在洗澡，有什么事吗？"

"没事，听说这边晚上不太安全，我就来确认一下，你回来了没有。"

"不用担心，我没事。"

"那我走了。"

"晚安，杨助理。"

杨嘉文临走前，深深地看了顾聿宁一眼，顾聿宁也望着他，没有说话。

奈奈洗过澡之后，换上了干净柔棉的长睡衣，站在朦胧的镜子前，看着湿漉漉的自己。睡衣微微褶皱，她的目光落到了胸前，忽然想起来什么，赶紧抓来文胸。

顾聿宁站在落地窗边，看着窗外黑漆漆的海景，不远处的礁石上有一闪一闪的灯塔，海风吹拂着白纱窗帘，海潮声一浪接着一浪。听到屋内的动静，顾聿宁偏头，看到女孩走出来，刚刚吹过的头发松散地垂在肩头，睡裙衣领很宽，可以清晰看到她白皙的脖颈和那对漂亮的锁骨。

出浴的女孩好像都特别有自信，她大大方方地和顾聿宁对视了一眼，微笑道："三爷，我洗好了，洗手间的头发也弄干净了，你可以去用。"

"嗯。"

"要是有什么需要，就叫我哦！"

"嗯。"顾聿宁从自己的行李中取出了睡衣。

"三爷，要不要我帮你把行李箱整理出来呀，如果没什么私密物品的话……"

"没有私密物品。"

奈奈走过去，把里面的日常衣物取出来，挂在衣柜里。衣物都是秦管家整理过的，每一件都叠成了豆腐块，丝毫没有褶皱。

顾聿宁看着奈奈殷勤备至的模样，感觉今天的奈奈有点不一样了，好像很照顾他，也很迁就他。

"三爷，快去洗澡啦。"

"好。"

顾聿宁来到洗手间，脱掉了身上的衣服。他的肌肉量很充实，都是经过健身塑造的体型。他的内脏、器官各方面其实都和正常人类一样，四肢五官都是真实血肉。所有的东西都是这些年他一点一点往身上添加的，只是想让自己更真实、更接近人类。但他终究不是。

顾聿宁从包里摸出一块巴掌大的仿生皮肤，贴在了腰侧的充电电源口，死死封住，避免洗澡的时候漏电短路。

“三爷，你要睡里面的床还是外面的床呀？”奈奈的声音自门外响起。

“随便。”

“那你睡外面吧好不好，我睡里面，有安全感一点。”

“好。”

洗完澡出来，顾聿宁看到奈奈在背包里翻来翻去，一脸沮丧。他擦拭着微润的头发，坐到了自己的床边：“找什么？”

奈奈拿着手机和USB线，叹了声：“完了，我忘了带充电器转换头，没法充电了，三爷你带了吗？”

“没有。”他从来不用那个充电。

“我们俩手机都没电了，明天怎么办呀。”

顾聿宁想了想，说道：“你把手机给我吧，我帮你充。”

“你不是没有带转换器吗？”

“不用那个。”

“你有充电宝？”

“……嗯。”算是吧。

奈奈把手机和USB线递给了他，等着他把充电宝拿出来，却没想到，顾聿宁拿着她的手机直接钻进了被窝。

“三爷，你这是……”

“充电，把灯关了。”

“哦！”奈奈伸手按下了灯光总电源，一瞬间，房间陷入一片漆黑。

“三爷，手机能给我吗？”奈奈试探地问，“我想玩会儿游戏。”

“不能。”

“为什么？”

“在充电。”

“可是……你不能把充电宝给我吗？”

顾聿宁撕开了腰间的仿生皮肤，将手机USB线接进去，说：“不能。”

奈奈有些困惑，什么宝贝充电宝呀，还要躲在被窝里偷偷用。不过她也没有多想，躺了下来。

顾聿宁闭上了眼睛，有提示问他，是否要浏览手机全部信息资料，顾聿宁毫不犹豫选择了拒绝。他不会随便侵犯别人的隐私，尽管……有一点点好奇，但这点好奇完全被他强大的自控力所压制了。

顾聿宁开启了休眠模式。十分钟后，小丫头的声音响起来，自动唤醒了他："三爷？"

"嗯。"

"你睡着了吗？"

"又被你吵醒了。"

"噢，你睡得好快。"

"有事？"

小丫头朝他的方向翻了个身："三爷，我怎么听不到你的呼吸声呢？"

顾聿宁有点无语："我的呼吸声很轻。"

"你不打呼吗？"

他伸手揉了揉眼角："不会，我不会发生那种事。"

"哦，你真是个清爽的男人。"

顾聿宁："……"第一次有人用清爽这个词来形容他。

"你是不是睡不着？"顾聿宁问她。

"有一点啦。"

"正好，我也不想睡，想不想做点什么？"

"做什么！"奈奈忽然有点惊悚。

"你想做什么都可以。"顾聿宁已经坐起了身，"反正睡不着。"

"不不不。"奈奈连忙往后挪了挪，翻了个身，"我……我困了，睡了三爷，晚安！"

顾聿宁嘴角扬了扬，这下总不敢再说话了。

“三爷，我再说最后一句哦。”

“……”

“我还是想签风娱，我哥现在不同意，但我还会争取的！我想留在你身边。”奈奈诚恳地问，“你……一直都要我的吧？”

黑暗中，顾聿宁睁开眼睛，说道：“我要。”

次日清晨，奈奈看到的第一个画面，就是顾聿宁那张英俊的面庞近距离地望着她。

顾聿宁伸手过来，捏捏她的脸，拉长了调子说：“起床了，猪。”

奈奈赶紧坐起身，脸颊绯红，久久没反应过来。顾聿宁将手机递给她，转身去卫生间洗漱。

奈奈抬头便看到以诡异的姿势躬在床边的摄影师，他正高兴于刚刚抓拍到的那一段甜蜜互动。好吧，果然是在录节目。不过……奈奈摸摸自己的胸膛，心如鹿撞。

“我要换衣服啦，快出去快出去！”

摄影师礼貌地冲她点点头，退出了房间。奈奈抓起手机看了看，屏幕显示充电已经满格。她赶紧爬到顾聿宁的床上，在枕头下面、床头柜上翻找了半晌，也没见一个充电宝。他到底用什么充电的？

奈奈没有再多想，趁着顾聿宁冲澡的时间，躲到衣帽间去换了今天的衣裳。听编导小姐姐说今天要去海边，所以她换了日常款小碎花泳裙，给自己扎了个清爽马尾辫。

手机忽然响了起来，奈奈看到屏幕上的来电显示——老大。她忐忑地接起了电话，不出所料，电话那端的林泽声音低沉：“林奈奈。”他生气的时候，往往语调出乎意料的平静，令人不寒而栗，“你和顾聿宁在一起？”

“我们就是拍拍节目，不做什么的！”

“还不做什么，你当我没看直播吗?!他跟你都睡到一张床上了！弹幕我都不忍直视了，这什么破节目，太有伤风化了！”

奈奈扶额，想着哥哥应该是一直蹲守在直播间。

“哥，都是摆拍！假的啦！”

“把电话给顾聿宁！”

奈奈赶紧说：“他在洗澡，不方便。”

“什么，你们住在一起吗?!”

奈奈：“……”

顾聿宁正好出来，顺手拎过了奈奈的手机，说道：“林泽哥。”

“你别乱叫，我不是你哥。”

奈奈一直在给他做嘴型，让他假装信号不好，挂掉电话。顾聿宁揉了揉奈奈的脑袋，拿着手机走到了阳台，关上门，确定奈奈听不到了，才问道：“找我有事？”

“顾聿宁，你还真不怕我把你的秘密说出去？”

顾聿宁望着波光粼粼的湛蓝海面，微笑着说：“我没有做错任何事，为什么要怕你说。”

“那你也不怕被奈奈知道？”

顾聿宁回头望了望房间，确定奈奈已经下楼了，平静地说：“如果她知道我的身份，知道我就是顾长生，你说她是会厌恶我，还是心疼我？”

林泽简直要气疯了，因为他忽然发现，自己对这家伙好像真的没辙。

“顾聿宁，我知道这样说对你很不公平，但是你应该清楚，以你现在的情况，你都已经不能算是……”林泽顿了顿，改口道，“你现在不适合谈恋爱，更不适合组成家庭。”

“适不适合，不是你说了算。”

三对组合嘉宾在门口集合，一群俊男靓女，身材都好得没话说，都是令人赏心悦目的风景线。颜宋和范慕文作为人气偶像，自然都是一身有型的肌肉，皮肤白白净净，能让粉丝为之疯狂。但是跟顾聿宁比起来，他们就又要逊色很多了。顾聿宁的身材非常完美地贴合了女性审美，肌肉量不多一寸也不少一毫，不只是女人爱看他，就连男人都会忍不住盯着他看。

范慕文誓要当顾聿宁的终极舔狗，从下楼到上车，他眼里就只装得下这位大佬，搞得冉未央一个人落单，好像他是过来跟霸道总裁谈恋爱似的。而奈奈发现，不只是范慕文，就连她身边的杨嘉文，好像都目不转睛地盯着顾聿宁，时不时地扫视着他身上的肌肉，从上到下，从前到后，边看边用手摸着下颌，做思考状。

“老弟，你们是怎么回事？”她拿了件外套披在顾聿宁身上，防备地回头看了眼范慕文和杨嘉文，生怕自己的“男朋友”被他们占了便宜去。

终于，半个小时后，“情侣”们来到了海边，他们要分散开各自完成拍摄进程。范慕文恋恋不舍地跟顾聿宁告别，扬了扬自己的手机：“顾总，我先走了，您要是有什么需要，给我打电话。”

奈奈挡在顾聿宁前面，一脸防备的护食模样：“你走吧，有我在，不会有啥事。”

等两组嘉宾离开之后，奈奈回头看了眼杨嘉文，他拿着一杯冰镇椰子汁朝着顾聿宁走过去，殷勤地笑着说：“顾先生，给你买了杯饮料，大热天的别中暑了。”

“……”怎么，她还真后院起火了！

顾聿宁没多想，伸手去接，杨嘉文忽然手滑，椰子汁洒在了他的胸脯上。

“哎呀不好意思，顾先生，我没拿稳。”杨嘉文丝毫没有表现出任何“不好意思”的情状，盯着顾聿宁看了良久，好像……是在等他短路。

顾聿宁：“……”

奈奈赶紧跑过来，抽出纸巾，责备地望了杨嘉文一眼：“杨助理，你今天怎么回事！心不在焉的。”

杨嘉文顺手扯过了奈奈手里的纸巾，帮顾聿宁擦拭身上的污迹。奈奈的手还虚无地落在半空中，目瞪口呆地看着杨嘉文。杨嘉文帮顾聿宁擦拭身上的水，小动作也不少。

“我自己来。”顾聿宁接过了纸巾，威胁地望了他一眼。

杨嘉文摩挲着食指和拇指，指尖还残留着他皮肤的触感，脸上露出了困惑的神情。是人类的皮肤没错，丝滑，温热，不像机器。到底怎么回事？

节目组安排了男女嘉宾去海岸山上坐跨海缆车，营造一次浪漫愉悦的两人约会局。顾聿宁一开始还没觉得害怕，可是当缆车行驶到海中央的时候，他低头看着透明玻璃板，下面是波涛汹涌的礁石海面，脑海中不断回闪着坠楼的那一晚。

他从高空跌落，风如刀子般刮在脸上，落地有三四秒的时间，随后眼前一片漆黑，入了地狱。

顾聿宁攥紧了拳头，闭上了眼睛，缓解胸腔里窒息的感觉。他感觉到有人凑近了自己，睁开眼睛，看到奈奈就在眼前，一双乌黑清亮的眸子目不转睛地盯着他。她疑惑地伸手，抚到了他微润的额间：“三爷……是害怕吗？”

顾聿宁如实道：“有点高。”

摄影师小陆专心致志地捕捉这一幕，身旁的杨嘉文摸着下颌，盯着顾聿宁，眼神探究——人工智能也会害怕吗？

顾聿宁扫了杨嘉文一眼，那眼神似乎在回答他：他是人，不是机器，当然会害怕。杨嘉文不信，他觉得顾聿宁还是在演戏。数据是不会说谎的，他的声音是合成的，这么多年，皮肤也没有任何衰老的痕迹。他已经不可能是人了。

就在这时，“咔嚓”一声，缆车忽然停了下来，悬在了半空中。顾聿宁沉声问摄像小哥：“怎么回事？”

摄像小哥也有些摸不着头脑："不知道啊。"

凡坐缆车必出事故，也是综艺的老套路了，奈奈急忙对摄像小哥说："快让缆车动起来啊，没看到三爷不喜欢这里吗？"

摄像小哥无辜地说："真的不是节目组安排的！"

杨嘉文见顾聿宁脸上恐惧的神色不似作伪，连忙摸出电话给编导打了过去。挂掉电话，他说道："是临时停电，应该很快就可以修复。"

顾聿宁看起来越发焦躁了，手都在轻微颤抖。奈奈记得过去的顾长生，很喜欢户外极限运动，经常去蹦极和跳伞，极限综艺也喜欢请他上节目，从来不带怕的。可是面前的顾聿宁，紧紧攥着拳头，脸色有些苍白。什么样的痛苦，能带来这样的恐惧？

奈奈忽然又想到了那个说他坠楼的新闻。虽然事后风娱传媒出面澄清，传闻顾长生坠楼是谣言，他只是出国休养了，但是网络上还是有很多人猜测，说得头头是道。还有人自称医护人员，说顾长生真的坠楼了。

奈奈伸出手，从后面捂住了顾聿宁的眼睛："别怕。"

小丫头掌心皮肤娇嫩，触感微凉。其实她不会知道，顾聿宁感知这个世界，已经不再仅仅只用眼睛了，他有红外扫视，可以分析外部环境的所有数据。一定程度而言，他比人类更加进化。可他还是人，他拥有人类全部的情绪，他能感觉到恐惧，也能感知到爱。

"我会一直一直保护你。"

顾聿宁将她的手拉了下来，盯着小丫头看了半晌，然后张开了双臂，一本正经地说："那……抱抱我？"

奈奈：这谁顶得住！（飞扑！）

当顾聿宁张开双臂求抱抱的时候，弹幕彻底炸了："三爷在线撒娇求抱抱。"

"真的太甜了！"

奈奈眼睛里有了光，正要扑过来，顾聿宁忽然伸手挡住了她的脸，微笑道："你真抱？我开玩笑的。"

"……"这种撩完就跑的恋爱游戏，一点都不好玩！

奈奈全程气鼓鼓地瞪着他，顾聿宁看着小丫头跟个小青蛙似的鼓着腮帮子，觉得没那么害怕了。

缆车缓缓启动，很快便抵达了对岸。顾聿宁先下车，伸手将奈奈也拉了下来。

"不是谈恋爱吗？"奈奈忿忿咕哝着，"甜甜的恋爱我不配拥有吗？"

顾聿宁笑了笑，趁着摄像小哥跟编导打电话报备情况的间隙，单手将奈奈拉进怀中，用力摁了摁。奈奈蒙了一下："这……算什么？"

"甜甜的恋爱，你可以有。"

奈奈在他怀中用力蹭了蹭，这是什么神仙男朋友！

上山之后，他们入殿拜了四面佛。经过一条长索道时，为了节目效果，俩人还特别有仪式感地在索道上挂了一条同心锁，写上了对方的名字。

下山的路上，杨嘉文以补妆为借口，将奈奈拉到一边："小丫头，你刚刚跟顾聿宁拥抱的时候，听到他的心跳了吗？"

奈奈望着杨嘉文："干吗问这么奇怪的问题？"

杨嘉文拿着粉扑在她脸上擦擦："很重要，你就回答我，到底听到没有?!"

奈奈皱眉："杨助理，你今天好像一直很关注顾聿宁啊。"

"我当然……"杨嘉文顿了顿，"我是你的助理，他是你的伪男朋友，一定程度上来说，他就是我的第二老板。"

奈奈推开他的脸："这是什么歪理邪说？"

"我……哎呀，三言两语说不清楚，我就想知道，你刚刚到底有没有听到他的心跳？"

"我当时都傻了好吗，哪能注意到这些事。"奈奈说，"不过你这问题真的很奇怪，他要是没有心跳，不就死了吗？”

杨嘉文摇着头，看来是指望不了这小姑娘了，想要得知真相，只能靠他自己去揭露。奈奈看着杨嘉文一步一步，迈着决绝的步伐朝顾聿宁走去。

顾聿宁手里拎着一瓶矿泉水，但是并没有要喝的意思，见杨嘉文走过来，便转身面对着他，说：“有事吗？”

杨嘉文指着天空，大喊了一声：“看那里！”

顾聿宁没有抬头，面无表情地垂下眸子，看着杨嘉文。杨嘉文的手已经做点穴指，摸到了顾聿宁的颈部动脉位置。

奈奈：“……”她的助理，脑子真的烧坏了。

顾聿宁看着面前的男人，冷冷地问：“杨助理，你在干什么？”

“葵花点穴手！”杨助理闭着眼睛，感受着他的脉搏，一本正经地说，“你已经被定住了，不要动哦，不要动……”

所有人：……神经病啊！

顾聿宁默默地拧开了矿泉水瓶盖，正要给他浇点水冷静冷静，奈奈跑了过来，将一脸震惊的杨嘉文拉走了：“对不起三爷，我助理他今天有点中暑……”

杨嘉文不断地回头看顾聿宁，满脸困惑——竟然有脉搏，可他不是机器人嘛，怎么会有脉搏呢？

“杨助理，你最好能给我一个合理的解释。”奈奈这下子是真的生气了。杨助理看着小丫头怒目瞪他，支支吾吾地，啥都说不出来。他还真没法解释，如果顾聿宁没有脉搏，他反而有话可说，可偏偏他有，自己的所有猜测都变成了无稽之谈。

顾聿宁摸了摸自己的脖颈，刚刚用电流冲了冲，营造出脉搏的假象，也足以乱真。他望见奈奈正和杨嘉文理论，于是走过来，解围道：“我相信杨助理只是想跟我开个玩笑。”

“对对，我只是跟三爷开个玩笑罢了。”顾聿宁递来台阶，杨嘉文顺势便下了，回去的路上安安分分、老老实实，没敢再做出奇怪的举动。但是顾聿宁似乎洞悉了他的某些猜测，时不时投向他的眼神冷嗖嗖的，看得杨嘉文直冒冷汗。

晚上，节目组安排大家一起来下厨做饭营造热闹亲密的氛围。可没承想，饭菜刚刚端上桌，忽然灯泡闪了闪，停电了！房间瞬间陷入一片黑暗。

颜宋走到落地窗边，看了看外面："好像这一带都停电了。"

叶思茗问："那怎么弄啊？编导，还拍不拍啦？"

摄像师看着自己黑漆漆的摄像头，说道："没安装夜视器，只能听声音，看不到画面咯。"

"大家在沙发上坐一会儿吧。"几个编导小姐姐出来维持秩序，"太黑了容易受伤，不要轻易走动，就坐在沙发上，我马上打电话让工作人员去检查一下线路。"

奈奈摸着黑朝沙发上走去，还没忘回头喊道："三爷，你在哪儿？"

"在你身后。"他的声音近在咫尺。

"噢！那你小心，别绊着了。"奈奈回身牵住他的手，"慢点。"

顾聿宁的右眼带有夜视系统，能够看清周围的一切，这点黑暗于他而言不算什么。顾聿宁反手握住了奈奈的手腕，带她绕过了茶几，坐在沙发上。

香喷喷的饭菜摆在桌上，却只能闻不能吃，大家伙都有些恹恹的。直播还没有结束，为了不让气氛变得无聊，立刻有会来事儿的编导小姐姐提议道："要不，我们来玩个游戏吧？"

"黑漆漆的，能玩什么游戏啊？"

编导小姐姐说："反正直播能听声音，看不了画面，我们就来玩坦白局吧。"

叶思茗立刻来了兴趣："坦白局，怎么玩？"

"在座的三对嘉宾相互坦白，你问他一个问题，然后换他问你一个问题，但游戏的规则就是必须说实话！”

叶思茗失望地倒在沙发上：“好无聊的游戏，不过没电也只能玩这个了，我第一个来吧，我就问我的男朋友颜宋好了。”

颜宋坐直了身子：“亲爱的，你问。”

叶思茗想了想，问道：“我是你的第几位女朋友？”

“呃，这个问题……”颜宋尴尬地笑了笑，“能不回答吗？”

“那可不行，必须回答，而且要说实话，给大家开一个好头。”

颜宋只能硬着头皮，说道：“第五个。”

弹幕里的颜宋粉丝乐翻了天：“哈哈哈哈，哥哥绝对说少了。”

“哥哥快反击，问她谈了多少个男朋友！”

颜宋问叶思茗：“你觉得……我这款是你喜欢的类型吗？”

叶思茗也是自小在圈子里混大的人，自然知道颜宋问这个问题，不可能是真的对她动心了，多半是在粉丝面前捏深情人设。叶思茗和他相处得还不错，索性陪他做完这场戏：“其实第一次见到你我就蛮心动的，你温柔又体贴，还会做饭，又会照顾人，是我的理想型啊。”

弹幕里粉丝开始爆音呐喊——

“啊啊啊，哥哥我爱你！”

“哥哥真的太好了，哭了。”

颜宋和叶思茗的互动，开了一个好头，大家也就都知道这游戏的套路是什么了。接下来轮到冉未央和范慕文了，范慕文大大方方地问：“你觉得我怎么样？”

冉未央支支吾吾地说：“你……很好。”

“具体呢，哪里好？”

冉未央不知道是怎么一回事，听声音好像格外害羞，和她当主播的时候完全是两个人。她的声音带着一点隐忍：“就……很好。”范慕文发出一声轻笑。

接下来轮到冉未央问范慕文，冉未央却说：“我没什么好问的。”

这对“情侣”好像一开始就相处得不太好，粉丝们没有在他们身上磕到糖。所以短暂的冷场之后，大家便叫嚣着要看奈奈和顾三爷的坦白局。编导小姐姐对黑暗中的两人说：“你们谁先提问？”

顾聿宁：“女士优先。”

奈奈看着黑暗中男人模糊不清的轮廓，问出了心里一直想要问的那句话：“你……是我喜欢的那个人吗？”是那个人吗……我喜欢了好久好久的少年。

问完之后，她心脏开始怦怦打鼓，害怕他说是……又害怕他说不是。顾聿宁能清晰看到小丫头脸上的慌张，他顿了顿，正要开口，奈奈立刻道：“算了算了，我换一个问题，唔，三爷你平时最喜欢……”

“我是。”

奈奈话还没说完，忽然“嗝”住了。

他说：“我是。”

黑暗中，顾聿宁能很清楚地看到，奈奈的眼睛红了。虽然已经猜到了，但是听他亲口承认，那种感觉还是让她情绪强烈翻涌。她的手紧紧攥着衣袖。长生，无数次辗转入梦的少年，近在咫尺，她一时有些失语。

顾聿宁开口道：“现在该我问了。”

“你……问。”

黑暗中，他嘴角淡淡地扬了扬：“林奈奈，你喜欢和我交往吗？”

奈奈捂着嘴，有些激动：“我……我太喜欢了！”

弹幕被疯狂刷屏——

“我为什么要进入这个直播间看别人谈恋爱？”

“奈奈小姐姐的反应，就是我的反应，太真实了！”

黑暗中，奈奈感觉到他温热的手掌覆到了她的手背上，奈奈脑子“轰”的一下炸了。

什么意思！偷偷牵手？然而更让她不敢相信的是，顾聿宁牵引着她的手，落到了自己的唇边，轻轻吻了吻她的手背。

就在这时，灯忽然亮了，两个人十指紧扣的手，一瞬间暴露在所有人面前。颜宋指着他们说："嗷！你们俩……"

奈奈整个人处于断片的状态。

叶思茗立刻握住了颜宋的手，大喊一声："甜甜的恋爱，我也要有！"

奈奈这时才回过神来，连忙挣开了顾聿宁，小心翼翼地抬眸望了他一眼。他仍旧微笑，似乎她不松开，他就不会放手。奈奈望了眼摄像机，她知道，她家老大就在直播间里，阴森森地望着她，绝对完蛋了。但是管他的呢，她都和顾长生牵手了，人生赢家，圆满了！

晚上，顾聿宁洗完澡出来，看到小丫头穿着洁白的睡裙，正趴在他的床上翻找着什么。顾聿宁深呼吸，问道："你找什么？"

奈奈一惊一乍地回过身，害羞地看了他一眼："充……充电宝。"

顾聿宁拿过她的手机，搁在自己枕头边："放这儿，晚上我帮你充。"

"可是……那个……"

顾聿宁回身，缓缓凑近她。奈奈整个身子贴着床壁，看着他逐渐放大清晰的英俊脸庞，屏住了呼吸。他的声音极具诱惑力："可是什么？"

奈奈的心脏简直都要跳爆表了，盯着他的脸看了半晌，终于，心一横，吧唧一下亲到了顾聿宁的左脸颊上。

这下子换顾聿宁傻了，奈奈趁机脱身，鱼儿似的钻进了自己的被窝里，用枕头死死捂着脑袋。她居然亲了顾长生！太罪恶了！

顾聿宁走过来，隔着被子拍了拍她的脑袋："谁给你的胆子？"

奈奈根本不敢出来："哥哥对不起！"

顾聿宁摸着自己的左脸颊，嘴角扬了起来："出来让我亲一个，就扯平了。”

奈奈眼睛瞪圆，掀开被子，难以置信地看着他。顾聿宁穿着一件灰白色的居家服，站在她面前，居高临下地望着她，目光下敛，神情是说不出的温柔。

顾聿宁见终于把她骗出来了，索性坐到了她身边，伸手捏住了她的下颌。奈奈是鹅蛋脸，五官凑在一起，精致又乖巧。他粗砺的指腹摩挲着她脸颊的软肉：“小奈，你很喜欢我？”

奈奈真诚地点头。

“只是因为，我是顾长生？”

“也因为你……是你。”她目光清润，无比真挚。

顾聿宁似乎被她这句话打动了，也因为……他是他。

“小奈，如果有一天，你发现我和你想的那个人，不一样……”他的手忽然用力，“后悔了，我是不会放手的。”

奈奈连连摇头：“我……不后悔。”

顾聿宁笑了笑，缓缓凑过去，正要吻住她的脸颊，就在这时，有个冷冰冰的系统声音提醒他——面板过热，危险！危险！系统重启中……

顾聿宁：“……”居然系统过载了！

奈奈闭上眼睛，却没想到顾聿宁忽然松开了她。奈奈不解地抬头望向他。

顾聿宁滚回自己床上，脸朝下趴着，深呼吸，重启系统。

“不亲啦？”奈奈走过去刨了刨他，“哥哥，不亲我啦？”

顾聿宁：“……”系统旧了，要下载几个可以支持谈恋爱的更新包。他有气无力地说：“太快了。”

好吧，奈奈重新回到自己床上，伸手关了灯：“看来哥哥还是很保守的。”

顾聿宁：“……”

十分钟后，奈奈幽幽地叹了声：“哥哥，今天晚上我可能要整夜失眠了。”

顾聿宁一边下载更新包，一边说：“别想太多，快睡。”

“感觉像在做梦一样，好怕明天醒来，真的是一场梦，怕又回到过去，在家里一个人的时候……”

黑暗中，顾聿宁睁开了眼睛：“就算顾长生只是你的一场梦，但我会一直在你身边。”

他发出了一种让人快速入睡的无声波段，很快，小丫头便陷入了安稳的睡眠中。顾聿宁重新开始挑选合适的更新包。这些年，约翰森教授会远程传给他各种各样的强化插件，以帮助他更好地生活。不过约翰森教授都退休了，顾聿宁也不能总依赖他帮忙升级，所以这些年也开始自己学着写程序。

他的学习速度远胜于正常人，所以很快就掌握了所有需要用到的程序知识，也会尝试着写一些奇奇怪怪的程序，比如顶级拳王资料包、游戏外挂资料包，还有熊孩子驯服资料包。他脑子里的芯片本来就相当于一台超级电脑，这些资料包，需要用到的时候下载下来，不用的时候卸载就行了。

系统：“恋爱资料包，约翰森教授早已经帮您准备好了，是否下载？”

顾聿宁：“是。”

系统：“恋爱资料包下载中，此资料包主要帮助主人完成一系列恋爱规定动作，譬如牵手、接吻以及某些不可说的事，不会再有过载死机的情况。”

顾聿宁：“好。”

系统：“但是，约翰森教授编写的规定动作中，不包括某些过程中令对方愉悦的技巧，这边有几个辅助更新包，主人需要下载吗？”

顾聿宁：“……暂时不用。”

系统：“好的，靠主人自己摸索了。”

几分钟后，顾聿宁：“还是一起下载了吧。”

系统：?

一整晚，顾聿宁下载了许多奇奇怪怪的东西，第二天早上醒来赶紧看了自己一眼。

恰是这时候，奈奈揉揉眼睛，伸了个懒腰，便看到顾聿宁连滚带爬地跑去了卫生间。

顾聿宁站在镜子前，手扶着额头，对脑中的智能系统说：“把这个问题解决了。”

系统：“主人，这超出了我的能力范围。”

顾聿宁：“你在跟我开玩笑?”

系统：“主人，这……是您自己原装的，不受中央电脑控制。”

顾聿宁：“……”

那几天，顾聿宁发现自己的左眼已经慢慢地恢复了视力，能够看清周围的一切。

当年在约翰森教授的实验室醒过来时，左眼已经出现了失明的危机。约翰森教授告诉他：“你需要休息。”可是顾聿宁哪里睡得着，知道二叔没有死，仇恨宛如修罗地狱的无边业火，烧灼着他的心。他必须尽快适应新的身体，赶回国内。

约翰森教授几次强行让他进入休眠状态，即便是人工智能也受不了高强度的运行模式。后来，顾聿宁的左眼视觉系统渐渐烧坏了，整个身体机能垮了大半，这才让他慢慢地冷静了下来。

“我救你，不是为了让你回去复仇。仇恨也不能成为你活下去的意义和信念。”约翰森教授告诉他，“人类活着，是为了爱。”

那时候，顾聿宁并不懂得约翰森说这话是什么意思，于他而言，爱已经没有任何意义了，他再也没有办法回到过去，再也不能变回从前的顾长生。顾聿宁不想当一个半盲的瞎子，他询问约翰森教授：“我的眼睛还能恢复吗?”

作为一位有信仰的科学从业人员，约翰森教授的话玄之又玄：“你可以试着期待一下奇迹的发生。”

顾聿宁：“哪来什么奇迹？”

“当然有。”约翰森意味深长地看着他，“仇恨会蒙蔽你的眼睛，让你永坠黑暗。但是爱，会让你重见光明。”

顾聿宁在左眼即将完全恢复视力的现在，才想通约翰森教授当时为什么那样说。

约翰森教授为了保住顾聿宁的左眼，在他的左眼添加了一段程序，当检测到顾聿宁身边有和他分泌的荷尔蒙适配的女性时，左眼会运用天眼定位功能，将那名女性身边发生的事情强行在他的左眼中放映，同时当她有着强烈的情感波动时，程序会模拟出她此时的心情，将顾聿宁的左眼和大脑控制中心相连接，这样顾聿宁就能体会到与那名女性相同的感情。

顾聿宁站在庭院里，清晨的阳光照耀着清澈见底的泳池，泛起金色的光澜。水池倒映之下，奈奈站在二楼的阳台，拿着拍立得相机偷偷给他拍了一张照片。顾聿宁回头，奈奈连忙将拍立得藏在了身后，冲他天真无邪地笑着。

“都看到了，藏什么。”

小丫头吐吐舌头，将相机取出来，拿在手里扬了扬：“哥哥，我能拍你吗？”

“你拍我还少吗？”

她索性大大方方地给顾聿宁拍照，他不用摆任何姿势，随手一照都能拿去做时尚封面。她拍了好多张，像宝贝似地装进包里。

中午，节目组安排大家乘坐快艇，前往湛蓝海面上的一座漂亮的小岛。

这座小岛有许多中世纪的古建筑，看起来像是外国电影拍摄的取景地。岛内有城堡，有欧式风格的砖瓦楼，还有城墙和穿着欧式服装的群演们。

众人走进这座颇具异域风情的小城，城墙边，一位穿着黑色魔法袍的群演走过来，说道：“外来者啊，你们已经进入哈尔国领域，现在小岛已经被恶龙占据，只有你们合力击杀恶龙，解救被它囚禁的公主，才能顺利从这里出去。”

众人面面相觑，所以……这是要玩角色扮演？你们节目组可真会搞事情。

“来吧，现在选你们的身份牌。”黑袍法师摸出几张卡牌，一字排开摆在了木桌上。

众人各自选择了身份牌，奈奈选中了骑士牌，范慕文选中了被骑士所拯救的公主牌，顾聿宁抽中的是国王牌，叶思茗抽中的是迷惑国王的妖后牌。

奈奈回头问摄像师：“你们都没有固定搭档的角色牌吗？本骑士并不想救这个公主。”

她指了指范慕文，又指了指顾聿宁：“本骑士想救那个公主。”

顾聿宁也有点嫌弃，想离戏精上身、张牙舞爪的妖后叶思茗远点：“本国王也不想被这个妖后迷惑。”

摄影小哥耿直地说：“我们是一档没有内幕的综艺，抽到什么身份牌，就演什么角色好吧。”

最后恶龙牌被颜宋抽中了，而冉未央抽中的是魅惑骑士的森林女巫。

前情提要：哈尔国的国王被妖后迷惑，将公主献祭给了恶龙，恶龙将公主囚禁在了孤岛火山顶端的高塔之内。骑士应国王的委托，历经重重危险，拯救公主。

为了增加剧情的真实感，每位演员都各自换上了角色服装，然后由工作人员带领着，分散去往各自的片场。

奈奈穿着一件金甲骑士装，肩上挂着红艳艳的披风，手里拿着一柄长剑，看上去英姿飒爽，又帅又俊俏，引来不少游客的围观，对着她咔咔拍照。奈奈也很给力，冲他们挥手，摆出各种造型，还和他们合影。直到编导小姐姐将她拉到了金碧辉煌的城堡大殿内，强制走剧情。

殿内，顾聿宁斜倚在王位之上，脸色苍白，身形慵懒，目光迷离，仿佛中了幻术。

长生哥哥的演技真的很厉害，就算是这么个小小的情景剧，都能演出史诗感。

奈奈一进殿就被国王吸引了目光，没注意到门槛，差点摔了一跤。身边的群演连忙拉住她："奈骑士，您小心些。"

顾聿宁懒懒地睨着她："你这位骑士，看起来好像不怎么靠谱，能帮朕把公主救出来吗？"

奈奈还没说话，妖后叶思茗立刻倒在了顾聿宁的怀中，伸出修长的指尖轻轻地抚过他的脸庞，撒娇道："陛下，您忘了，是您说把公主献祭出去，给我换龙涎来美白护肤的，现在您违背了自己的誓言，人家害怕恶龙会不依嘛。"

弹幕都要笑抽了——

"哈哈哈哈哈，小姐姐你确定要用龙的口水来护肤吗？"

"叶思茗你就是趁机吃三爷豆腐吧！"

弹幕的心情就是奈奈的心情，这个妖后居然敢吃顾聿宁的豆腐，奈奈拿着剑，气急败坏地指着叶思茗："我的剑不只斩恶龙，我还要清君侧！快把你的手拿开！"

说完，奈奈拿着剑追着叶思茗满殿跑起来。

"优秀，小奈姐本色出演了！"

叶思茗跑到顾聿宁身边，大喊道："陛下救救臣妾！臣妾要死啦！"

顾聿宁面无表情道："来人，把这个妖后抓起来，送给奈骑士当见面礼。"

叶思茗："哈？"

奈奈看着叶思茗被五花大绑送到了自己面前。"奈骑士，她是你的了。"顾聿宁望着奈奈，"随你处置。"

叶思茗："喂！陛下，你就这么把你的爱妃出卖了！"

顾聿宁眼角微挑，看着奈奈笑道："比起你，朕觉得奈骑士，更合朕意。"

叶思茗："……"

奈奈将长剑收回剑鞘："那等救回公主，我就长伴君侧，陛下您看可好？"

顾聿宁："好。"

众人："……"你不提醒，还差点忘了这是一个恋爱综艺节目！

奈奈继续说："陛下，我看这个妖后和恶龙还挺般配的，咱们捆了她，送给恶龙，把公主换回来！"

顾聿宁："你说什么，都好。"

叶思茗一脸被辜负的伤心模样："……你这见一个爱一个的渣国王，当初叫人家小甜甜的时候，也是这么说的！"

奈奈拿来了绳子，将叶思茗重新绑了绑，顾聿宁提醒道："妖后会妖术，路上也许会跑掉，需千万小心。"

奈奈："没关系！我这是捆仙绳，任何妖精鬼魅，都能捆住，区区一个妖后，翻不出浪花。"

编导一群人："虽然这是一档恋爱综艺，但是你们能不能别瞎改剧情？"

奈奈推着妖后走出城堡，很快顾聿宁也骑着马追了出来："朕不放心，决定跟你一起去。"

奈奈惊喜地看着他，又有些为难："陛下，您可是一国之君。"

顾聿宁："等救出了公主，我就和你仗剑天涯，开不开心？"

奈奈："开心！"

叶思茗白眼直翻："求求你们走正常剧情好不好！说好的骑士

和公主永远在一起呢！国王你把女婿抢来当爱妃，你让公主情何以堪！”

编导们已经彻底放弃了剧情，你们玩得开心就好。

一行三人来到森林中，女巫冉未央出场。据说任何人都逃不过森林女巫的迷离幻境，周围开始升起白雾，冉未央拖拽着绿色的长裙摆从白雾深处慢慢走出来，对奈奈说道：“外来者，想要通过我的领地，就必须留下你最珍贵的东西作为交换。”

“最珍贵的东西？”奈奈下意识地偏头看了眼顾聿宁。

奈奈将手里的叶思茗交了出去：“我把她留下来陪你，好不好？”

冉未央打量着叶思茗，叶思茗生无可恋地说：“我只是个没有灵魂的恶毒女配罢了。”

冉未央摇摇头：“不，我不要她，我要你身边这位帅哥。”

她指了指顾聿宁：“把他给我，我就放你安全离开。”

奈奈：“……”

弹幕再一次飘过她的内心独白：男朋友太帅，全世界都要抢他。

奈奈坚决地说：“你这个森林女巫想什么呢！这么帅的国王殿下，我是不会把他给你的！”

冉未央张开手：“那你就永远救不了公主了！自己选吧。”

奈奈望了望顾聿宁，顾聿宁耸肩：“我听你的。”

奈奈犹豫片刻，终于沉痛地说：“那好吧，我不救公主了，再见。”

编导：你这就过分了啊！

奈奈说完，拉着马，掉头就走：“国王陛下，咱们去仗剑天涯？”

顾聿宁脾气很好，微笑着说：“好。”

冉未央的耳麦里传来了编导的声音：“放他们过去！放他们过去！”

冉未央：“请等一下！”

奈奈回头：“女巫还有何指教？”

冉未央无奈地说道："那个……那你把妖后留下来吧，我放你们走。"

奈奈开心地将叶思茗给了冉未央。

临走的时候，奈奈对冉未央点点头："谢谢你了。"

冉未央乖乖地说："不谢，祝你们成功，但是我要提醒你，恶龙真的很可怕，千万小心。"

奈奈："我会的，你也要小心这个妖后，她会魅惑人。"

叶思茗有气无力地坐在石头上啃雪糕："放心，本妖后现在对任何人都没兴趣，只想吃雪糕。"

奈奈和冉未央同时回头问摄像师："她哪来的雪糕？"

摄像师："她、她家助理带了手提冷藏箱。"

女孩们立刻放弃了剧情，围住了叶思茗，直勾勾地看着她手里的雪糕："思思我也想吃雪糕！"

"给我一个，给我一个！"

终于，国王和骑士历尽艰险，来到了恶龙城堡。恶龙没有见到，穿着绿色小龙卡通装的傻大个倒是有一只，"恶龙"颜宋双手叉腰，站在城堡前面，发出"嗷呜嗷呜"的咆哮。

公主范慕文穿着可爱的小裙裙，站在城堡窗台边，无比娇羞地冲他们大喊："父王，骑士老公，快来救人家呀！"

恶龙颜宋问他们："你们是来救公主的吗？"

看着公主辣眼睛的装扮，奈奈和顾聿宁对视了一眼，同时道："不是的，打扰了。"

说完两人就要离开，颜宋连忙拦住他们："别走呀！公主都还没救出来呢！"

顾聿宁道："不救了不救了，我就当没生过这孽障，你随意处置就好。"

颜宋："……"要不要这么嫌弃。

奈奈也连忙说："对对对，我们不救了，公主送给你。"

颜宋回头看了眼反串公主的造型，也着实不太想要：“不不不，你们历尽千辛万苦来到这里，这样，考验和交换我都不要了，你们必须把公主带走！”

范慕文气得直跺脚：“你们……你们太过分了！”

在恶龙的放水之下，奈奈和顾聿宁只好将范慕文带了回去。

直播间里，一排文字出现在了屏幕上——在国王和勇敢的奈骑士的共同努力之下，“美丽”的公主回到哈尔国，国王封奈骑士为御前侍从，终身相伴，三人一起过着幸福的生活……

最后的定格画面，是国王和骑士在城堡之上拥抱，可怜兮兮的公主站在边上围观。

弹幕里，所有人都在刷——

“怎么感觉哪里不对？”

“哈哈哈哈哈，心疼国王和骑士。”

时间一天天地过去，《甜甜的恋爱属于我》节目录制进入尾声，大家相处得非常愉快。奈奈和顾聿宁越来越有默契，日常的相处就像真的在谈恋爱似的，天天撒狗粮。颜宋和叶思茗这对是欢喜冤家，天天拌嘴，吵来吵去也很欢乐。

可能唯一比较例外的组合就是范慕文和冉未央，无论怎么样互动都是一个大写的尴尬。两个人气场不合，这很正常，节目组沟通过几次之后，也就放弃了。后期剪辑里，范慕文和冉未央的片段放得很少，反正有前两对情侣，糖度已经爆表了。

无论是后期剪辑片还是前面的直播，这一季《甜甜的恋爱属于我》的观看人数都远远超过了以往，创下了收视新高。后来观众强烈希望，节目组再录制一个番外篇，想知道几对组合的近况，所以节目组又给几位嘉宾发了通告，希望大家再录一个四十多分钟的小访谈，聊聊录制期间发生的小趣事。

两对组合都欣然同意，可是冉未央却拒绝了节目组的邀请。虽然冉未央和范慕文在节目中戏份比较少，但好歹三对组合都播出了，只邀请两对过来，终究是有点奇怪。但是冉未央的态度好像很坚决。节目组希望奈奈和叶思茗去劝一劝冉未央，让她能同意来上节目，哪怕不说话，人到了就行。然而，不劝不要紧，一劝，冉未央却告诉了她们一件始料未及的事情。

“什么？范慕文骚扰你？”咖啡厅里，叶思茗目瞪口呆地听着冉未央的讲述，觉得有些不可置信。奈奈回想起来，范慕文和冉未央的相处一直很别扭，一开始范慕文看不起冉未央，再后来冉未央就一直躲着范慕文。奈奈还以为她是怕他，现在看来，是真的“怕”他啊。

“有摄像机拍到吗？”奈奈连忙问。

冉未央摇了摇头：“有摄像机跟着的时候，他就不怎么搭理人，但是玩坦白局的那天晚上，不是停电了吗？”她微微皱眉，似乎回想到那天的事，都会觉得恶心，“那天晚上，我跟他坐在一起，他的手一直往我大腿上来回……你们懂的。”

奈奈只听她描述，都觉得很龌龊，忙问道：“这件事，你跟节目组反映过吗？”

冉未央也不是羞怯的小姑娘，毕竟是圈子里比较知名的唱跳博主了，她坦然说道：“怎么没反映过？但是没用，一来没证据，当时黑漆漆的，摄像机也没拍到什么，二来节目组肯定也是站在自己的利益上考虑，不会让这件事情发酵的。”

的确，如果节目录制过程中，真的出现类似性骚扰丑闻事件，对于节目的声誉以及往后的录制，是极大的影响。

“节目组的人跟我说，没有证据，无法判断我说的话真假。那几个编导还很好，在安慰我，但是上面制作组的人态度却很坚决，不准我在外面乱说这件事，否则就要吃官司。后来我说要退出拍摄，节目组又以违约为理由拒绝。”

“居然发生了这么多事，我们都不知道。”

冉未央继续道：“那段时间我都忍着，一句话都不想跟他说，秀什么恩爱，我只想一巴掌扇他脸上。”

“没想过跟公司反映吗？”叶思茗问。

“我签的是小公司，可不会管这些，更不可能去跟范慕文讨一个说法。”冉未央无奈地说，“这种事都不能说，说就是你想蹭热度故意炒作。我的经纪人也说，让我咽下这口气，进娱乐圈哪有干净的，只是被摸一下，没什么大不了。”

“这也太欺负人了。”

“算了，就当我自己吃苍蝇了呗。”冉未央耸耸肩，“这种事，可能多经历几次，我就有抵抗力了。”

对于奈奈来说，本来是挺美好的一次海岛甜蜜旅行回忆，全让范慕文那家伙给搅糊了。奈奈跟杨嘉文说这件事的时候，挺愤愤不平。杨嘉文一边开车，一边说道：“这个年代，就是无图无真相的时代啊，冉未央说范慕文骚扰她，那就必须拿出证据来，否则你又怎么知道她不是因为范慕文对她态度不好，诽谤他？”

奈奈和杨嘉文争辩了起来：“女孩子会拿这种事诽谤别人吗？”

杨嘉文笑了笑：“你们娱乐圈那还真说不准，别太天真了。”

“可是如果她真的有心要黑范慕文，又怎么可能不留下证据，只空口无凭地污蔑呢？”

杨嘉文拍拍她的脑袋：“小丫头，你心思还挺缜密。”

“杨助理，别忘了是小丫头在给你发工资，这个月你的表现很不能令我满意，奖金扣光啦！”

“喂！你公报私仇！”杨嘉文放慢了车速，“再这样，我辞职了！”

“威胁我啊，那拜拜！”

这当口儿，杨嘉文还真不敢轻易辞职，因为他在海岛上把顾聿宁给得罪了，暂时就忍辱负重一下吧。他把车开到了《甜甜的恋爱属于我》的节目组大楼前，叮嘱奈奈道：“待会儿访谈，可千万别提这事儿，虽然我这么说你可能不高兴，但你现在是公众人物了，没证据的话咱千万别说。”

奈奈关上了车门：“知道啦，我又不傻。”

就是因为没有证据，所以说话必须慎之又慎，一不小心就会给自己惹祸上身。

这次访谈，顾聿宁因为出国开会没有过来，节目只有颜宋、叶思茗、范慕文和奈奈四人参加。

大家都各自分享了在录制过程中发生的小插曲。在这个过程中，范慕文也不止一次地提到冉未央，虽然都是以开玩笑的口吻，但是言辞之间，也在暗示冉未央的种种负面行径：“她很娇气，走不了几分钟就要停下来休息，很多节目组设置的剧情因为时间耽搁了，就没有办法完成。”

“我们这对被叫作沉默组合，因为没话说嘛，我性格大家都知道啊，爱开玩笑，主要是她……不怎么搭理人的。”

“这次录番外也不来，我知道她名气很高啦，是什么宅男女神，咱也不敢说，说就要挨骂，对不对？”

因为番外访谈也是现场直播，所以范慕文一席话出来马上就给冉未央吸了一大批黑粉：“遇到这样的搭档，哥哥一定很辛苦吧。”

录制中场休息的时候，叶思茗忍不住过去质问范慕文：“你这样未免太没风度了吧？”

范慕文摊手：“我怎么没风度，实话还不能说了？”

“不管她做了什么事，你在访谈里这样黑人家，就是没风度！”

“你们是没看到那女人怎么对我，一脸清高样。”范慕文愤愤不平地说，“一破主播，仗着自己有几个猥琐男粉丝，就敢跟我蹬鼻子上脸了？她有什么本事，就会在直播室搔首弄姿勾引男人……”

范慕文话音未落，只听“啪”的一声，边上默不作声的奈奈忽然甩给他一记清脆的耳光。范慕文傻了，周围工作人员也傻了，只有叶思茗抱着手肘，痛快地看着他：“打得好！”

奈奈是被范慕文的言论给气着了："这是要告诉你，不要随便这么形容女孩子。"

奈奈甩给范慕文一耳光的动图被人录下来传到了网上，引起一阵轩然大波。所有人都没有想到，平时总以热心肠形象出镜的阳光小女神竟然会做出这样的举动。因为动图只有动作，没有声音，所以一帮不明真相的网友被水军带了节奏，对奈奈进行了一波全网黑。

"真的想不到，她竟然会做这样的事！"

"她和叶思茗走得近，谁不知道叶思茗是出了名的耍大牌，看来是近朱者赤，近墨者黑了。"

"讲道理，没有人想知道奈奈为什么这样做吗？"

"我看她是成名太快，飘了吧！"

"之前林雪柔恶毒姐姐的人设也是她捏出来的吧，现在经过这件事，指不定谁比谁更恶毒呢！"

"对对对！我开始相信林雪柔了！"

"心疼雪宝。"

事情发酵的时候，奈奈正在林泽家里，穿着小围裙给他做热腾腾的打卤面。恋爱综艺这事儿真把林泽给气出毛病了，浑身是刺儿，又不能向妹妹发泄，顾聿宁那儿也不接招。真是女大不中留，他是管不了了。

"我跟你说！你必须和那个谁谁，断了来往！"

奈奈将香喷喷的番茄打卤面端上桌，推到林泽面前，讨好地说："哥，尝尝。"

"我没跟你开玩笑！你根本不知道他是什么人，趁现在还没有泥足深陷，赶快断干净！"

奈奈嘻嘻一笑，把筷子递到他手上："尝尝，我新学的手艺。"

林泽指着她，气鼓鼓地说："我跟你说话你听不见是吧！"

奈奈拿起筷子，卷了一根面条，喂到林泽嘴边，撒娇道："哥，尝尝嘛。”

林泽最受不了小妹跟他撒娇，强硬的态度软了一大半，半推半就地尝了一口面条。小丫头期待地看着他：“好吃吧？”

别说，还真挺好吃的。林泽也是个吃货，端起碗喝了一口浓稠的汤汁。

“你居然也有这么好的手艺了。”他惊喜地看了这小丫头一眼，“看来独立生活还是有长进。”

奈奈嘻嘻一笑：“三爷教我的。”

林泽差点被呛到，一阵猛烈的咳嗽之后，红着脸指着奈奈：“你要气死我是不是！”

奈奈拔腿开溜，边跑边喊道：“哥，我这辈子就爱这一个人，你就不能爱屋及乌，别讨厌他了嘛！”

“他都不是人，你爱他什么！”

“哇，人身攻击可不行啊！”

奈奈回来躺在了床上，顺手摸出手机。微博消息弹出很多条，奈奈便已经猜到网上肯定又有人黑她了。黑着黑着也就习惯了，奈奈并没有在意，戳开微信，群里小姐妹也闹腾开了，都在痛骂范慕文狗男人，大量水军买头条的行为。叶思茗给奈奈发了一条消息过来：“看到了吗？范慕文也发微博了。”

奈奈：“我没上网，他怎么说？”

叶思茗给她截了图——范慕文：“关于录节目时被某女星暴力掴掌的事，我要解释一下，我和某女星的确在现场发生了口角。不过作为男人，我不会和她计较，也不会追究她的法律责任，我只希望一个道歉。”

叶思茗又将底下的评论截了下来——“哥哥脾气真的很好，但是我真的气哭了！”

“@奈小熊，哥哥都不追究你的法律责任了，滚出来道歉！”

叶思茗：“还追究法律责任，笑死我了。你打算回应吗？”

奈奈：“等我酝酿酝酿。”

叶思茗：“你要道歉？”

奈奈：“道歉是永远不可能道歉的，我酝酿酝酿怎么骂他。”

叶思茗：“哈哈哈哈，好，你发了我去转！”

顾聿宁也给奈奈发了一条消息：“打疼了吗？”

奈奈：“我没有用力！我一点都不凶，超乖的！”

顾聿宁：“我是问，手疼吗？”

奈奈翻了个身，快要笑死了。虽然顾聿宁话是这样说，但是奈奈知道，她家哥哥多半就是来“兴师问罪”的。奈奈给他发了一条语音消息，把大概的情况讲了一下，然后说：“之前他骚扰冉未央的事情，因为没有证据，所以就不提了。现在既然有人拍下了我和他争执的视频，那么我想着请杨助理帮忙把这段视频找出来，我打人该挨骂，他出口伤人就不该挨骂吗？”

顾聿宁：“这件事我来做，你不用管。”

奈奈：“不用麻烦哥哥，我有杨助理，他这方面很厉害的。”

顾聿宁放下手机，坐起身，闭上了眼睛，开始调动电子日志。系统的声音响了起来：“主人，需要调动哪一天的数据日志？”

顾聿宁不记得具体时间了，于是说道：“我主板烧坏死机那天。”

系统：“主板烧坏的那天是 9 月 23 日，已为您调出当天的影像日志资料。”

当天下午，林雪柔转发了范慕文的微博：“代我妹妹向慕文道歉，不求你的原谅，唯愿心安宁。”

一石激起千层浪，网上对奈奈的谩骂愈演愈烈。

林雪柔发微博之后，之前被淘汰出局的贺然，也立刻转发响应道：“这就是我为什么拒绝拍《甜甜的恋爱属于我》这个综艺的原因了，和这种人谈恋爱，呵呵，膈应！”

“哥哥做得对！”

“我听说贺然拒演这个综艺又后悔了，死乞白赖求着要回去，但又被节目组拒绝了？”

这条评论发出来只存活了两分钟，就被贺然删掉了。

奈奈的粉丝当然也在奈奈超话下面努力控评、维护，但是范慕文、林雪柔和贺然连带一帮吃瓜群众，加在一起足以把奈奈的超话一锅端了。

这件事在网上发酵了一整天，晚上，冉未央发布了一段视频，正是《甜甜的恋爱属于我》节目中，忽然停电的那天晚上的内容。

视频的画面是黑漆漆的客厅里，所有人坐在沙发上聊天。但是因为开过夜视，所以也能够清晰看到房间里的每一个人。

视频中，正对着的就是范慕文和冉未央。范慕文的手正放在冉未央的腿上，可能是不太明显，因此这段视频后期还专门加了一个箭头符号，指向范慕文的手，提醒大家注意看细节。

范慕文的确在骚扰冉未央，冉未央一再地往旁边挪，但是他并没有停止，还变本加厉。冉未央都快哭了，因为正在直播，她不敢说什么。现在，冉未央发布这段视频，配的文字很激烈，将这件事的来龙去脉讲得清清楚楚，包括范慕文如何骚扰她、又如何威胁她不要说出去，也解释了为什么奈奈会对范慕文做出那样的举动等等。

这条视频几乎可以当作范慕文骚扰女星的实锤，但是还有人质疑这条视频是不是造假，毕竟明知道有摄像机正对着拍摄，正常人都不敢这么做，会不会是 AI 换头。

不过接下来，一个营销号发布了一段他谩骂冉未央的视频，彻底将他锤死了。这正是之前在网上传得沸沸扬扬的那条动图的视频版本。

有了之前的骚扰视频，现在再加上这条，吃瓜群众们一下子就明白了事情的真相。之前网上谩骂奈奈的水军销声匿迹，全网好像换了一拨人似的，又开始把攻击的矛头指向范慕文：“难怪冉未央在节目里表现得那么不自然！”

“小奈姐姐打得好！”

不只是范慕文，就连转发声援范慕文的林雪柔和贺然，都连带着被疯狂暴捶，林雪柔连夜删掉了微博，一句话都不敢说。反转来得太快了，大家都没有想到竟然还有这么肮脏的内幕，一瞬间网友的愤怒全被点燃了。

当天晚上，范慕文所在的娱乐公司出面发布声明，声称范慕文不再属于自己公司旗下，对给公众造成的不良影响，深表歉意。

对于网上评论的反转，奈奈没有特别在意，她在反复地查看冉未央爆出来的那段视频。当时停电的时候，除了摄像小哥的摄像机在录制声音以外，她不记得有谁也录制了当时的画面，这段视频究竟是怎么拍摄的？

坐在冉未央和范慕文对面的人就是奈奈和顾聿宁，而这段视频的角度恰好正对当事人。如果不是奈奈拍的，应该就是顾聿宁。但是也说不过去啊，顾聿宁干吗拍摄这俩人，又不能预先知道范慕文会做那样的事。奈奈越想越疑惑，索性给冉未央去了一个电话，问问她是否知情。

“因为我连累你在网上被骂，心里很过意不去。昨天下午有人匿名私信给我这段视频，我也没有多想，立刻就把它发布出来了，给大家看看那个光鲜的男人背后是什么嘴脸。”

“是匿名私信吗？”

“对啊，不过我猜测肯定是节目组的某个工作人员，趁大家不注意的时候拍的，不敢公开曝光，只能把它偷偷传给我。”

奈奈想了想，觉得她的这个推测也有道理，只有节目组的工作人员有录制设备。几个嘉宾当时都在玩坦白局的游戏，肯定没有时间拍录这段视频。可是奈奈真的不记得，当时有工作人员站在她身后拍摄啊。不过当时她全部的注意力都放在顾聿宁身上，应该也察觉不到其他事。念及至此，奈奈心里的疑惑消散了大半。这条视频爆出来，范慕文的娱乐圈生涯肯定完蛋了。

杨嘉文反复看了这段视频不下三十遍。他记得，当时玩坦白局的时候，他就站在奈奈身后，可以确定自己身边是绝对没有任何人，更加不可能有人会拿着摄像机拍摄画面。所以这段视频的拍摄者，唯一可能的人就是奈奈身边的顾聿宁。

以杨嘉文对顾聿宁的了解，他是绝对不可能无聊到拿着手机拍摄对面两人的一举一动。那么唯一可能的就是这段视频不是他有意拍摄，而是无意中记录下来的资料。过了这么久视频才爆出来，这说明他在拍摄时并没有注意到范慕文的某些小动作。发生以上种种情况唯一的可能性，就是顾聿宁身上自带 24 小时实时监控的设备。可是正常人是不可能在自己身上随时安插针孔摄像头的，除非……他不是正常人。

杨嘉文觉得自己终于找到了事情的突破口！然而，还没等他去分析这段视频的具体拍摄数据，回国之后的顾聿宁，却约他见面了。

风娱传媒楼下的咖啡厅，顾聿宁穿着西装，坐在靠窗的位置上，等着他。杨嘉文走到他身边，礼貌地唤了声："先生。"

"坐。"顾聿宁指了指对面的位置。杨嘉文坐下之后，忍不住抬头看他，他的眼睛真的很漂亮，左眼的阴翳完全消失了，阳光下，眸子泛着浅褐色，宛如玻璃球一般清澈。他的眼睛……能录像吗？

"你心里有什么疑虑，直接问。"

杨嘉文犹豫良久，终于问道："先生，您……还是人吗？"

"你说呢？"

"涉及如此哲学的问题，我是理工科出身，不太好说。"

顾聿宁很无语地望了他一眼，回道："我是人。"

杨嘉文闻言，正要松一口气，却又听他说："但不全是。"

"什、什么意思？"

"正如你猜测的一样，我的身体，全浸泡在水中很快就会短路。但是一杯椰子汁倒在我身上还不至于。"

顾聿宁拉开衣袖，露出一节白皙漂亮的手臂：“皮肤是正常人的皮肤，我有抗氧化循环系统，但是动能不是来自于食物，需要充电。”

杨嘉文目瞪口呆地听他说完这番话：“先生您的意思是……您真的是人工智能？”

顾聿宁平静地答道：“当年顾长生坠楼，大脑严重损伤，后来尸体被运往美国约翰森教授实验室，他用 G386 人工智能芯片代替了我的大脑，并且修复了机体。所以严格说来，我现在百分之五十属于人类，百分之五十属于人工智能。”

杨嘉文紧紧攥着顾聿宁的手，摩挲着他的皮肤，果然是人类的质感，不，看起来比一般男人的皮肤还要光滑许多，不受新陈代谢的控制，肌肤可以永葆青春。

顾聿宁不自然地挣开了杨嘉文的手，轻咳一声：“还有什么问题？”

杨嘉文的问题那可多了去了，三天三夜都问不完：“先生，这个世界上还有和您一样的人吗？”

“也许有，也许没有，我不知道。但是约翰森教授这一生唯一成功的实验……只有我。”

杨嘉文还是有些不敢相信，有朝一日，自己竟然和一个死而复生的机器人在对话。他犹豫道：“先生，您……真的还是顾长生吗？”

这句话问出来，顾聿宁漆黑的眸子蓦然扫了他一眼，看得杨嘉文心头一寒：“您要是不想回答，可以不用回答，我就随便问问。”

顾聿宁没有回答这个问题。

杨嘉文迅速转移了话题：“那先生，您能感觉到疼痛吗？”

“会，我的大脑还有一部分感知系统，很幸运，没有损伤。”

“我懂了，就是说，人工智能芯片只是代替了你部分已经死亡的大脑。”

“可以这样理解。”

虽然匪夷所思，但本身就经常和科技打交道的杨嘉文，很快便接受了顾聿宁的身份。“先生，您放心，我会为您保守秘密，绝对不会说出去。”杨嘉文郑重地保证。这么大的秘密，要是被曝光给了公众，天知道会引发什么样的浩劫。死而复生这种奇迹都发生了，顾聿宁绝对难以独善其身。

“嘉文，我信任你。”顾聿宁看着他，“但这个世界上，也不是只有你一个人知道这件事。”

杨嘉文惊愕地问：“什么？还有谁知道？”

顾聿宁淡淡道：“比如林泽，比如……顾延。”

提到“顾延”这两个字，顾聿宁的眼底明显划过一丝阴鸷。杨嘉文知道，那是被他恨之入骨的男人，他一生所有的悲剧，都与他有关。

“先生……”杨嘉文激动地站起身，“需要我帮您把他找出来吗？”

“不用。”顾聿宁淡淡道，“他会回来找我。”很快就会。

晚上，奈奈神秘兮兮地带顾聿宁去了一间地下酒吧。这间酒吧并没有常规夜店的喧闹，门口挂着荧光招牌，上面写的是：顾长生粉丝之夜。顾聿宁诧异地望了奈奈一眼。

奈奈神秘地从包里摸出口罩，戴在他的脸上，遮住了他英俊的面庞，又把鸭舌帽帽檐压低，确定不会被认出来，这才放心地拉着他进了地下酒吧。

酒吧里人头攒动，却不似一般夜店那样喧嚣。台上有乐队在弹奏着熟悉的旋律，有好看的主唱小哥哥，抱着吉他弹唱着顾长生那些遥远而经典的老歌。台下的听众绝大多数都是顾长生的粉丝，他们沉浸在音乐中，静静地欣赏。

“这是我很早以前发现的地方。”奈奈小声对他说，“大家互相不认识，却聚在一起，唱你的歌、聊你的电影……我也会经常过来听听音乐。”

顾聿宁看着台上唱歌的小男生，笑了笑：“他唱得还不错。”

奈奈立刻来劲了，拉着他的手问：“那你要不要也上去唱一首呀，哥哥？”

顾聿宁伸手揉了揉她额间的刘海：“你想听我唱歌？”

奈奈赶紧点头。

“下次，单独唱给你听。”

奈奈不知道顾聿宁有什么苦衷，才会隐瞒顾长生的身份，但她也会好好帮他保守这个秘密，不让第二个人知道。

两个人出了酒吧之后，顾聿宁带奈奈去了一家高档会所，开了一间 KTV 包间。一进房间，奈奈便知道了顾聿宁的意思，有些兴奋：“我点的歌，哥哥都可以唱给我听吗？”

顾聿宁懒洋洋地坐下来：“随你点。”

奈奈立刻跑到点歌台，点了好几首顾长生的歌，第一首便是他的成名曲《无畏》。

顾聿宁喜欢看她这么开心的样子，心情也很不错，拿起话筒。这么多年，他的声音没有太大的变化，奈奈过去所听他的歌都是清唱，现在配合着旋律，宛如天籁。

奈奈痴迷地看着他，顶端的星星灯时不时在他英俊的面庞洒下斑驳的光影。他侧脸轮廓分明，高挺的眉宇之下，漆黑的眸子藏在阴影中，无比深邃，仿佛藏着一整个宇宙。在他唱完这首歌之后，奈奈脑子一热，忍不住吻了一下他。

顾聿宁拉过她的手，翻身将她按在松软的沙发上，温热的唇，印在了她唇角柔软的皮肤上。

第九章
病毒

顾聿宁带奈奈去了南山脚下的疗养院，奈奈知道这所疗养院，里面专门收治轻症精神病患者。进门的时候，奈奈已经有心理准备了，但是看到那个女人的时候，还是忍不住有些难受。

叶婉言穿着蓝白杠的病号服，坐在轮椅上，呆呆地望着窗外。她很漂亮，即便现在容颜显得有些憔悴，但是眉眼间还是依稀能见到年轻时的倾国姿色。

“这是我母亲。”顾聿宁拉着奈奈进屋，向她介绍。

奈奈有些手足无措。顾聿宁走到女人身边，神情是前所未有的温柔：“妈，我带小奈来看你了。”

奈奈之前听顾聿宁说起过，这些年母亲的精神状况一直不太好。叶婉言拉着顾聿宁的手，缓缓说：“平生，你放学回家了？你哥哥呢，他最近还好吗？”叶婉言问他，“长生怎么最近不来看我啊？”

“妈，我是长生。”顾聿宁的喉结滚了滚，调子压得有点低。

“别骗我了。”叶婉言摇着头，显然不相信，“别人都说，长生死了，长生再也不会回来了。”

“妈，我没死。”顾聿宁拉着她的手，“我活下来了。”

叶婉言的情绪忽然变得很激动，一把甩开了顾聿宁的手：“走开，你不是我儿子，你和他一点都不像！他说我儿子已经死了！长生再也不会回来了！”

叶婉言的声音越发尖锐，几个护士连忙赶了过来，拿着针管要给她注射镇定剂。她拼命反抗，情绪失控。奈奈连忙从自己的钱夹里摸出一张泛黄的旧照片，走到叶婉言身边，轻声说道：“阿姨，您看，这是长生哥哥。”

这是顾长生古装的剧照，他穿着一袭黑衣长衫站在树梢间吹笛子，剑眉飞鬓，英气袭人。叶婉言拿着那张照片，放在眼前看了许久，情绪渐渐平复，嘴角绽开笑意：“长生，这真的是我的长生。”

她眼里眉间都含了笑，越发明艳动人。奈奈总算明白，为什么顾聿宁笑起来的时候这般漂亮，儿子像母亲，顾平生就没有遗传到这么好看的眼睛。

“你怎么会有长生的照片？”叶婉言问奈奈，“你是不是喜欢我们家长生？”

奈奈看了身边的顾聿宁一眼，笑着说：“是呀，阿姨，长生哥哥是我一直都很喜欢的人。”

叶婉言拿着照片，眼里眉间都是宠爱：“是的呀，我们家长生就是一直招女孩子喜欢的。”

护士们见这小丫头居然安抚住了性情不定的叶婉言，赶紧退了出去。奈奈指了指站在边上的顾聿宁，轻声对叶婉言说：“你看那个哥哥，他像不像照片里的人？”

叶婉言看看照片，又望望面前的顾聿宁：“嗯……不太像，我们家长生可比他帅多了。”

奈奈又赶紧从包里摸出另一张照片，递给叶婉言：“那这张呢？”

这是顾长生拍的时尚杂志的封面，照片中，他穿着商务西装，英姿笔挺，丰神俊朗。顾聿宁都不知道，这小丫头居然收藏了自己这么多照片。

叶婉言时而看看照片，时而看看顾聿宁：“唔……有那么点意思了。”

奈奈趁机说道：“因为他就是长生哥哥啊。”

叶婉言惊讶地望向奈奈：“可是……有人跟我说他死了，真……真的没死吗？”

奈奈用力点头：“当然没有，他只是长大了。”

叶婉言凝望着顾聿宁：“长生，你是长生。”

顾聿宁轻松地笑了笑：“妈，我都说了我是长生啊，你居然信她不信我。”

“长生，长大了，都娶媳妇儿啦。”

奈奈脸颊蓦然一红。顾聿宁走到奈奈身边，手轻轻地按着她的肩膀：“妈，你喜欢她吗？”

叶婉言笑着打量奈奈：“喜欢得很，长生，你要多带她来看看我。”

“等她毕业，我把她娶回来，妈每天乖乖听话，按时吃药，早点好起来就能天天见着她了。”

“我吃药，我都听你的！”

两人陪着叶婉言聊了一下午，连护士长都说好久没见叶婉言这么开心了。

走出疗养院，两人在青草坪的石径边漫步，奈奈一直没有讲话。顾聿宁嘴角抿了抿，自然地揽了她的肩膀：“小丫头片子还学会害羞了，之前不是挺大方的吗？”

“不不不，不是害羞。”奈奈连连摇头，“我只是觉得……”

“觉得什么？”

“哥哥你这么好，我觉得自己配不上，别人说，拥有了配不上的东西，就会折寿。”

“这什么话？”

“我身体已经很不好了，我真的不奢望最后能和哥哥一直在一起，有这样一段回忆，我特别满足。”

“怕折寿，不敢和我在一起？你是不是脑子有毛病？”

顾聿宁说着给了奈奈脑门顶一个爆栗。

奈奈“嗷”地叫了声，捂着脑袋哭唧唧地说：“哥哥太粗鲁啦。”

顾聿宁感觉心都要融化了，一把将小丫头整个抱了起来：“你太瘦了，从明天开始，我带你锻炼。”

“锻炼？”

“这么瘦，我都舍不得动你了。”

奈奈目瞪口呆和他对视：“动我……什么？”

顾聿宁没接她的眼神，笑了笑，没再说下去。

散步的时候，顾聿宁跟奈奈讲了当年的事情。为什么母亲会变成现在的样子，为什么他会退圈，后来又是如何从二叔手里夺回顾氏集团，如何一步一步变成现在这样。当然，那些离奇的剧情，顾聿宁便隐去了。他并非无所畏惧，他也有自己的担忧和惴惴不安，毕竟……不是任何人都能接受这样的自己。

奈奈听他讲述过去的那些事，眼睛红了好几次。是真的心疼，心疼他过去经历了那么多坎坷，心疼过去那个拥有最完美笑容的顾长生，变成了现在的顾聿宁。

“哥哥，以后小奈保护你。”她用了最大的力气攥住他的衣角，“小奈会站在你的前面，保护你！就像小熊一样，守护在你的床边，帮你抵御噩梦中的恶龙。”

顾聿宁心里暖暖的，以前都是他守护妈妈、守护弟弟……被比自己弱小的力量保护的感觉真的很温暖。

叶婉言透过落地窗，看见他们上了车，转过身对护士微笑说：“我们家长生就要娶媳妇了。”

护士推着叶婉言出了病房：“是啊，大少爷也到了该娶媳妇的年龄了，怎么样，准婆婆对新媳妇还满意吗？”

“我挺喜欢那丫头。”叶婉言话音未落，忽然看到有一个穿灰色西装的矮个子男人，站在走廊边，微笑地看着她。叶婉言脸色骤变，情绪一下子变得无比激动，抓着护士的衣袖，拼命遮挡着自己：“恶魔、恶魔来了，别……别让他看到我。”

护士不明所以，连忙安抚她：“夫人，夫人您别害怕，哪有恶魔啊。”

灰西装矮个子男人看上去很显沧桑，脸上褶皱很深，眼神宛如鹰隼般，被他看一眼都感觉如坠深渊。他对着叶婉言露出了笑容，但那笑容感觉阴森森的。

叶婉言根本不敢看他，躲在护士身后，嘴里一直叨叨着恶魔……护士无奈，只能重新将她推回病房。

关上房门的一刹那，叶婉言哆哆嗦嗦看了他一眼，他正对着叶婉言，冲她做了一个嘴型——我回来了。

周助理急匆匆地走进会议室，打断了顾聿宁的视频会议：“三爷，出事了。”

顾聿宁看了他一眼：“最好是大事，不然你就有事了。”

周助理将一份英文的讣告递到了顾聿宁的面前，喘息着说：“三爷……您的老师，约翰森教授，心脏病发作，去世了。”

“以前没有听说老师有心脏病，所以走得很突然。但……总感觉好像没那么简单。”顾聿宁微微抬额，望了眼青绿的墓园，此时天色阴沉，有雨星子飘在他的脸上，他喃喃道，“太突然了。”

晚上，奈奈趴在床上跟顾聿宁视频。顾聿宁刚从墓园出来，穿着黑色的西装，情绪似乎很低落。

奈奈知道，不是老师走得太突然，是顾聿宁心里很难接受。她轻轻安慰了他几句，当然，此刻所有的安慰都是苍白的，无论是生离还是死别，都是人生至苦。

第二天，林泽把奈奈叫到了办公室，将一堆照片摆在她面前：“说说，这是怎么回事。”

是奈奈和顾聿宁这段时间接触的照片，照片里的两个人很亲密，而且很甜蜜。奈奈惊叹一声：“哇，哪家的狗仔胆子这么大，居然敢拍顾聿宁的照片。”

整个娱乐圈没有人敢拿顾聿宁上八卦新闻，否则第二天就等着关门大吉吧。

林泽揉了揉眼角，说：“这是我让人拍的。”

“哥，你干吗偷拍我们啊！”

“我说了，不能和这个人交往，你为什么不听话？”

奈奈坐在他面前的椅子上，赌气地说：“我又不是小孩子了，我有选择自己喜欢的人的权利。”

“任何人都可以，但不能是这个人！”

“任何人都不行，我只要这个人！”奈奈跟他置气。

林泽指着奈奈气急败坏地说：“你非得跟我唱反调是吧。”

“哥，你越来越不讲道理了。”奈奈撇嘴道，“任何事都得有理由吧，只要你能说出一个让我信服的理由，我……也不答应你。”

情急之下，林泽脱口而出：“他不是人。”

“老大，给不出理由，也不能骂人吧！”

“我没有骂人。”林泽喝了口茶，起身走到落地窗边，“我就是在给你一个不能拒绝的理由：你喜欢的那个人，他不是人。”

“哥，你再这样开玩笑，我生气了。”

林泽严肃地说：“十年前，他坠楼身亡，后来身体被送到美国约翰森教授的实验室，教授用 G386 人工智能芯片取代了他已经死亡的大脑，并且改造了他的身体，严格说来，你喜欢的那个顾长生，他早就已经死了！”

奈奈走到林泽面前，伸手探了探他的额头：“哥，你发烧了吗？这种科幻片的情节，都能编得出来。”

“我一个字都没有胡说。”林泽攥住她的手，笃定地说，“当年他的二叔顾延逃到美国，东躲西藏了很多年，后来申请了安全保护，我受政府委托，给他二叔做过一段时间心理疏导，这些事，都是顾延告诉我的。”

“你居然去给那个坏蛋做心理辅导，你知道他对我长生哥哥做过什么吧！老大你居然和这样的人同流合污。”

林泽：“……”完全说错重点了好吗！

他无奈地扶额，认真解释道：“心理辅导是政府委托，我本人持中立立场。”

“中立，你怎么能中立呢！你是不是我哥哥啦？”

林泽：“这都不是重点好吗，重点是，你那个顾长生早就已经不在了！”

奈奈完全不相信他的话：“你当我是小孩子吗？还拿这套说辞来骗人，他不管怎么看都是人，不是你说的什么机器人。”

“我不知道他这到底算是怎么回事，但你相信我，哥哥不会骗你的。”

奈奈很难相信他的说辞，毕竟这事儿太过匪夷所思。林泽想了想，说道：“好吧，我有办法证明，顾延说他怕水，一落水准短路……还有，左腰侧是他最薄弱的地方，是电源开关，你可以摸……”

这话还没说完，又立刻被他否定了：“呸，摸什么，不准去摸！”

奈奈嘴角抽了抽：“哥，你真是喝高了吧，不跟你说了，我下午还要去录音棚呢。”

说完，奈奈转身离开，林泽叫住她：“录什么歌？”

奈奈回头，狡黠一笑：“我‘爱豆’给我写了歌。”

林泽肺都要气炸了：“回来，不准去！你回来！”

顾聿宁从美国回来之后的两三个月，心情一直不太好。正好顾平生的生日快到了，他准备在家里开个庆生的派对，请几个好友过来热闹热闹，顺便也让他哥开心一下。

顾聿宁一口拒绝了顾平生的提议：“你可以去酒店，可以上游艇。家里绝对不行。”他不喜欢家里来陌生人，尤其是顾平生那些不三不四的朋友来家里群魔乱舞，只是想想都觉得窒息。

“哥！怎么这样啊，明天可是我生日！”

书房里，顾聿宁抬起头，面无表情睨他一眼：“你要是敢把人带到家里，明天就会是你的忌日。”

“……”顾平生没辙，最后只能请奈奈帮忙，跟他哥说说。

奈奈是站在顾聿宁这一边的，他不愿意做的事，她当然持反对立场：“长生哥哥不愿意，那就不要在家里呗，总能找到地方庆生。”

顾平生：“上你家里吗？”

“那明天可能会变成我俩的忌日。”她家老大要是知道她把顾聿宁的弟弟请到家里来过生日，估计能当场把她当靶子练，“到处都能庆生嘛，酒店、会所什么的，可别说你没钱啊。”

“不是。”顾平生撇嘴说，“去酒店会所什么的，我哥肯定不来，想让他参加，只能在家里。”

“你都多大了呀。”奈奈笑着调侃道，“还这么依赖你哥，生日还一定要让哥哥参加。”

“你比我小很多吗？你不依赖他吗？你生日不想让他参加吗？”

奈奈：“……”好有道理，忽然无话可说。

在顾平生的百般恳求之下，奈奈终于还是答应帮他问问顾聿宁，但是不保证一定成功。挂掉电话之后，奈奈给顾聿宁发了一条短信：“明天是顾平生的生日，我可以来你家里玩吗？”

顾聿宁秒回：“可以。”

奈奈：“啊，我的意思是……来家里给他庆生哦。”

顾聿宁：“可以，你要来，我让管家多准备一些点心和水果。”

奈奈一脸开心：“谢谢哥哥！”

征得顾聿宁的同意之后，奈奈反手截图给顾平生发了过去。

奈奈：“你确定他不同意你在家开 party 吗？”

顾平生：“？”

奈奈：“感觉蛮好说话的啊，马上就同意了。”

顾平生：“……只跟你好说话。”

在顾聿宁的限制之下，顾平生只被准许邀请五个人，其中还包括奈奈。终于，顾平生好说歹说，把人数扩展到了十人，这已经是顾聿宁能够忍耐的极限了。

十人就十人吧，顾平生精挑细选，给朋友们挨个发出了邀请函，当然，奈奈也被迫位列其中。

顾宅的后面有一个超大豪华泳池，因为顾聿宁从不游泳，因此一直闲置着。顾平生便让人清洗了泳池，并且把所有的自助餐桌放在了后花园，准备晚上开一个泳装派对。

夜幕之下，后花园被密集的星星灯点亮了，泳池倒映着璀璨的灯光。虽然邀请的朋友不多，但一个个都是跟顾平生臭味相投的好朋友，又是圈子里的大咖，很能玩得开，气氛一下子就被他们闹腾了起来。

奈奈游泳技术很好，在泳池里来回翻滚了好几圈，练习肺活量。顾平生端着酒杯蹲在岸边，笑着对她说：“小丫头，你看看周围的女星，都是穿着泳装，在岸边拍照秀身材，有几个真的下来游泳啊。”

奈奈说道：“我都换了泳衣，干吗不游泳。”

“我赌一毛钱，我哥哥下来就是为了看你穿泳装。”

奈奈望了望顾聿宁，他面无表情站在岸边，手里端着一杯鸡尾酒。虽然也换了装，但表情却是一脸不爽，只在奈奈看向他的时候，眸子里才透出几分清淡的柔和。

顾平生小声对奈奈说：“唉，我把我哥弄下来陪你呗。”

“我觉得你有命去，没命回。”奈奈提醒他，“别惹他生气啊。”

“今天我过生日，我哥不会这么不给面子的。”

顾平生走到顾聿宁身边，笑着说：“哥，下去游泳不？”

“不游。”

“小时候你在学校游泳还拿过第一名，不想下去陪你女朋友游两圈啊？”

顾聿宁走到泳池边，淡淡道：“不用，我在这里看着她……”

话音未落，顾平生忽然从后面推了他一把。顾聿宁猝不及防，整个身体都朝着泳池跌落。千钧一发之际，顾聿宁伸手抓住顾平生的胳膊，借力一拉，自己的身体被拉了回来，反而把顾平生给推进了水里！

顾平生是真的不会游泳，在水里猛地扑腾着，呛了好几口水。奈奈赶紧游过来，费劲将他拖上了岸。顾平生狼狈地冲他哥大喊：“你干什么啊！我不会游泳你又不是不知道！”

顾聿宁显然惊魂甫定，大步流星走过来，一把钳住了他的脖子，重重按在大理石柱上：“我说过，我不喜欢游泳。”

他声音冰冷，眼神更冷。周围安静了下来，所有人目光诧异地看着兄弟俩，没想到顾聿宁会发这么大的火。顾平生被兄长当众教训，顿觉颜面扫地，眼睛都红了，推开顾聿宁的手，狠狠道：“今天是我生日！你干什么！”

顾聿宁显然意识到，自己反应过激，但是刚刚真的太险了。这不是会不会游泳的问题，如果他全身落水，恐怕要不了十秒钟，整个身体都会报废。

顾聿宁冷冷地睨他一眼：“不准再有下次。”说完这话，他转身离开了花园。

奈奈连忙从泳池出来，走到顾平生身边，摸摸他的脑袋，柔声道：“让你别作死了，他心情一直不好，你又不是不知道。”

顾平生愤愤不平地抱怨道：“我开这个 party，还不是为了让他开心些，过去也没见他这么开不起玩笑啊！”

“他都说了，不喜欢游泳嘛，你非要惹他。”

顾平生咕哝道：“他念书那会儿，很喜欢游泳啊，还拿过冠军，这几年居然把家里的泳池都荒废了，就跟变了个人似的。”

奈奈忽然失语了，耳畔响起了兄长的话：顾聿宁怕水，一落水就会短路，因为他已经不是人了。一瞬间，奈奈脸色苍白。

奈奈轻轻推开了书房的门。顾聿宁坐在办公椅上，仰着头，闭目小憩。奈奈轻手轻脚地走进去，坐在他对面的办公桌前，托着腮帮子看他。

他的五官线条分外流畅，眉心微蹙，睫毛长而浓密……怎么看都不像机器人。奈奈忽然觉得自己的想法过于荒唐，居然会信林泽的胡话。

“看什么？”顾聿宁没有睁眼，却知道小丫头进来了，还目不转睛盯着他看。

奈奈说：“你刚刚超凶，把大家都吓坏了。”

顾聿宁缓缓睁开眼睛，漆黑的瞳子扫了她一眼：“我很凶吗？”

奈奈连连点头。

顾聿宁对她伸出了手：“过来抱一下。”

奈奈乖乖走了过去，他伸手环住了她的腰，抱着她坐在了自己腿上：“我不会对你凶，不用害怕。”

奈奈的手落到了他的左腰位置，她还是想确认一下。林泽说，那里是他最薄弱的位置，是他的电源口……

就快要摸到了，奈奈的手却忽然被捉住了。顾聿宁轻轻地将她的手拉起来：“你很不听话。”

奈奈缩回手，眼神闪躲：“不是……”

“不要在我怀里乱动。”他的呼吸轻轻拍着她的耳朵，“会很危险。”

奈奈脸颊通红，一动也不敢动了。

奈奈被他撩得面红耳赤，手情不自禁地环住了他的腰。这是一次机会，她要不要再试试？不然会一直想，很要命啊。都怪林泽，干吗跟她说那些莫名其妙的话！

奈奈心一横，手再度伸过去，腰间的皮肤光滑，什么都没有。林泽这个骗子！

顾聿宁松开了她，起身走到落地窗边："不亲了，你很不专心。"

奈奈看看自己的手，又望望他。一轮弯月清清冷冷挂在夜空，月光下，顾聿宁轮廓修长，身形笔挺。

"三爷……"

"林泽跟你说了什么？"听他的声音，似乎隐隐带着怒意。

奈奈的心猛地一提，有些害怕："没……没有……"

顾聿宁转身望向她："你想知道我的秘密吗，小奈？"

"我……不想知道了，不，我已经知道了，你不是他说的那样。"奈奈有些语无伦次，"他说你是什么机器人，乱讲，根本……"

"如果他说的是真的，怎么办？"

奈奈不可置信地抬起头。顾聿宁脱下了自己的外套，从左腰的位置，轻轻撕下一块巴掌大的仿生皮肤："你迟早都会知道，但我更希望你能主动问我，而不是小心翼翼地怀疑、试探。"

奈奈眼睁睁地看着那块光滑的皮肤撕下来，露出了一个圆形的黑色接孔。

"他说的没错，顾长生已经死了……"

奈奈捂着嘴，难以置信地看着他，要用多大的劲儿才能抑制住自己不尖叫起来的冲动。她是在做梦吗？这种场景，一定只有在梦里才会发生。

顾聿宁看着她惊悚的表情，朝她走了两步，想抱抱她。奈奈连忙往后退了退，险些撞到茶几。他立刻顿住脚步，抬起黑漆漆的眸子，看着她："你怕我？"

奈奈已经不知道什么怕不怕了，眼泪在她的眼眶里打转："你说长生已经死了，那你是谁？”

顾聿宁深深地望着她：“我是顾聿宁。”

“你还是他吗？”

“那要看你怎么想。”

顾聿宁被她弄得心脏也一阵阵地绞痛：“你不要哭了。你哭，我也会心痛。”

奈奈吸吸气，用衣袖擦掉了眼泪：“对不起……顾先生，我要回去想一下。”

“顾先生”这三个字，深深刺痛了顾聿宁，他没有阻拦，任由小丫头跑出了书房。直到她离开很久之后，他才缓缓走过来，抓起桌上的茶杯用力掷在墙上。

早就预料到她会有这样的反应。但当这一天真的到来的时候，顾聿宁还是觉得很难受。

他缓缓闭上了左眼，耳边响起了约翰森教授的话：“恨不应该成为支撑你活下去的信念，爱才是。”

可是他这样子，还怎么样去爱别人。对顾平生如此，对林奈奈，依旧如此。

那段时间，林泽发现奈奈好像终于变乖了，至少他派遣的狗仔再也没拍到过她和顾聿宁在一起的照片。终于分手了吗？林泽长长地舒了一口气，为了安抚失恋的妹妹，他给她接了一部古装宫斗戏，让她进组拍摄，全身心地投入工作中，不要再胡思乱想了。

奈奈拍戏很认真，但是停下来，总是不免回想起那个人，想起在一起时的点点滴滴。怕他吗？倒不至于。只是不知道该如何面对他，居然和机器人谈起恋爱了，想想真的有些荒唐。

林泽见奈奈时常闷闷不乐，也开始张罗着帮她介绍男朋友：“来，看看照片，这是我在美国念书的同学，模样完全不比圈子里的小鲜肉差，而且有学历有家世。”

奈奈扫了那照片一眼，忽然问道："哥，你说机器人也会有人类的感情吗？"

林泽知道小丫头还是没放下顾聿宁，没好气地说："那又怎么样，不同物种不能谈恋爱，这是基本的生态法则好吧，你见过猫猫和狗狗在一起幸福生活的吗？"

奈奈："……"答非所问。

"其实我觉得，是我反应过激了。"她叹息一声，"我不应该把他当成机器人，就像车祸之后残疾人装上智能义肢一样，科技改变生活，哥，你说对吧！"

林泽见小丫头好像有点死灰复燃的意思，连忙道："你想什么呢！残疾人可以装上智能义肢，但是你见过死掉的人，还能装上人工心脏、人工大脑复活的吗?!"

"长生哥哥不就复活了吗？"奈奈越说越来劲，好像有点下一秒就要跑去找他的意思了。

林泽："他已经违背自然界法则了，天知道以后会怎么样，肯定没有好结果，你不要再和他牵扯了好吧。"

奈奈赌气说："你不要乱咒人家！"

林泽将照片递到奈奈面前："你看看我美国的同学，真的不错。"

奈奈不高兴地瞥了一眼，气呼呼地回了房间："差远了。"

"哪里差了？"

"哪里都差！"只是因为不是心里的那个人，所以哪哪都不行。

那天下午，奈奈拍完自己的柔弱皇后反杀戏码，还没来得及卸掉心机妆，便接到了顾平生的电话，声音听着似乎很着急："小奈，你有时间来一趟家里吧。"

"怎么了？"

"我哥好像生病了，把自己关在房间里，不出来，也不去医院，看起来好像要死了，你要不要来看看他啊！"

奈奈甚至都顾不上卸妆了，换掉衣服，跟导演请了假，匆匆忙忙跑出了影视城。导演见她这么着急，想来应该是出了什么事，索性给她派了一辆车，载她到了顾宅前。

顾平生早已经等在门外了，看到奈奈，微微一惊："哇，化这么有杀气的妆来见我哥啊。"

奈奈懒得跟他解释，问道："到底怎么回事啊？"

"不知道，我也是今天早上接到秦管家电话，说哥哥生病了，把自己关在房间里，谁都不见，医生来了也不让进，不知道他现在是什么情况。"

顾平生带着奈奈来到顾聿宁房门前，轻轻敲了敲："哥，奈奈来看你了。"

房间里无人回应，奈奈走过去，轻轻唤了声："哥哥，你还好吗？"

这一声"哥哥"，顾聿宁没有办法抵抗，很快，房门咔嚓一声，开了。

奈奈刚走进去，就被人拉住了手腕，用力抵靠在门边。房门重重地关上，险些撞了顾平生的鼻子。奈奈背靠房门，看着面前的男人。他的脸很红，眼神有些涣散，手落在她的肩上，慢慢凑近了她，看了半晌，然后吻住了她。

"唔！"

"我说过，哪怕你后悔了我也是不会放手的。"他似乎在发泄着情绪。

奈奈能感受到他的体温有多高，她用力推开了顾聿宁，伸手摸到他的额头："你发烧了，得马上去医院才行！"

"不是发烧。"顾聿宁跌跌撞撞地后退，结果险些摔倒，好在奈奈眼疾手快，抱住了他。

"小心一点呀！"

"不是发烧。"顾聿宁步履踉跄，拉扯着奈奈一起跌在床上。他伸手环住了小丫头，将她圈在自己怀中，手轻轻地抚着她鬓间的发丝："我……中毒了。"

"啊！"奈奈惊呼一声，"中毒了，就更要去医院啊！"

"不是那个中毒。"顾聿宁将脸埋进她的颈窝，沉闷地说，"约翰森教授去世后，我的杀毒软件已经不起作用了，这种病毒我没遇到过，已经摧毁了我的防火墙……"

奈奈吓得不轻："会……会怎么样？"

"会扰乱我所有的运行程序，可能会被远程控制，你现在最好离开，让秦管家把房门锁上。"

奈奈怎么可能离开，她坐起身，用被子盖住他，但又觉得这样不行，急得不知道该怎么办才好，只能一个劲儿抹眼泪："哥哥，对不起，我再也不跟你赌气了，你别这样……吓我。"

顾聿宁抬眸望了她一眼，尽管他现在什么都看不清了，但还是能感觉到小丫头的恐惧，他说："过来。"

奈奈爬过去，哭哭啼啼地把他抱起来，放在自己的腿边："对不起，呜……我再也不这样了。"

"对不起什么。"顾聿宁清浅地笑了笑，努力睁开眼睛去看她，"对未知事物的恐惧，是人类的本能，我不怪你。"

"那哥哥，你也会害怕吗？"

"我会。"顾聿宁摸着她的脸，"我会害怕……离别、失去、死亡，害怕很多很多事，但我最怕你哭。"

"你要是好不起来，我会哭死的。"奈奈用力抱住了他，声嘶力竭地说，"求求你，一定要好起来。"

"我知道。"顾聿宁无奈地苦笑，"你把杨嘉文叫过来吧，如果这个世界上还有人能帮我，恐怕只有他了。"

杨嘉文在电脑上噼里啪啦地疯狂写程序，电脑的外接线插在顾聿宁腰间的接孔上。奈奈站在杨嘉文身后，专心致志地看着他输入一排排复杂的字符，虽然一个字都看不懂。

“会没事吗？”奈奈担忧地问。

“不知道。”杨嘉文擦了擦额间的汗。顾聿宁中的毒真的是他见过最难搞定的恶性病毒，难怪自身的杀毒程序都没有办法清理干净，反而被病毒挟持。

顾聿宁坐在椅子上，似乎已经进入了待机状态，睁着一只左眼，瞳孔里有数据流飞过。奈奈凑近他的脸凝视着他，只有这一刻，她才感觉到面前的男人是机器人。平时，他的一举一动跟人类没有半分差别。

忽然，顾聿宁左眼望向她眨了眨。奈奈吓了一跳，捂着胸口：“你……醒着啊。”

顾聿宁嘴角扬了扬：“你凑我太近，味道唤醒我了。”

奈奈：“……”这都可以。

“你感觉怎么样？”

顾聿宁活动了一下脖颈：“比刚刚好多了。”

杨嘉文说：“已经控制住了，但是还没有办法彻底杀死它们，我必须写出一套行之有效的杀毒程序。”

“麻烦你了，嘉文。”

“先生您别这么说，保护您，是我的职责。”

奈奈诧异地看着杨嘉文：“你不是我的助理吗？”

杨嘉文还没开口，顾聿宁道：“你的助理，我不能用吗？”

“啊，当然能用，尽管用，随便用！我把他送给你啦！”

杨嘉文：“……”好吧，认了，他就是这俩人送来送去、秀恩爱的工具。

杨嘉文忙了一整夜，奈奈趴在桌边，脑袋跟啄木鸟似的，一下一下打着瞌睡。顾聿宁抱着小丫头来到自己的床边，安安稳稳放下，给她掖好了被单。

杨嘉文见奈奈睡着了，一边码程序，一边小声问：“三爷，怎么会感染病毒？你乱给自己上了什么不干净的U盘吗？”

顾聿宁摇摇头，他平时都很小心，从来不会胡乱连接任何来历不明的电脑。只有……上周顾平生给了他一个 U 盘，说生日会拍了小奈的照片，给他看看。因为是顾平生，顾聿宁没有任何怀疑，直接戳进了自己的接孔里，将那些照片保存在了“记忆”卡中。

如果有感染的可能性，也只会是那些照片有猫腻。可是，怎么会是顾平生呢？

第二天清早，房间里一片安静。顾平生轻轻推开房门，奈奈在床上睡得正香，杨嘉文累得够呛，也趴在桌上呼呼大睡。顾聿宁依旧坐在椅子上，待机休眠。

顾平生蹑手蹑脚地走进来，捡起了桌上的那个白色 U 盘揣进包里，宛如做贼般离开了房间。

天际渐渐有了晨曦的微光，熟睡的世界缓缓被唤醒，顾聿宁无声无息地睁开了眼睛，看着顾平生离开的背影，脸色渐渐冷了下去。

顾平生急匆匆地走出大宅，摸出手机打电话：“U 盘拿到了，应该已经扫到哥全部的数据信息了，二叔，你什么时候需要？我亲自交给你。”

电话那端顾延苍老的声音传来：“乖侄儿，去哪儿我暂时保密，待会儿会有车来接你，咱们不见不散。”

顾平生皱眉：“你还是信不过我啊，二叔。”

“乖侄儿，你最好别耍花招，二叔这可都是为了你好。”

顾平生轻松地笑了笑：“怎么会呢，二叔，我当然相信你啊。他冒充我哥这么多年，还占了本该属于我的公司，把我养成个废物，你不知道我有多恨他。”

顾延说道：“你明白这其中的道理就好了，我没有儿子，只要我能重新夺回顾氏集团，要不了多久，公司还不是你的吗？”

“二叔，我当然相信你。”顾平生咬了咬牙，问道，“不过二叔，你在 U 盘里到底动了什么手脚啊？这两天，我看他的样子，搞不好真的就要一命呜呼了！”

顾延冷哼一声：“这是从他老师约翰森那里搞来的，不过老家伙还是心软，留了后手，这病毒弄不死他，只不过是我送给他的见面礼罢了。”

“二叔，你可真行啊，约翰森教授的死也跟你有关吗？”

顾延：“侄儿，你的话未免太多了。”

顾平生嘻嘻一笑：“我话本来就多，哥也总是这样说。”

早上吃饭的时候，奈奈发现，顾聿宁和顾平生之间气氛有些怪怪的。杨嘉文端着热粥上桌，给每个人的空碗里都添满了小米粥。

“昨天你们三个在房间里待了一整晚，我哥的病就好了。”顾平生笑了笑，“你们干了什么啊？”

顾聿宁没讲话，奈奈面不改色地瞎扯道：“就……杨助理懂一些医术，帮三爷弄了一下，针灸什么的。”

“杨助理，你是十项全能啊！会做饭，会写程序，还会医术呢！”顾平生笑着说，“我给你开高工资，你来给我当助理，成不？”

因为顾聿宁脸色铁青，杨嘉文没有回应他。顾平生耸耸肩，低头大口大口地喝着热粥。

“你慢点啊，很烫的！”奈奈叫住他。

顾平生望了眼顾聿宁：“我哥好像也不怕烫。”

顾聿宁手里的勺子微微一顿，看着他，终于开口了：“顾平生，这么多年我待你怎么样？”

“哥，你对我好得很嘞！”顾平生笑嘻嘻道，“要什么给什么，跟养猪似的，哦不，猪都没我养得肥。”

奈奈脸色变了变，这说的是什么混账话啊。杨嘉文给她递了个眼色：“那什么，不早了，小奈你今天不是要拍戏吗？我载你过去。”

“哦！”奈奈连忙起身，跟杨嘉文一起走出了顾宅。

“他们怎么回事啊，大清早就这么不对付。”

杨嘉文坐上车，启动引擎，叹了声：“这么多年，顾先生的心血只怕付诸东流了，养了只小白眼狼。”

奈奈惊愕：“你在说什么?!”

“这病毒，不是别人……正是顾平生放的。”

当然，顾聿宁可以假装不知道，但是坐在他对面的那个人，是他的亲弟弟。对于任何人，他都可以漠然处之，但是顾平生……他做不到。顾聿宁望着他，缓缓道：“不爽我很久了？”

顾平生终于放下了勺子，沉默片刻，微笑着说：“哥，你在说什么啊。”

“当兄弟，有今生没来世，这话是你经常说的。”顾聿宁道，“有什么事，摆在台面上说清楚，我不希望我们之间有任何误会。”

“哪有什么误会，我一颗心真真的，都是对你的爱啊！”顾平生指着自己的左胸膛，“你是我最爱的哥哥啊！”

“啪”的一声脆响，顾聿宁一巴掌扇了过去：“永远不要用这种语气跟我讲话。”

顾平生震惊地看着他，猛然站起身：“你居然打我？”

“顾平生，任何人都可以负我，但只有你没资格。”

顾平生难以置信地后退，转身跑出了大宅，顾聿宁没有追上去，看着他迎着晨曦踉踉跄跄远去的身影。锥心刺骨莫过于此。

顾平生一口气跑出了几百米，大门外，一辆黑色的轿车早已经等候多时了。顾平生捂着脸，用力擦掉眼泪，回头看了眼渐渐远去的顾家大宅。

“我只有你这一个哥哥。”他咬着牙，念出这句话，然后决绝转身，坐进了黑色轿车里。没多久，迈巴赫也驶出了小区大门，跟在了轿车后面。

奈奈并没有让杨嘉文载她去剧组，想起来已经好久没有去看望顾聿宁的母亲叶婉言了，正好这边距离南山疗养院很近，索性就直接去了那里。却不曾想，轿车刚刚驶入养老院便看到几个穿西装的男人，将叶婉言接了出来。

叶婉言反抗得很激烈，惊声尖叫，大喊着恶魔！奈奈连忙跑过去，拦住他们："你们带她去哪儿！"

"三爷的意思，要把夫人接回家。"

"胡说！"杨嘉文走上前来，"我们刚从顾宅出来，顾聿宁根本没有说这话！你们到底是什么人！"

穿西装的男人对视了一眼，不再说话，抓着叶婉言就往车里塞，杨嘉文见事不对上前制止他们。几个男人也是有拳脚功夫的，跟杨嘉文打了起来。

奈奈跑过去，拉着叶婉言的手，让她躲进自己的车里。叶婉言还在拼命挣扎着："你们是谁，放开我！我不走！长生在哪里！我的儿子！"

奈奈连忙从包里摸出顾长生的照片："我是小奈啊，阿姨，你不认得我了吗？"

"小……小奈，我认得，你是我儿媳妇。"

奈奈连连点头："我带你去见长生好不好？"

"好啊。"

杨嘉文拳脚功夫不错，干净利落地解决掉了那几人，返回车里，启动引擎，朝着顾家大宅驶去。

到了家门口，秦管家却对他们说："他们两个先后出门了，三爷是尾随二少爷出去的，还不让人跟着。我瞅着情况不对劲，看样子……是要出事啊。"

杨嘉文连忙问道："他们去哪里了？"

"不知道啊，都没说。"

游艇驶到了江面正中央，江流波涛汹涌，底下有不少激流漩涡。

顾平生知道顾延老谋深算，最是谨慎，把约见的地点定在这里显然也是有充分的考量。

当年他败于顾聿宁之手，狼狈出逃，险些丢了半条命。这些年也一直在东躲西藏，可见他有多惧怕顾聿宁，现在既然敢回来，显然已经做好了万全的准备。

游艇上，顾平生打量着坐在对面的男人。二叔今年才四十七，两鬓却早已斑白，脸上皱纹满布，身体更是瘦小孱弱，需要拄拐杖才能行动，看上去比他的实际年龄要苍老许多。这些年他的日子非常不好过，否则也不会冒险回国拼死一搏。

“二叔，东西拿到了。”顾平生将U盘扔到桌面，笑嘻嘻说，“二叔你可别忘了自己的承诺啊，帮我夺回顾氏集团。”

“当然。”顾延接过了U盘，把玩着，“不过小子，我还是有点不敢信任你啊。”

“二叔，当年的事情我还小，你和他的恩怨，我可什么都不知道，唯一知道的就是他占有了顾氏集团，抢走了属于我的那一份。”顾平生坐下来，咬牙切齿地说，“这些年，他把我当废物一样养着，公司挣了那么多钱，我一分钱都拿不到，我能不恨他吗?!”

顾延眼中闪过一丝狡黠：“可是据我所知，你好像也不那么缺钱，要多少他给你多少。”

“那些钱，都是我问他讨要来的，像个乞丐一样！”顾平生一拳砸在桌子上，“本来就是我的！凭什么要他施舍给我！”

顾延笑了笑，走到顾平生身边，轻轻按了按他的肩膀：“放心吧，好侄子，只要你乖乖帮了我这次，你就是我亲儿子，以后二叔走了，一切都是你的。”

“谢谢二叔。”

顾平生看着他手里的U盘，说道：“二叔，你要的……都拷进来了，不快点看看吗？”

顾延笑了笑，扬了扬手，有穿黑西装的手下，拿来了笔记本电脑，将U盘和电脑连接，噼里啪啦地在键盘上敲击着。顾平生坐在对面，微笑地看着他。

而与此同时，杨嘉文的手机上，却收到了一条定位信息。

“有消息了！”杨嘉文赶紧打开，看来，他的U盘已经感染了对方的电脑，“定位来自于澜江七号码头。”

奈奈立刻给林泽打了一个电话：“哥，现在立刻报警，然后派人去澜江七号码头，别问为什么，我现在也马上过去了！”

游艇上，手下告诉顾延：“不好了，顾先生，这U盘被人做过手脚，咱们的资料都被窃取了，而且……位置也曝光了。”

“臭小子，敢耍我。”顾延摸出匕首，直接刺向顾平生的脖颈。

“我没有啊！二叔！”顾平生闪身躲避，却被他身边的手下钳制住胳膊肘，挣脱不开，“二叔，我真的没有！我不知道这是怎么回事！”

顾延冷冷地看着他，似在判断他话里几分真、几分假。

“肯定是杨嘉文！”顾平生激动地大喊道，“肯定是他昨晚在U盘动了手脚！”

见顾延不肯相信，顾平生挣开身边人的钳制，爬到顾延的脚边，抱住了他的腿：“二叔，你相信我，我现在什么都没有了，只有你了！”

他满脸恐惧，不像是说谎的样子。顾延的愤怒稍稍缓解，知道这个蠢货肯定玩不过顾聿宁。俩人虽然是兄弟，但是智商却差了十万八千里。就像当年的他和他兄长一样。然而叶婉言终究还是选择了他那个憨实兄长。顾延捏着顾平生的脸，将他拉了起来，冷冷地说：“如果不是看在你母亲的份上，我早就把你丢江里喂鱼了。”

“我知道，二叔最疼我了。”顾平生乖觉地微笑着，眸底射出一阵锋芒，趁其不备，忽然从鞋子里摸出一柄匕首，反手钳制住了顾延。匕首就抵在顾延的颈动脉处。

“小心，二叔，我这手有点抖，可控制不住力道，让他们退后。”

顾延看着小心翼翼的几个手下，说道：“都往后退。”

顾平生拉着顾延来到船舷上，底下就是波涛汹涌的滚滚江流，必要的时候，他就一刀抹了顾延，再把他扔进江里，以报当年弑父之仇。

顾延冷笑着，嘶声说：“小子，演技不错，居然把你二叔都骗过去了。”

顾平生道：“演技还是要有一点，不然我哥在我身上砸这么多钱，总不能像这滚滚江水一样，付诸东流吧。”

“所以，你对我说的那些什么想要夺回公司的话，都是演戏咯？”

“拜托，你对我们兄弟关系到底有什么误解啊。”顾平生无语地说，“钱算什么，面子又算什么！别说我哥现在还养着我，就算他明天把我赶出家门，我也照样认他当我哥！”

顾延冷笑：“你确定他就是你哥吗？想不想看看当年顾长生坠楼的照片？”

顾平生脸色变了变，嗓音微微有些颤栗：“我不管……不管他是什么样子，他就是我哥……”

“其实你自己也说服不了自己吧。”

“你哪那么多废话！”顾平生的手开始颤栗，不住地回头观望。该死的……怎么还不来啊！他可撑不了多久了！

“杀了我，你就不怕坐牢偿命吗？”顾延继续攻击他的心理防线。

“怕，当然怕，谁不怕死啊。”但是比起这个……他更怕再一次失去他。

“对了，你妈妈，最近你没去看她吗？”顾延笑着说，“她可都快把你忘了啊。”

顾平生脸色大变，强忍着心绪，勉强笑道：“你在诈我吧，二叔，不过，你可没有我的演技。”

“我有没有诈你，你试试不就知道了，把我杀了扔江里，无所谓。”他拉长调子说，“婉言是我大哥此生最爱的女人，让她和大哥团聚，不是更好？”

“你放屁！”顾平生方寸大乱，顾延找到机会，伸手捏住他的手腕，用力一折，顾平生惨叫一声，匕首也落入了滚滚江中。顾延抬腿一踢，顾平生滚下船舷，被几个男人钳制住。

“蠢货，笨成这样，也是不多见。”顾延跳下船舷，冷冷道，“把他给我捆起来，等他哥过来，一起看出好戏。”

二十分钟后，另一艘快艇从七号码头驶了过来，顾聿宁站在船头，与顾延遥遥对视着。

顾平生被五花大绑，捆在船舷的栏杆上：“哥！你别过来！快到岸上去！”

顾聿宁还是忍不住骂了声：“回去收拾你！”

顾平生号啕大哭：“哥，你别过来，这是陷阱，我求你了！你回去！”

码头上，已经有警察上了快艇，围了过来，只是忌惮顾延手上有人质，不敢靠近。奈奈、林泽和杨嘉文上了另一艘快艇，跟在顾聿宁身后。

顾延看着这日落的澜江，前所未有的热闹，兴奋地喊道：“大侄子，你来啦！”

顾聿宁站上船头：“你已经逃不了了，放过他，也能少担些罪名。”

“这些年，我像老鼠一样东躲西藏，你什么时候也放过我啊！”

顾聿宁怒声道：“那当年你有没有放过我的父亲、我的母亲！”

“小子，过去的事，咱们的恩怨，真要一笔一笔算清楚，那得算到猴年马月去了。”

他微笑着，望望江面：“知道我为什么选在这里见面吗？”

顾聿宁看着脚下奔流涌动的江水，说不害怕是不可能的。人都会恐惧，他也会。

“放了我弟弟，一切好说。”

“有你这句话，就行了。”顾延拉着顾平生，来到船舷边，“你们俩兄弟，总得跳一个吧，弟弟不会水，又被我五花大绑。长生，你这当哥哥的，是不是要起个带头作用？”

“哥！别听他的话，他会把咱哥俩都扔进去的！你别信他！”

顾平生话音未落，顾延拿着刀子直接在他脖子上划了一道血痕：“你信不信，我现在就做了你！”

“住手！”顾聿宁死死盯着顾延，一只脚已经迈出了船舷。

奈奈连忙扑过去，攥住了顾聿宁的衣角，连连摇头，颤栗着，话都不会讲了：“不、哥哥，不……”

顾聿宁回头，对她微笑，一如当年的顾长生笑起来的样子：“小奈，等我。”

他纵身一跃，落入了江中。奈奈顾不得什么，跟着他跳入了滚滚江流。

“小奈！”林泽见状，急疯了，脱掉西服外套，也跟着跳了下去。

顾延见他真的跳江了，还连带跟着跳了好几个人，疯狂地笑了起来。顾平生跪在船舷边，张大了嘴，看着白浪翻滚的江流，整个人都已经傻了，再也哭不出声。

奈奈落水之后，被一股江流冲撞得晕头转向，不过她游泳技术很好，很快稳住了身体。顾聿宁的身体结构并非全然是肉体，因此沉得很快，奈奈宛若游鱼般朝他游了过去，死命地拖拽着他，想将他拖回岸上。

林泽也游了过来，想把奈奈拉上去，可是小丫头死命地拽着这具沉甸甸的机器人，就是不肯松手。江水湍急，底下全是漩涡，林泽无可奈何，只能帮着奈奈一起把早已经没有了动静的顾聿宁拖出了水面。

警察已经制服了顾延，押着他上了岸。他不住地回头，看着地上人事不省的顾聿宁，大笑着，宛如疯子。奈奈全身湿透，趴在他身边，不住地给他做心肺复苏和人工呼吸："醒过来，快点……醒过来。"

可是无论她怎样努力，面前的男人，却早已经失去了生机。

"小奈，算了。"林泽拉着她，"他已经死了。"

"没有，不是……一分钟都不到，他不会死的。"奈奈用力按压着他的心脏，"只是晕过去了。"

林泽用力拉住了奈奈："他只是个机器人，坏了就是坏了。"

奈奈抱住顾聿宁，摇着头说："坏了，还能修好的吧，杨助理，杨助理呢，你帮我修好他，好不好！"

被救回来的顾平生狼狈地爬了过来，攥着杨嘉文："求你，求你救活他，你是唯一能救他的人了，求求你，修好他好不好！"

杨嘉文看着那湿漉漉的身体，良久，他用力说道："把他带回去，我……我尽力！"

顾聿宁的内部系统已经全线崩溃，杨嘉文把自己关在房间里，整整熬了五天五夜，都没有办法重新修复他的程序。他的内部构造相当复杂，真的算是半人半机械了，从来没有人的身体和机械能够结合得如此完美。

难怪他说，自己是约翰森教授唯一的杰作。他的身体堪称上帝最完美的造物，而且仅此一件，不可能再有第二个顾聿宁了。

杨嘉文疲倦地从实验室走出来，林泽连忙上前，问道："怎么样了？"

杨嘉文摇了摇头："我修不好他。"

林泽看着在椅子上小睡的奈奈，皱着眉头想了想，低声说道："送他出国吧。"

"什么？"

"约翰森教授去世了，但是他的实验室应该还在，还有他的学生们，应该更加擅长这方面的修复……这是他现在唯一的希望。”

杨嘉文点点头，有些诧异地问林泽：“林先生，您不是不希望小奈和他……”

“但我也没想让他死啊。”林泽无奈地说，“如果他死了，我妹妹这一辈子……都不会好了。”

奈奈义无反顾地跳下澜江的场景，是真的吓坏他了，那般汹涌的江流，很容易便将人卷走，她为了救这人，几乎是没有思考就……林泽知道，如果真的救不好他，那么把他送出去，总比就此宣布他的死亡要好。至少还能给她一点希望，人是需要带着希望而活的……

在林泽的资助下，顾聿宁的“身体”被送到了美国旧金山的约翰森教授实验室，那边接收了他，立马开始了改造工程。杨嘉文时不时会给奈奈汇报实验进度，但是情况并不乐观。让人死而复生，谈何容易。更何况是都已经死过一次的人了。

奈奈并没有就此消沉，恰恰相反，正如林泽所说，人是需要带着希望而活的，顾聿宁说过，让她等他……一定会回来。奈奈知道，他不会骗她。

半年后，奈奈接到了金棕奖主办方的邀请函。《真实的恐怖》居然真的提名了金棕奖最佳导演剪辑奖，主办方邀请奈奈和全体演员来参加颁奖典礼。奈奈立刻给钱导去了一个电话，向他道喜。

钱导乐呵呵道：“是啊，谁能想到，恐怖片居然也能拿到提名，不过这不是最重要的，嘿嘿。”

奈奈听他如此愉悦的语气，便知道钱导的家庭危机肯定已经解除了。是啊，连恐怖片都能拿到国内电影最高殿堂的提名，这已经算是奇迹了吧。这个世界是有奇迹的，人死了……也可以复生吧？

颁奖典礼上，顾平生代替顾聿宁去走了红毯。奈奈再度见到顾平生，他已经完全不似初见时那般青涩幼稚。现在的顾平生，西装革履，举止得体，就连笑起来的样子都是克制而又礼貌，很有当年顾聿宁的风范。毕业之后的顾平生已经很少接通告了。他开始学习企业管理，代替他哥管好风娱传媒，否则等他哥回来，看到一堆烂摊子肯定又要骂他。

奈奈一袭星光长裙，挽着顾平生的手走过了红地毯。顾平生对她照顾有加，两个人一直在交头接耳地说话，奈奈时不时露出微笑，以至于很多人甚至都在猜测这俩人是不是好事将近了。

奈奈喜欢和顾平生相处，因为身边人都在劝她，或许是时候走出来投入新的感情、新的人生，紧紧攥着那虚无缥缈的希望耽误的只能是自己。只有顾平生和她一样，在等待着那个人的归来。

林泽参加了奈奈的毕业典礼，看着奈奈穿着学士服、戴着学士帽和老师同学们合影留念。在他的印象中，奈奈还是过去那个追在他身后、一声声叫着他老大的小丫头片子。没想到一转眼，都已经变成大姑娘了。

奈奈今天似乎很开心，拉着林泽在校园各处合影拍照，林泽时不时看看手机，似乎有事在谈。奈奈很不爽："哥，今天我毕业，你能不能专心一点好好陪我拍照呀！"

林泽放下手机，微笑道："奈奈，等会儿哥要送你一份毕业超级大礼包。"

"还有礼物？"奈奈好奇地问，"是什么呀？"

林泽神秘一笑："等会儿你就知道了。"

半个小时之后，一辆黑色轿车驶入学校停在了他们的面前。车门打开，杨嘉文从车上下来，冲林泽点点头。

奈奈的呼吸猛地一紧，只见他的身后，顾聿宁慢慢走了过来。他站定在车门边，阳光下，皮肤冷白，英俊斯文，穿着一套黑色西装，身形挺拔。奈奈一时失语，眼睛微微有些泛红。

杨嘉文低声对顾聿宁说了几句，他便耐心地留在原地，而杨嘉文走过来，对奈奈说道："小奈，他回来了，但是……"话还没说完，奈奈已经朝着顾聿宁飞奔而去。

"哥哥！"奈奈跳起来抱住了他，他望了望杨嘉文，杨嘉文对他点头，于是他也伸出手，环住了奈奈。小丫头赖在他怀里，又哭又笑："我就知道，就知道你一定会回来。"

顾聿宁抱着她，力度不大不小，对她扯出一抹招牌式的微笑："你好。"

奈奈微微有些诧异，擦了擦眼泪，好奇地盯着他的脸："你……"

"是小奈吗？"

"我……是啊，三爷你怎么了？"

"我是顾聿宁，从今以后你就是我的主人了，请伸出手跟我绑定信息。"他春风和煦地微笑着，对她伸出手，"我的程序法则规定，我将会保护你，远离危险和悲伤，希望我们能相处愉快。"

奈奈愣愣地松开了他，没有和他握手，而是回头望向杨嘉文："他怎么了？"

杨嘉文挠挠后脑勺，有些为难地说："那场落水，先生的损伤是不可修复的，就算是约翰森教授的实验室那边也无能为力。"

奈奈猛地往后退了退，眼底的光蓦然黯淡了。杨嘉文立刻说道："但是他们这几年一直在研究新型人工智能，好在先生的身体还能使用，所以他们给他装载了最新的 G386 人工智能芯片，在原有基础上进行了改造，就……"

"就造出了一个新的顾聿宁，你们当他是玩具吗？"

杨嘉文看看林泽，立刻甩锅道："这是你哥给你买的，真的花了大价钱，除了脑部芯片之外，其他一切器官绝对都是原装！"

她回头看着顾聿宁，真的一模一样，他狭长的眼睛，浅褐色的瞳子，还有高挺的鼻梁和锋薄的唇。奈奈拉拉他的手："三爷，你还记得我吗？"

顾聿宁看着她，脸上浮现温和的表情：“我扫描了全部的初始记忆，日期从三月二十一日开始，并没有关于你的记忆，我相信，以后我们会有很多美好的记忆。”

奈奈甩开了他的手，回身对林泽说：“我不要他，他不是我要等的人。”

林泽皱眉道：“小奈，顾聿宁已经回不来了，你什么时候才能接受这个现实？”

奈奈心里很酸，回头望了这个“顾聿宁”一眼。他也看着她，褐色的瞳子里没有任何神采。不过是披着他的面孔的一堆冷冰冰的数据和机械罢了，他不是活生生的人，不是她要等的长生哥哥。

“谁爱要谁要，我不要这个机器人。”奈奈难受地说完，转身跑开了。

顾聿宁走到林泽身边，问道：“我感觉到小奈主人情绪很糟糕，她是伤心了吗？”

林泽瞪了他一眼，没好气地说：“问什么问，还不是因为你啊！走开，看见你这张脸我就来气。”

顾聿宁没有动。杨嘉文不满道：“林总，你这态度，我可不放心把先生交给你，虽然他现在……已经不是他了，但好歹用的是先生的身体，起码的尊重还是要有的吧。”

林泽本来就讨厌顾聿宁，要不是奈奈这么执着，他哪会花这么多钱重新改造他，现在他惹奈奈不开心，林泽就更加不开心了：“你还跟机器人讲人权啊，你问问他懂什么尊重吗？”

杨嘉文辩驳道：“实验室的人说，虽然智能芯片是全新的，但是他的心还在，还是人类的心脏，他不完全是机器人。”

林泽走到顾聿宁面前，好奇地拍拍他的脸：“小子，你到底是人还是机器人？”

顾聿宁闪身躲过，回答道：“林先生，我是什么，取决于主人对我的定义。”

林泽翻了个白眼，对杨嘉文道：“我看他半点不像顾聿宁。”

杨嘉文冷漠地说：“林先生，他是你买回来的，你要是不想要我就带回顾宅了，相信顾平生应该会欣然接受他。”

林泽摆摆手：“你带他走，小奈不要那是最好的结果了，我看见他就烦。”

杨嘉文拉着顾聿宁，说道：“先生走吧，我带您回家了。”

顾聿宁问他：“回家？”

“嗯，您的家，去见见您弟弟。”

顾聿宁：“是见小奈吗？”

杨嘉文：“不是。”

顾聿宁：“我的程序法则规定，林奈奈是我唯一的主人，我应该要回到她的身边，听候吩咐。”

林泽叉着腰，不耐地问：“这又是怎么回事？”

杨嘉文解释道：“因为是您花钱买了他，送给小奈。因此他的初始记忆里只写了小奈的信息，小奈就是他的主人。所以除了小奈，他不会听任何人的命令。他的惯性思维就是……”

“就是什么？”

“回到她身边。”

第十章 绑定信息

晚上，奈奈趴在床上背台词，听到楼下有开门的声音。她翻身而起，跑出房门，趴在二楼栏杆边，朝门边望去。林泽还是把顾聿宁带了回来，杨嘉文也在。林泽让保姆从书房里取来了笔记本电脑，将线路连在了顾聿宁的身上：“你现在就修改，把奈奈的信息从他的程序里抹掉。”

杨嘉文翻了个白眼：“确定吗，林总？这可是你花了九位数买回来的人工智能，抹掉之后，他就不属于你了。”

“抹掉抹掉！”林泽摆摆手，“奈奈不要他，正好，我再也不想看到他了！”

“行吧。”杨嘉文翻出了使用说明书，然后在电脑上噼里啪啦地敲击着，“抹掉之后，写谁的名字啊？”

“爱谁谁。”林泽坐在沙发上，悠哉地喝着茶，“写他弟弟的名字呗。”

忽然，杨嘉文的手顿住了：“这……”

“怎么了？”林泽见他脸色不好，“有什么问题吗？”

“说明书上写的是可以修改服务对象的信息，可是……”

杨嘉文又试了试，输入了一串字符，电脑发出“噔”的一声警告音，跳出的对话框显示：“修改请求遭到拒绝。”

林泽坐了过来，看着电脑上的信息，皱眉问：“怎么会这样？”

杨嘉文摇摇头：“主控程序拒绝了信息修改，我没有办法用外部手段修改他的记忆。”

“这是什么意思，改不了？”

杨嘉文看着坐在沙发上待机的顾聿宁：“是他拒绝了修改。”

“怎么会？他不是机器人吗？机器人怎么会拒绝人的指令？”

“林先生，三爷不是普通的人工智能，他的内部构造很复杂，不能用常规的机器人规则去规定他的行为。”

林泽无语了，看着面无表情的顾聿宁：“改不了，也赶不走咯？”

“嗯。”杨嘉文关掉了电脑，重新启动了顾聿宁，“还要麻烦您照顾一下先生，我再回去研究一下，这太奇怪了。”

顾聿宁睁开眼睛，似乎感应到什么，抬头望向二楼的奈奈。奈奈连忙缩回脑袋，躲在了大理石柱后面。

“小奈。”他站起身，上楼朝她走了过去，“请伸出手与我绑定信息，我可以帮你做任何事。”

“你回来，谁让你上去的！”林泽追上去，“你不能上楼，再这样我把你丢出去了！”

杨嘉文拉住了林泽：“他只听奈奈的话，你就算把他扔出去，他也会回来的，从唤醒的那一刻起，他只有一个目标——回到她身边。”

林泽烦躁地说：“这什么破程序！”

奈奈见他上楼，赶紧跑回了房间，关上了门，又扣上了保险栓。门外似乎没了动静，奈奈将耳朵贴在门边，除了林泽的声音，她什么都听不到。她小心翼翼地打开房门，露出了一条缝隙。顾聿宁就站在门外，见到她后，微笑着问：“小奈，你有什么吩咐吗？”

“你干吗一直站在那里？”

“我在等你伸出手，和我绑定信息。”

“我才不要和你绑定什么信息，莫名其妙。”

“你不想要我吗？”顾聿宁问她，“你觉得我不好吗？”

“你很好，但你不是他。”奈奈压低声音，难受地说，“你就是一个机器人而已。”

顾聿宁顿了顿：“对不起。”

“道什么歉。”奈奈吸吸鼻子，“明明说会回来，骗子。”

顾聿宁抿抿嘴，眼神变得格外温柔：“小奈，你不开心了，我给你讲笑话好不好？”

“不想听，你走吧。”

“你要我去哪儿？”

“随便，反正不要再出现在我面前了，不要让我看到你的脸，听到你的声音……”

“好吧，那我去庭院待着吧，如果你想和我绑定信息了，就叫我一声。”

奈奈听到他下了楼，又跑到窗边望了望，顾聿宁果然走到了庭院，站在草地上。金毛狗围着他兜圈子，闻闻他，又冲他摇尾巴，但是他无动于衷，一动不动地站着，傻乎乎的。奈奈撇撇嘴：“笨蛋机器人。”

晚上，奈奈又梦到了顾聿宁坠江的场景，波涛汹涌的江流中，她眼睁睁地看着他被漩涡卷走，坠向黑暗的深渊。无论她怎样努力都无法靠近他，胸腔的氧气一点点被抽空、窒息。奈奈大口地喘息着，醒了过来，眼泪已经润湿了枕畔。她坐起身，偏头看到窗外的滂沱大雨，一道闪电刺破夜空。

“糟了！”奈奈穿上拖鞋，匆匆下楼，打开后院门。

“你在哪里！”奈奈光着脚丫子冲进大雨中，喊道，“顾聿宁，你在哪里？”

金毛狗从狗屋里探出头来好奇地看她，又被大雨给逼了回去。

“小奈，你找我？”身后，顾聿宁从杂物间走出来，“下雨了，我怕水，所以进屋了。”

奈奈看到他，重重松了一口气，回到屋里。

顾聿宁见她全身湿透，连忙拿了浴巾裹在她的身上：“你为什么要淋雨？”

“我……我以为你是个傻子。”奈奈鼻尖还有些绯红，“下雨了也不知道避开。”

顾聿宁笑了笑，拿着帕子揉了揉她的脑袋，替她擦拭着湿润的头发，温柔地说：“不会，我会保护自己。”

“你要是会保护自己，就不会……”就不会离开我了。奈奈闷闷地问：“你也会害怕吗？”

顾聿宁顿了顿，似乎不知道该怎么回答这个问题。“我的程序法则不允许我害怕。”他抚了抚自己的胸口，“但是这里，会产生恐惧的情绪。”

奈奈伸手摸到了他的胸口，那里面有很温柔的心跳声。她依恋地趴在了他的胸膛边，轻轻抱住了他。这是他的心跳。顾聿宁也伸手环住了小丫头：“你是不是很喜欢我？”

奈奈笑了起来：“哪有人问这样的问题啊！”

顾聿宁抱紧了她：“为什么不能问，我可以感觉到，你面对我的时候心跳加速，也有多巴胺分泌，这就是物理意义上的喜欢，对吗？”

“能不能不要分析我！”奈奈推开了他，“不准分析我。”

“好，我都听你的话，再也不分析你了。”顾聿宁拉起她的手，“你可以和我绑定信息了吗？”

“干吗一直要我跟你绑定信息？”

“心里一直有个声音，告诉我要和你绑定信息，这样我才能完全属于你。”

他拉起了奈奈的手，奈奈却缩了回去，脸颊微微有些泛红，低声道："谁要你完全属于我。"

"可是，我本来就是你的。"

她退后了两步，看着顾聿宁："我还没想好要不要接受你。"

"为什么不接受？"

"因为你不是他。"

顾聿宁看着她离开的背影，捂了捂自己的左眼。左眼，依旧是一片黑暗。

第二天清早，楼下便传来了"叮铃叮铃"的门铃声，女佣去开了门："谁呀，这么早来敲门？"

顾平生急匆匆地闯了进来："我哥呢？我哥在哪儿？"

"什么你哥呀，你是谁呀？"

"杨嘉文说我哥在这儿，我哥呢？"

林泽一边系纽扣，一边从二楼的房间里走了出来，垂眸望了顾平生一眼，嫌弃地说："果然是一家人，都没礼貌。"

"林泽哥，我哥是不是回来了！"

"回来了。"

"那他……"

"在书房，你自己去看他。"林泽指了指楼梯拐角处的书房门。

顾平生火急火燎地冲了进去。静谧的房间里，晨曦的第一抹朝阳斜射入窗，落在男人的脸上。男人睁开了眼睛，浅褐色的瞳子在阳光下宛如玻璃球一般清澈透明，他扯下电源，站起身走到顾平生面前，对他礼貌地点了点头，然后旁若无人地走进了客厅："七点了，小奈该起床了。"

林泽揉了揉眼睛，打了个呵欠："你要是能把她叫起来，我叫你一声哥。"

顾聿宁走到奈奈的房门边，轻轻敲了敲门，温和地说："小奈，起床了。"

房间里没动静，他索性推门走了进去："七点了。"

被窝里，传来女孩暴躁的声音："走开！"

"小奈，你身体不好，更应该早睡早起，我建议待会儿你跟我一起出去晨练。"

奈奈将枕头砸在顾聿宁脸上："你再不出去，我待会就把你拆了！"

顾聿宁笑了笑，走到窗边，哗啦一声打开了窗帘，让阳光漫入屋内。奈奈睁着模糊的睡眼坐了起来："顾聿宁！"

顾聿宁一边在她的衣柜里挑选今天要穿的衣裳，一边轻轻哼着歌，熟悉的旋律，正是顾长生的《无畏》。奈奈狐疑地跳下床，倚靠着衣帽间大门，问道："谁教你的？"

顾聿宁回头："嗯？"

"谁教的你唱这首歌？杨嘉文吗？"

"杨嘉文没有教我唱歌。"

"那你怎么会唱他的歌！"

"我随便唱的，你不喜欢吗？"

这时，林泽走到房间门口："哟，你还真把她弄醒了。"

顾聿宁从衣帽间探出头："叫我哥。"

林泽："……"你不是机器人吗？这都记得。

顾平生也凑了过来，朝奈奈探头观望："我哥他怎么了？"

林泽伤脑筋地揉了揉脑袋："你自己看吧。"

顾聿宁给奈奈找了一件浅白的荷叶边连衣裙："小奈，穿这个好不好？"

"好啊。"

顾聿宁顺手关上了衣帽间门，又从内衣柜里取出文胸："穿这件粉红色的好不好？我觉得好看。"

她接过文胸，将顾聿宁推了出去："这个就不用你帮我选了！"

顾聿宁："我只是个机器人，你不需要害羞。"

奈奈“砰”的一声关上门：“那就做点机器人该做的事！”

客厅里，顾平生坐在顾聿宁身边，拉着他的袖子哭得像个小孩似的，顾聿宁面无表情，时不时给他递张纸。

“哥，你怎么会不认识我了？你是我唯一的哥哥啊！”最后，顾平生都哭出了猪叫声。

林泽看不下去了，或许自己也是当哥哥的人，很感同身受，于是坐过来抱了抱顾平生：“你别哭了，现在的他至少还能好端端地坐在这里。”

顾平生抱着林泽，一抽一抽地抹眼泪：“我再也没有哥哥了，再也没有了。”

奈奈看着顾平生哭，自己也忍不住红了眼睛。顾聿宁见状立刻皱了眉，坐到奈奈身边：“小奈，我给你讲个笑话好吗？”

“我不想听。”奈奈撇开了他的手。

“那我给你唱歌，你喜欢听刚刚那首歌吗？”

奈奈揉了揉眼睛，将眼泪咽了回去：“你等会儿就跟他回去吧。”

“回哪去？”

奈奈指着顾平生：“你跟他回家。”

顾平生拿纸巾擤了鼻涕，带着浓重的鼻音，问林泽：“林泽哥，我可以把哥带回去吗？”

“你赶快把他带走。”林泽说，“天天在我这儿充电，也不给我交电费，带回去带回去！”

顾平生点点头，拉起了顾聿宁的手：“哥，你跟我回家吧。”顾聿宁没有动。

林泽说：“没用的，得奈奈开口，他才会跟你走。”

顾聿宁看着奈奈，奈奈闷声说：“你就跟他回家吧。”

顾聿宁沉默了一会儿，似乎在纠结。林泽看着他的模样，问道：“主人都给你下命令了，你还在想什么？”

顾聿宁如实说道："这道指令，和我的程序有所冲突。"

"怎么会冲突？"

"不知道，就是冲突了。"他看着奈奈，"我不想离开她。"

林泽站起身："你一机器人还有什么想不想的。行了，走吧，这两天的电费也不收你了。"

因为奈奈下了指令，顾聿宁也只能跟着顾平生离开了林家。

"哥，咱回去，我把小时候的照片全找出来，咱们好好回忆回忆，指不定就能想起来呢。"顾平生拉开了车门，顾聿宁抬头，望了望窗边的奈奈，满眼不舍，犹豫了很久，似乎在等她挽留。但奈奈终究还是拉上了窗帘，靠着墙平复内心的酸涩。走了就是走了，再像都不是他。

顾平生把顾聿宁带回了家。

"哥，你四处看看，有没有觉得很熟悉？"顾平生带着顾聿宁参观每个房间，"这是你的健身房，你的书房，对了，还有咱哥俩专门的游戏室。"

顾聿宁看着周围的环境，有些茫然："这里是你的家？"

"是咱俩的家。"顾平生笑着说，"没关系，想不起来就慢慢想。"

顾聿宁摸到茶几上的游戏手柄，微微皱眉："好像有点似曾相识。"

"似曾相识就对了！"顾平生有些兴奋，"咱俩从小就在这儿一块长大，你当然会有印象。"

"你说的那个人，应该不是我。"顾聿宁回头，对顾平生说，"那个人是你哥哥，是小奈很爱的人，我拥有了他的身体，所以会有关于他的印象。但我只是 G386 新型服务机器人，你期待我能想起那些我没有经历过的事，抱歉，要让你失望了。"

顾平生努力咽下喉咙里上涌的酸涩，走过来拍拍顾聿宁的肩膀，说："哥，没关系，想不起来就算了，以前你照顾我，现在……

现在换我照顾你吧。”

他将游戏手柄递给了顾聿宁：“要不要玩几把？”

顾聿宁接过游戏手柄，陪顾平生玩了几轮赛车游戏，每一轮都是他领先，但最后顾平生总是能超过他驶向终点线。顾平生放下手柄：“哥，我严重怀疑你在放水。”

顾聿宁缓缓道：“因为我不放水，你一定会输，影响游戏体验度。”

顾平生嘴角抽了抽：“你还真诚实，你过去可不会管我输不输，每一轮都全力以赴。”

顾聿宁道：“因为我是服务型机器人，会尽可能照顾人类的感受。”

顾平生瘫在了沙发上：“好吧，既然是服务型的老哥，那我肚子饿了，你帮我煮点吃的。”

“好。”顾聿宁站起身，朝着厨房走去。

顾平生趴在沙发靠背上，望着他的背影：“还真听话啊。”

半晌，厨房里果然传来了锅碗瓢盆碰撞的声音，顾平生终于起身懒懒走到厨房：“算了算了，哥，还是我给你做吃的吧！你需要吃东西吗？”

顾聿宁：“如果你想让我陪你用餐，我有消化系统可以使用。”

“行吧。”顾平生给自己扎上了围裙，“我今天给你露一手，尝尝老弟的手艺。”

顾聿宁：“不过我还是希望，能和小奈一起吃饭，你能把她叫过来吗？”

顾平生双手沾了水，拿着菜刀说：“你别想了，那小丫头跟我可不一样。不管你变成什么样子你老弟我都不会嫌弃，但是她只认她长生哥哥，你啊，别想了。”

顾聿宁垂下眼睑，默默地点了点头。

“怎么我看你这表情，还有些小失落。”顾平生一边洗菜，一边回头望他，“你不是机器人吗？”

“我不失落。”顾聿宁说，“我没有那样的情绪。”

“你刚刚明明就有失落。”

“没有。”

“明明就有！别想骗过我，你肯定吃醋了。”顾平生笑呵呵地说，“啊，你该不会对那丫头一见钟情了吧，机器人也会有爱情吗？也会喜欢别人吗？”

“你的话真多。”

“哈哈哈，我一直都这样，你又不是第一天才知道。”

“既然你不让我做饭，那我能出去了吗？”

“你嫌我吵了啊？机器人也会嫌弃人类吗？所以你还是有情绪的咯？如果我不让你出去，你会违背我的命令吗？”

顾聿宁转身离开了厨房，身后，顾平生冲他喊道：“你看，你还是有情绪的吧！摆出一副臭脸，跟我哥一模一样！”

顾聿宁路过镜子边，顿住了脚步，默默地看着镜子里的自己。良久，他伸手抚上了自己的左眼。左眼……依旧什么都看不见。

晚上，星光大楼有一场仲夏夜派对，邀请了不少艺人参加。奈奈本来不太想去，不过又觉得似乎应该要让自己忙起来。只有忙起来才不会去想那些有的没的。

杨嘉文依旧是她的助理，送她来到了星光大楼。顾名思义，星光大楼 132 层的顶端天台，是整座城市距离星星最近的地方，有触手可及的观感。

不少艺人明星抵达现场，奈奈这些年在圈子里人缘很好，有不少艺人含笑跟她打招呼。叶思茗看见她，朝她走过来，紧紧地跟她拥抱了一下：“好久没见到你了，最近在忙什么？”

“拍一部武侠剧。”

“哇，可以哦，都很少看你上综艺了，一直在拍戏啊。”

“嗯，趁着还年轻，好好磨练演技才是最重要的。”

叶思茗用力拍了拍她的肩膀：“很有长进嘛。”

宴会厅入口处，顾平生一身黑色西装，走了进来。

奈奈诧异地问：“顾平生也来了？”

“他当然会来，不过不再是以顶流男星的身份入席了，现在他可是风娱传媒的顾总了。”

叶思茗端着红酒杯，感叹道：“时间过得真快啊，一转眼咱都毕业了，想起当初军训那会儿，仿佛还是昨天发生的事儿呢。”

“是啊，真的很快。”奈奈望着穹顶星空，感觉这四年做梦似的。渴望的拥有过，又失去了，失而复得……却已经不是那个人了。

不远处，奈奈望见了林雪柔，她正和几个圈内的老板周旋。失去了父母的倚仗，林雪柔再也没了好资源，一年前和林泽的公司解约后，一直都没有签到心仪的。圈内很多人都知道她和林奈奈的关系，知名的经纪公司忌惮顾聿宁，根本不敢签她。

后来，林雪柔终于签到了一个三流的经纪公司，不过一直没有接到好的电影电视剧，总是在拍广告，名气也渐渐被消耗殆尽了。她看到奈奈，不想和她撞面，转身便去了别的地方。曾经在她面前有多骄傲，现在便有多狼狈。

那晚，奈奈和叶思茗坐在星空下的吧台边，你一杯、我一杯，喝得有些上头。很快，顾平生也加入了进来，三个人聊着在学校里的趣事。

晚宴结束的时候，顾平生搀着奈奈走出星光大楼，奈奈扬手跟叶思茗告别：“拜拜啊宝贝！”

“拜拜亲爱的！”

“我爱你！”

“我也爱你！”

顾平生无语地扶着她来到车门边，心说还真是喝高了。

“杨助理呢？”奈奈原地打了个转儿，四处寻找杨嘉文，“不是说好等我的吗？”

“我让他先回去了。今晚去我家。”

“干吗要我去你家？”

“有人过生日，去不去随你咯。”

奈奈愣了愣，摸出手机翻开日历，果然，今天是长生哥哥的生日啊！

“我居然忘了哥哥的生日！”奈奈捶胸顿足，满脸沮丧，“我简直不是人！”

顾平生笑了起来：“所以，现在要不要去我家，给那个傻了吧唧的机器人过个生日？”

话音未落，奈奈已经坐上了他的车：“你还愣着干什么！居然把过生日的哥哥一个人放在家里，自己出来嗨！真的太过分了！”

顾宅很安静。顾聿宁独自坐在沙发上，待机休眠，但是无论如何也无法进入睡眠状态，他的左眼总是在跳，微微泛红，牵动着心脏，微涩。他能感觉到一个人的不开心。落地窗外有车灯闪过，有人回来了。他像是感觉到了什么，忽然站起身，走到了门边。

顾平生扶着醉醺醺的奈奈进屋，刚打开房门，便看到顾聿宁直挺挺地站在跟前。顾平生吓了一大跳，捂着胸口退后两步：“哥，你站那儿吓人啊！”

顾聿宁看着奈奈，胸腔里的心脏开始疯狂跳动。这很不合常理，他无法解释这种好想要拥抱她的感觉。他喃喃道：“小奈……”

奈奈走到顾聿宁身边，踮起脚看了看他：“好像瘦了，顾平生你是不是没有好好照顾他呀！”

顾平生抱着手肘：“你真喝高了吧，他一机器人，你跟我说他瘦了？”

奈奈伸手摸了摸他的脸，心疼地说：“就是瘦了，顾平生是不是对你很不好啊？”

顾聿宁看看顾平生，又垂眸望望近在咫尺的小丫头，鬼使神差地点了点头。

顾平生："……"机器人也学会说谎了吗?!

"你看吧！"奈奈拉着顾聿宁坐到沙发上，回头横了顾平生一眼，"还不快去做长寿面！"

顾平生走到厨房门边，小声咕哝："自己不要，又怪我照顾不好，不然你把他带回去啊！"

听到这话，顾聿宁脸上忽然有了神采："小奈，你是来接我回去的吗？"

奈奈凝望着他，眼底有迷离的醉意："你想跟我回家吗？"

顾聿宁点头："我是你的。"

奈奈的眼睛又红了，抽泣道："如果你是他，该有多好。"

"小奈，不要哭。"顾聿宁的手轻轻抚过她的脸颊，替她拭去了眼角的泪水。

"我不哭。"奈奈吸吸鼻子，嘴角绽开一抹微笑，"今天是你的生日，开心一点。"

"我的生日？"

"是啊。"

顾聿宁困惑地沉吟片刻，然后点点头，问她："那有给我准备礼物吗？"

奈奈："……"这到底是个什么成了精的机器人。

"对不起哦。"她抱歉地说，"我是刚刚才想起来。"

顾聿宁并没有失望，他笑了笑："那我能做一件事情吗，就当是生日礼物？"

奈奈连连点头："这个可以有！"

"你可能会生气，但我还是想这样做，这段时间，一直都在想……"他话没说完，缓缓凑近了她的脸庞，锋薄的唇，点在了她柔润的唇瓣边。

“长寿面煮好了。”顾平生端着面条上桌，“哥，过来尝尝！”

顾聿宁深深地望了奈奈一眼，走到了桌边，坐下来，拿起筷子吃面。

“哎哎！你不许愿啊？”

顾聿宁：“你要我对着一碗面许愿？”

“不行吗？”

“没买蛋糕？”

“都这么晚了，我上哪儿去给你买蛋糕啊，有面条就不错了。”

顾聿宁露出了嫌弃的神情，继续吃面。顾平生抱着手臂，用探究的眼神看着顾聿宁：“我发现你这家伙，跟我哥真是越来越像了，尤其是那一嘴毒舌。”

奈奈半天没反应。又是在做梦吗？顾平生看着奈奈晕晕乎乎的样子，说道：“小奈，现在很晚了，你就住家里吧，我让人给你收拾房间。”

“不用。”顾聿宁淡淡道，“睡我的房间。”

“哈？”

“我晚上待机休眠，坐着就行，那张床我也没睡过。”

顾平生：“那你问小奈愿不愿意跟你同一间房呗。”

顾聿宁望向奈奈，满眼期待，说：“小奈，睡我的房间，让我照顾你。”

奈奈醉眼蒙眬地坐在沙发上，轻轻“哦”了声，问道：“你怎么照顾我？”

“怎么都行，我可以唱歌帮你入睡，也可以给你讲故事，让你抱着睡，如果你想……还有很多，我是一款伴侣型机器人。”

奈奈笑了起来：“好呀，那我要和长生哥哥睡觉。”

顾平生扶着额头：“行吧，成年男女，我不管你们，第二天早上别后悔就行。”

奈奈从浴室出来，顾聿宁正坐在床边休眠，左手放在腿上，无名指无意识地勾动着。

奈奈看到一根线从他的腰间接入，问道："你在充电吗？"

"嗯。"顾聿宁睁开眼睛，拔掉了插头，"已经充好了，今晚能用一整夜。"

奈奈："……"怪怪的。

她坐到床头，抱着膝盖看着他："唉，你刚刚为什么要吻我？机器人也会想要亲吻吗？"

顾聿宁回头望着她："因为我感觉到你想要让我吻你。"

奈奈笑了："你还能知道我的想法？"

顾聿宁："我感知到你体内雌性激素在升高，这说明，你有很强烈的……"

"停！"奈奈知道他要说哪两个字，"立刻停下来，不准分析我！"

顾聿宁笑了笑："好。"

奈奈关了灯，将被单盖在身上，堆成了一座小山丘："你自己找地方休息哦，不管你了，晚安。"

"好。"顾聿宁躺到她身边，然后伸手环住了她，将她整个揽入了自己怀中。

奈奈："请问你这又是在做什么？"

顾聿宁："你让我找地方睡的。"

"所以是找地方睡，不是抱着我睡。"

他在她颈窝处蹭了蹭："我是伴侣型机器人。"

"所以？"

"所以我会做伴侣应该做的事情。"

"我喝了酒，你别引诱我。"奈奈说，"你有我喜欢的人的脸，我会控制不住自己的哦。"

顾聿宁："求之不得。"

奈奈嘴角扬了扬："睡吧，晚安。"

顾聿宁："……"几分钟后，他微微侧了侧紧绷的身子，避免被她发现异常。

早上，奈奈揉着额头走下楼梯，宿醉之后脑袋有些疼。顾聿宁早已经起床，在厨房里煮了一锅浓稠的玉米粥，见奈奈下楼，给她倒了一杯水。顾平生站在边上，笑呵呵地问："我哥怎么样？"

"什么怎么样？"

"机器人啊，那方面怎么样？"

顾聿宁走过来，拎着他的衣领，将他拉开，说："别理他。"

顾平生嚷嚷道："哎哎哎，放开放开，你们机器人不是有那什么定律嘛，绝对不能伤害人类！"

"的确有这样的定律。"顾聿宁望了望奈奈，"但这不是我的第一定律。"

"那你的第一定律是什么？"

顾聿宁看向奈奈，满眼温柔："保护她，任何定律和第一定律冲突，以第一定律为主。"

"你这太没原则了。"

奈奈笑了起来，坐到了餐桌边，拿勺子尝了尝玉米粥。

顾平生理了理衣领，走过来："待会儿我要去公司，你去哪儿，我送你。"

"去南山吧，今天剧组还有一场野外戏。"

"那行，哥，你就一个人在家里玩。"

奈奈连忙说："你又把他独自留在家里啊！"

顾平生无奈地说："只能这样，公司里的人都认识哥，现在他这样子还是不适合让太多人知道。"

奈奈想了想，说道："那让他跟我去剧组吧，一直留在家里多无聊。"

顾平生笑了起来，问顾聿宁："唉，哥，机器人也会无聊吗？"

顾聿宁看看奈奈，然后点了点头：“会。”

顾平生：“真的假的？”

顾聿宁一本正经地说：“无聊阈值达到最高点之后，就会炸机起火。”

顾平生：“……”

顾聿宁走到奈奈身边：“因此，必须和主人待在一起。”

“这家伙越看越不像机器人。”顾平生指着顾聿宁，对奈奈道，“跟我哥‘龟毛’的时候一模一样！”

奈奈虽然笑，但不得不承认，他似乎和第一次见面的时候有些不一样了。单纯的机器人应该只会机械地完成人类的命令，但是顾聿宁好像……在逐渐恢复自主意识。

下午，奈奈带着顾聿宁来到剧组。下车之后，她给他戴上了鸭舌帽和墨镜稍稍伪装了一下，不熟悉的人不会轻易认出他来。

顾聿宁听奈奈的话，乖乖坐在椅子上，不声不响地看她演戏。这一幕，正好是男女主角在湖边的感情戏。男主牵着女主的手，俩人在湖边散步，说着甜腻腻的情话，依偎着，看着湖里的荷花，动作亲密。

顾聿宁面无表情地看着俩人，漆黑的眸子里涌着波澜。莫名很不爽。

知道是演戏，但是那个男人牵着她的手，时不时还会搂着她的肩膀，待会儿不知道会不会有更过分的事情发生……

顾聿宁紧紧攥着拳头，有其他演员的小助理走到他身边想跟他聊聊天，都被他冰冷的脸色逼退了。

随着剧情的发展，男女主角的感情也酝酿到了最甜蜜的时刻，男主轻轻地撩开了女主鬓间的发丝，准备亲吻她的脸颊。就在这时，一道身影忽然闯进了镜头里，用力推开了男演员，将奈奈护在自己身后。

男演员因为他这用力的一推险些跌进湖里，幸亏湖面有护栏围挡，不过臀部还是摔疼了。他指着顾聿宁："奈奈，你这助理想干什么啊！"

奈奈也摸不着头脑，看着顾聿宁："你……你怎么了？"

顾聿宁脸上的肌肉微微抽动，看得出来，怒气值已达顶峰了。他一言不发拉着奈奈，径直走出了片场。

红墙黑瓦的宫道边，奈奈看着顾聿宁，不解地问："你到底是怎么回事？"

顾聿宁无法解释，只能沉默。

"你刚刚影响我的工作了，知不知道？"

"对不起。"他道歉。

"所以是中病毒了吗？"奈奈伸手探了探他的脑袋，"这段时间，你表现得很不正常。"

"我的系统有最新型防火墙，不会轻易被病毒攻击。"

"那是怎么回事啊？"照理说，他是不应该拥有自主行为的，可是刚刚奈奈分明在他眼底看到了一丝怒意。

"你是不是想起什么了？"奈奈忽然攥住他的衣角，"你想起来自己是顾长生了吗？"

顾聿宁看着奈奈，摇了摇头："对不起，我不是你说的那个人。"

奈奈神情有明显的失望，也是……顾长生已经离开了。或许，正如兄长所说，她也应该慢慢接受长生哥哥再也不会回来的现实了。奈奈有些无力地说："我要回片场了，你自己回去吧。"

顾聿宁拉着她的手腕没有松开，奈奈看着他皱起了眉头："晚上还是让杨嘉文过来帮你看看吧。"她扯开了他的手，转身回了片场。

天上飘起了雨星子，顾聿宁看着她渐渐消失在宫道上的背影，心脏隐隐有些难受。

他拥有心脏，这是他身体构造不同于其他机器人的地方。因此，也会心痛吗？

晚上，奈奈回家，看到林泽坐在沙发上煮功夫茶。奈奈换了鞋：“这么晚了，你还要喝茶啊。”

林泽悠哉悠哉地说：“不喝，但我喜欢煮茶，煮茶能静心。”

奈奈望了望楼梯转角的书房：“那个机器人，没回来吗？”

“他不是回自己家了吗？”

“哦。”

奈奈有些放心不下，回房间给顾平生打了个电话：“平生，你哥在家吗？”

“我哥不是跟你在一块儿吗？”

奈奈心里“咯噔”一下：“我中途让他回去了，他没回家？”

“可……他没回来啊。”

奈奈挂掉电话，拿起外套大步流星出了门。身后，林泽问道：“去哪儿啊，这么晚了。”

“找人。”奈奈去车库开了车，同时也给杨嘉文去了电话。

杨嘉文声音懒洋洋的：“小奈同志，今天我休假，加班要给加班费的哟。”

奈奈没有心情跟他插科打诨开玩笑，直接问道：“顾聿宁的身上有没有定位系统？”

“怎么，人走丢了？”

“嗯。”

“不应该啊。”杨嘉文有些摸不着头脑，“他算是很高智能的机器人了，不存在走丢的情况。”

奈奈讪讪地解释道：“下午在影视城和他发生了一些矛盾。”

“你居然能和机器人发生矛盾，也是有点厉害了，他不是什么都听你的吗？”

“我感觉他好像慢慢恢复了自主意识，不过这不是重点，你那边能不能查到他在哪里？”

“行，我帮你查一查。”杨嘉文迅速打开了电脑匹配顾聿宁的终端，很快便找到了他，“定位显示在七号码头江畔广场。”

听到这个地名，奈奈的心一下子悬了起来，那里是顾聿宁落水的地方。她挂掉电话，赶紧掉转车头朝着七号码头驶去。

江畔的码头广场，晚上非常热闹，有很多大排档烧烤摊，不少人坐在江边吃夜宵。奈奈下车之后，按照杨嘉文给她发来的定位信息，找到了顾聿宁。他似乎遇上一些麻烦。

几个喝醉了酒的年轻人，拿着啤酒杯往他脸上泼酒。顾聿宁有不能伤害人类的定律，因此只能任由这几个醉鬼对自己做出无礼的行为。

“警告，请停止对我做出这样的行为，你会对我的电路造成不可逆转的伤害。”啤酒顺着顾聿宁的刘海，滴滴答答地落下来，流入他的眼中。

几个年轻人笑得前俯后仰：“喂！你是不是不会反抗啊！”

“会打人吗？”

顾聿宁道：“放心，我不会伤害人类。”

“哈哈哈哈哈哈！”

见到这一幕，奈奈真的是气得心脏病都要发作了，跑上前去将顾聿宁护在自己身后：“你们有毛病是不是，欺负人好玩吗?!”

看到奈奈，他们面面相觑：“哟，这不是电视上的大明星吗？”

“还真是啊，大明星居然出现在现实中，不是哥几个在做梦吧！”

几个小混混露出了不怀好意的笑容，朝着奈奈走过来。

就在他们冲过来想要拉走奈奈的那一刻，顾聿宁忽然出手，抓过身边的家伙的手，一掰、一折，那男人发出剧烈惨叫，疼得倒在地上。

其他几个见状，一哄而上，摸出匕首刺向顾聿宁。但他们哪里是顾聿宁的对手，分分钟就被他缴了械，揍得七荤八素，疼得站不起来。

小混混没想到刚刚被欺负了一声不吭的神经病身手居然这么好。他们也是欺软怕硬惯了，纷纷求饶："好汉饶命，是我们有眼不识泰山！"

奈奈气得走过去踹了那人两脚："道歉！"

"对不起对不起，我们错了，再也不敢了！"

奈奈拉着顾聿宁回到车里，顾聿宁的脑袋一抽一抽的，似乎有小面积受损。奈奈急得眼泪都要掉出来了，摸出纸巾给他擦拭了脸上的啤酒，手有些抖："怎么样，有损坏机体吗？"

"没……没事。"顾聿宁声音断断续续地说，"可以自行修复，没、没有大碍。"

奈奈愧疚地抽泣着："对不起，我不该让你一个人离开，对不起！"

顾聿宁缓缓垂下眸子，看着她，柔声说："没、没关系，小奈不要道歉，也不、不要哭。"

"以后，我会好好照顾你，不会再让你出事了。"

顾聿宁眸光温柔，轻轻地拥住她。

奈奈下定决心，不会再嫌弃他了，不管他能不能想起过去的事情，她都会好好保护他。就像当初他默默地保护着那个初入娱乐圈的小姑娘一样。

奈奈拉着顾聿宁回了家，林泽正好泡完功夫茶，看这小丫头又把人给领了回来，差点给呛着："不是说送回去了吗？怎么又领回来了？"

奈奈拉着顾聿宁回自己的房间："以后他就是咱们的家人了。"

"什么？"林泽不满地说，"你就这么决定了，问过我的意见没有！"

奈奈回头：“哥，你不是把他买回来送给我的吗？”

林泽一时语噎：“不是，买回来是一回事，你见过买空调电视机回来，说要当家人的吗?!”

奈奈站在门边，对林泽说道：“他不是空调，也不是电视机，从今以后，他就是顾长生。”

顾聿宁蓦然望向奈奈，表情错愕。奈奈说完便要关门，林泽用胳膊肘挡住房门：“你在开玩笑吧。”奈奈表情严肃，完全没有开玩笑的样子。

“林奈奈，你不准钻牛角尖，你的未来还长，难不成真要跟这个机器人过一辈子？”

“他不是机器人，他会害怕，会吃醋，会生气，还会开玩笑，你看他哪里像机器人了？”

林泽气呼呼地说：“我看是你疯魔了吧，人已经走了，你到底怎么样才能接受这个现实！”

奈奈将林泽推出去，关上了房门，背抵在墙边，用袖子用力地擦掉了眼泪：“我永远不接受。”

顾聿宁说过让她等他，他从不食言。

机器人坐在奈奈的床边，默默地听她和林泽吵架，一言不发。奈奈走过去，摸摸他湿润的头发，说道：“我给你取个名字吧，叫小宁好不好？”顾聿宁乖乖地点头。

“你的头发湿了，不能沾水，怎么洗澡呢？”奈奈问他。

顾聿宁想了想，说道：“用湿毛巾擦拭身体就可以了。”

“这好说。”奈奈拉着他来到浴室，拧了湿润的毛巾，递给他，“以后你就用这条毛巾，是干净的……”

话音未落，某人已经脱了上衣，又开始在脱那个了。奈奈连忙转过身：“你干什么啊？”

“不是洗澡吗？”顾聿宁理直气壮地接过了她手里的毛巾，对着镜子擦拭身体的每一寸皮肤，“我是机器人，你不用对我感到害羞。”

奈奈扫了他一眼，真是半点看不出机器人的样子，他的身材一如既往，好到让人不敢直视。

不害羞是不可能的，奈奈同手同脚转身出了浴室：“你自己弄，有问题叫我。”

半小时后，顾聿宁换上了林泽的居家衫走出来，奈奈正坐在床边看书，脸颊泛着浅淡的红晕。顾聿宁凑近了她，和她对视着。奈奈看着他近距离放大的英俊五官，深呼吸，问：“干吗？”

“我想……”他牵起了奈奈的手。

奈奈心跳骤然加速：“你想干吗！”

顾聿宁轻轻吻了吻她的侧颈，在她耳畔柔声说：“我想和你……”

“你只是个机器人，请不要想太多了好吗！”

“我是机器人，所以才想和你绑定信息，只有绑定了信息，我才真正属于你。”

奈奈愣了愣，眨眨眼睛：“就这个？”她放下书，坐直身子，问他，“需要怎么做？”

顾聿宁坐到她身边，牵起了她的手：“很简单，伸出食指就可以了。”

奈奈听话地伸出了食指，顾聿宁也伸出食指指尖，和她慢慢地对在了一起。他的指尖忽然泛起了淡青色的微光，不少数据代码在他的皮肤上飞速流过。奈奈没有什么感觉，仔细地盯着指尖处越来越亮的薄荷绿光。他闭上眼睛，一直失明的左眼，忽然飘过了无数画面——

第一次帮她，第一次听她很开心地叫哥哥，第一次和她接吻……那些画面，全部涌入了他的脑中。跳入江流的那一刻，顾聿宁内心最深的恐惧，不是死亡，而是永远失去了她。哪怕记忆已然支离破碎，但是只要他还有心，那个声音便会一直引导他，回到她的身边。

奈奈和顾聿宁已经对了整整一刻钟的手指，顾聿宁不讲话，她也不敢抽回手，害怕破坏绑定信息的流程。

“……请问还要多久啊？”

顾聿宁缓缓睁开了眼睛，浅褐色的眸子凝望着她，此时左眼已经完全能看见。约翰森教授说过，被恨意摧毁的左眼，想要重见天日，得先学会去爱。

奈奈没有察觉到他的异样，好奇地问：“绑定信息之后，我们会怎么样？”

顾聿宁伸手勾起女孩的脸颊，浅浅地微笑：“绑定信息之后，我们会永远、永远在一起。”

奈奈还没反应过来，顾聿宁便吻住了她，非常熟练地勾住了她的舌尖，完全不似机器人的浅尝辄止。

奈奈睁大眼睛，有些不敢相信，伸手摸了摸他温热的脸：“你是……”

顾聿宁勾起唇角，整个英俊的五官都生动鲜活了起来：“小奈，我是长生。”

恢复记忆的顾聿宁重新接管了公司。

公司表面上看着有条不紊地运行着，实际上每个季度的业绩都在疯狂下滑。他要是再不回来，估摸着用不了一年，风娱传媒必然被顾平生搞垮。

顾平生不是管理公司的料，顾聿宁一回来，不用他抬腿踹，顾平生自己就忙不迭地让出董事长的位置，重回了娱乐圈，继续当他的顶流偶像。

奈奈的事业也渐渐稳定，成了娱乐圈唱跳演三栖艺人，虽然人气赶不上顾平生这样的流量，但是她一步一个脚印，把演戏唱歌的基本功练得很扎实。只有这样，才永远不会被后浪拍在沙滩上。

似乎只有林泽，还是一如既往地反对奈奈和顾聿宁的关系。

“他是我买回来的！就跟家里的电视机、空调一样，我能让你跟电视机和空调结婚吗？”

奈奈：“……”对于兄长这套说辞，她真是无言以对。

“能不能别总是拿空调和电视机跟他作类比啊！”奈奈气呼呼地说，“他是顾长生！是活生生的人。”

林泽笑了：“是吗？那我问你三个问题。第一，你们会有小孩吗？第二，他会老吗？第三，他会死吗？如果这三点都做不到，他有什么资格说自己是人？”

奈奈：“……”

她真的是快要被林泽给气死了，但偏偏还无力辩驳。

面对林泽的三大灵魂拷问，杨嘉文给出了比较公允的回答：“第一，小孩是肯定不会有的，但这并非一个人的问题，而是奈奈的身体状况不适合有孩子，这个想必林先生也很清楚。”

林泽讪讪地没搭话。的确，奈奈的体质自小便弱，即便不生小孩都需要好好调理身体，更何况生孩子对于女性来说，是非常大的消耗。

杨嘉文拿出了专业说客的架势，继续说道：“你想想，奈奈的病情随时可能发生意外，如果嫁给别的男人，谁能保证他能及时察觉到奈奈身体的变化？”

“可是我们顾先生就不一样了，这不就是一台行走的检测仪吗？他和奈奈在一起，时时刻刻能够监测到奈奈身体的好转或恶化。所以从这个角度来看，奈奈和顾聿宁真的是天生一对！”

林泽无言以对，细细一琢磨，还真是有道理。换了任何一个男人，把小奈交给他林泽都不会放心，但是顾聿宁是真的可以。

为了给林泽一个台阶下，顾聿宁“割地赔款”，在和林氏集团的合作中，把绝大部分的利润都让了出去，最终让林泽松口，同意了这门婚事。

婚礼上，林泽牵着奈奈的手，亲自将她交给顾聿宁的时候，冷着脸说道：“我就当把我妹妹嫁给了一台病情检测仪，你给我好好地看住她。”

奈奈气得跺脚：“哥，病情检测仪又是什么鬼，你能不能别总是用这么奇怪的比喻！”

顾聿宁笑了笑：“我觉得这个比喻很合适。”

“行吧，你俩现在战线统一，我说不过你们。”

正如林泽后来所担心的那样，在漫长的婚姻生活中，顾聿宁似乎真的不会老去，因为他没有新陈代谢。不过好在，奈奈每天都被顾聿宁拉着一起锻炼身体，保持早睡早起的好习惯，皮肤紧致，驻颜有术，几十年后依旧保持着年轻状态，跟二十多岁的女星站在一起，看不出年龄差别，两个人堪称娱乐圈的不老神话。

退休之后，两人在郊野盖了一间小别墅，过上了神仙眷侣的隐居生活。奈奈收留了几只流浪猫咪，顾聿宁有兴致了便在院子里播撒一些葱苗种子，看着泥土里有青翠的嫩芽冒出来，觉得挺有意思。

那是一个静谧安好的中午，院子里，顾聿宁拿着逗猫棒，陪一只流浪的大橘猫玩游戏：“老婆，出来看猫咪啊。”

“它说想让咱们收养它，可以不？”

“你在睡午觉吗？”

忽然，他的手停了下来，开始轻微地颤抖。大橘猫歪着脑袋看他，不明所以。

顾聿宁捂了捂左眼，嘴角浅浅地抿了抿，对大橘说：“老婆不同意，以后不能收留你啦，去别家吧。”

大橘似乎听懂了他的话，蹭蹭他的手，沿着墙角慢慢离开。

顾聿宁把家里的几只流浪猫都放了出去，它们亲昵地蹭了蹭他的脚，离开了。

顾聿宁回到了后院。

奈奈正躺在摇椅上，顾聿宁走到她身畔，揉了揉她的脸蛋，温柔地唤了声：“小奈。”

奈奈没有回应，阳光洒在她静谧的脸庞上，温柔如初。顾聿宁最后一次吻过了她，然后给林泽发了一条信息：“哥，你第三个问题的答案，我可以告诉你了。”

发完这条信息，顾聿宁放下手机，靠在她身边，将脸埋进她的怀中，静静地闭上了眼睛。

系统警告：“是否格式化全部记忆？”

“是。”

美好的记忆在他的脑中宛如电影一般回放着，然后慢慢消失在虚无的尘埃中。顾聿宁回顾着过去种种美好的记忆碎片，嘴角笑意越发加深了。

“系统自毁装置启动，最后确认，是否毁灭。”

“是。”

他眼中的光芒，终于淡淡地隐去了。也许他这一生最真实的时光，就是牵着她的手躺在椅子上，晒着太阳，然后一起跌入永安的梦乡……